1977

이 도서의 국립중앙도서관 출판예정도서목록(CIP)은
서지정보유통지원시스템 홈페이지(http://seoji.nl.go.kr)와
국가자료공동목록시스템(http://www.nl.go.kr/kolisnet)에서 이용하실 수 있습니다.
(CIP제어번호: CIP2019052722)

RED
RIDING

1977

NINETEEN
SEVENTY
SEVEN

데이비드 피스
장편소설

김시현 옮김

문학동네

요크셔 리퍼에게 희생된 피해자와 그 가족에게 이 책을 바칩니다.
또한 그 범죄를 막기 위해 노력한 이들에게 이 책을 바칩니다.
하지만 이 책은 그저 허구입니다.

의인이
자신의 의를 버리고 돌아서서,
죄를 짓다가, 그것 때문에 죽는다면,
그는 자신이 지은 죄 때문에
죽는 것이다.
그러나 악인이라도
자신이 저지른 죄에서 떠나
돌이켜서 법대로 살며,
의를 행하면,
자기의 목숨을 보전할 것이다.
에스겔서 18장 26~27절

다시 간청합니다

1974년 12월 24일 화요일:
스트래퍼드 계단을 내려가 문으로 나오자 검은 하늘에 푸른 불빛이 번쩍이고 바람에 사이렌이 울린다.
씨팔, 씨팔, 씨팔, 씨팔.
영원히 좆된 채 달린다—계산대와 그들의 망할 주머니를 턴 돈을 가지고.
씨팔, 씨팔, 씨팔.
인간은 시작을 했으면 끝을 낼 것이지. 경찰들은 여전히 숨을 쉬고, 바텐더와 늙은 씹새끼도 마찬가지다. 제대로 했어야 했는데, 우라질 전부 끝장냈어야 했는데.
씨팔, 씨팔.
서쪽 맨체스터와 프레스턴으로 가는 막차는 마지막 출구이자 춤을 출 마지막 기회다.
좆된.

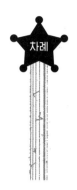

≫ 1부 ≪

시신들

청취자: 그래서 그 집 앞에 차를 세웠는데, 그 여자 말이 땡전 한푼 없다는 거예요. 완전 개털이지 뭐예요. 그래서 요금은 어쩔 거냐고 따졌죠. 나는 최후의 백인 택시기사이지, 망할 자선사업가가 아니라고요.

존 샤크: 세상에, 아직도 택시기사 중에 백인이 있다니.

청취자: 내 말이요. 그런데 그 여자가 어떻게 나왔는지 알아요? 운전석과 조수석 등받이 위로 다리를 쩍 벌리더니 먹음직스러운 거시기를 훤히 드러내지 뭡니까. 이걸로 대신하자고요. 나 원, 기가 막혀서.

존 샤크: 자세히 말해봐요, 돈. 그래서 어떻게 했습니까?

청취자: 어떡하긴 뭘 어떡해요? 얼른 꺼내서 확 맛을 보여줬죠. 택시 뒷좌석에서요. 끝내줬죠. 아마 그렇게 멋진 섹스는 그 여자도 간만이었을걸요.

존 샤크: 정말 여자들이란…… 여자 없이 살 수도 없고, 그렇다고 죽일 수도 없으니. 채플타운*에서야 예외겠지만.

1977년 5월 29일 일요일
리즈 라디오
존 샤크 쇼

---

* 이민자들이 주로 거주하며 마약과 매춘이 만연한 영국 웨스트요크셔주 리즈의 교외지역.

1

리즈.

1977년 5월 29일 일요일.

또다시 시작되고 있다.

두 개의 7이 충돌해……*

또다른 무더운 새벽을 뚫고 위장 순찰차의 타이어를 불태우며 그녀의 비밀스러운 죽음이 머문 또다른 옛 공원으로 달려간다. 무연고 묘지에서 솔저스필드**로. 그들의 유령을 포기해버린 공원들. 또다시 시작되고 있다.

일요일 아침, 빨간 우체통이 땀을 흘리고, 떠오르는 해를 향해 개가 짖어대는 또다른 찜통더위 속에 차창을 활짝 열고.

무전기: 죽음과 함께 살아 있는.

----

* 레게 밴드 '컬처'의 대표곡 〈Two Sevens Clash〉 가사로, 이 곡이 널리 퍼지면서 1977년 7월 7일 과거의 모든 불의가 대가를 치르게 될 거라는 믿음이 대중을 사로잡았다.
** 리즈 외곽 라운드헤이공원의 한 구역.

스테레오: 라디오와 무전기.

솔저스필드로 출동.

또다른 차에서 들려오는 노블의 목소리.

엘리스가 돌아보더니 더 빨리 달려야 한다고 표정으로 말한다.

"어차피 이미 죽었어." 그렇게 말하면서도 나는 그가 무슨 생각을 하는지 안다.

일요일 아침—국왕 폐하가 새로운 날을 맞고, 우리도 새로운 날을 맞고, 또다시 삶은 계속된다. 내일 아침까지 모든 신문은 망할 이십오 주년 기념일 이야기로 떠들썩한 채 채플타운의 어느 토요일 밤은 까맣게 잊히리라.

채플타운—이 년째 내 동네인 곳: 녹음이 우거진 거리에 늘어선 웅장한 옛 저택들은 조각조각 나뉘고 초라한 연립주택으로 개조되어, 개 같은 사생아와 개 같은 남자와 개 같은 습관을 위해 섹스를 파는 홀몸의 여자로 가득차 있다.

채플타운—내 일터: **강력계.**

우리가 하는 거래, 그들이 사는 거짓말, 우리가 지키는 비밀, 그들이 얻는 침묵.

나는 사이렌을 켠다. 일요일 아침마다 두드려대는 거대한 망치소리, 죽음을 알리는 나팔소리.

엘리스가 말한다. "망할 깜둥이들 다 깨겠어요."

하지만 나는 1.5킬로미터 너머의 그녀가 이슬 같은 땀으로 축축한 침대에서 꿈쩍도 않으리라는 것을 안다.

엘리스가 웃는다. 이것이 전부라는 듯, 바로 이것을 위해 경찰이 되었다는 듯.

하지만 그는 솔저스필드의 풀밭에 누워 있는 것이 무엇인지 모른다.

나는 안다.

확실히.

저에도 갔었으니.

그리고 지금, 지금 또다시 시작되고 있다.

"젠장, 모리스는 어딨지?"

나는 솔저스필드의 풀밭을 가로질러서 그녀에게 다가간다. "분명히 올 텐데."

조지의 사람인 피터 노블 총경이 밀가스 경찰서의 널따란 새 책상에서 벗어나, 나와 그녀 사이에 서 있다.

나는 그가 가리고 있는 것이 무엇인지 안다: 레인코트로 덮인 시신, 허벅지에 놓인 부츠 혹은 구두, 한쪽 다리에 걸쳐진 팬티, 밀려올라간 브래지어, 스크루드라이버로 팬 배와 가슴, 망치로 푹 꺼진 두개골.

노블이 손목시계를 보고는 말한다. "어쨌든 이 건은 내가 맡지."

운동복 차림의 남자 하나가 높다란 참나무 옆에서 토하고 있다. 나는 손목시계를 본다. 7시, 공원 잔디밭에 온통 엷은 아지랑이가 어른대고 있다.

결국 나는 말한다. "또 그놈이에요?"

노블이 비켜선다. "직접 봐."

"씨팔." 엘리스가 말한다.

운동복 남자가 고개를 들자 침이 줄줄 흘러내린다. 내 아들이 떠올라 속이 쓰리다.

도로에 자동차가 하나둘 도착하고, 사람들이 모여든다.

노블 총경이 말한다. "젠장, 사이렌은 뭐하러 켰나? 온 세상 사람이 다 꾸역꾸역 몰려들게 생겼군."

"그중에는 목격자도 있겠죠." 나는 씩 웃고 마침내 그녀를 본다.

황갈색 레인코트 아래로 하얀 손발이 비쭉 나와 있다. 코트에 시커먼 얼룩들이 져 있다.

"실컷 봐." 노블이 엘리스에게 말한다.

"이리 와서 보라고." 나도 덧붙인다.

엘리스 형사가 하얀 비닐장갑을 천천히 끼고는 시신 옆에 쪼그려 앉는다.

레인코트 자락을 들어올린 그가 침을 꿀꺽 삼키고 나를 올려다본다. "그놈이에요."

나는 가만히 서서 고개를 끄덕이고는 크로커스*인지 뭔지를 본다.

엘리스가 레인코트를 도로 덮는다.

노블이 말한다. "저자가 시신을 발견했어."

운동복 남자를 돌아본 나는 그의 몸에 묻은 토사물을 보며 다행으로 여긴다. "진술 받을까요?"

"그래주면 좋지." 노블이 씩 웃는다.

엘리스가 일어나며 말한다. "이런 꼴로 죽다니."

노블 총경이 담배를 피워 물더니 연기를 뱉고 나직이 말한다. "한심한 걸레 같으니."

"저는 프레이저 경사, 이쪽은 엘리스 경장입니다. 진술한 후에 집으로 가실 수 있습니다."

"진술이라니요." 남자가 다시 창백해져서 말을 잇는다. "설마 내가 저런 짓을……"

"아닙니다. 어떻게 여기로 왔고 그후 어떻게 신고했는지 자세히 말씀

_____

* 이른 봄 작은 튤립 모양의 꽃을 피우는 식물.

해주시기만 하면 됩니다."

"그렇군요."

"차 안에서 할까요?"

우리는 도로로 걸어가 자동차 뒷좌석에 오른다. 앞좌석에 앉은 엘리스가 무전기를 끈다.

생각보다 차 안이 무덥다. 나는 수첩과 볼펜을 꺼낸다. 남자에게서 악취가 풍긴다. 괜히 차에서 하자고 했나 싶다.

"이름과 주소부터 알려주시죠."

"데릭 풀입니다. 주소는 섀드웰, 스트릭랜드 애비뉴, 이스트 4번지이고요."

엘리스가 돌아본다. "웨더비 로드 근처죠?"

"네."

"꽤 멀리까지 뛰셨네요." 내가 말한다.

"아뇨, 아뇨. 여기까지는 차를 타고 왔습니다. 조깅은 공원 안에서만 했죠."

"매일 여기서 조깅하나요?"

"아뇨. 일요일만요."

"몇시에 여기 도착했죠?"

그가 잠시 생각해보더니 말한다. "6시쯤."

"주차는 어디 했습니까?"

"여기서 100미터쯤 위쪽에요." 그가 라운드헤이 로드를 향해 턱짓하며 대답한다.

데릭 풀은 비밀을 품고 있다. 나는 나 자신과 내기를 건다.

2-1 외도.

3-1 매춘.

4-1 호모.

어쨌든 섹스다.

데릭 풀은 외로운 남자이고 종종 따분해한다. 하지만 오늘 그의 마음 속에 자리했던 것은 이것이 아니다.

그가 나를 보고 있다. 엘리스가 다시 돌아본다.

나는 묻는다. "결혼하셨습니까?"

"네." 그는 거짓말이라도 하듯 대답한다.

나는 기혼이라고 쓴다.

그가 묻는다. "왜요?"

"왜라니요?"

그가 운동복 입은 몸을 들썩인다. "그러니까, 왜 그런 걸 묻는 거죠?"

"나이를 묻는 것과 마찬가지 이유입니다."

"그렇군요. 그냥 일반적인 절차인가보죠?"

데릭 풀이 마음에 들지 않는다. 그의 부정과 건방이. 그래서 나는 말한다. "풀 씨, 젊은 여자가 난도질당해 뱃속이 훤히 드러나고 두개골이 박살났는데 일반적인 절차 같은 게 어디 있겠습니까?"

데릭 풀이 차 바닥을 내려다본다. 운동화에 토사물이 묻어 있다. 나는 그가 다시 토해서 일주일 내내 냄새에 시달리게 될까 걱정된다.

"어서 하고 끝냅시다." 나는 너무 지나쳤다 싶어 중얼거린다.

엘리스 경장이 풀 씨에게 차문을 열어주고, 우리는 햇살 아래로 다시 나온다.

망할 경찰이 와글와글 모여 있다. 그들을 쭉 둘러보니 윗대가리가 많이도 왔구나 싶다.

내 직속상관인 러드킨 경위, 프렌티스 경정, 앨더먼 경정, 리즈 형사과의 옛 수장인 모리스 잡슨 총경과 신임 수장인 노블. 그들 한가운데 조지 올드먼 부청장이 몸소 나와 있다.

시신 옆에서는 리즈대학 법의학과 주임교수 팔리가 조수들과 함께 시신을 옮길 준비를 하고 있다.

앨더먼 경정이 손에 핸드백 하나를 들고 여자 순경, 정복경찰과 함께 현장을 떠나는 참이다.

이름과 주소를 확보했군.

프렌티스 경정은 정복경찰들을 모아놓고 집집마다 문을 두드려 목격자를 찾아내라고 지시하는 중이다.

윗대가리 무리가 우리 쪽을 돌아본다.

망할 숙취에 해롱대는 러드킨 경위가 고함친다. "삼십 분 후 본부에 집결."

살인사건 수사본부.

리즈의 밀가스 거리.

백 명의 남자로 미어터질 듯한 3층. 창문 없이 담배연기만 짙은 방의 하얀 조명 아래 죽은 자들의 얼굴이 늘어서 있다.

공원에서 돌아온 조지와 그의 사람들이 들어온다. 등을 두드리고 악수를 나누고 윙크를 주고받는 것이 무슨 망할 동창회라도 열린 듯하다.

나는 책상과 전화기 너머 땀과 얼룩이 밴 셔츠들 등판과 부청장 뒤쪽 벽을 둘러보다, 밤이든 낮이든 깨어 있든 자고 있든 마누라랑 섹스하든 아들놈에게 입맞추든 시시때때로 대면했던 두 얼굴을 응시한다.

테리사 캠벨.

조앤 리처즈.

친숙함이 무관심을 낳는다.

노블이 말한다.

"여러분, 그자가 다시 나타났다."

극적인 침묵, 다 안다는 듯한 미소.

"추가 보고서가 모든 부서와 주변 지역서에 배부될 것이다.

오늘 아침 06시 50분, 마리 와츠의 시신이 리즈 8구역 웨스트 애비뉴 근처 라운드헤이공원 솔저스필드에서 발견되었다. 피해자는 1945년 7월 2일 생으로, 리즈 7구역 프랜시스 거리 3번지에 거주했다. 머리에 중상을 입고 목이 베이고 복부에 여러 군데 자상이 있다.

피해자는 1976년 10월 런던을 떠나 리즈로 옮겨왔으며, 런던에 있는 호텔에서 일했다고 알려져 있다. 피해자의 남편은 1975년 11월 블랙풀에서 아내의 실종 신고를 했다.

유치장에 들어오는 모든 사람의 옷에서 혈흔을 확인하고, 세탁소에 피 묻은 옷이 맡겨지지 않았는지 조사해주기 바란다. 어떤 정보든 밀가스 경찰서의 수사본부로 보내도록.

이상 끝."

노블 총경이 종이를 든 채 가만히 서 있다.

이윽고 말을 잇는다. "덧붙이자면, 피해자의 남자친구인 스티븐 바턴 역시 프랜시스 거리 3번지에 거주하고 있으며, 28세 흑인이다. 절도죄와 중상해죄 전과가 있고, 피해자의 포주였을 가능성이 크다. 브래드퍼드의 인터내셔널 입구에서 주로 일하고, 가끔 코스모스에서도 활동한다. 어제는 양쪽 모두에 나타나지 않았으며, 어제저녁 6시 스키너 레인의 코럴스에서 50파운드를 쓰고 나간 후 행적이 묘연하다."

온 방이 깊은 감동에 잠긴다. 시신 발견 후 두 시간도 되지 않아 이름과 이력을 알아내다니.

마침내 기회다.

노블이 눈을 내리깔며 혀로 입가를 훑는다. 그리고 차분히 말한다. "여러분 <u>그자</u>를 찾아내."

백 명의 피가 세차게 고동치고, 사냥개인 우리 모두는 이마에 피라도 바른 듯 사냥 출정의 악취를 풍긴다.

올드먼이 일어난다.

"수사본부는 다음과 같이 꾸린다.

이번이 적어도 세번째 피해자고, 또다른 피해자가 있을 가능성이 높아. 자네들은 이들 사건 중 적어도 하나 이상에 참여했지. 따라서 오늘부터 자네들 모두 공식적으로 밀가스 서에서 차출되어 매춘부 살인사건 수사대 일원으로, 여기 노블 총경의 지휘를 받는다."

매춘부 살인사건 수사대.

온 방이 윙윙대고 웅웅대고 재잘댄다. 모두가 원하는 것을 얻는다.

나 역시.

우체국 강도와 망할 노인네들 뒷수발에서 벗어난 것이다.

우편취급소 소장들 얼굴에 6연발 권총을 들이대고 잠옷 차림인 부인들을 후려치고 두들겨팬 사건은 스크루지나 목을 맬 만한 것으로, 언제든 일어날 수 있는 일이자 심장마비의 도시에서 환영받아 마땅한 변고다.

사망자 하나.

"수사대는 네 팀으로 나누어 프렌티스 경정, 앨더먼 경정, 러드킨 경위, 크레이븐 경위가 각각 팀장을 맡지. 크레이븐 경위는 또한 여기 밀가스 서의 행정 문제를 조율하도록. 팀 간 의사소통은 화이트 경정이, 지방 정부는 개스킨스 경위가, 언론과 지역사회는 에반스 경위가 맡되 웨이크필드의 경찰청에 본부를 둬."

올드먼이 말을 멈춘다. 나는 크레이븐을 찾아 방을 훑지만 어디에도 보이지 않는다.

"나와 잡슨 총경 역시 수사에 적극 참여하겠네."

분명한 한숨소리들.

올드먼이 돌아보며 말한다. "피트?"

노블 총경이 다시 앞으로 나온다. "서른 살 이하 미혼 유색인은 전부 캐보기 바란다. 확실한 이름을 찾아내. 글쟁이들은 우리더러 여자를 혐오한다느니 뭐라느니 하지만, 1면 인쇄나 중단하라지."

웃음소리.

"좋아. 또한 호모들도 용의선상에 올리도록. 늘 그렇듯 걸레와 그 남친들도 확인하고. 이름을 찾아내야 한다. 오늘 여기로 5시까지. 놈들을 잡아들이는 건 특수기동대에서 맡을 거다. 그럼 숙녀분들, 여왕 폐하에게로 달려갈 시간이군. 이만 해산."

침묵.

"스티븐 바턴을 오늘밤까지 반드시 잡도록."

나는 손톱을 물어뜯고 있다. 여기서 나가고 싶다.

"그러니 집에 전화해서 오늘밤 야근이라고 알려. **오늘밤 끝장을 내.**"

한 가지 생각—**재니스.**

아수라장을 뚫고 문으로 나와 복도를 걷는데 엘리스가 뒤쪽에서 오도 가도 못하고 내 이름만 불러댄다.

구내식당 밖에서 아무도 받지 않는 수화기를 쾅 내려놓는데 엘리스가 다가온다.

"혼자 쌩하니 가버려요?"

"이봐, 일 초라도 아껴야지." 나는 다시 혼자 계단을 내려가서 문으로 나간다.

"내가 운전할게요." 엘리스가 뒤에서 징징댄다.

"웃기지 마."

가속페달을 꽉 밟아 시내를 날듯이 지나쳐 채플타운으로 돌아가는데 무전기가 **새로운 열기**로 여전히 시끌시끌하다.

엘리스가 양손을 문지르며 말한다. "일리 있는 말이에요. 야근이야말로 성공을 부르죠."

"계속 금지하자고 투표하지만 않으면." 나는 그렇게 중얼거리며 생각한다. 이 녀석을 떼어내야 해.

"대다수가 야근 금지를 원해요."

"거기 도착하면 둘이 나눠서 조사하자고."

"거기가 어디인데요?"

"스펜서 플레이스."* 나는 그런 바보 같은 질문이 어디 있느냐는 듯 말한다.

"왜요?"

망할 브레이크를 콱 밟고 저 자식을 패주고 싶지만 오히려 웃으며 대꾸한다. "헛소리를 미연에 방지하자는 거지. 나중에는 온갖 잡놈이 떠들어대니까."

우회전해 라운드헤이 로드에 들어선다.

"선배 마음대로 해요." 엘리스는 그것이 오직 씨팔 시간문제라는 듯 말한다.

"그래." 나는 대꾸하며 페달을 더 꾹 밟는다.

"자네는 오른쪽을 맡아. 5번지 이본과 진부터 확인해."

---

* 마약과 매춘이 성행한 채플타운의 거리.

차는 레오폴드 거리 모퉁이에 세워져 있다.

"젠장. 꼭 그래야 해요?"

"노블 총경 말 못 들었어? 망할 이름을 원한다잖아."

"선배는요?"

"나는 2번지 재니스와 데니즈를 확인해볼 거야."

"어련하실까." 엘리스가 나를 곁눈질한다.

나는 윙크로 대꾸한다.

엘리스가 팔을 뻗어 문을 연다. "그런 다음은요?"

"그렇게 계속하는 거지. 다 마치면 여기 차에서 만나."

엘리스는 마음을 정했는지 혀를 차고 사타구니를 긁적이며 차에서 내린다.

나는 심장이 터질 것만 같다.

엘리스가 5번지로 접어들 때까지 기다렸다가 문을 열고 계단을 오른다.

고요한 건물 안은 연기와 마약 냄새가 코를 찌른다.

나는 계단 꼭대기 그녀의 집 현관문을 두드린다.

그녀가 붉은 인디언 같은 모습으로 문을 연다. 검은 머리와 피부가 땀의 막으로 뒤덮여 방금 진짜로 썹을 한 듯하다.

그녀를 꿈꾸었던 밤들.

"지금은 안 돼. 일하는 중이야."

"또 터졌어."

"그래서?"

"여기서 이렇게 살면 안 돼."

"그쪽 동네는 얼마나 근사하다고 그래?"

"부탁이야." 나는 나직이 속삭인다.

"나를 정숙한 여자로 만들어보겠다, 이 말이죠, 경찰 아저씨?"

"진지하게 하는 말이야."

"나도 그래. 나는 돈이 필요해."

나는 지폐를 꺼내 그녀의 눈앞에서 부채꼴로 펼친다.

"정말?"

"정말." 나는 고개를 끄덕였다.

"반지는? 보비 왕자님?"

나는 한숨을 쉬고 대꾸하려 한다.

"당신 아내한테 준 그런 반지 말이야."

나는 카펫을 내려다본다. 머저리 같은 꽃과 새 무늬가 짜여 있다.

고개를 들자 재니스가 내 뺨을 때린다.

"꺼져, 밥."

"씨팔 모른다니까!"

"웃기지 마!"

엘리스가 밀치는 바람에 여자는 벽에 머리를 부딪힌다.

"꺼져!"

"이봐, 캐런." 내가 끼어든다. "그가 어디 있는지만 말해. 그럼 갈게."

"씨팔 몰라." 우는 모습을 보니 진짜다.

우리는 여섯 시간째 이러고 있지만 마이클 엘리스 경장은 망할 진실이 뚜벅뚜벅 다가와 그의 아가리를 날리지 않는 한 그게 진실인지도 모른다. 그래서 그는 매춘전과자이자 마약중독자이자 두 아이의 엄마인 스물세 살 백인 캐런 번스에게 뚜벅뚜벅 다가가 그녀의 아가리를 날린다.

"진정해, 마이크, 진정하라고." 내가 달랜다.

캐런이 벽지를 따라 주르르 미끄러져내리며 분노의 흐느낌을 터뜨린다.

엘리스가 바지를 추킨다. 그는 열받고 혼란스럽고 지겨워한다. 여자의 바지를 벗겨 한 방 먹이고 싶은 심정이라는 것을 나는 안다.

나는 말한다. "그만 좀 쉬자, 마이크."

그가 콧방귀를 뀌며 눈을 굴리더니 복도로 돌아간다.

창문이 열려 있고 라디오가 켜져 있다. 5월의 무더운 일요일이면 언제나 망할 밥 말리 노래가 흘러나올 텐데 오늘은 조용하다. 그저 지미 새빌*이 엘리자베스 여왕 즉위 이십오 주년 기념 히트곡을 트는 동안 모든 연놈과 침대 아래 비밀은 사이렌이 멈추고 젠장할 것이 그만 끝나기를 기다리고 있다.

캐런이 담배에 불을 붙이고 고개를 든다.

나는 말한다. "스티브 바턴 알지?"

"그래. 운도 더럽게 없지."

"하지만 어디 있는지는 모르고?"

"대가리가 제대로 박힌 놈이라면 여길 떴겠지."

"대가리가 제대로 박힌 놈이야?"

"약간은."

"그럼 어디로 떴을까?"

"런던. 브리스틀. 내가 어떻게 알아."

집안에서 진동하는 악취를 맡으니 아이들은 어디 있는지 궁금하다. 보나마나 캐런이 또 밖으로 쫓아냈겠지.

나는 묻는다. "그놈 짓일까?"

"아니."

---

*리즈 출신의 유명 디제이이자 배우.

"그럼 다른 이름을 대. 바로 여길 떠나주지."

"안 그러면 어쩔 건데?"

"나야 나가서 망할 점심을 먹을 거고, 내 동료는 널 신문하겠지. 그리고 내가 돌아오면 함께 널 퀸스 거리로 데려갈 거야."

여자가 혀를 차고 담배연기를 내뿜더니 말한다. "누굴 원해?"

"별난 놈이면 아무나 괜찮아. 어떻게 별나든 상관없어."

"어떻게 별나든 상관없다고?" 여자가 낄낄거린다.

"아무거라도 좋아."

여자가 감자칩과 카레 소스가 담긴 플라스틱 쟁반에 담배를 비벼 끄고는 일어나 부엌칼 서랍에서 주소록을 꺼낸다. 온 방에 플라스틱 타는 냄새가 코를 찌른다.

"여기." 여자가 내게 작은 수첩을 던진다.

나는 이름과 전화번호와 자동차번호와 거짓말을 쭉 훑는다.

"아무나 하나 대."

"D에 데이브. 흰색 포드 코르티나를 몰아."

"이자가 어떻기에?"

"콘돔도 안 쓰고, 엉덩이에다 하는 걸 좋아해."

"그래서?"

"정중하게 부탁하는 법이 없지."

나는 수첩을 꺼내 자동차번호를 베낀다.

"듣자 하니 항상 돈을 잘 내는 것도 아니래."

"딴 놈은 없어?"

"깨물기를 좋아하는 택시 운전사가 있어."

"그자 이야기는 들었어."

"더는 없어."

"고마워." 나는 밖으로 나간다.

동전을 넣는다.

"조지프?"

"네?"

"프레이저야."

"우리 보비로군. 시간문제라고 말했죠. 그렇게 되는지 안 되는지 두고 보자고요."

아자드 랭크에서 두 블록 떨어진 전화부스에서 나는 파키스탄 아이 둘이 서로 공 던지는 모습을 바라본다. 엘리스는 맥주 두 캔과 두툼한 치즈 샌드위치로 일요일 점심을 때우고 차에서 낮잠을 즐기는 중이다. 라디오에서 일요일의 크리켓 시합 방송이, 앞으로 더 더울 거라는 기상예보가 흘러나오고, 새들이 노래하고, 어느 집에서 베이스와 색소폰이 쿵짝댄다.

이렇게 계속될 수는 없다.

전화선 너머의 남자는 조지프 로즈다. 조 로즈 혹은 조 로. 또다른 파키스탄 아이가 놀이에 합류한다.

나는 말한다. "특수기동대가 온갖 놈을 잡아들일 거야. 당연히 천당으로 데려가지는 않겠지."

"씨팔놈들."

"어디 마음껏 해보시지." 나는 껄껄대고는 말을 잇는다. "나한테 알려줄 이름 있지?"

조지프 로즈는 파트타임 예언자이자 파트타임 좀도둑이며 마약과 빚을 주고받는 풀타임 스펜서 플레이스 잡놈이다.

"와츠라는 여자 때문이에요?"

"겸사겸사."

"하여튼 경찰이야말로 날강도가 따로 없다니까, 안 그래요?"

"맞아. 이름이나 대."

"어차피 사람들이 잔뜩 쫄아 있어요."

"그자 때문에?"

"아니, 아니. 두 개의 7 때문이죠."

씨팔, 또 시작이군. "조지프, 망할 이름이나 대."

"여자들 말이, 아일랜드인 짓이래요. 뭐, 언제나 그렇지만."

아일랜드인.

"켄이랑 키스는 뭐 아는 거 없어?"

"나보다 나을 거 없죠."

수화기를 내려놓는데 검은색 기동대 밴 두 대가 거리를 쏜살같이 달려간다. 나는 스펜서 플레이스 잡놈들에 대해 생각한다.

따끔한 맛을 보겠군.

8시가 다 되어가면서 차 안이 점점 비좁게 느껴지고, 빛은 점점 사그라진다. 리즈 7구역 맞은편에서 모닥불이 높이 타오르지만 망할 여왕 즉위 이십오 주년을 기념하는 것은 아니다. 나와 엘리스는 여전히 스펜서 플레이스에 처박힌 채 땀이란 땀은 다 빼며 서로 신경을 긁어댄다.

망할 도시와 마찬가지로 불안에 떨며:

엘리스의 체취에 양쪽 차창을 다 내려놓고 나무와 로마가 불타는 냄새를 맡는다. 뜨겁고 검은 공기 너머 야유와 고함. 바리케이드를 치면서도 우유병을 회수해가도록 내놓는, 우리가 체포하지 않고 내버려둔 자들.

초조함:

나는 생각한다. 루이즈에게 반지를 줄까, 그녀가 병원에서 돌아왔을까, 아기 보비와 어제 일로 우울해할까, 재니스에게로 돌아가 씹이나 한 뒤 산산이 무너져버릴까.

난감함:

유리가 부서지고 끼익하는 브레이크소리가 들리더니 앞유리가 사라진 빨간 차가 이리저리 제멋대로 달리다 인도 경계석을 박고 가로등 발치에서 휙 뒤집힌다.

"하느님 맙소사. 저건 풍기단속반 차잖아요." 엘리스가 고함친다.

차에서 내린 우리는 스펜서 플레이스를 가로질러서 뒤집힌 자동차로 뛰어간다.

나는 거리 위쪽을 살핀다.

도로 끝 황무지에서 타오르는 모닥불이 서인도제도 사람들 무리를 비추고 있다. 막 시작한 일을 끝냈다는 듯이, 쓰러진 놈 뒤통수를 깠다는 듯이 검은 그림자들이 함성을 지르고 춤을 춘다.

나는 검은 어둠을, 바리케이드와 모닥불을, 온갖 고통을 싣고 솟구치는 불꽃을 응시한다.

거만한 레게 머리 깜둥이가 마우마우* 같은 태도로 다가온다.

이리 와서 한판 붙자고.

하지만 이미 사이렌소리가 들린다. 특수기동대가, 특별 예비병력이, 우리 후원을 받는 망할 놈의 괴물들이 바람에 자유로이 풀려난 것이다. 나는 빨간 자동차로 고개를 돌린다.

엘리스가 몸을 숙여 뒤집힌 자동차 안의 두 남자에게 말을 걸고 있다.

"모두 무사해요." 그가 내게 소리친다.

---

* 1950년대 케냐의 반(反)백인 비밀결사대.

"구급차 불러. 기동대 올 때까지 내가 지키고 있을게."

"망할 깜둥이들." 엘리스가 투덜대며 우리 차로 뛰어간다.

나는 손을 바닥에 짚고 엎드려 차 안을 들여다본다.

너무 컴컴해서 안에 누가 있는지 알 수 없다.

"움직이지 마요. 곧 꺼내드리죠" 따위의 말을 되는대로 늘어놓는다.

그들이 고개를 끄덕이고 중얼거린다.

또다른 차들이 달려가고, 브레이크 밟는 소리.

"프레이저." 누가 신음하며 부른다.

나는 조수석에 처박힌 남자를 유심히 들여다본다.

크레이븐이다. 씨팔 크레이븐 경위.

"프레이저?"

나는 못 들은 척 말한다. "조금만 기다려요. 조금만 기다리면 됩니다."

그리고 다시 길 위쪽을 본다. 수송용 차량에서 특수기동대가 우르르 몰려나와 모닥불의 깜둥이들을 내쫓는다.

엘리스가 돌아온다. "구급차는 곧 온답니다. 러드킨 경위님이 서로 복귀하래요. 완전 난장판이라네요."

"여긴 안 그런가? 자네는 저 사람들이랑 같이 기다려." 나는 일어나며 말한다.

"어디 가게요?"

"금방 돌아올 거야."

나 혼자 2번지로, 재니스에게로 가자 엘리스가 중얼중얼 욕설을 뱉는다.

"씹하자고?"

"그냥 좀 들어가자. 얘기만 할게."

"거참 놀랍네." 그녀는 그렇게 말하면서도 문을 열어 나를 안으로 들인다.

그녀는 티셔츠와 꽃무늬 롱스커트 차림에 맨발이다.

나는 방 가운데 서서 열린 창문으로 넘실대는 연기냄새와 폭동의 기운을 감지한다.

"풍기단속반 차량에 벽돌이라도 던진 모양이야."

"그래?" 그녀는 망할 그런 일은 처음이라는 듯 대꾸한다.

나는 입을 다물고 그녀를 껴안는다.

"그래, 이걸 원해?" 그녀가 깔깔거린다.

"아니." 단단하게 곤두선 나는 당황해서 거짓말한다.

그녀가 쭈그리고 앉아 내 바지 지퍼를 내리자 나는 뒤로 쓰러져 침대에 파묻힌다.

그녀가 빨기 시작하자 내 마음속 검은 하늘에 별들이 반짝반짝 나타났다 사라지고, 사이렌과 비명이 들리는 가운데 나는 알고 있다. 본론은 아직 시작하지도 않았다는 것을.

"젠장, 어디 갔던 거예요?"

"닥쳐, 엘리스."

"그 차 안에 씨팔 크레이븐 경위가 있었다는 거 알았어요?"

"지금 농담해?"

나는 차에 오른다. 거리는 여전히 푸른 불빛과 특수기동대로 가득하다. 모닥불이 꺼지고, 껌둥이들이 체포되고, 크레이븐과 그의 동료는 세인트제임스병원으로 이송되고, 엘리스 형사는 여전히 투덜댄다.

나는 엘리스에게 운전을 맡긴다.

"그래, 어디 갔었던 거예요?"

"묻지 마, 다쳐." 나는 나직이 말한다.

"러드킨이 우리를 죽이려 들 거예요." 그가 신음한다.

"죽이라지 뭐." 나는 한숨을 쉰다.

열린 차창으로 1977년 5월 29일 일요일의 검은 리즈를 응시한다.

"선배가 걸레랑 눈 맞은 거 아무도 모를 것 같아요?" 엘리스가 느닷 없이 입을 연다. "다들 알아요. 나 원, 쪽팔려서."

나는 뭐라고 말해야 할지 막막하다. 그가 알든 말든 관심 없다. 누가 아는지도 중요치 않다. 하지만 루이즈가 알아서는 안 된다. 아기 보비 의 얼굴이 마음속에서 지워지지 않는다.

나는 고개를 돌려 말한다. "오늘밤은 좀 참아줘. 다음에 해도 되잖아."

엘리스는 일단 내 충고를 받아들이고, 나는 다시 차창으로, 그는 도 로로 시선을 돌려 각자 마음을 다잡는다.

밀가스 경찰서.

중세로 다가가는 10시.

내 암흑시대의 삶.

지하 감옥을 향해 계단을 내려가면 열쇠와 자물쇠가 돌아가고 사슬 과 수갑이 쨍강대고 개와 사람들이 울부짖는다.

마녀재판을 시작하라.

백열의 백색광이 쏟아지는 복도 끝에 바짝 깎은 머리의 러드킨 경위 가 재킷을 벗고 서 있다.

"드디어 납셨군." 경위가 히죽댄다.

기죽은 얼굴의 엘리스가 손을 가만두지 못한 채 사죄의 뜻으로 고개 를 끄덕인다.

"밥 크레이븐은 괜찮나?"

"예, 좀 베이고 멍든 것뿐입니다." 엘리스가 빠르게 대답한다.

나는 말한다. "성과가 있습니까?"

"오늘밤은 만원이야."

"괜찮은 거라도 건졌습니까?"

"아마도." 그가 윙크하고 이어서 묻는다. "자네들은 뭐 없나?"

"보고한 대로입니다. 아일랜드인, 택시 운전사, 데이브 코르티나."

"좋아. 여기 잡아다두었네."

러드킨이 감방 문을 연다. 아, 씨팔.

"저놈도 그중 하나지, 밥?"

"네." 뱃속이 휑해진 나는 웅얼거린다.

싸구려 체크무늬 팬티 차림의 스펜서 플레이스 잡놈 케니 D가 검은 예수처럼 머리와 등이 나무탁자에 붙박이고 사지를 벌린 채 성기를 온 세상에 훤히 드러내고 있다.

러드킨이 문을 닫는다.

자신의 뒤집힌 지옥에 누가 왔는지 보려고 안간힘을 쓰느라 케니의 흰자가 튀어나올 것 같다.

그가 나를 보고 상황을 파악한다: 다섯 명의 백인 경찰과 그. 러드킨, 엘리스, 나, 그리고 그를 내리누르고 있는 정복경찰 둘.

"신문이란 게 다 이렇지." 러드킨이 껄껄댄다. "이 검둥이 자식이 말이야, 웬 죄책감이 들어서 씨팔 검은 로저 배니스터*가 되기로 했다나."

케니가 고통으로 이를 악문 채 나를 올려다보고 있다.

뒤에서 문이 열렸다 다시 닫힌다. 나는 힐긋 돌아본다. 노블이 문에 기대서서 지켜보고 있다.

러드킨이 내게 씩 웃으며 말한다. "아까부터 자네를 찾더군, 밥."

---

* 영국의 유명 육상 선수.

말을 하려니 입안이 말라 쩍쩍 갈라진다. "또 뭐라고 하던가요?"

"그냥 자네를 찾기만 했어. 안 그래, 껌둥이?" 러드킨이 정복경찰들과 낄낄거린다. "그렇게 찾던 프레이저 경사가 여기 왔네. 그런데 이 인간은 왜 하필 자네를 그토록 찾은 걸까?"

케니의 다리를 붙잡고 있던 정복경찰 하나가 나불댄다. "프랜시스 거리 3번지에서 이놈의 물건을 찾아냈죠."

그는 그 뜻을 곱씹을 시간을 주려고 말을 멈춘다.

리즈 7구역 프랜시스 거리 3번지에 거주했던 마리 와츠 부인.

"그런데 마리 와츠 부인을 전혀 모른다고 개기지 뭔가." 러드킨이 자랑스레 떠들어댄다.

감방의 벽이 점점 좁혀들어오고 열기와 악취가 물씬한 와중에 나는 생각한다, 아, 씨팔 케니.

러드킨이 말한다. "그래서 제대로 대답하지 않으면 검은 피부에다 파란색을 좀 보태주겠다고 했지."

탁자 위에 늘어진 케니가 눈을 감는다.

나는 몸을 숙여 그의 귀에 입을 대고 나직이 말한다. "다 털어놔."

그는 그대로 눈을 감고 있다.

"케니, 이 사람들은 널 완전히 조져놓을 거고, 그러든 말든 아무도 개뿔 관심 없어."

그가 눈을 뜨더니 내 눈을 보려고 안간힘을 쓴다.

"이자를 일으켜." 나는 말한다.

그리고 문 맞은편 벽으로 간다. 회색 유광 페인트가 칠해진 벽에는 신문 쪼가리가 테이프로 붙어 있다.

"이리로 데려와."

경찰들이 그를 벽에 눈이 닿을 만큼 바짝 끌어다놓는다.

"읽어, 케니." 나는 속삭인다.

헤드라인을 큰 소리로 읽는 그의 이에 피가 묻어 있다. "구금자 사망에 경찰 무無징계."

"제2의 리들 타워스*가 되고 싶어?"

그가 침을 삼킨다.

"대답해."

"아뇨!" 그가 소리지른다.

"그럼 여기 앉아서 얘기해." 나는 고함치며 그를 의자에 밀친다.

노블과 러드킨이 히죽대고, 엘리스는 나를 유심히 살핀다.

나는 말한다. "자 케니, 네가 마리 와츠와 아는 사이였다는 건 알고 있어. 우리가 궁금한 건 말이야, 네놈의 망할 물건이 왜 그 여자 집에 있었느냐는 거야."

그의 얼굴은 퉁퉁 부었고 눈은 시뻘겋다. 오늘밤 이 방에서 그의 친구는 나뿐임을 알 만큼 그가 영리하기를 나는 간절히 빈다.

마침내 그가 말한다. "열쇠를 잃어버렸어요."

"이봐, 케니. 이건 씨팔 〈재커너리〉**가 아니야."

"지금 말하고 있잖아요. 사촌한테 물건을 좀 받았는데 열쇠를 잃어버린 거예요. 그런데 마리가 자기 집에 둬도 괜찮다고 했어요."

나는 엘리스를 올려다보며 고개를 끄덕인다.

엘리스 형사가 뒤에서 케니의 양 어깨뼈를 주먹으로 내리친다.

케니가 비명을 지르며 바닥에 나뒹군다.

나는 몸을 숙여 그와 얼굴을 맞댄다.

---

* 1976년 경찰 신문중 사망한 영국인.
** 영국 BBC방송의 유아용 프로그램.

"어서 사실대로 말해, 이 거짓말쟁이 깜둥이야."

나는 다시 고개를 끄덕인다.

정복경찰들이 그를 의자에 끌어다 앉힌다.

그의 두툼한 분홍색 입술이 헤벌어진 틈새로 허연 혀가 보인다. 그가 두 손으로 어깨를 주무른다.

"아, 기쁨과 승리 속에 우리는 왜 기다리나."* 내가 노래를 시작하자 다른 이들도 함께 부른다.

문이 열리고 다른 경찰이 들여다보더니 껄껄 웃으며 도로 나간다.

"아, 기쁨과 승리 속에 우리는 왜 기다리나. 아, 기쁨과 승리 속에……"

내가 신호를 하자 노래가 멈춘다.

"그 여자랑 붙어먹었지. 솔직히 말해."

그가 고개를 끄덕인다.

"안 들려." 나는 나직이 말한다.

그가 침을 삼키더니 눈을 감고 나직이 대꾸한다. "네."

"뭐가 네야?"

"나는……"

"더 크게."

"네. 나는 그 여자랑 붙어먹었습니다."

"누구 말이야?"

"마리."

"마리 누구?"

"마리 와츠."

---

* 지체 상황에서 관중이 짜증을 표현하기 위해 캐럴곡 〈O Come, All Ye Faithful〉의 선율에 맞춰 부르는 노래.

"그 여자랑 뭘 했다고, 케니?"

"나는 마리 와츠와 붙어먹었습니다."

그가 울고 있다. 굵디굵은 망할 눈물.

"이 씨팔 머저리 원숭이."

러드킨의 손이 내 등에 느껴진다.

나는 고개를 돌린다.

노블이 윙크한다.

엘리스가 가만히 바라본다.

끝났다.

일단 지금은.

나는 구내식당 밖 하얀 복도에 서 있다.

집으로 전화를 건다.

아무도 받지 않는다.

아직 병원에 있거나 침실에 있겠지. 아무튼 아내는 전화기 옆에 없다.

장인이 침대에 누워 있고, 아내가 아기 보비를 품에 안고 울지 말라고 어르며 병동을 서성이는 모습이 눈에 선하다.

나는 전화를 끊는다.

재니스에게 전화를 건다.

재니스는 전화를 받는다.

"또 자기야?"

"혼자 있어?"

"지금은."

"이따가는?"

"손님이 들어야 할 텐데."

"내가 다 알아서 돌봐주겠다니까."

"어련하시겠어."

그녀가 전화를 끊는다.

나는 색 바랜 바닥의 발자국과 먼지와 빛과 그림자를 바라본다.

뭘 해야 할지 모르겠다.

어디로 가야 할지 모르겠다.

청취자: 이건 어제 신문인데요. 낭독 군중이 소리치며 여왕을 에워쌌다. 캠퍼다운공원*에서 산책하는 왕족의 모습에 수천 명이 끔찍한 히스테리에 빠져 비명을 지르더니, 급기야 엉성한 접근 금지선을 뚫고 들어가 여왕 부부를 벌떼처럼 에워쌌다. 경찰이 막기 위해 안간힘을 썼지만 군중은 여왕을 떠밀며 소리를 질러댔다. "내가 여왕을 만졌어."

존 샤크: 가엾은 여편네.

청취자: 그런데 이게 다가 아니에요. 낭독 이에 앞서, 여왕의 퍼레이드 경로에 늘어선 임시 울타리와 벽에서 반왕정주의자들의 구호를 지우라는 명령이 의회 직원들에게 떨어졌다.

존 샤크: 이런 망할, 아일랜드 놈들보다 심하네요.

1977년 5월 30일 월요일
리즈 라디오
존 샤크 쇼

---

* 스코틀랜드의 공원.

2

좆같은 영국 고대도시라니? 어떻게 좆같은 영국 고대도시가 여기일 수 있어! 가장 오래된 제분소의 거대한 회색 굴뚝이 유명하다고? 어떻게 그게 여기 있는 거야! 사방에 눈 씻고 찾아봐라, 녹슨 쇠못이 보이나. 그 망할 쇠못이 뭐라고? 대체 누가 그걸 설치했다는 거야? 영연방 도둑놈을 하나씩하나씩 찌르라고 여왕이 명령하기라도 했나보지. 심벌즈가 울리면 여왕이 긴 행렬을 이끌고 궁으로 가겠지. 만 개의 검이 햇빛에 번쩍이고, 삼만 명의 소녀가 춤추며 꽃을 뿌리지. 붉고 파랗고 흰 천을 덮어쓴 하얀 코끼리가 끝도 없이 이어지고, 수행원들이 뒤따르겠지. 게다가 있을 턱도 없는 굴뚝이 떡하니 뒤쪽에 솟아 있고. 그런데도 그 음산한 쇠못에는 아무도 안 꽂혀 있고. 가만있어! 그 굴뚝은 낡아빠져 폭삭 무너진 침대 기둥 끝에나 박혀 있는 녹슨 못대가리만도 못해. 가만있으라고! 나도 스물다섯 살이야. 나이 먹을 만큼 먹었다고. 가만있어.

전화가 울리고 있었다.

빌이 뻔했다. 무슨 소리를 할지도 뻔했다.

나는 여분의 갈색 베개와 낡고 누런 소설책들과 흩뿌려진 회색 재 너머로 손을 뻗고는 말했다.

"화이트헤드입니다."

"또 터졌어. 당장 와."

수화기를 내려놓은 나는 시트와 담요 사이 내가 만든 얕은 구덩이에 도로 누웠다.

가만히 천장을 응시했다. 전등 주위의 화려한 공단과 갈라져 너덜대는 페인트.

그녀에 대해 생각하고 그에 대해 생각하는 동안 세인트앤대성당 종소리가 새벽을 알렸다.

전화가 다시 울렸지만 나는 여전히 눈을 감고 있었다.

결코 꾸고 싶지 않았던 꿈에서 강간범의 땀을 흘리며 깨어났다. 밖에는 열기에 맥빠진 나무가 버들처럼 축 늘어져 있고, 강은 래커를 칠한 상자처럼 시커멓고, 세계에 드리운 휘장을 잘라낸 구멍인 달과 별은 내 어두운 심장을 힐긋거렸다.

세계의 잊힌 소년.

디킨스의 소설 아래서 손때 묻은 가방을 꺼내 올이 다 드러난 카펫을 지나 서랍장으로 가서 거울 앞에 섰다. 그대로 입은 채 잠들었고, 꿈속에서도 입고 있었고, 지금도 내 거죽을 감추고 있는 초라한 양복 안은 고독한 뼈로 수북했다.

사랑해, 사랑해, 사랑해.

서랍장 앞에 대학 시절 만든 스툴이 놓여 있었다. 나는 거기 앉아 스카치를 한 모금 마시며 디킨스와 그의 에드윈*을 생각하고, 나와 내 사

람을 생각하고, 모두가 그의 것이라고 생각했다:

에디, 에디, 에디.**

나는 노래를 흥얼거렸다.

〈어느 날 나의 왕자님이 오시리〉*** 아니면 〈그대가 오실 줄 알았더라면 케이크를 구웠을 텐데〉였다.

우리가 하는 거짓말과 우리가 하지 않는 거짓말:

캐럴, 캐럴, 캐럴.

너무도 멋진 사람:

휴지가 널브러진 욕실 바닥에 등을 대고 누워 자위를 했다.

배에서 정액을 닦아낸 뒤 새지 않도록 휴지를 둥글게 뭉쳤다.

세인트잭의 유혹.

다시, 꿈.

다시, 죽은 여자.

다시, 평결과 선고.

다시, 처음부터 다시 시작되고 있었다.

침대 옆에 무릎을 꿇고 두 손을 모은 채 잠이 깬 나는 내가 꿈속의 살인마가 아니라는 것을, 그가 살아 있다는 것을, 그가 나를 용서했다는 것을, 내가 그녀를 죽이지 않았다는 것을 구세주 주 예수에게 감사했다.

우편물 투입구가 달가닥거렸다.

---

* 디킨스의 미완성 유작 『에드윈 드루드의 미스터리』의 주인공.

** 『1974』의 주인공인 에드워드 던퍼드.

*** 디즈니 애니메이션 〈백설공주〉의 삽입곡.

아이들이 구멍에 대고 노래를 불렀다.

쓰레기 잭, 약쟁이 잭, 씨팔 똥 잭 화이트헤드.

지금이 아침인지 저녁인지, 저들이 내 신경을 햇볕 아래 말뚝에 꽂아 개미 먹이가 되도록 특파된 또다른 무단결석생 무리인지 아닌지 알 수 없었다.

나는 몸을 굴려 『에드윈 드루드』를 집어들고는 누가 이 모든 것에서 나를 벗어나게 해주기를 기다렸다.

전화가 다시 울렸다.

내 영혼을 구해줄 누군가.

"괜찮나? 지금이 몇시인 줄 아나?"

몇시라니? 지금이 망할 몇 년도인지도 모르지만 나는 고개를 끄덕이고 말했다. "침대에서 몸을 일으킬 수 없었어요."

"그래. 적어도 거기 있기는 하군. 참 자비롭기도 하지."

내가 신문사의 난리/야단/법석을, 그 소리와 냄새를 그리워하리라 생각하겠지만 정작 나 자신은 그곳이 끔찍하고 두려웠다. 학교 복도와 교실의 소리와 냄새가 끔찍하고 두려웠던 것만큼이나.

몸이 파르르 떨렸다.

"술 마시고 있었나?"

"사십 년 동안."

빌 해든이 웃었다.

내가 그에게 빚이 있다는 것을, 그 빚을 돌려받기 위해 전화했다는 것을 빌 해든은 알고 있었다. 나는 이유도 없이 두 손을 내려다보았다.

우리가 지불한 대가, 우리가 초래한 빚.

그 모든 것이 할부로.

나는 고개를 들고 말했다. "시신은 언제 발견됐어요?"

"어제 아침."

"그럼 기자회견을 놓쳤겠네요."

빌이 다시 웃었다. "어림없지."

나는 한숨을 쉬었다.

"어젯밤 경찰이 보고서를 내긴 했지만, 기자회견은 오늘 아침 11시에 하기로 했어."

나는 손목시계를 봤다.

멈춰 있었다.

"지금 몇시죠?"

"10시." 빌이 히죽 웃었다.

나는 〈요크셔 포스트〉 건물에서 택시를 잡아타고 커크게이트 시장으로 향했다. 나지막이 솟은 아침해 아래 다른 벙어리 천사들과 함께 시궁창에 앉아 생각을 하나로 모으려고 애썼다. 하지만 내 양복바지 사타구니에서 악취가 풍기고, 목깃은 비듬투성이고, 〈The Little Drummer Boy〉 가락이 머릿속을 맴돌고, 한 시간 후면 문을 열 술집이 사방에 널려 있고, 눈에는 눈물이 그렁그렁했다. 십오 분이나 멈추지 않는 지독한 눈물.

"망할 고양이 납셨네요."

월슨 경사가 여전히 안내 데스크를 지키며 나를 반겼다.

"새뮤얼." 나는 고개를 끄덕였다.

"정말 오랜만이네요." 그가 깩깩댔다.

"나는 바로 엊그제 본 것 같은데."

그가 껄껄거렸다. "기자회견 때문에 왔어요?"

"내 건강을 위해 온 건 아닐 테지."

"잭 화이트헤드가? 건강? 에이, 설마." 그가 위쪽을 가리키며 말을 이었다. "길은 잘 알겠죠."

"불행히도."

예상만큼 붐비지 않았으며, 내가 아는 얼굴은 하나도 없었다.

나는 담배에 불을 붙이고 뒤쪽에 앉았다.

앞쪽에 의자가 잔뜩 줄지어 있고, 여자 순경이 물잔 열 개를 늘어놓고 있었다. 나한테도 한 잔 줄까 싶었지만, 그럴 리 없었다.

기자회견장이 여자 둘과 축구 선수 같은 남자들로 가득차기 시작했다. 순간 여자 중 한 명이 캐서린이 아닐까 싶었지만 막상 뒤돌아본 그녀는 캐서린이 아니었다.

나는 새 담배에 불을 붙였다.

앞문이 열리더니 잠을 못 잔 듯 얼굴과 목이 붉은 경찰들이 눅눅한 양복과 넥타이 차림으로 들어왔다.

회견장이 갑자기 꽉 찬 듯 숨이 막혔다.

1977년 5월 30일 월요일.

다시 돌아온 것이다.

고마워, 잭.

탁자 중간에 자리잡은 조지 올드먼이 입을 열었다.

"감사합니다. 모두 아시겠지만, 어제 새벽 라운드헤이의 솔저스필드에서 여자 시신이 발견됐습니다. 피해자는 서른두 살 마리 와츠 부인으로 밝혀졌으며, 처녀적 성은 오언스, 리즈의 프랜시스 거리에 거주했습니다.

구체적 상황을 이 단계에서 밝히기는 곤란하지만 피해자는 대단히 참혹한 공격을 당했습니다. 리즈대학 법의학과 주임교수 팔리의 예비 검시 결과, 피해자는 단단한 둔기로 머리를 맞고 사망했습니다."

단단한 둔기라니 여기가 아니라 거기에 갔었어야 했나 싶었다.

솔저스필드: 싸구려 레인코트 아래 또다른 터틀넥 스웨터와 납작한 흰 젖가슴 위로 밀려올라간 분홍색 브래지어와 배에서 쏟아져나온 창자.

올드먼이 계속 말하고 있었다. "피해자는 작년 10월 런던에서 리즈로 이주했으며, 런던에서는 여러 호텔에서 일한 것으로 보입니다. 와츠 부인과 그녀의 런던 생활에 대한 정보가 있다면 필히 제보해주시면 감사하겠습니다.

또한 토요일 밤과 일요일 오전 솔저스필드 부근에 있었던 분은 용의선상에서 제외되기 위해서라도 필히 자진 신고해주시기 바랍니다. 특히 다음과 같은 차량을 모는 분들의 제보를 기다리고 있습니다.

흰색 포드 카프리, 붉은색이나 적갈색 포드 코세어, 짙은 색 랜드로버.

다시 한번 말씀드리지만, 우리는 이들 차량과 운전자를 용의선상에서 제외하기 위해 찾고 있는 것이며, 제보 내용은 철저히 비밀에 부쳐질 것입니다."

올드먼은 물로 목을 축이고 다시 말을 이어나갔다.

"또한 리즈의 프랜시스 거리에 거주하는 스티븐 바턴 씨에게 자진 출두를 부탁드리는 바입니다. 바턴 씨는 고인의 친구로, 와츠 부인의 마지막 몇 시간의 행적과 관련해 소중한 정보를 알리라 생각됩니다."

올드먼이 말을 멈추더니 씩 웃었다. "다시 한번 말씀드리지만, 이 역시 용의선상에서 제외하기 위한 절차이며, 바턴 씨는 용의자가 아니라는 점을 명백히 강조하는 바입니다."

또다시 말을 멈춘 올드먼이 옆의 두 남자와 머리를 맞대고 속닥였다.

나는 탁자 앞의 사람들이 누구인지 기억을 더듬었다. 노블과 잡슨은 확실했고, 나머지 네 명도 눈에 익은 얼굴이었다.

올드먼이 말했다. "여러분 중 일부는 이번 사건이 1975년 6월의 테리사 캠벨 사건과 1976년 2월의 조앤 리처즈 사건과 매우 유사하다는 걸 알 겁니다. 두 사람 모두 채플타운에서 일하던 매춘부였습니다."

회견장이 터져나갈 듯했다. 그 점을 이토록 공개적이고 구체적으로 언급한 올드먼 때문에 나는 충격에 빠져 앉아 있었다.

올드먼이 양손을 올렸다 내리며 기자들을 진정시키려 애썼다. "여러분, 제 말을 마저 들어주십시오."

하지만 기자들은 여전히 동요했고, 나 역시 마찬가지였다.

생각보다 더 심했고, 더 강렬했다: 한쪽 다리에 걸쳐진 하얀 팬티, 허벅지에 놓인 샌들.

올드먼은 엄하기 그지없는 교장 선생의 눈빛으로 회견장을 보며 조용해지기를 기다렸다. 그리고 말했다. "말씀드렸다시피, 이들 사건에는 무시할 수 없는 공통점이 있습니다. 하지만 동시에 이 세 사건이 동일범의 소행이라고 단정할 증거는 없습니다. 다만 수사과정에서 그 가능성을 염두에 둘 뿐입니다.

끝으로, 수사대 지휘는 노블 총경이 맡는다는 점을 밝히며 이만 마치겠습니다."

한마디로 대혼란이었다. 회견장은 기자들이나 기자들의 질문을 감당할 수 없을 지경이었다. 주위의 모든 기자가 벌떡 일어나 올드먼과 경찰들을 향해 고함을 질러대고 있었다.

조지 올드먼이 빙그레 웃으며 기자석 뒤쪽을 보았다. 이윽고 한 기자를 가리킨 후 한쪽 귀에 손을 갖다대더니 아무 소리도 안 들린다며 짐짓 화난 척했다. 그러고는 이상 끝이라고 말하듯 두 손을 들어 보였다.

소음이 가라앉고 기자들은 안절부절못하며 언제든 다시 일어날 태세로 자리에 앉았다.

올드먼이 여전히 서 있는 한 기자를 가리켰다.

"예, 로저?"

"그럼 마지막 피해자인 마리 와츠도 매춘부였습니까?"

올드먼이 노블에게로 고개를 돌리자 노블은 올드먼 앞의 마이크로 몸을 숙여 대꾸했다. "현 수사단계에서는 확인되지 않은 사항입니다. 하지만 와츠 부인이 흔히 '웃음을 파는 여자'라고 일컬어지는 부류였다는 정보는 입수된 바 있습니다."

웃음을 판다.

기자들 모두 생각하고 있었다, 걸레였구나.

올드먼이 다른 기자를 지목했다.

그가 일어나 질문했다. "동일범일 가능성을 보여주는 구체적인 유사점은 무엇입니까?"

올드먼이 미소지었다. "말씀드렸다시피, 구체적인 범죄 내용을 이 자리에서 밝히기는 곤란합니다. 다만 사건 발생지역과 피해자 연령과 생활방식, 그리고 살해된 방식에서 뚜렷한 유사점이 드러났습니다."

나는 물속으로 가라앉고 있었다.

피, 끈적하고 걸쭉한 검은 피가 뼛조각과 잿빛 뇌 덩어리와 함께 머리카락을 뒤덮다 못해 천천히 솔저스필드의 풀밭으로 뚝뚝 떨어진다, 천천히 내 위로 뚝뚝 떨어진다.

뒷줄에 앉은 나는 물위로 손을 쳐들었다.

올드먼이 기자들 머리 너머로 나를 보고 일순 눈살을 찌푸리더니 미소지었다. "잭?"

나는 고개를 끄덕였다.

앞줄에 앉은 두어 사람이 뒤돌아보았다.

"네, 잭?" 그가 다시 말했다.

나는 천천히 일어나 물었다. "현재 비슷한 정황의 사건은 그 세 건이 전부입니까?"

"현재로서는 그렇습니다."

올드먼이 고개를 끄덕이고는 다른 기자를 가리켰다.

나는 탈진하고 안도한 채 도로 의자에 앉았다. 질문과 대답이 여전히 주위에서 바삐 오갔다.

아주 잠깐 눈을 감았는데 이내 물속으로 가라앉았다.

꿈은 힘이 세다. 처음에는 앞이 보이지 않을 만큼 시커멓지만 조용히 눈꺼풀 뒤에서 맴돌며 서서히 자리잡아간다.

눈을 뜨면 그녀는 여전히 그곳에 있다.

하얀 마크스앤드스펜서* 잠옷이 그가 낸 구멍에서 흘러나온 피로 검게 젖어 있다.

에디 사건이 있은 지 딱 한 달 후인 1975년 1월이다.

눈 뒤에서 불이 인다. 눈 뒤의 불이 느껴지는 순간, 그녀가 거기 돌아와 있다는 것을, 내 눈 뒤에서 성냥을 갖고 놀다 스스로의 봉화를 지피고 있다는 것을 나는 안다.

구멍투성이, 머리들마다 구멍투성이다. 구멍투성이, 사람들마다 구멍투성이다. 구멍투성이, 캐럴 역시 구멍투성이다.

"잭?"

---

* 영국의 주요 소매점.

누가 어깨에 손을 얹는 바람에 돌아왔다.

1977년으로.

조지였다. 경찰 하나가 그를 위해 텅 빈 회견장 문을 붙잡고 있었다.

"잠시 딴생각이라도 한 겁니까?"

나는 일어났다. 묵은 공기와 침으로 입안이 텁텁했다.

"조지." 나는 손을 뻗었다.

"다시 만나서 반가워요. 그동안 어떻게 지냈습니까?" 그가 씩 웃으며 물었다.

"잘 알지 않습니까."

"하긴." 내가 어떻게 지내는지 너무도 잘 아는 그는 고개를 끄덕였다. "좀 쉬어가며 일하지그래요."

"내가 어디 그럴 사람입니까, 조지."

"나 대신 편집장한테 말 좀 전해요, 너무 혹사시키지 말라고."

"그러죠."

"다시 만나서 반가워요." 그가 아까 한 말을 또 하고는 문으로 향했다.

"고맙습니다."

"뭐 필요한 것 있으면 전화하고." 그가 문 너머에서 소리치더니 젊은 경찰에게 말했다. "저 사람은 내가 여태껏 만난 최고의 기자라네."

조지 올드먼 부청장이 만난 최고의 기자인 나는 텅 빈 회견장에 혼자 남아 다시 앉았다.

리즈 시내를 걸으며 열기에 바싹 마른 지옥을 둘러보았다.

손목시계가 또 멈추는 통에 소음 사이로 대성당 종소리를 들으려고 귀를 곤두세웠다. 지나가는 상점마다 귀청이 터질 듯한 음악이 흐르고, 자동차 경적이 분노에 차서 빵빵대고, 모퉁이마다 성난 말들이 터져나왔다.

대성당 첨탑을 찾아 하늘을 올려다보았지만 그곳에는 불이 있을 뿐이었다. 정오의 하늘 높이 박힌 해가 내 이마를 검게 가로질렀다.

한 손으로 눈을 가리는데 누가 곧장 내게로 걸어와 세게 부딪쳤다. 나는 몸을 돌려, 샛길로 사라지는 시커먼 그림자를 보았다.

샛길로 쫓아들어가니 뒤에서 자갈길을 빠르게 지나가는 말발굽소리가 들렸다. 돌아봤지만 그곳에는 맥주를 한가득 실은 트럭이 좁은 샛길로 들어오려고 용을 쓰고 있을 뿐이었다.

트럭이 지나가도록 벽에 얼굴을 바짝 붙였다가 다시 바로 서니 양복 앞자락과 손이 온통 붉은색 페인트 범벅이었다.

나는 뒤로 물러나 아주 오래된 벽과 거기 쓰인 붉은색 글자를 바라보았다.

지옥.

해그림자가 드리운 샛길에 서서 페인트가 말라가는 글자를 보며 확신했다. 전에 이곳에 와본 적 있다고, 전에 어디선가 바로 이 그림자를 보았다고.

"피투성이가 되어 돌아다니기에는 좋은 날씨가 아닌데." 스포츠부 편집자 가즈 윌리엄스가 껄껄댔다.

타이피스트 스테파니는 웃지 않았다. 나를 슬픈 눈길로 바라보며 물었다. "어쩌다 그랬어요?"

"페인트가 덜 말랐지 뭔가." 나는 씩 웃었다.

"과연 정말일까?" 가즈가 말했다.

정감 어린 농담은 언제나 그렇듯 유쾌했다. 나와 빌보다 더 오래 신문사에 다닌 기자로는 유일한 조지 그리브스는 점심을 먹은 뒤라 책상에 머리를 박은 채 코를 드르렁거리고 있었다. 어디선가 라디오 지역방송이 흘러나오고, 타자기와 전화기가 울려대고, 수백 명의 유령이 내가 책상에 앉기를 기다리고 있었다.

나는 자리에 앉아 타자기 덮개를 벗기고 새 종이를 끼운 다음 나의 뿌리로 돌아가 작업을 시작할 준비를 했다.

나는 타이핑을 했다.

경찰이 사디스트 살인마를 쫓다.

마리 와츠 부인(32)을 살해한 뒤 리즈 시내에서 멀지 않은 체육공원에 시신을 유기한 살인마를 경찰이 쫓고 있다. 리즈의 프랜시스 거리에 거주하던 와츠 부인의 시신은 어제 새벽 조깅하던 시민에게 발견되었다.

시신은 라운드헤이고등학교와 라운드헤이홀병원 근처 라운드헤이공원 솔저스필드에 놓여 있었다. 리즈의 살인사건 수사대 지휘를 맡은 피터 노블 총경은 피해자가 머리 중상 외에 자세히 밝히기 곤란한 여러 상해를 입었다고 설명했다. 살인범은 사디스트이자 성도착자일 가능성이 크다.

충격적이게도, 조지 올드먼 부청장이 확인해준 바로는 리즈에서 발생한 다음 두 미결사건과 이번 사건이 연관되어 있을 가능성을 염두에 두고 수사가 진행되고 있다.

1975년 6월: 테리사 캠벨(26)은 스콧 홀 애비뉴에 거주하던 세 아이의 어머니로, 프린스 필립 체육공원에서 시신으로 발견되었다.

1976년 2월: 조앤 리처즈(45)는 뉴 판리에 거주하던 네 아이의 어머니로, 채플타운의 막다른 골목에서 시신으로 발견되었다.

마지막 희생자인 와츠 부인은 작년 10월 런던에서 리즈로 옮겨왔다. 경찰은 마리 오언스 혹은 마리 와츠에 대해 아는 시민의 제보를 기다리고 있다.

또한 와츠 부인의 친구이자 리즈의 프랜시스 거리 거주자인 스티븐 바턴을 찾고 있다. 바턴 씨는 와츠 부인의 마지막 몇 시간의 행적에 대한 중요한 정보를 알고 있으리라 추측된다. 하지만 결코 그를 용의자로 보는 것은 아니라고 경찰은 강조했다.

올드먼 부청장은 지난 토요일 밤 솔저스필드 근방에 있었던 시민의 제보를 간절히 기다리고 있다. 특히 흰색 포드 카프리, 암적색 포드 코세어, 랜드로버의 운전자를 찾고 있다. 이는 용의선상에서 이들 운전자를 제외하기 위함이며, 모든 제보는 철저히 비밀에 부쳐질 거라고 올드먼 부청장은 강조했다.

제보할 내용이 있다면 가까운 경찰서나 수사대 직통전화인 리즈 461212로 연락 바란다.

나는 타자기에서 종이를 뽑아 쭉 읽었다.

녹슨 단어 한 무더기가 공포의 사슬로 주르르 엮여 있었다.

술과 담배가 간절했지만 여기서는 아니었다.

"벌써 끝냈나?" 빌 해든이 어깨 너머에서 말했다.

나는 고개를 끄덕이고는 그에게 종이를 건넸다. 마치 새롭게 발견한 뭐라도 된다는 듯. "마음에 들어요?"

창밖에 몰려오는 구름이 오후를 회색으로 물들이며 도시와 신문사에 느닷없는 고요를 퍼뜨렸다. 빌이 다 읽기를 기다리며 가만히 앉아 있자니 한없는 고독이 느껴졌다.

"훌륭하군." 빌이 판돈을 걸듯 씩 웃었다.

"고맙습니다." 나는 오케스트라가 울려퍼지고 찬사와 눈물이 쏟아지길 기대하며 대꾸했다.

하지만 그 순간은 이내 사라졌다. "이제 뭐할 생각인가?"

나는 의자에 등을 기대고 미소지었다. "한잔 걸쳐야죠. 같이 갈래요?"

붉은 얼굴에 회색 턱수염을 기른 거구의 남자가 한숨을 쉬며 고개를 저었다. "술 마시기엔 좀 이르잖아."

"너무 이른 때란 없어요. 늘 너무 늦을 뿐이지."

"내일도 나올 거지?" 빌이 희망이 깃든 목소리로 물었다.

나는 의자에서 일어나 지친 윙크와 미소를 건넸다. "당연하죠."

"좋아."

"조지." 나는 소리쳤다.

조지 그리브스가 책상에 처박고 있던 고개를 들었다.

"잭?" 그가 꿈인지 생시인지 모르겠다는 얼굴로 반문했다.

"기자 클럽에나 갈까?"

"좋지. 간단히 한잔하자고." 그가 빌을 향해 멋쩍은 웃음을 지으며 대꾸했다.

엘리베이터에서 조지는 사무실 사람들을 향해 손을 흔들고, 나는 고개 숙여 인사하며 생각했다. 시간을 때우는 데는 다양한 방법이 있지.

집만큼이나 어두운 기자 클럽.

이곳에 마지막으로 온 게 언제인지 기억을 헤아리지 못하자 조지가 거들고 나섰다.

"그때 진짜 재밌었는데."

나는 그가 무슨 이야기를 하는지 짐작도 할 수 없었다.

바 뒤의 베트는 너무, 너무 잘 안다는 표정으로 나를 보았다. "오랜만이네요, 잭."

"그러게."

"어떻게 지냈어요, 자기?"

"잘 지냈지. 자기는?"

"내 다리도 이제 나이들어가고 있죠."

"자기는 다리가 필요 없어." 조지가 껄껄거리며 말을 이었다. "어차피 여태 구경도 못했는데. 안 그래, 잭?"

우리 모두 웃어댔다. 나는 베트와 그녀의 다리를 떠올리다, 내가 영원히 살 거라고 믿었고 영원히 살고 싶어했으며 영원한 삶이 실은 저주임을 알기 전의 어떤 시절을 떠올렸다.

베트가 말했다. "스카치로 할래요?"

"술잔이 비지 않게 계속." 나는 씩 웃었다.

"그건 아무리 해도 안 되던데요."

또다시 다 함께 웃어댔다. 나는 발기한 채 스카치를 집어들었다.

잔뜩 취한 나는 흘러내리는 하얀 페인트로 **증오한다**라고 쓰인 바깥벽에 기대어 있었다.

주어도 목적어도 없이 **증오한다**라고만 쓰여 있었다.

글자가 흐릿해지며 빙글빙글 돌더니 내가 써야 했지만 그러지 못했던 기사와 내가 썼던 기사들 사이에서 길을 잃고 말았다.

이야기들, 나는 다시 바에서 이야기하고 있었다.

요크셔 갱스터와 요크셔 경찰, 캐넉체이스와 블랙 팬서*.

이야기들, 그냥 이야기들. 하지만 나를 이곳으로 내몰고 **증오한다**라고 쓰인 벽에 내동댕이친 진짜 이야기들, 진실된 이야기들은 결코 꺼내지 않는다.

클레어 켐플레이와 마이클 미슈킨과 스트래퍼드 총격사건과 퇴마의식 살인사건.

모든 개가 뼈다귀를 물고 모든 고양이가 크림을 먹지만, 모든 낙타는

---

* 영국의 무장 강도이자 납치 살해범 도널드 닐슨의 별명.

등이 부러져라 짐만 지고 모든 나폴레옹은 워털루전투에서 패했다.

지식돼 이야기들,

증오한다라고 쓰인 벽 위의 흑과 백.

나는 도드라진 페인트를 따라 손가락을 움직였다.

그러면서 궁금해했다, 깡패들은 다 어디로 간 걸까?

이윽고 그들이 거기 나타나 나를 에워싸고 있었다.

면도기로 민 대머리와 맥주냄새를 풍기는 날숨.

"어이, 할배." 깡패 하나가 말했다.

"꺼져, 호모 새끼."

그가 친구들 무리 사이로 물러섰다. "이 멍청한 노땅이 무슨 헛소리를 하는 거야? 왜, 내 좆맛이라도 보고 싶냐?"

"어디 구경이나 해보자." 내가 말하자마자 그는 주먹을 날렸고, 나는 떠올리기를 멈췄고 한순간 기억도 멈춰버렸다.

그저 한순간.

나는 거리에서 그녀를 안고 있다. 내 팔도, 내 손도, 그녀의 얼굴도, 내 입술도, 그녀의 입도, 내 눈도, 그녀의 머리카락도, 내 눈물도, 그녀의 눈물도 모두 피투성이다.

심지어 옛 마법도 이제는 우리를 구할 수 없다. 몸을 돌려 힘겹게 일어나는데 캐럴이 말한다. "여기 있어요!" 이십오 년도 넘었다. 나는 떠나야 한다. 그녀를 여기 이 거리, 이 피의 강 속에 내버려두고 떠나야 한다.

나는 고개를 들지만 거기에는 로스뿐이다. 로스 목사, 달 그리고 그.

캐럴이 가버렸다.

나는 내 방에 서 있었다. 창문이 열려 있고, 방은 밤처럼 검푸르렀다.

손에 든 스카치잔으로 입안의 피를 헹구고 필립스 포켓 메모를 입에 갖다댔다. "1977년 5월 30일, 0년, 리즈. 나는 다시 일을 시작했다……"

많이는 아니더라도 더 말하고 싶었지만 제대로 나오지 않았다. 그래서 중지 버튼을 누른 다음 서랍장으로 가서 맨 아래 칸을 열고, 깨알 같은 글씨로 날짜와 장소가 깔끔하게 적힌 조그만 케이스에 담긴 조그만 테이프들을 응시했다. 나의 잭 더 리퍼*, 닥터 크리픈**, 세든 부부***, 벅 럭스턴****이자 내 젊은 시절의 책들이었다. 나는 아무거나(어쨌든 내 주장은 그렇다) 하나 골랐다. 지저분한 시트 위에 발을 올리고 누워, 그녀의 비명이 방을 채우는 동안 낡디낡은 천장을 응시했다.

깜깜한 한밤중에 잠이 깨 생각했다, 만약 그가 죽지 않았다면?

---

* 1888년 런던에서 최소한 다섯 명의 매춘부를 잔인하게 죽인 희대의 연쇄살인범.
** 1910년 런던에서 아내를 살해하고 교수형당한 살인범.
*** 1911년 돈을 노리고 독신녀를 독살한 부부.
**** 1935년 영국에서 내연녀와 하녀를 살해한 파시교도 의사.

청취자 : 지난 이삼십 년간 미국 범죄학자들은 암수暗數범죄를 측정하고 분석하기 위해 체계적으로 노력해왔는데요……

존 샤크: 암수범죄요?

청취자: 네, 암수범죄요. 신고되지 않은 범죄 비율을 의미하는데, 전문가들도 잘 모르고, 설령 알아도 무시하기 일쑤죠. 하지만 성범죄를 체계적으로 연구한 라지노비츠 박사에 따르면, 성범죄 중 신고되는 경우는 5퍼센트도 채 안 된다더군요.

존 샤크: 이런 기막힌 일이.

청취자: 1964년 라지노비츠 박사가 주장하길, 전체 범죄행위 중 신고되어 처벌받는 경우는 기껏 15퍼센트에 불과하다고 했죠.

존 샤크: 15퍼센트요!

청취자: 그것도 1964년에 그랬다는 겁니다.

1977년 5월 31일 화요일
리즈 라디오
존 샤크 쇼

3

밀가스 경찰서, 살인사건 수사본부.

러드킨, 엘리스 그리고 나.

오전 6시가 막 지난 1977년 5월 31일 화요일.

우리는 커다란 탁자에 둘러앉아 상판을 두드리고 있고, 전화기들은 하나같이 잠잠하다.

문으로 올드먼 부청장과 노블 총경이 들어오더니 커다란 파일 두 개를 탁자에 털썩 놓는다.

러드킨 경위가 실눈을 떠 위쪽 파일을 살피고 나서 말한다. "아이고 젠장, 또입니까?"

나는 읽는다. 1975년 11월, 프레스턴.

씨팔.

무슨 의미인지 뻔하다.

두 걸음 전진, 여섯 걸음 후퇴.

1975년 11월: 스트래퍼드 총격사건이 여전히 모두의 기억에 생생하고, 내사가 뜬다는 소문이 돌고, 피터 헌터와 그의 사냥개들이 계속 우리 엉덩이를 킁킁댔다. 웨스트요크셔 메트로폴리탄 경찰*이 등을 벽에 딱 갖다붙이고 입을 꾹 다물고 좋은 게 좋은 거야, 어느 쪽에 붙어야 하는지 알지 그러고 있는 동안, 마이클 미슈킨은 감옥에 갇히고 판사는 열쇠를 던져버렸다.

"클레어 스트라찬." 나는 중얼거린다.

1975년 11월: **또다른 실추.**

엘리스는 어리둥절한 표정이다.

러드킨이 무슨 일인지 알려주려다가 조지 때문에 입을 다문다. "알다시피, 매춘전과자인 클레어 스트라찬은 거의 이 년 전 1975년 11월 프레스턴에서 강간당하고 구타당해 사망했어. 랭커셔 경찰은 즉각 테리사 캠벨 조서를 검토했고, 지난해 여기서 조앤 리처즈 사건이 터졌을 때는 여기 존이랑 밥 크레이븐이 그리로 갔지."

나는 생각한다. 러드킨을 이 사건에서 빼려는 거야. 왜지?

힐긋 보니 러드킨은 고개를 끄덕이며 끼어들고 싶어 조바심치고 있다.

그러거나 말거나 올드먼은 이야기를 이어간다. "클레어 스트라찬 사건이 동일범 소행일 수도 아닐 수도 있지만, 어쨌든 프레스턴으로 가서 망할 조서를 다시 한번 살펴보는 게 좋겠어."

"씨팔 시간 낭비예요." 마침내 러드킨이 말을 뱉는다.

올드먼의 얼굴이 벌게지고, 노블의 얼굴은 천둥이라도 칠 듯 위협적이다.

"죄송합니다, 부청장님. 하지만 지난번 밥이랑 거기 이틀이나 있었어요. 정말로, 동일범이 아니에요. 그랬으면 오죽 좋겠지만, 아니라고요."

엘리스가 불쑥 끼어든다. "동일범이면 뭐가 좋은데요?"

---

* 1986년 행정 개편 전까지 웨스트요크셔주 경찰의 정식 이름.

"그쪽 범인이 흔적을 많이 남겼거든. 그런 덜떨어진 머저리를 왜 여태 못 잡고 있는지 모르겠다니까."

노블이 코웃음 친다. 그러니까 널 랭커셔로 보내는 거야라고 말하듯.

"무슨 근거로 동일범이 아니라고 확신하는데요?" 엘리스가 묻는다.

"앞으로 먼저 한 뒤 뒤로도 했거든. 두 번 다 사정했고. 그런 여자한테 어떻게 그럴 수 있었는지 모르겠지만."

"못생겼어요?"

"말도 마."

엘리스가 반쯤 웃으며 모두가 이미 알고 있는 것을 말한다. "이놈하고는 다른데요. 전혀요."

러드킨이 고개를 끄덕인다. "이놈은 풀밭을 날아가기라도 했는지 흔적조차 없지."

"또다른 점은요?" 내가 묻는다.

"한창 재미 보면서 피해자를 밟고 올라가 펄쩍펄쩍 뛰어서 결국 망할 가슴이 폭삭 주저앉았지. 웰링턴 부츠 사이즈가 10이더군."

나는 올드먼을 본다.

올드먼이 씩 웃으며 말한다. "또 할말 없나?"

"네." 러드킨이 어깨를 으쓱한다.

"좋아, 늦지 않게 출발해. 알았지?"

"아이고, 젠장."

"앨프는 기다리는 걸 질색해."

랭커셔 형사과의 수장 앨프리드 힐 총경.

"또 제가 가요?" 러드킨이 방안을 둘러보며 묻는다.

노블이 러드킨과 엘리스와 나를 가리킨다. "자네 셋이 가."

"스티브 바턴과 아일랜드 놈은 어떡하고요?"

"나중에 하면 돼, 존. 나중에." 올드먼이 말하며 일어난다.

주차장에서 러드킨이 엘리스에게 열쇠를 던진다. "운전해."

엘리스는 지금 당장 바지에 사정이라도 할 것 같은 표정이다. "알겠습니다."

"나는 눈 좀 붙여야겠어." 러드킨이 로버 뒷좌석에 오른다.

해가 빛나고, 나는 라디오를 켠다.

켄터키 나이트클럽 화재사건으로 이백 명이 사망했습니다. 다섯 명이 나이락 대위 살인사건*으로 기소되었습니다. 런던 남동부에서 빈발한 노상강도사건과 관련해 스물한 명의 유색인 젊은이가 체포되었습니다. 이천삼백만 명이 로열 윈저 경마 쇼를 관람합니다.

"덜떨어진 머저리." 엘리스가 낄낄거린다.

나는 차창을 내리고 바람 속으로 머리를 내민다. 차는 점점 속도를 높이며 M62로 향한다.

"씨팔, 길은 알지?" 러드킨 경위가 뒤에서 외친다.

나는 눈을 감는다. 10CC와 ELO가 쉴새없이 흐른다.

황야 어딘가에서 화들짝 놀라 깬다.

라디오는 꺼졌다.

고요.

나는 양쪽에서 달려가는 승용차와 화물트럭과 저 너머 황야를 바라본다. 생각을 하기가 힘들다.

"작년 2월 밥 크레이븐하고 갔을 때 자네도 봤어야 했는데." 러드킨이

---

* 영국군 로버트 나이락 대위가 북아일랜드 잠복근무중 IRA에 납치, 살해당한 사건.

앞좌석 중간에 고개를 쑥 내밀고 있다. "씨팔 눈보라 때문에 바로 50센티미디 앞도 안 보이지 뭐야. 좆나 겁났지. 게다가 그 어마어마한 소리 하며. 똥을 지릴 만큼 더럽게 무서웠어."

엘리스가 러드킨을 흘긋 돌아본다.

나는 말한다. "앨프 힐은 꽤 간부급 아니에요?"

"그래. 그 여자를 처음 취조한 게 그 인간이었지. 그의 부하가 테이프들이랑 다 찾아냈거든."

"씨팔." 엘리스가 씩씩댄다.

"그년이 브래디보다 더 밉다니까."*

우리 모두 황야를 바라본다. 햇살이 은빛으로 반짝이고, 구름이 느닷없이 검은 그림자를 군데군데 드리우고, 표시 없는 무덤이 늘어서 있다.

"끝이 없어. 씨팔 끝이 없어." 러드킨이 도로 뒷좌석에 기대며 내뱉는다.

9시 30분 우리는 프레스턴에 자리한 랭커셔주 경찰청 주차장에 들어선다.

러드킨 경위가 한숨을 쉬고는 재킷을 걸친다. "더럽게 지루해질 준비나 하라고."

안으로 들어가 러드킨이 안내 데스크에 이야기하자 우리는 악수를 나누고 양쪽이 다 아는 친구들을 언급한 뒤 계단을 올라 앨프 힐의 사무실로 향한다.

정복경사가 노크하고 우리는 안으로 들어간다.

---

* 1963년에서 1965년 사이 다섯 명의 아이를 살해한 미라 힌들리와 이언 브래디 사건을 가리킨다.

힐 총경은 거친 밤을 보낸 노인 스텝토*처럼 보이는 작달만한 남자다. 총경이 지저분한 손수건에 대고 기침을 한다.

"앉아요." 총경이 손수건에 침을 뱉는다.

아무도 악수를 나누지 않는다.

"다시 왔군." 그가 러드킨을 향해 씩 웃는다.

"반갑잖을 손님이 자주 와서 죄송하네요."

"반갑잖기는, 무슨 그런 말을. 존, 귀찮기는커녕 얼마나 반가운데."

러드킨이 자리에서 몸을 앞으로 살짝 뺀다. "무슨 새로운 정보라도 있습니까?"

"클레어 스트라찬 말인가? 뭐, 별다른 건 없는데."

다시 기침이 나는 바람에 손수건을 꺼내들더니 마침내 그가 말한다. "다들 바쁠 테니 어서 빨리 해치우는 게 좋겠군."

다 같이 일어나 복도를 지나간다. 그들의 수사본부로 가는 모양인데, 복도 양쪽의 문들은 전부 닫혀 있다.

커다란 창문으로 언덕이 내다보이는 커다란 방. 버밍엄 술집 폭탄사건의 일부를 여기서 수사했으리라.

앨프리드 힐이 서류함 서랍을 연다. "예전 그 자리에 그대로 있다네." 그러고는 씩 웃는다.

러드킨은 고개를 끄덕인다.

수사본부에는 우리 말고도 다른 경찰들이 셔츠 바람으로 앉아 담배를 피우고 사망자 사진을 검토하며 누렇게 떠간다.

우리가 그들을 살피듯 그들도 우리를 살핀다.

힐이 콧수염을 기른 뚱뚱한 남자에게로 몸을 돌려 말을 건넨다. "이

---

*BBC방송 시트콤 〈스텝토 앤드 선〉의 주인공인 고물장수.

친구들은 클레어 스트라찬 사건의 재검토차 리즈에서 파견됐다네. 필요한 게 있으면 뭐든 도와주도록."

남자가 고개를 끄덕이더니 담배꽁초를 다시 입에 문다.

"가기 전에 꼭 나한테 들러." 앨프 힐이 다시 복도로 나가며 말한다.

"감사합니다." 우리 모두 대답한다.

총경이 그곳을 뜨자 러드킨은 뚱뚱한 남자에게로 돌아서서 말을 붙인다. "들었지, 프랭키. 시원한 음료수라도 좀 가져오지. 꽁초는 그만 빨고."

"까불기는, 러드킨." 프랭키가 껄껄 웃으며 JPS 담뱃갑을 그에게 툭 던진다.

러드킨이 의자에 앉아 나와 엘리스를 돌아보며 말한다. "자, 어서 시작하자고."

클레어 스트라찬: 예순두 살처럼 보이는 스물여섯 살.

범인에게 당하기 전부터도 엉망진창이었던 뚱보.

두 번 결혼했고, 두 아이는 글래스고에서 자라고 있음.

호객행위전과가 수두룩.

완전 인간 말종이라는 판사의 선언.

프레스턴의 세인트메리호스텔에서 동료 매춘부와 마약중독자와 알코올중독자들과 함께 생활.

1975년 11월 20일 목요일 세 남자와 섹스했고 그중 한 명만 신원 파악.

그리고 용의선상에서 제외.

1975년 11월 21일 금요일 아침 시신으로 발견.

피살된 사체.

음부에 부츠 한 짝이 올려져 있고, 머리는 코트로 덮여 있었음.

나는 러드킨을 보며 말한다. "호스텔이랑 차고에 가봐야겠어요."

엘리스가 베껴 쓰던 손을 멈춘다.

"뭐하러?" 러드킨이 한숨을 쉬며 묻는다.

"현장이 그려지지 않아요."

"봐봤자 눈만 버려." 그가 담배를 비벼 끄며 대꾸한다.

우리는 안내 데스크의 경사에게 행선지를 말하고 주차장으로 간다.

프랭키가 우리를 쫓아 급히 뛰어나온다. "내가 거들어줄게." 그가 헐떡거리며 말한다.

"이런 고마울 데가." 러드킨이 대꾸한다.

"보스가 시켜서 하는 거야. 친절을 보이라나."

"그럼 점심도 사주겠네?"

"뭐, 방법이 없지는 않지."

"마법이군." 러드킨이 씩 웃는다.

엘리스가 같이 고개를 끄덕인다. 씨팔 꿋발 죽이는군이라고 말하듯.

나는 속이 뒤틀린다.

세인트메리호스텔은 백년도 더 된 건물로, 프레스턴역 위쪽 도로가에 있다.

문 위쪽 벽에 피와 불이라고 새겨져 있다.

"그때 일하던 직원이 아직 있나요?" 나는 프랭키에게 묻는다.

"없을걸."

"투숙객은요?"

"농담해? 사건 후 일주일 지났는데 싹 물갈이됐던걸."

우리는 악취를 풍기는 어스레한 복도를 지나가 접수실을 들여다본다.

기름 낀 머리가 어깨까지 축 늘어진 남자가 라디오를 켜놓은 채 뭔가를 쓰고 있다.

그가 고개를 들고 NHS*에서 지원하는 검은 뿔테 안경을 밀어올리더니 재채기를 한다. "무슨 일이시죠?"

"서에서 나왔어." 프랭키가 말한다.

"네." 그가 고개를 끄덕인다, 씨팔 무슨 일이람? 하듯.

"몇 가지 물어봐도 될까?"

"아, 그럼요. 무슨 일인지 말만 하세요."

"클레어 스트라찬 일이야. 어디서 얘기할까?"

그가 일어난다. "저기 라운지에서 하죠." 그러고는 손으로 가리킨다.

러드킨이 또다른 불쾌한 방으로 앞장서서 들어간다. 외풍이 드는 창문과 담뱃불 자국과 말라비틀어진 음식 찌꺼기로 뒤덮인 채 썩어가는 소파들.

프랭키가 신문을 계속한다. "자네 이름이?"

"콜린 민턴입니다."

"지배인인가?"

"부지배인입니다. 지배인은 토니 홀리스 씨죠."

"토니는 어디 있지?"

"휴가중입니다."

아주 부드럽게: "어디 멋진 곳이라도 갔나보지?"

"블랙풀에요."

"가까운 데로 갔군."

"네."

---

* 영국의 국민건강보험.

"앉아."

"그 일이 있었을 때 저는 여기 없었습니다." 느닷없이 콜린이 말한다. 이런 질문은 이미 받을 대로 받아봤다는 듯이.

러드킨이 신문을 이어받는다. "그럼 누가 있었지?"

"데이브 로버츠랑 로저 케네디랑 길리언 뭐라는 사람이랑. 아무튼 그렇게 있었을 겁니다."

"지금도 여기서 일해?"

"다들 그만두었습니다."

"아직 이 동네에 살까?"

"전혀 모르는데요. 죄송합니다."

"그들이랑 같이 일했나?"

"데이브하고만요."

"그가 클레어 스트라찬이나 그 사건에 대해 말했나?"

"네, 조금요."

"기억나는 거 있나?"

"예를 들면요?"

이곳은 프랭키의 도시이므로 그가 다시 말을 시작하자 우리는 입을 다문다. "어떤 거라도. 클레어 스트라찬이나 그 살인사건에 관련된 거면 뭐든 좋아."

"그게, 그 여자가 미쳤었다고 하더라고요."

"어떤 식으로?"

"완전 돌아서 정신병원에 갇힌 적이 있다던데요."

"그래?"

"창밖을 내다보다가 기차가 오면 짖어댔다나요."

엘리스가 끼어든다. "짖어댔다고?"

"네, 개처럼요."

"씨팔."

"네, 데이브 말로는 그랬어요."

러드킨과 눈이 마주치자 나는 질문을 잇는다. "그 여자 남자친구에 대해선 뭐 아는 것 없나?"

"글쎄요. 여자가 몸을 팔았대요."

"그래." 나는 고개를 끄덕인다.

"늘 술에 취해 있었고, 아무 남자하고나 잤고, 그 여자 때문에 싸움이 날 때도 있었다죠."

"어쩌다가?"

"저야 모르죠, 그때 없었으니까요. 하지만 질투 때문이었다고 했던 것 같아요."

"헤픈 여자였나봐?"

"네. 그랬대요."

"여기 직원들하고도 붙어먹었겠군." 러드킨이 끼어든다.

"그런 일은 모릅니다."

"난 알아. 그 여자가 살해된 날 오후 여기 직원인 로저 케네디하고 한바탕 재미를 봤지."

콜린은 아무 대꾸도 하지 않는다.

러드킨이 몸을 앞으로 기울이고 씩 웃는다. "그런 일은 지금도 여전하겠지?"

"아닙니다."

"얼굴이 빨개졌는데, 뭘." 러드킨이 껄껄대며 일어난다.

나는 묻는다. "그 여자 방은 몇 호실이었지?"

"저는 모릅니다. 하지만 위층으로 안내해드리죠."

"좋아."

나와 콜린만 위층으로 간다.

꼭대기층에서 나는 묻는다. "그때 투숙객 중에서 남아 있는 사람은 없나?"

"전혀요." 그가 대꾸하더니 다시 말한다. "아 참, 잠깐만요."

그가 좁고 긴 복도 끝으로 가 문을 두드리고는 연다. 안에 있는 누구와 이야기하더니 내게 오라고 손짓한다.

방은 휑한 동시에 환하다. 햇살이 텅 빈 의자와 탁자와 작은 침대 위의 남자를 가로지른다. 남자는 등을 돌린 채 벽을 보고 누워 있다.

콜린이 엉덩이를 가리키며 말한다. "이쪽은 월터입니다. 월터 켄들. 클레어 스트라찬을 알았죠."

"저는 프레이저 경사입니다, 켄들 씨. 리즈 형사과에서 나왔는데, 클레어 스트라찬 사건과 리즈에서 최근 벌어진 사건의 연결고리를 찾고 있습니다."

콜린 민턴이 고개를 끄덕이며 월터 켄들의 등을 본다.

나는 말을 잇는다. "여기 콜린이 말하길, 당신이 클레어 스트라찬을 알았다더군요. 그녀나 살인사건 당시에 대해 어떤 정보라도 말해주시면 대단히 감사하겠습니다."

월터 켄들은 꿈쩍도 하지 않는다.

나는 콜린 민턴을 보며 말한다. "켄들 씨?"

켄들은 여전히 벽을 보며 천천히 그리고 분명히 말한다. "수요일 밤이었는지 목요일 새벽이었는지, 아무튼 그날 일이 기억나요. 클레어의 방에서 끔찍한 비명소리가 나서 잠이 깼지. 진짜 목청이 터질 듯한 비명이었어요. 나는 침대에서 벌떡 일어나 복도를 달려갔죠. 클레어는 계단 입구 쪽 방에 묵고 있었는데, 문이 잠겨서 오 분은 족히 두드려대서야 열렸어요. 클레어가 눈물과 땀으로 흠뻑 젖은 채 혼자 있더군요. 무슨 일이냐고, 괜찮으냐고 물었죠, 그랬더니 그냥 꿈을 꾸었다고 했어요. 꿈이라니, 어떤 꿈? 내가 물었죠. 어마어마한 무게가 가슴을 압박하는 바람에 폐에서 공기가 다 빠져나가 죽게 생겼는데, 생각나는 거라고는 딸들을 다시는 못 보겠구나 하는 것뿐이었다고 했어요. 나는 음식을 잘못 먹고 얹힌 모양이라고 대답했고요. 얼토당토않은 말이지만 달리 뭐라고 하겠어요. 클레어는 그냥 웃더니 이러더군요, 거의 일 년 동안 매일 밤 같은 꿈을 꾼다고."

밖에서 기차가 덜컹덜컹 지나가자 방이 흔들린다.

"밤에 같이 있어달라고 해서, 나는 이불 위에 누워 그녀의 머리카락을 쓰다듬으며 전에도 종종 그랬듯 또 청혼했어요. 하지만 그녀는 그냥 웃으면서 자기랑 결혼하면 골칫덩이만 안게 될 거라고 했죠. 상관없다고 말했지만 그녀는 날 원하지 않았어요. 그런 식으로는."

입안이 바싹 마르고 방안이 몹시 덥게 느껴진다.

"자기가 죽을 줄 알고 있었답니다, 프레이저 경사님. 그들이 언젠가 찾아내서 죽일 거라는 걸 알았어요."

"누가요? 왜 죽인다는 겁니까?"

"처음 만났을 때 그녀는 취해 있었고, 나는 별로 신경 안 썼어요. 이런 데 살다보면 별의별 이야기를 다 듣게 마련이니. 하지만 그녀는 끊임없이, 끈덕지게 얘기했어요. 그들이 찾아낼 거고, 그러면 죽은목숨이라고. 그 말이 맞았다니."

"켄들 씨, 죄송합니다만 이해가 잘 안 되는군요. 누가 왜 죽이겠다고 했는지 그녀가 말했나요?"

"경찰이."

"경찰요? 경찰이 자기를 죽일 거라고 했다고요?"

"특별 경찰. 그렇게 말했어요."

"특별 경찰요? 왜요?"

"그녀가 봤거나 알고 있는 것 때문에. 아니면 그녀가 봤거나 알고 있다고 그놈들이 생각하는 뭔가 때문에."

"그녀가 자세히 말해주지는 않았나요?"

"네. 더 말하려 들지 않았어요. 괜히 나까지 곤경에 처할 거라면서."

"사건 당시 수사관한테 이 이야기를 했습니까?"

"내 이야기를 듣기나 하겠어요? 어차피 그 일 이후로는 날 사람 취급도 안 하는데."

"왜요? 무슨 일이 있었습니까?"

월터 켄들이 몸을 돌리더니 씩 웃는다. 색을 잃은 눈이 허옇다. 장님이다.

"어쩌다 그렇게 됐습니까?"

"1975년 11월 21일 금요일에 깨어나니 앞이 보이지 않더군요."

콜린 민턴을 돌아보니 그가 어깨를 으쓱한다.

"멀쩡했던 눈이 이제 썩은 동태눈 된 거지." 켄들이 껄껄거린다.

나는 일어난다. "시간 내줘서 감사합니다, 켄들 씨. 혹시 뭔가 떠오르는 게 있으면……"

켄들이 느닷없이 손을 뻗어 내 재킷 소매를 붙잡는다. "뭔가 떠오르는 게 있으면? 그딴 거 없어요."

나는 팔을 뺀다. "연락하십시오."

"조심하세요, 경사님. 누구에게든, 언제든 일어날 수 있는 일이죠."

나는 좁은 복도를 걸어가다 계단참의 방문 옆에서 멈춘다.

볕이 들지 않는 곳이라 시원하다.

콜린 민턴이 눈썹을 치켜세우고서 정말 죄송하다고 주절거리기 시작한다.

"특별 경찰? 그게 무슨 개소리야?" 러드킨 경위가 낄낄거린다.

우리는 차고를 향해 처치 거리를 걸어간다.

"망할 인간들. 그런 연놈들은 마약과 술 때문에 제 발로 그런 수렁에 빠져들었다는 걸 절대 인정 안 하지. 꼭 다른 사람이나 뭔가를 핑계로 댄다니까."

프랭키도 같이 낄낄거린다. "그 새끼는 공업용 페인트 제거액을 처마시고 눈이 멀었다지."

"봤지?"

러드킨의 말에 엘리스가 낄낄거린다. "네. 밥 선배의 친구하고는 다르네요."

"그것도 농담이라고 해?" 러드킨이 고개를 절레절레 젓는다.

우리는 모퉁이를 돌아 프렌치우드 거리로 들어선다.

왼쪽에 임대 차고가 늘어서 있다.

불현듯 프레스턴이 정적에 싸인 듯하다.

다시 찾아든 바로 그 침묵.

"저기야." 프랭키가 속삭이며, 길 끝을 가로막고 선 여러 층짜리 주차 건물과 이웃한 차고를 가리킨다.

"잠겨 있을까요?" 엘리스가 묻는다.

"아닐걸."

우리는 그쪽으로 걷는다.

나는 가슴이 죄며 통증이 인다.

러드킨은 아무 말도 하지 않는다.

검은 옷을 걸친 파키스탄 여자 셋이 우리 앞에서 길을 건넌다.

해가 구름 뒤로 사라지고 어둠이 스멀댄다. 언제나 나를 찾아드는 끝없는 어둠.

"메모해." 나는 엘리스에게 말한다.

"뭘요?"

"느낌이나 인상 같은 거."

"무슨 헛소리예요. 벌써 이 년이나 지났는데." 엘리스가 투덜댄다.

"메모해." 러드킨이 명령한다.

나는 멈출 수 없다.

나는 봉투를 들고 비틀비틀 언덕을 오른다. 비닐봉지와 쇼핑백과 테스코* 가방.

차고에 이르자 프랭키가 문을 움직여본다.

문이 열린다.

나는 얼어붙는다.

프랭키가 담배에 불을 붙이더니 길에 버티고 선다.

나는 안으로 들어간다.

어둡고 음산하고 지랄 같은.

망할 통통한 파리들로 가득찬.

엘리스와 러드킨이 뒤따른다.

안은 해저의 공기로 채워져 있고, 우리 머리 위로 사악한 대양의 무게가 짓누른다.

러드킨이 꿀꺽 침을 삼킨다.

나는 힘겹게 나아간다.

창밖을 내다보다가 기차가 오면 짖어댔다나요.

---

* 영국의 대형 유통업체.

자주는 아니지만 전에도 이런 느낌을 받은 적이 있다:

1974년 12월의 웨이크필드.

테리사 캠벨, 조앤 리처즈, 마리 와츠.

오늘 황야.

너무 잦다.

향비누와 사과주스와 듀렉스*의 달콤한 냄새.

강렬한 두통에 눈이 멀 듯하다.

벤치와 탁자와 나무상자와 병, 그것도 수천 개의 병, 신문과 이런저런 잡동사니와 담요와 잡다한 천조각.

"여기 경찰이 이곳도 조사했나요?" 엘리스가 묻는다.

"응." 러드킨이 중얼거린다.

기차가 지나가고 개가 짖는다.

입에서 피맛이 난다.

나는 미끄러지듯 무릎을 꿇고, 그는 나에게서 떨어진다. 그는 이제 화가 나 있다. 나는 돌아보려 하지만 그가 머리채를 잡고 아무렇지 않게 나를 때린다. 한 번, 두 번. 나는 그럴 필요 없다고 말하며 돈을 돌려주려고 허둥대지만 그가 그것을 내 항문에 쑤셔박는다. 그래도 나는 적어도 이러고 나면 끝나리라 생각한다. 그가 내 어깨에 키스하다 검은 브래지어를 벗기더니 뚱뚱한 암소의 축 늘어진 팔뚝을 보고 씩 웃는다. 그리고 내 왼쪽 젖꼭지 아래를 커다랗게, 커다랗게 깨문다. 나는 비명을 지를 수 없다. 그러면 안 된다는 것을 안다. 그 랬다가는 그가 내 입을 막으려 들 테니까. 나는 끝났다는 걸 알기에 운다. 그들이 나를 찾아냈다는 것을, 이렇게 끝장났다는 것을, 내 딸을 이제 다시, 두 번 다시 볼 수 없다는 것을 알기에.

---

* 영국의 콘돔 브랜드.

나는 고개를 든다. 엘리스가 나를 빤히 보고 있다.

이렇게 끝장났다는 것을.

러드킨이 비닐장갑을 끼더니 벤치 아래서 먼지 더께가 앉은 쇼핑백을 꺼낸다.

테스코 가방이다.

그가 나를 본다.

나는 그의 곁에 쭈그리고 앉는다.

그가 가방을 연다.

누군가 보던 낡은 포르노 잡지.

그가 가방을 닫고 벤치 아래 던져넣는다.

"됐나?" 그가 말한다.

이제 다시는.

나는 고개를 끄덕이고 우리는 빛 속으로 나간다.

프랭키가 새 담배에 불을 붙이고는 말한다. "점심이나 할까?"

시커먼 맥주잔을 들여다보면서 내가 어떻게 할 수도 없는 불행한 생각에 빠져든다.

프랭키가 바래고 시들시들한 플라우맨스 런치*를 들고 온다.

"씨팔 이게 뭐야?" 러드킨이 의자에서 일어나 바bar로 간다.

엘리스가 술잔을 들어올린다. "건배."

러드킨이 돌아와 자기 맥주잔에 위스키를 붓고 다시 앉는다. 그리고 엘리스를 향해 씩 웃는다. "인상이 어때?"

엘리스가 마주 웃더니 전혀 엉뚱한 대꾸를 한다. "내가 씨팔 딕 에머

---

* 영국 술집에서 흔히 파는 빵, 치즈, 피클, 샐러드로 이루어진 식사.

리*처럼 보여요?"

"그래. 참 똑똑하기도 하다." 러드킨 경위가 웃음을 멈춘다. 그리고 나를 돌아본다. "밥, 후배 좀 제대로 가르쳐."

"경위님 생각이 맞아요. 다른 놈 짓이에요."

"왜?"

"실내에서 공격당했으니까요. 앞뒤로 강간당했고요. 둔기에 의한 심한 머리 부상이 있긴 해도 치명적이거나 결정적이지는 않았어요."

프랭키가 고개를 갸우뚱한다. "그게 어쨌다고?"

"테리사 캠벨과 조앤 리처즈의 살인범은 야외에서 뒤통수를 가격했어요. 그 때문에 피해자들은 쓰러지기도 전에 죽거나 혼수상태에 빠졌죠. 예비 검시 결과, 가장 최근 피해자인 마리 와츠도 마찬가지고요."

"방식이 다르니 동일범 짓이 아니다?"

"앞뒤가 안 맞아요. 저항했다거나 몸싸움이 벌어졌다면 또 몰라도."

"피해자가 범인을 공격했다고요?" 엘리스가 묻는다.

"그래. 놈은 전에도 강간했고 앞으로도 계속할 거야."

"근데 왜 죽일까요?"

대답은 하나뿐이다.

"죽일 수 있으니까."

러드킨이 얼굴에 묻은 맥주를 닦아낸다. "부츠와 코트를 그렇게 놔둔 건?"

"비슷하긴 해요."

"어떻게 비슷한데?" 프랭키가 되묻는다.

엘리스가 대답하려는데 러드킨이 딱 잘라버린다. "그냥 비슷해."

---

* 영국 코미디언.

프랭키가 씩 웃더니 손목시계를 본다. "그만 돌아가봐야지."

"기분 나빠하지 마, 친구." 러드킨이 프랭키의 등을 두드린다.

"괜찮아."

우리는 얼마 남지 않은 술을 쭉 들이켜고 우르르 차로 향한다.

거의 3시다. 나는 더럽게 지치고 반쯤 취해 있다.

프랭키를 경찰청에 내려주고 작별 인사를 한 다음 리즈로 돌아갈 것이다.

반쯤 졸음에 잠겨 재니스를 생각한다.

엘리스는 프랭키에게 케니 D에 대해 말하고 있다.

"씨팔 머저리 원숭이죠." 그가 낄낄거린다.

케니의 싸구려 팬티와 쪼글쪼글해진 음경과 쩍 벌린 다리와 그 눈에 어린 간청이 생생하게 떠오른다.

바턴이 잡힐 때까지 케니를 어떻게 잡아둘지 러드킨이 늘어놓는다.

감방 안에서 땀을 흘리고 똥을 지리는 케니의 모습이 떠오른다.

모두 껄껄대는 와중에 차가 주차장으로 들어선다.

현관으로 들어가는데 힐 총경이 우리를 기다리고 있다.

"시간 좀 있나?" 그가 러드킨 경위에게 묻는다.

"무슨 일이십니까?"

"여기서 말고."

나와 엘리스가 안내 데스크 근처에 서 있는 동안 앨프 힐이 러드킨을 위층으로 데려간다.

우리는 가만히 기다리고, 프랭키는 서성이며 랭커셔와 요크셔의 경쟁관계를 그럴싸하게 포장한다.

"프레이저, 올라와." 러드킨이 계단 꼭대기에서 소리친다.

나는 뱃속이 횅해진 채 계단을 오른다.

엘리스가 쫓아오려고 한다.

"거기서 기다려." 나는 딱 잘라 말한다.

러드킨과 힐은 랭커셔 수사본부에 있다.

그들 외에는 아무도 없다.

힐이 수화기를 내려놓는다.

"씨팔 파일 찾아." 러드킨이 소리친다.

나는 파일을 서류함에서 꺼낸다.

"거기 검시 조서 있나?"

"네."

"그때 발견된 혈액형이 뭐지?"

"B형요."

나는 기억에 의지해 대답하고는 조서를 이리저리 넘긴다.

"확인해봐."

나는 확인한 뒤 고개를 끄덕인다.

"읽어봐."

나는 읽는다: "피해자의 질과 직장에서 채취한 정액의 혈액형은 B형이다."

"이리 줘봐."

나는 그렇게 한다.

러드킨이 양 손바닥으로 파일을 누른 채 뚫어져라 들여다본다.

"씨팔."

힐이 동참한다.

"망할."

러드킨이 조서를 전등 쪽으로 들고 반대 방향으로 돌려 힐 총경에게 건넨다.

러드킨이 수화기를 집어들고 다이얼을 돌린다.

힐이 아랫입술을 빨며 기다린다.

"B형입니다." 러드킨이 전화에 대고 말한다.

오랜 침묵.

마침내 러드킨이 되뇐다. "인구의 9퍼센트라."

또다른 침묵.

"알겠습니다." 러드킨이 말하고 수화기를 앨프 힐에게 넘긴다.

힐이 가만히 듣더니 말한다. "그러죠." 그리고 수화기를 내려놓는다.

나는 가만히 서 있다.

그들은 가만히 앉아 있다.

이 분 넘게 아무도 입을 열지 않는다.

러드킨이 고개를 들더니 이게 사실일 리 없어라고 말하듯 가로젓는다.

나는 묻는다. "무슨 일입니까?"

"팔리가 마리 와츠의 코트 등판에서 정액 얼룩을 발견했어."

"그리고요?"

"B형이래."

인구의 9퍼센트.

저녁 8, 9시지만 우리 주변은 여전히 환하다.

내 눈과 어깨와 손가락이 글씨를 쓰느라 아려온다.

이곳에서 리즈로 거는 전화가 끊이지 않는다.

허둥지둥 본부.

러드킨이 좆됐군 하는 표정으로 나를 계속 보는데 때때로 그 얼굴에 망할 비난이 어린다.

우리는 계속한다.

기록하고, 베끼고, 확인하고, 다시 확인하는 것이 마치 망할 수도승 무리가 경전이라도 필사하는 것 같다.

나는 계속 생각한다. 씨팔 러드킨이 이걸 몰랐단 말이야? 크레이븐이랑 여기 와서 대체 뭘 하고 돌아다닌 거야?

완전히 넋이 나가 그저 휘갈겨쓰느라 머리가 좌우로 왔다갔다하는 엘리스의 모습은 꼭 망할 〈엑소시스트〉 같다.

나는 현장의 부츠와 코트 등을 스케치하다 고개를 들고 말한다. "거기 다시 가봐야겠어요."

"지금요?" 엘리스가 묻는다.

"뭔가 놓쳤을지도 몰라요."

"밤샘이라도 할 거야?" 러드킨이 묻는다.

우리 모두 손목시계를 보고 어깨를 으쓱한다.

러드킨이 수화기를 집는다.

"내게 맡겨." 프랭키가 말한다.

"괜찮은 데로 골라. 알았지?" 러드킨이 수화기를 든 채 소리친다.

빛이 거의 사라진 처치 거리 위쪽의 역에서 기차가 빠져나간다.

노란 불빛과 유리창의 죽은 얼굴들.

이 년 전 목요일 밤의 흔적을 마구 찾아다닌다.

1975년 11월 20일 목요일.

그날 종일 비가 내려 클레어는 언덕 밑자락의 어느 술집에 죽치고 있었다. 술집 이름은 호스텔과 같은 세인트메리였다.

술집 왼쪽으로 바로 그 주차 건물과 프렌치우드 거리가 있다.

나는 길을 건넌다.

차가 속도를 늦추다 지나간다.

모퉁이에 부랑자가 캔과 신문지로 침대를 만들어놓고 잔다.

냄새가 지독하다.

나는 담배를 피워 물고 가만히 서서 내려다본다.

그가 눈을 뜨더니 벌떡 일어난다.

"제발 내 손가락은 먹지 마세요. 이는 괜찮으니 가져가요. 나한테 아무 쓸모도 없거든요. 하지만 소금이 필요해요. 소금 있어요?"

나는 그를 지나쳐 프렌치우드 거리를 걸어간다.

"소금 주세요!" 뒤에서 그가 소리친다. "고기를 보존해야 해요."

젠장.

거리는 어둡다.

사망 추정 시각은 11시와 1시 사이다. 그녀가 술집에서 내쫓겼을 즈음이다.

거리는 더욱 어두웠을 것이다. 비가 그쳤고 아직 바람은 불기 전이었다.

차고 옆 벽돌 건물들은 폐가나 다름없고, 5월인 지금도 습기로 축축하다.

그리고 나는 다시 그것을 느끼고 기다린다.

문을 당겨 연다.

그곳에 그것이 깔깔거리고 있다.

아무리 해도 달아날 수 없어. 안 그래?

나는 손전등을 들고 스위치를 켠다.

그녀가 치마를 걷어올리고 황갈색 스타킹을 내려 축 늘어진 허벅지 살을 드러낸다.

방을 훑는데 압박감에 짓눌린다.

나는 이제 못할 것 같아.

바깥의 자동차에서 시끄럽고 빠르고 멍청한 음악이 들려온다.

그녀가 씩 웃으며 발기가 되도록 애쓴다.

음악이 멈춘다.

내가 세워줄게.

침묵.

나는 그녀를 돌리고는 반짝이는 흰 줄무늬 검은 팬티를 끌어내린다. 나는 점점 커지고 좋아지고, 그녀는 내게 등을 돌리고 있다.

쥐가 있다.

하지만 나는 그것을 원치 않고, 이것을 원한다. 그녀의 항문. 하지만 그녀가 손을 뻗어 나를 그녀의 거대한 씨팔 음부로 이끈다.

씨팔 커다란 쥐들이 내 발밑을 돌아다닌다.

나는 그녀 안으로 들어갔다가 다시 나오고, 그녀는 미끄러지듯 무릎을 꿇고……

밖으로 나가 토하다 손으로 벽을 내려쳐서 피가 난다.

거리를 올려다보지만 아무도 없다.

침과 토사물을 닦아내고 손가락의 피를 빤다.

"**소금!**" 고함이 다시 터진다.

나는 깜짝 놀란다.

씨팔.

"고기를 보존해야 해요."

부랑자가 저만치 서서 깔깔대고 있다.

씹새끼.

내가 벽으로 밀치자 그는 비틀비틀 쓰러져서는 나를, 내 속을, 내 너머를 응시한다.

나는 그의 옆얼굴에 주먹을 날린다.

그가 몸을 둥글게 말고 흐느낀다.

나는 다시 주먹을 날리지만 뻣뻣한 몸놀림 탓에 그의 뒤통수를 빗맞고 벽을 때린다.

나는 화가 나서 그를 걷어차고, 걷어차고, 또 걷어찬다. 누군가가 나를 꼭 껴안을 때까지. 러드킨이 속삭인다. "진정해, 밥. 진정해."

포스트 하우스의 모퉁이에서 나는 전화기에 대고 빌고 간청한다.

"미안해. 그냥 하루면 될 줄 알았는데 글쎄……"

그녀는 듣고 있지 않다. 보비의 울음소리가 들리고 그녀는 나 때문에 아기가 깼다고 투덜댄다.

"아버님은 좀 어때?"

하지만 장인이야 어찌되든 관심 없어서 내 말에는 성의가 없다.

그녀가 전화를 끊는다.

나는 레스토랑의 튀김요리냄새 속에 서서 바에 있는 사람들의 말에 귀기울인다. 러드킨, 엘리스, 프랭키, 그리고 프레스턴의 다섯 경찰.

내 손가락과 손마디와 여기저기 긁힌 신발을 내려다본다.

전화기를 들어 다시 재니스의 번호를 돌리지만 여전히 받지 않는다.

나는 손목시계를 본다. 1시가 지났다.

그녀는 일하는 중이다.

씨팔.

"망할 문을 닫는다네. 믿어져?" 러드킨이 화장실로 가며 말한다.

나는 바로 돌아가 술을 쭉 들이켠다.

모두 취해 있다, 정말로.

"이 근처에 씨팔 괜찮은 클럽 없어?" 러드킨이 바지 지퍼를 올리며 다가와서는 묻는다.

"뭐, 방법이 없지는 않지." 프랭키가 혀 꼬부라진 소리로 말한다.

다 같이 비틀비틀 일어나서는 택시와 이곳저곳과 이놈 저년에 대해 떠들어댄다.

나는 슬쩍 빠지며 말한다. "이만 자야겠어요."

모두가 씨팔 호모 새끼니 뒷구멍 강도니 욕해대자 나는 맞다고 수긍하고는 일부러 취한 척 휘청휘청 어스레한 복도를 걸어간다.

느닷없이 러드킨이 나를 또 껴안는다. "괜찮아?"

"괜찮아요. 그냥 진이 빠져서요."

"잊지 마. 내가 늘 옆에 있어."

"알아요."

그가 손에 힘을 준다. "두려워 말라고, 밥."

"뭘요?"

"이것."

그가 손을 흔들어 모든 것을 가리키는 동시에 아무것도 가리키지 않더니 나를 향해 손가락질한다.

"두려워하지 않아요."

"그럼 꺼져, 호모 새끼." 그가 껄껄 웃으며 멀어져간다.

"재미나 실컷 봐요."

"자네도 눈이 멀 거야. 월터 영감처럼." 그가 복도 저쪽에서 소리친다.

문이 열리고 한 남자가 복도를 내다보며 나를 빤히 본다.

"씨팔 뭘 봐?"

그가 문을 닫는다.

자물쇠가 돌아가고 재차 확인하는 소리가 들린다.

나는 그 방문을 세게 두드리고 기다렸다가 열쇠로 팔을 찔러대며 내 방으로 간다.

한밤중에 스탠드를 켜두고 호텔 침대 가장자리에 앉아 있고, 곁에 내려놓은 수화기에서는 재니스의 전화가 울리고 또 울린다.

나는 러드킨의 침대로 가서 파일을 집어든다.

우리가 가지고 돌아가기로 되어 있는 복사본의 페이지를 넘긴다.

검시 조서에 이른다.

나는 외롭게 박혀 있는 망할 글자 하나를 응시한다.

B가 영 잘못된 듯 보인다.

나는 종이를 스탠드에 갖다댄다.

원본이다.

젠장.

러드킨이 경찰청에 복사본을 두고 오다니.

나는 검시 조서를 도로 끼우고 파일을 덮는다.

침대에서 수화기를 집어든다.

재니스의 전화는 여전히 울리고 있다.

나는 수화기를 내려놓는다.

다시 검시 조서를 집어든다.

다시 내려놓는다.

스탠드를 끄고 프레스턴 포스트 하우스의 어둠 속에 눕는다. 방이 참을 수 없이 덥고, 모든 것이 내리누르듯 답답하다.

두렵고 무섭다.

무엇인가, 누군가를 잃어버린 듯.

마침내 눈을 감는다.

두려워하지 말자 생각하면서.

청취자: 들어보세요. 낭독 즉위 이십오 주년 기념 비용이 백만 파운드에 달할 것으로 보인다.

존 샤크: 마음에 안 드나봐요, 밥?

청취자: 당연하죠. 바로 이날 IMF가 런던에 와서 힐리*를 만났으니.

존 샤크: 웃기네요.

청취자: 웃기다고요? 말도 안 되는 개소리죠, 존. 그것도 좆같은 개소리. 이 나라는 완전히 미쳤어요.

1977년 6월 1일 수요일
리즈 라디오
존 샤크 쇼

---

* 당시 영국 재무장관.

4

　좁은 안마당을 둘러싼 여섯 채의 건물은 2층까지 하얗게 칠해져 있고 창틀에는 녹색 페인트가 설핏 남아 있다. 안마당 입구는 도싯 거리 26번지와 27번지 사이의 터널 같은 통로로, 아치 지붕이 얹혀 있다. 26번지와 27번지 건물 모두 프랑스 태생 영국인 서른일곱 살 존 매카시의 소유다. 통로 왼쪽인 27번지는 매카시의 잡화점인데 가게 위층과 뒤쪽 건물을 하숙집으로 쓰고 있다. 26번지 역시 하숙집으로, 뒤쪽 건물 1층 주택들은 벽을 세워 두 가구로 나뉘어 있었다. 바로 이곳 13호실이 그녀의 방이다.

　13제곱미터가량의 좁은 방의 문은 거리에서 안마당 통로로 들어서면 오른쪽 가장 구석에 있다. 방안에는 침대 외에 탁자 두 개와 좀더 작은 탁자 하나와 식탁 의자 두 개가 있는데, 그나마 의자 하나는 등받이가 부서졌다. 사나운 불길이 쇠살대 너머로 타오르고, 재 사이로 타다 남은 옷이 보인다. 문 맞은편 난로 위쪽에 걸린 그림은 〈죽은 어부의 아내〉다. 그림 옆 벽에 붙은 작은 찬장에 그릇 몇 개와 진저비어 빈병들과 오래된 빵 한 덩이가 놓여 있다. 파일럿 코트 차림의 남자가 창문을 커튼인 양 가리며 서 있고, 역시나 파일럿 코트를 입은 다른 남자가 방문과 직각을 이루고 서서 마당을 바라보고 있다.

해 뜨기 전 깨어나니 빗방울이 창문을 두드리고, 여자들의 구두소리가 어두운 골목을 울렸다.

시트를 덮은 채로 일어나 앉아, 가구 위에 자리한 새하얀 여섯 천사를 바라보았다. 발과 손과 머리에 구멍 뚫린 천사들이 머리와 날개를 쓰다듬었다.

"늦었어." 가장 키 큰 천사가 내 침대로 다가와 말했다.

천사는 곁에 누워 내 손을 잡아 그녀의 새하얀 면 가운 아래, 장벽과 같은 배에 대고 힘주어 눌렀다.

"피가 나는군요." 나는 대꾸했다.

"아니. 피가 나는 건 너야." 천사가 속삭였다.

얼굴에 손가락을 대었다 떼어보니 피투성이다.

나는 지저분한 낡은 손수건으로 코를 움켜쥐고서 물었다. "캐럴, 당신이야?"

"기억하네." 그녀가 대꾸했다.

"갑자기 연락했는데 이렇게 시간을 내주셔서 감사합니다."

"그쯤이야." 조지 올드먼 부청장이 대꾸했다.

우리는 뼛속까지 모던한 새 웨이크필드 경찰청 사무실에 앉아 있었다.

1977년 6월 1일 수요일.

비가 그친 아침 11시.

"들어봐요." 조지 올드먼이 열린 창을 턱짓했다. 경찰대학에서 사관학생들이 발을 구르고 고함치는 소리가 건물 위쪽까지 바람에 실려왔다. "오 년 안에 저 중에서 50퍼센트는 그만둘 겁니다."

"그렇게 많이요?"

올드먼은 책상 위 종이를 내려다보며 한숨을 쉬었다. "그것도 적게 잡아서요."

나는 부청장실을 둘러보며 그가 내게서 어떤 대답을 원하는지, 왜 내가 해든에게 부청장을 만나게 해달라고 부탁했던 건지 생각했다.

"무슨 전쟁이라도 치르고 온 몰골이군요, 잭."

"아시잖습니까." 나는 눈 아래 멍을 쓰다듬으며 대꾸했다.

"그동안 어떻게 지냈습니까? 진지하게 묻는 겁니다."

그의 목소리에 담긴 진심에 놀라 나는 미소지었다. "잘 지냅니다, 정말로. 걱정해줘서 고맙습니다."

"정말 오랜만이에요."

"그렇지도 않죠. 삼 년 만이니."

그가 다시 책상을 내려다보았다. "겨우 그것밖에 안 됐나요?"

그가 옳았다. 백년은 되었다.

나는 한숨을 쉬고 싶은 마음이, 여기 바닥에 엎어져 내 침대로 실려가고 싶은 마음이 간절했다.

조지가 책상 위로 손을 저으며 슬프게 물었다. "그래도 이들 건에 대해 계속 취재했군요?"

"그렇습니다." 나는 거짓말을 했다.

"그래서 빌이 이 사건을 맡겼고?"

"그렇습니다."

"당신도 좋아서 맡은 겁니까?"

선택과 약속, 빚과 죄책감 사이를 오가며 고개를 끄덕이고는 거짓말을 계속했다. "그렇습니다."

"그럼 어떤 면에서는 잘됐다고 할 수 있겠군요. 언론의 도움이란 도움은 다 받게 됐으니."

"부청장님답지 않은 말씀이군요."

"그래요. 하지만 이것 역시……"

"사태만 악화시킬지도 모릅니다."

조지가 내게 두꺼운 흰색 바인더를 건네고 말했다. "그럴 수도."

나는 읽었다.

북잉글랜드 여성 살해 및 폭행.

나는 첫 페이지를 펼쳐 망할 목록을 쭉 훑었다.

조이스 잡슨, 1974년 7월 핼리팩스에서 폭행.

애니타 버드, 1974년 8월 클렉히턴에서 폭행.

테리사 캠벨, 1975년 6월 리즈에서 살해.

클레어 스트라찬, 1975년 11월 프레스턴에서 살해.

조앤 리처즈, 1976년 2월 리즈에서 살해.

카 수 펭, 1976년 10월, 브래드퍼드에서 폭행.

마리 와츠, 1977년 5월 리즈에서 살해.

"일급기밀이에요."

나는 고개를 끄덕였다. "염려 마세요."

"전국의 모든 경찰서에 배부한 겁니다."

"이게 다 동일범의 소행이라고 보십니까?"

"이중 세 건은 연결되어 있다고 이미 공식적으로 밝혔어요. 나머지 건들은 어느 쪽이든 확실한 증거가 없어 그저 염두에 둘 뿐이고."

"젠장."

"클레어 스트라찬 건은 동일범일 가능성이 점점 더 높아지고 있어요. 그렇다면 큰 도움이 될 텐데."

"증거가 나왔습니까?"

"여기보다는 많죠."

나는 페이지를 획획 넘기며 단어들을 훑었다.

필립스 스크루드라이버, 복부, 묵직한 웰링턴 부츠, 질, 볼핀 망치, 두개골.

흑백사진이 시선을 끌었다.

골목길, 집 뒷벽, 황무지, 쓰레기장, 차고, 체육공원.

"이걸 내가 어떻게 하길 바라십니까?"

"읽어봐요."

"생존자들을 취재하고 싶은데."

"좋을 대로 해요."

"감사합니다."

그가 손목시계를 확인하더니 일어났다. "좀 이르지만 점심이나 같이 할까요?"

"좋죠." 나는 다시 거짓말했고, 또다른 천사가 죽어갔다.

문가에서 조지 올드먼이 멈춰 섰다. "면담을 요청한 건 당신인데, 나 혼자 떠들고 있군."

"옛날부터 그랬지요." 나는 씩 웃었다.

"그래 어떻게 생각합니까?"

"취재를 하면서 궁금했습니다, 다른 폭행 건이나 살인사건과의 연결 가능성을 경찰이 고려하고 있을지."

"그리고?"

우리는 사무실과 복도 사이 어중간하게 서서 이야기하고 있었다. 파란색 작업복 차림의 여자들이 바닥과 벽을 닦고 있었다.

"범인이 경찰에 연락한 것은 아닐까 싶었습니다."

부청장이 책상을 돌아보았다. "전혀."

조지가 맥주잔을 들고 왔다.

"음식은 오 분이면 나올 겁니다."

경찰대학은 조용했고, 두 경찰이 술을 마시다가 우리를 보았다. 나머지 손님들은 법률가나 사업가였다.

조지는 그들 모두를 알았다.

"웨이크필드는 어떻습니까?" 내가 물었다.

"보다시피 무척 좋아요."

"리즈가 그립지는 않습니까?"

"아, 그립지. 하지만 이틀이 멀다 하고 가니까. 특히나 요즘은 더 자주 가죠."

"릴리언이랑 딸애들은 잘 지내나요?"

"네, 덕분에."

벽은 여전히 그 자리에, 언제나처럼 높이 솟아 있었다.

사오 년 전의 자동차 충돌 사고. 그의 외아들이 사망하고, 딸 하나는 마비가 되고, 온갖 소문이 난무했다.

조지가 말했다. "음식이 나왔군." 우리 앞에 간 요리가 담긴 커다란 접시 두 개가 놓였다.

우리는 몰래 흘긋거리고 질문거리를 궁리하다 천 개의 부실한 접지接地와 나쁜 기억과 진창과 덫의 무게에 짓눌려 모든 질문을 폐기하고 묵묵히 음식을 먹었다. 그러다 한순간, 아주 잠깐이지만 한순간, 간과 양파와 다트판과 바 사이에서 나는 앞에 앉은 이 거구의 남자에게 미안함을 느꼈다. 그가 그런 일을 겪고 그런 교훈을 얻을 이유는 전혀 없었다. 우리 중 누구도 이따위 잔인한 도시와 신앙심 없는 성직자와 불모의 여자와 불공평한 법에 시달려서는 안 되었다. 하지만 이윽고 우리가 한 모든 뒷거래와 온갖 짓거리와 훔치거나 잃어버린 생명이 떠올랐고, 사태만 악화시킬지 모른다던 내 말이 옳았음을 깨달았다. 그것도 아주 심하게 악화시켜 따끔한 교훈을 얻게 될지도.

그가 텅 빈 접시에 칼과 포크를 내려놓더니 말했다. "왜 범인이 연락했을 거라고 생각했죠?"

"그냥 감으로요."

"그래요?"

나는 오랜만에 먹는 점심의 마지막 음식을 삼켰다. "동일범이라면 경찰한테 자기 존재를 알리고 싶어할 테니까요."

"어째서?"

"부청장님이라면 안 그렇겠습니까?"

나는 리즈로 돌아가는 기나긴 길 중간에 하프웨이 하우스에 들러 세 잔째 맥주를 마셨다.

"전혀. 비밀은 비밀로 남아야죠."

그리고 또다른 비밀.

라디오가 켜져 있었다.

앤 공주가 켄징턴 첼시 구청 개관식을 여는 동안 시위자들이 요란스레 몰려들었습니다, 경찰은 새로운 내사 절차에 협조하지 말라는 권고를 받았습니다, 동양인 남자가 백인을 죽이고 삼 년 형을 선고받았습니다.

삼 년, 겨우 삼 년 지났다니.

1977년 6월 1일 수요일.

더비 경마에 미쳐버린 신문사.

가즈가 고함쳤다. "어디 걸래요, 잭?"

"아직 안 살펴봤어."

"아직 안 살펴봤다고요? 이봐요, 잭. 더비가 열리는데. 그것도 즉위 이십오 주년 기념 경마가."

조지 그리브스가 끼어든다. "그거야 자네 같은 평민들이나 좋아하지. 잭은 왕족 소유의 애스컷 경마쯤 되어야 관심을 보일걸."

"이십오만 명이 경마장에 올 거라고 추정한대요. 굉장하죠." 스테파니가 말했다.

나는 신문을 펼쳐 파일을 숨겼다.

빌 해든이 내 어깨 너머로 보며 속삭였다. "민스트럴이 5대 1이야."

"레스터*가 이번에도 뛰면 더비에서만 여덟번째 우승인데." 가즈가 말했다.

나는 신문을 접고 싶었지만 파일을 다시 보고 싶지는 않았다. "여기 목록엔 없는데."

"이봐, 잭. 보들레르 뒤에 있잖아." 빌이 씩 웃었다.

나는 열심히 살폈다. "어느 놈이 좋아, 조지?"

"큰 놈이 좋지."

"스테파니, 한 대 갈겨줘. 당신에 대해 그딴 식으로 말하게 두면 안 돼." 가즈가 소리쳤다.

"잭, 대신 좀 쳐줘요." 스테파니가 깔깔거렸다.

"로열 플룸." 조지가 대꾸했다.

"기수가 누군데?"

"조 머서." 가즈가 대꾸했다.

조지 그리브스가 혼잣말을 중얼거렸다. "즉위 이십오 주년 기념 대회에서 로열 플룸이 뛰다니, 운명적이야."

---

* 영국의 전설적인 기수인 레스터 피곳.

"이봐요, 잭. 말들이 마구간에 들어가기 전에 그리로 가야 해요."

"기다려, 가즈. 기다려."

"백만장자는 어때요?" 스테파니가 깔깔거렸다.

"하여튼 잭은 구제불능이라니까."

가즈의 말에 내가 대꾸했다. "핫 그로브."

"기수는 카슨이에요." 가즈가 문밖으로 나가며 말했다.

한 시간 후 피곳이 여덟번째 더비 우승을 따냈고 우리 모두 돈을 잃었다.

기자 클럽에 우르르 몰려가 술로 슬픔을 달랬다.

조지가 말했다. "경마의 문제점은 섹스와 같다는 거야. 오랫동안 엄청 애태웠는데 달랑 2분 36.44초 만에 끝나다니."

"선배나 그렇겠죠." 가즈가 말했다.

"프랑스인이라면 또 몰라." 스테파니가 윙크했다.

"그래, 그놈들은 애태우지도 않지."

그 말에 스테파니가 소리쳤다. "뭘 안다고 그래요, 조지 그리브스. 십년 동안 섹스도 안 했으면서. 물건을 어디 꺼내놓은 적이나 있어요?"

"네가 꺼내지 말랬잖아. 괜히 흥분된다면서."

나는 파일을 집어들고 자리에서 일어났다.

"그건 적당히 처박아두지 그랬어요, 잭." 가즈가 소리쳤다.

잿빛 저녁 하늘, 비를 머금은 채 여전히 무덥고, 고약한 냄새가 나는 초록색 잎들이 **사랑해**라고 말하듯 내 창문을 두드린다.

달이 지고, 파일을 열었다.

북잉글랜드 여성 살해 및 폭행.

엎지른 설탕과 상한 우유.

멍한 머리와 텅 빈 눈.

땅으로 떨어진 불운한 별들, 그들이 백치 같은 가사로 나를 놀리고
동요의 장단으로 나를 비웃었다.

비계는 안 먹는 잭 스프랫.

날렵한 잭, 재빠른 잭.

꼬마 잭 호너가 구석에 앉아

잭과 질이 언덕을 오르네.*

질은 사라지고 잭만 남았다.

상자 속 잭, 난봉꾼 잭.

잭, 잭, 잭.

그래, 내가 잭이야.

유니언잭.**

바로 그 방, 늘 바로 그 방이다.

진저비어, 오래된 빵, 난로 안의 재.

흰옷을 입은 그녀가 손톱까지 까매진 채 대리석 상판의 세면기 전용 탁자
를 밀어 문을 막더니 서 있지도 못할 만큼 기운이 빠져 등받이가 부러진 의자
에 털썩 앉은 채 빙빙 돌며 뜻 모를 말을 우물거리고 뜻 모를 생각에 빠져 자
기 방에서 길을 잃는다. 마치 그녀가 세차게 떨어져 산산조각나서 다시는 하
나로 모을 수 없는 듯 메시지는 아무도 받지 못하고, 해독되지 못하고, 이해
되지 못한다.

---

* 잭 스프랫, 꼬마 잭 호너, 잭과 질 남매 모두 영국 전래동요 속 인물.
** 영국 국기.

"방세는 어떡하지?" 그녀가 노래한다.

그녀의 방에서 나온 메시지는 삶과 죽음 사이에 발목 잡혀 있고, 대리석 상판의 세면기 탁자가 문을 막고 있고.

하지만 오랫동안은 아니고, 지금도 아니다.

그저 방 하나. 흰옷 차림에 손톱까지 까매지고 머리에 구멍이 난 여자는, 그저 한 여자는 바깥의 자갈길을 걷는 발소리를 듣는다.

그저 한 여자.

타는 듯한 열기에 헐떡이며 깨어나자 그들이 기다리고 있다는 확신이 들었다.

그들이 미소짓더니 내 손과 발을 잡았다.

나는 눈을 감고 언제나 그렇듯 그들이 나를 그 방으로 끌고 가도록 내버려두었다.

다른 시간, 다른 장소, 다른 도시, 다른 집, 하지만 방은 늘 같았다.

언제나 그 망할 방.

벌거벗은 시신이 침대 가운데 있다. 어깨는 반듯하지만 몸이 침대 왼쪽으로 틀어져 있다. 몸통에 바투 놓인 왼팔이 직각으로 구부러져 복부를 가로지른다. 주먹을 쥐고 팔꿈치를 굽힌 오른팔은 몸에서 살짝 떨어져 매트리스 위에 놓여 있다. 쩍 벌어진 다리 중 왼쪽 허벅지는 몸통에 수직으로 이어지지만, 오른쪽은 음부와 둔각을 이룬다.

복부와 허벅지의 피부는 완전히 제거되었고, 뱃속은 내장이 비워져 있다. 가슴은 절단되고, 팔에 들쭉날쭉한 상처가 여럿이고, 얼굴은 알아볼 수도 없이 난도질되었다. 목의 조직이 뼈까지 둥글게 절단되어 있다.

내장은 여러 곳에 놓여 있다. 즉, 자궁과 신장과 가슴 한쪽은 침대 아래, 나머지 가슴 한쪽은 오른발 옆, 간은 두 발 사이, 창자는 시신 오른쪽에, 비장은 왼쪽에. 복부와 허벅지의 피부는 탁자에 놓여 있다.

시신의 오른쪽 침구는 피에 흠뻑 젖었고, 바로 아래쪽 바닥에는 0.4제곱미터가량의 피웅덩이가 생겼다. 침대 오른쪽 벽과 목의 절개선 주변 벽에는 수없이 찌를 때마다 튄 핏자국이 선명하다.

얼굴은 사방으로 찔려 코며 뺨이며 눈썹이며 귀며 군데군데 사라지고 없다. 핏기가 가신 입술은 턱까지 사선으로 몇 차례나 잘려 있다. 또한 얼굴 전체에 불규칙적인 자상이 셀 수 없이 많다.

칼이 목의 피부와 조직을 뚫고 뼈까지 닿아 5번과 6번 경추에 깊은 금이 갔다. 목 앞쪽의 잘린 피부에 반상출혈이 뚜렷하다.

기도는 윤상연골을 지나 후두 아래쪽에서 잘렸다.

비교적 원 모양으로 잘린 양쪽 가슴은 갈빗대에 붙은 근육까지 베이고 없다. 4번과 5번과 6번 갈비뼈 사이의 근육이 완전히 잘려나가고, 흉곽 안쪽 장기가 훤히 드러났다.

늑골 아래서부터 음부에 이르는 복부의 피부와 조직은 크게 세 조각으로 잘려 있다. 오른쪽 허벅지는 외부 생식기와 오른쪽 엉덩이 일부를 포함해 한데 벗겨져 뼈가 드러나 있다. 왼쪽 허벅지는 무릎까지 피부와 근막과 근육이 잘려 있다.

왼쪽 종아리는 무릎부터 발목 위 13센티미터 지점까지 피부와 조직을 지나 근육 깊이 기다란 칼자국이 나 있다.

두 팔은 넓은 부위가 불규칙적인 상처로 뒤덮여 있다.

오른쪽 엄지에 난 길이 2.5센티미터의 얕은 상처에서 피가 흥건히 뿜어져나왔고, 손등의 다른 여러 상처도 마찬가지다.

뻥 뚫린 흉곽에서 오른쪽 폐는 질긴 세기관지에 의지해 간신히 매달려 있다. 폐 아래쪽은 망가지거나 뜯겨나가고 없다.

왼쪽 폐는 멀쩡하다: 기관지에 찰싹 붙은 폐 옆쪽으로 세기관지가 몇 개 비쭉 나와 있다. 폐에는 겔젤 덩어리가 여럿이다

심막은 쩍 벌어져 있다.

복강에 소화되다 만 음식물이 남아 있는데, 창자에 붙은 위의 잔해에 생선이나 감자 같은 음식물이 들어 있다.

1888년 스피털필즈*.

심장은 사라지고, 문은 안에서 잠겨 있다.**

눈을 뜨니 그들은 여전히 소파에 조르르 앉아 있었다.

나는 침대에서 벌떡 일어나 그들을 쫓아버리려고 올드먼의 파일을 휙 펼쳤다.

북잉글랜드 여성 살해 및 폭행.

그 모든 내용을 눈이 충혈되다 못해 피를 흘릴 때까지 읽고 또 읽었다.

타이핑을 시작하자 천사들이 자기네끼리 재잘대며 끔찍한 부조화 속에 방안을 빙빙 돌았다. 캐럴이 나를 놀리고 나무랐다.

"늦었어. 늦었어. 당신은 언제나 늦지."

깨문 자국이 난 손가락 하나를 귀에 꽂고 계속 타이핑했다. 신선하고 멋지고 잘 어울리는 선홍빛으로 다시 쓰인 원고들.

밤의 어둠이 가장 짙은 시간, 동틀녘과 빛이 찾아들기 전 할일을 거의 마치고 딱 하나 남겨두고 있었다.

전화기를 집어들어 다이얼을 돌리는데 숫자 하나마다 위가 뒤집힐

---

* 런던의 자치구.
** 연쇄살인마 잭 더 리퍼의 희생자인 메리 제인 켈리의 검시 보고서에서 인용.

것 같았다.

"나예요, 잭입니다."

"연락 안 할 줄 알았는데요."

"쉽지 않았어요."

"언제나 그렇지요."

"만나야겠어요."

"아예 만나지 않는 것보다야 늦은 게 낫지."

비가 부슬부슬 내리는 새벽과 함께 다시 깨어났다. 천사들은 내 가구 위에 늘어져 잠들어 있었다.

나는 홀로 누워 천장의 금과 벗겨진 페인트를 응시하며 그녀와 그를 생각하고 세인트앤대성당의 종소리를 기다렸다.

침대에서 일어나 까치발로 그들을 지나쳐 탁자로 갔다.

타자기에서 종이를 뽑았다.

내 글을 들고 읽자니 배에서 피를 흘리는 기분이었다:

1977년 요크셔.

심장은 사라지고, 문은 여전히 안에서 잠겨 있었다.

그녀가 내 뒤로 다가와 어깨 너머로 목을 빼고 내 귀에 따스한 숨결을 불어넣으며 내가 쓴 글을 보았다.

어제의 뉴스, 내일의 헤드라인:

요크셔 리퍼.*

---

* 잭 더 리퍼에서 따온 이름. 리퍼(ripper)는 '찢어발기는 사람'을 의미한다.

청취자: 라보느비크 박사에게 묻고 싶네요.

존 샤크: 라지노비츠 박사랍니다.

청취자: 네, 그래요. 뭐가 궁금한가 하면요, 범죄가 무수히 일어나는데 아무도 그걸 모르고 있다고 하셨죠.

라지노비츠 박사: 네, 85퍼센트 넘게 묻혀요.

청취자: 그래요. 그런데 내가 궁금한 건 말이죠, 그렇다면 피해자들은 다 어디 있느냐는 거예요.

라지노비츠 박사: 피해자요? 그야 어디나 있죠.

1977년 6월 2일 목요일
리즈 라디오
존 샤크 쇼

5

토대 만들기:

24시간의 굳은 땅 파기.

프레스턴을 떠난 이래 한잠도 못 잤다.

수요일 아침 돌아가는 내내 러드킨과 엘리스는 망할 숙취로 뒷좌석에 뻗어 있었다.

고향 밀가스는 여전히 혼란과 시신에 파묻혀 망할 일 분마다 새로운 정보가 들어오는데도 추적할 일손이 없다. 나는 생각한다. 그의 이름이 바로 지금 이 방에, 바로 지금 잉크로 적힌 채, 바로 지금 나를 기다리고 있을지도 모르는데.

쪽지를 헤치고 전화를 추적한다.

오후 3시 30분, 죽기보다 싫은 전화를 받는다. 또다른 우체국, 또다른 소장.

러드킨이 노블의 말을 깐다. "씨팔, 왜 하필 밥이에요?"

"일손이 달리니까 그렇지."

"여기도 마찬가지예요."

우리가 프레스턴 언덕에 가 있는 동안 실시된 정복경찰들의 투표 결과 야근이 금지되었다는 소식에 러드킨은 "누군들 같은 심정이지 않겠어?"라고 한바탕 늘어놓았더랬다.

"징징대지 좀 마, 존. 겨우 이틀 가지고."

"말도 안 돼요. 이틀이 얼마나 피 같은데. 게다가 밥은 매춘부 살인사건 수사대 소속이잖아요."

하지만 노블은 가버리고, 나는 씨팔 우체국 일로 돌아간다.

행잉 히턴, 스킵턴, 동커스터, 그리고 이제 셀비.

처음부터 끝까지 개판이다.

그 머저리들이 스킵턴에서 씨팔 손가락으로 망할 방아쇠를 당기고 노인네들을 반쯤 죽도록 두들겨패지만 않았더라면 기껏해야 오 년 형으로 끝났을 강도사건이다.

살인: 삶을 위한 삶.

잘했어, 친구들:

용의자는 네 명으로 추정되며, 장갑과 마스크를 꼈고 이 지방 말을 썼다.

어쩌면 집시일 수도: 놀라워라, 놀라워.

어쩌면 흑인일 수도: 그럼 그렇지.

폭력 수위로 보아 십대 후반이나 이십대 초반 백인이며, 〈시계태엽 오렌지〉를 지나치게 흉내내며 같은 범죄를 재탕하고 있다.

나는 셀비로 전화를 건다.

예순여덟 살 로널드 프렌더개스트 씨는 뉴파크 로드 모퉁이 우편취급소의 문을 닫던 중 마스크를 쓴 무장 괴한 세 명과 맞닥뜨렸다.

몸싸움이 벌어지자 프렌더개스트 씨는 수차례 둔기로 맞아 머리에 중상을 입고 혼수상태에 빠졌다.

5시 30분경 셀비에 도착해 범죄 현장과 병원을 둘러보고, 프렌더개스트 영감이 깨어나기를 기다리며 저녁 시간을 죽인다.

그의 부인은 교회에 헌화하러 가고 없었다니, 운종은 여편네다.

8시가 되자 나는 병원 복도를 성큼성큼 걸어가 전화를 하고 또 한다.

재니스에게 건다.

무응답.

그녀가 여전히 일하고 있다는 사실에 그 거리로 달려가 그녀를 찾아 말리고 싶어 절망한다.

집에 건다.

무응답.

루이즈와 보비도 병원에 있지만, 나는 엉뚱한 병원에 와 있다.

밀가스에 건다.

응답이 없지는 않다.

크레이븐이 전화를 받는다. 노블이나 러드킨은 없는 눈치다. 모두가 자잘한 정보에 치여 두 손 두 발 들어버린 모양이다. 전화를 끊고 절룩거리며 풍기단속반으로 돌아가는 크레이븐의 모습이 눈에 선하다. 풍기단속반이 만들어진 것은 그 자신과 그 잘난 냉소를 위해서라고 생각하는 망할 인간.

9시가 되어도 로널드 프렌더개스트는 입을 열 성싶지 않다. 침을 질질 흘리며 죽음을 기다리고 있는 것만 같다. 나는 기도하고 기도한다, 그가 살아남아 이중살인이 되지 않기를. 매춘부 살인사건 수사대에 합류하기를 얼마나 간절히 원하는지 이제야 깨닫는다.

또한 왜 그토록 원하는지도 안다.

재니스.

두 시간 후 기도가 응답받는다.

"프레이저 경사님, 프레이저 경사님, 안내 데스크로 와주세요."

집중치료실을 나와 복도를 지나서 집중지옥실로 향한다. 리즈에서 러드킨이 나를 부른 것이다: "바턴을 찾아냈어."

도시를 향해 페달을 밟는 동안 밀가스 경찰서 전체가 윙윙대고 웅웅대고 불타고 있으리라. 자정의 브리핑:

그를 체포하라.

무전기가 살아난다: "바로 지금이야." 노블의 목소리가 어둠을 가른다: 1977년 6월 2일 목요일.

엘리스가 부르짖는다. "씨팔 하느님 아버지 감사합니다."

우리는 차에서 내려 리즈 채플타운의 마리골드 거리를 가로지른다.

러드킨, 엘리스, 그리고 나:

엽총, 대형 망치, 그리고 도끼.

집들이 늘어선 거리 끝 쪽에서 크레이븐의 부하들이 내려오고, 나머지는 뒤쪽으로 돌아가고 있다.

우리는 현관에 이른다.

엘리스가 대형 망치를 쳐든다.

러드킨이 손목시계를 확인한다.

우리는 기다린다.

오전 4시.

빅 존이 엘리스에게 고개를 끄덕인다.

째깍째깍, 노크는 필요 없다:

엘리스가 망치를 번쩍 쳐들고는 고함친다. "이 씨팔 검둥아, 벌떡 일어나서 광이나 내시지." 망치로 내리치자 초록색 문짝이 사방으로 조각난다. 엘리스가 망치를 들어 다시 내리치자 러드킨이 발로 문을 걷어차고 우리는 안으로 들어간다. 망할 엽총이 발사될 경우를 대비해 내가 분을 만큼 떼이네는데, 뚱뚱한 엉덩이가 부엌 창문에 꽉 껴서 오도 가도 못하고 있는 프렌티스 부하를 보고 우리는 잽싸게 계단으로 뛰어오른다. 그곳에 잠꾸러기 스티브 바턴이 세상에서 가장 시커먼 몸뚱이를 드러내고 서서 머리를 쏠고 사타구니를 긁적이다 오 초 후에야 나와 망할 도끼를 알아본다. 나는 머저리 새끼에게 소리지르며 계단을 올라가고, 내 뒤에서 엽총을 들고 올라오던 러드킨과 엘리스 역시 전화도, 재니스도, 아무것도 없이 지옥 같은 위장 차량에 앉아 망할 명령만 기다리던 네 시간에 걸맞은 고함을 지른다. 내가 바턴을 향해 곧장 도끼를 휘두르자 그는 몸을 웅크리다 계단으로 넘어져 러드킨과 엘리스에게로 굴러간다. 두 사람은 그를 걷어차고 두들겨패며 제 갈 길로 인도하더니 프렌티스나 크레이븐에게 욕이라도 먹을까봐 얼른 붙잡는다. 나는 그들을 바로 뒤따라가야 하지만 바턴의 사촌인지 이모인지 엄마인지 혹은 망할 대가족 중 누구인지는 몰라도 그를 숨겨준 여자가 침실 문밖으로 머리를 비쭉 내밀고 있어서 그녀의 젖꼭지를 재빨리 꼬집고 음부를 움켜쥔 뒤, 막 아기가 울기 시작한 침실 안으로 밀어넣는다. 겁에 질린 여자는 아기에게 가지도 못하고 어디 숨어야 하나, 강간당하는 건 아닌가 전전긍긍한다. 내가 바라는 바다. 그래야 방에 처박혀서 우리를 방해하지 않을 테니. 하지만 아기는 그만 입을 다물었으면 싶다. 보비가 떠오르자 아기와 여자와 보비와 루이즈와 망할 세상 모두가 증오스럽다. 재니스만 빼고. 하지만 가장 큰 이유는 나 자신이 증오스럽다는 것이다.

나는 문을 쾅 닫는다.

계단을 내려가니 바턴이 벌거벗은 채 밖으로 끌려나와 있다. 거리 이쪽저쪽에 불이 켜지고 문이 열린다. 그리고 그곳에 노블이, 망할 거물처럼 당당한 피터 노블 총경이 온 동네가 자기 소유라는 듯, 누가 보든 상관없다는 듯 양손을 엉덩이에 얹고 거리 한가운데 서 있다가 바턴에게로 뚜벅뚜벅 걸어간다. 바턴은 최대한 몸을 둥글게 말고 작은 개처럼 흐느낀다. 노블은 그저 모두가 보고 있는지, 그리고 그것을 자기가 알고 있다는 것도 아는지 확인하기 위해 고개를 들더니 허리를 숙여 바턴의 귀에 뭐라고 속삭인 다음 레게 머리를 틀어쥐고 발끝으로 그를 차며 거리에서 끌어낸다. 새벽빛에 음경과 불알이 드러나는 것쯤은 아무것도 아니다. 마리골드 거리 창문들의 살짝 벌어진 커튼을 노블이 올려다보며 차분히 말한다. "씨팔 너희도 인간이냐? 계집이 망할 귀걸이 하나 때문에 목숨을 거는데, 너희는 손가락 하나 까딱 않다니. 이 개새끼가 어디 있는지 알려달라고 그렇게 정중히 부탁했잖아. 안 그래? 우리가 너희 후진 집들을 몽땅 뒤집어놨어? 아니면 너희 모두를 철창에 처박았어? 오냐오냐하니까, 오히려 이 새끼를 바로 우리 코앞 씨팔 침대 아래 숨겨두고 모른 척해?"

검둥이 여자 하나가 거리로 나오다가 우뚝 멈춘다.

정복경찰이 밴 뒷문을 연다.

노블이 밴 옆으로 끌고 가자 온몸이 피투성이인 바턴은 비틀거린다. 노블이 바턴을 밴 뒷문으로 들이민다.

피터 노블 총경은 돌아서더니 다시 마리골드 거리의 여전히 커튼이 내려진 텅 빈 창문들을 올려다본다.

"그래 숨어. 다음번에는 정중히 부탁하지 않을 테니." 그가 침을 뱉고 올라타자 밴이 출발한다.

우리도 차로 향한다.

밀가스에 도착하고 보니 바턴은 이미 씨팔 커다란 구덩이인 '배때기 감방'에 끌려가 있다. 배때기의 천장에는 형광등이 늘어서 있고 바닥은 물로 씻겨 있다.

그곳에 열두 내지 열다섯 명의 경찰이 서 있다.

스티브 바턴은 여전히 실오라기 하나 없이 벌거벗은 채 바닥에 널브러져 좆나 부들부들 떨고 있다.

우리는 담배를 피우며 여기저기 재를 떨군다. 크레이븐이 흑인 혐오에 사로잡혀 상처와 멍을 내보이지만, 나머지 경찰들은 지루한 표정으로 쇼를 기다릴 뿐이다.

내가 케니 D를 떠올리며 껌둥이 길들이기를 또 견디고 지켜봐야 하나 생각하는 참에 경찰들을 밀치고 노블이 등장한다. 로마 검투장의 기독교인과 사자처럼 바턴과 노블을 가운데 두고 모두가 둥글게 에워싼다.

노블은 위층 커피자판기에서 쓰이는 흰 플라스틱 컵을 쥐고 있다.

노블이 컵 안을 들여다보다 바턴을 보더니 그 앞에 컵을 던지고는 말한다. "거기 싸."

바턴이 고개를 들어 핏발 선 눈으로 바라본다.

"들었잖아. 망할 좆물을 싸라니까." 피터 노블 총경이 말한다.

바턴은 도움을 줄 만한 친절한 얼굴을 찾아 방안을 훑다 나를 보고 순간 눈을 빛내지만 이내 실망하고는 다른 얼굴들을 살피다 결국 방 한 가운데 놓인 하얀 플라스틱 컵으로 돌아온다.

"씨팔." 바턴이 나직이 중얼거린다. 완전히 좆된 상황에 처했다는 공포가 그 시커먼 뼈로 스며드는 가운데.

"어서 세워." 노블이 낮은 목소리로 말한다.

이윽고 느긋한 박수가 시작되고 거기 서 있는 나 역시 리듬에 맞춰 박자를 두드리자 바턴은 신체가 허용하는 한 가장 작게 몸을 말려고 팔다리를 이리 꼬고 저리 뒤집지만 이러든 저러든 달아날 길은 없다.

노블이 고개를 끄덕이자 박수가 멈춘다.

그가 몸을 숙여 바턴의 머리를 감싸쥔다.

"내가 거들어주지, 꼬맹이. 네가 죽인 여자가 여전히 살아 있고, 이건 그냥 고약한 꿈이었다고 생각해. 알았지? 그 여자가 홀딱 벗고 뜨겁게 달아올라 젖어 있어. 스티브, 여자를 촉촉이 적시는 거야. 할 수 있지? 원할 때면 언제든 세울 수 있잖아. 안 그래, 스티브? 자, 그 크고 시꺼먼 몽둥이를 보여줘. 마리가 맛보았던 그 큰 몽둥이 말이야. 이봐, 꼬맹이, 부끄러워 마. 여기에는 친구들뿐이라고. 암리*의 호모 뚱보 녀석이라도 데려다줘? 그럴 필요는 없겠지. 그저 귀여운 마리를 떠올려봐. 벌거벗고 뜨겁게 달아올라 네 좆몽둥이를 기다리며 무성한 음모를 쓰다듬고 있어. 거기가 분홍색으로 부풀어올라서는 체리주스를 뿜으며 너를 기다리지. 오. 오. 저게 뭐야. 저 맛있는 주스가 졸졸 흘러내리네. 이봐, 스티브. 마리는 죽지 않았어. 너는 그녀를 죽이지 않았고. 그녀는 여기서 뜨겁게 달아올라 네 큰 몽둥이가 안으로 들어와 제때 뜨거운 맛을 보여주기를 기다리고 있어. 이봐, 어서 세우라고. 이봐, 그녀가 온통 젖어서 간청하고 있잖아. 마리가 엎드려 그 통통한 작은 손가락을 촉촉한 계곡 속으로 밀어넣으며, 너를 간절히 기다리며 왜 안 들어오나 의아해하고 있어. 스티브는 어디 있지? 문은 열려 있고 시커먼 몽둥이가 들어오는데, 그건 네 것이 아니야. 그렇지, 스티브? 네 그 검은 몽둥이가 아니라고. 네가 아니라 네 오랜 친구 케니 D야. 마리가 발가벗고 완전히 젖어서 손가락으로 거기를 더듬고 있는데, 너는 어디에도 보이지 않아. 그래서 녀석이 자기 몽둥이를 꺼내 쑥 집어넣었다 빼고 쑥 집어넣었다 빼고 또 집어넣었다 빼니까 마리가 다리 사이로 질질 싸고 있어. 바로 그

---

* 리즈의 한 구역.

때 네가 들어와 두 연놈을 발견한 거야. 네 여자랑 네 친구가 등이 두 개인 괴물처럼 붙어먹고 있으니까 당연히 열받겠지. 안 그래, 스티브? 누군들 안 그렇겠어? 친구라는 새끼가 검고 큰 몽둥이를 네 흰둥이 계집한테 휘두르고 있으니. 그년은 벌라는 돈은 안 벌고 네 친구랑 놀아나느라 하루 공치고. 씨팔, 속이 뒤집히지. 네 친구가 네 여자랑 붙어먹었으니. 받아들이기 힘들지, 응? 그래서 그렇게 된 거지, 스티브? 여자를 되찾아 본때를 보여줘야 했던 거야. 그렇지, 스티브?"

"아니에요. 아니에요. 아니에요." 바턴이 훌쩍이며 말한다.

노블이 일어나자 바턴은 무릎에 얼굴을 처박고 흐느낀다.

"그럼 어서 싸. 그러면 내보내주지."

스티브 바턴이 컵을 집어들고 부들부들 떨고 있는 성기에 씌운다.

열다섯 명의 백인이 바닥의 한 흑인을 내려다본다. 하얀 플라스틱 컵을 댄 채 다른 한 손으로 성기를 흔들자 더이상 오그라들지는 않는다.

누가 내 등을 쿡 찔러서 돌아보니 올드먼이다.

그도 그 광경을 본다. 검둥이가 바닥에 앉아 하얀 플라스틱 컵을 대고 다른 한 손으로 성기를 흔들고 있다.

올드먼이 노블을 본다.

노블이 눈썹을 치켜세운다.

올드먼은 화가 난 기색이다.

"저 깜둥이 새끼한테 포르노라도 갖다줘. 망할 정액은 실험실에 보내고."

"들었지." 노블이 문에서 가장 가까운 경찰인 나에게 소리친다.

크레이븐이 나가려고 하지만 노블은 나를 지목한다.

나는 복도를 걸어가 층계를 세 단 올라가서 크레이븐의 소굴인 풍기단속반으로 들어간다.

반원 중 반이 배때기에 가 있어서 쥐죽은듯하다.

나는 서류함을 연다. 봉투들.

옆 서랍도 마찬가지다.

그리고 그 옆 서랍.

빌어먹을 풍기단속반, 대체 어디 둔 거야, 나는 투덜댄다.

그러다 문득 떠오른 생각에 문을 돌아본다. 재니스 생각이 머릿속을 꽉 채운다.

다시 서류함으로 돌아가 매초마다 문을 흘긋대며 희미한 발소리에도 귀를 곤두세운다.

라이언, 라이언, 라이언……

없다.

제로.

쾅.

막 방을 나서려는데 포르노를 가져가야 하는 임무가 떠오른다.

나는 책상들을 지나 서랍을 연다. 지저분한 싸구려 잡지 두 권. 차광판을 든 뚱뚱한 금발 여자가 음부를 쫙 벌리고 있다.

『스펑크』.

나는 잡지를 움켜쥐고 나간다.

배때기로 돌아가자 경찰들이 길을 내준다. 바턴은 여전히 바닥에 몸을 둥글게 말고 누워 좆나 울어대고, 그 옆에 담요가 놓여 있다.

나는 그의 옆에 잡지를 툭 던진다.

그가 고개를 돌려 회색 담요를 천천히 끌어당긴다.

러드킨이 말한다. "마거릿 고모라고 있었는데, 맥스Mags라고 불렸어. 그런데 잠시 알몸쟁이라고도 불렸지."

킥킥대고 낄낄댄다.

"저 여자들 중 하나라도 저 새끼 입맛에 맞아야 할 텐데." 다른 누군가가 말한다.

"우리 입맛에는 직방인데."

"검둥이 앞에서 하면 재미가 죽이지."

노블이 잡지를 더 가까이로 걷어찬다. "어서 시작해."

바턴은 잡지를 앞에 놓은 채 담요를 덮어쓰고 모로 누워 있다.

엘리스가 몸을 숙여 잡지를 펼친다.

모두가 깔깔거린다.

"이봐, 마이크. 손도 좀 빌려주지." 러드킨이 소리친다.

배때기에서 배때기들이 웃어댄다.

바턴이 담요 아래서 움직이기 시작한다.

웃음소리가 더 커진다.

"씨팔 컵 잊지 마. 담요에 싸기만 해봐." 올드먼이 말한다.

욕설로 머릿속이 불타는지 이를 악문 스티브 바턴이 감은 눈으로 눈물을 흘리며 딸딸이를 친다.

박수가 시작되고, 나는 다시 그 자리에 있지만 보비가 떠오르자 생각한다. 스티브 바턴 역시 얼마 전까지만 해도 누군가의 아들이었을 거라고, 기차와 자동차와 희망과 꿈과 좋아하는 음식과 싫어하는 음식이 있었을 거라고, 하지만 이제는 마약중독자 포주에 기둥서방이 되어 열다섯 명의 백인 경찰 앞에서 커피자판기용 하얀 플라스틱 컵에 대고 딸딸이를 치고 있다고.

이윽고 속도가 붙자 러드킨이 팔을 뻗어 담요를 걷어내고, 바로 그 순간 바턴의 방망이가 좆물을 뱉어내고, 그 광경을 크레이븐이 폴라로이드로 찍고, 박수가 갈채로 이어진다.

"엘리스 경장, 바턴 씨의 정액을 팔리 교수한테 가져가." 올드먼이 말한다.

모두가 깔깔댄다.

"괜히 맛보지는 말고." 내가 덧붙이자 모두가 손뼉치며 웃어대고, 엘리스는 두고 보자는 듯 최대한 험악한 얼굴로 나를 노려본다.

그리고 바턴, 바턴은 여전히 둥글게 몸을 만 채 부들부들 떨며 큰 소리로 꺽꺽대며 흐느끼고, 파티는 끝난다.

경찰들이 막 나가려는데 내가 몸을 숙이고 잡지를 집어 크레이븐에게 건넨다.

"경위님 거죠?"

크레이븐이 차갑고 어둡고 멍한 눈으로 잡지를 받아들더니 표지를 힐긋 보고 눈빛이 바뀐다. "씨팔 이거 어디서 났나?"

"형수님한테 받았죠. 왜요?"

방안이 온통 조용한 웃음으로 넘쳐나고, 모두가 다음 대꾸를 기대하며 꾸물거린다.

"재미있군, 프레이저. 재미있어." 크레이븐이 절뚝거리며 풍기단속반으로 돌아간다.

나는 기진맥진해 구내식당에 앉아 있다.

러드킨은 커피를 주문하는 참이다.

프렌티스와 앨더먼이 바턴의 신문을 마치고 검사 결과가 나올 동안 대기하라는 명령이다. 다들 그가 범인이길 바라지만 아니라는 것을 뻔히 아는데 이렇게 기다리라니 개소리다.

"씨팔, 피검사만 해도 될걸." 신문에 끼지 못해 화가 난 러드킨이 눈을 부릅뜨고 망할 큰 그림을 보려고 애쓰며 말한다. 그 큰 그림이란 다음 두 단어다.

토대 만들기.

"손톱 정리나 하죠, 뭐."

"하여튼 자네는 정말 웃긴다니까." 러드킨이 껄껄대고, 우리는 커피에 설탕을 듬뿍 넣는다.

나는 자고 싶지만 설령 그래도 된다 해봐야 할 일이 산더미다.

"몇시지?" 러드킨은 너무 피곤해서 손목시계를 확인할 힘도 없다.

"내가 뭘로 보여요? 말하는 시계?"

"말하는 몽둥이에 더 가깝지."

우리는 이 분 동안 이렇게 떠들다 차츰 기진맥진한 침묵 속으로 다시 돌아가 숨는다.

"풀어준다는군."

침묵에서 벗어나 환하디환한 경찰 구내식당 빛 속에 우뚝 선 피터 노블 총경의 세계로 돌아간다.

"놀랍기도 해라." 러드킨이 중얼거린다.

"B형이 아니에요?" 내가 묻는다.

"O형이야." 노블이 대답한다.

내가 묻는다. "쓸 만한 정보를 토해내지도 않았고요?"

"별로. 그 여자 포주였는데, 그날 오후 마지막으로 본 게 다래."

"우리한테 맡기지 그랬어요." 러드킨이 내뱉는다.

"그럼 이번 기회를 잘 활용해봐. 그 자식이 엘리스랑 같이 아래층에서 자네를 기다리고 있어."

"우리까지 뭐하러 갑니까. 엘리스 혼자 데려다주면 될 텐데."

노블이 재킷에서 5파운드 뭉치를 꺼내더니 몸을 숙여 러드킨의 윗주머니에 쑤셔넣는다. "바턴을 데리고 나가 술이나 실컷 푸게 하라는 부청장님의 특별 지시야. 잘 달래주라고."

러드킨이 투덜거린다. "씨팔, 할일이 태산이라고요. 프레스턴에서 가져온 조서도 검토해야 하고, 밥은 그 망할 우체국 강도까지 처리해야 하고. 그런데 이런 것까지. 그럴 시간 없다고요."

나는 탁자만 보고 있다. 포마이카 표면에 빛이 반사된다.

노블이 몸을 숙여 러드킨의 윗주머니를 두드린다. "존, 그만 좀 징징대고 어서 가기나 해."

러드킨은 노블이 나갈 때까지 기다리더니 한마디한다. "씹새끼, 망할 자식."

우리는 나무로 만든 꼭두각시처럼 뻣뻣한 몸을 일으킨다.

엘리스가 로버 운전석에 앉아 기다리고 있다.

바턴은 커다란 바지와 꽉 끼는 재킷 차림으로 뒷좌석에 앉아 레게 머리를 차창에 기대고 있다.

러드킨이 그 옆자리에 타고는 묻는다. "어디로 갈까?"

나는 조수석에 탄다.

바턴은 그저 창밖만 응시한다.

"이봐, 스티브. 어디로 갈까?"

"집으로요." 그가 웅얼거린다.

"집? 지금 집에 가면 안 되지. 겨우 3시인데. 술이나 한잔 하자고."

바턴은 자신에게 선택권이 없다는 것을 안다.

엘리스가 시동을 걸고 묻는다. "그럼 어디로 가죠?"

"브래드퍼드의 매닝엄으로." 러드킨이 대꾸한다.

"브래드퍼드라." 엘리스가 밀가스에서 빠져나오며 씩 웃는다.

나는 눈을 감고, 엘리스는 라디오를 켠다.

매닝엄에 들어설 무렵 잠이 깬다. 라디오에서 윙스*가 흘러나오고, 바턴은 뒷좌석에 검은 유령인 양 묵묵히 앉아 있다.

엘리스가 뉴 어델피 앞에 차를 세운다.

러드킨이 말한다. "맘에 들어, 스티브?"

바턴은 대꾸가 없다.

"여기가 꽤 괜찮다더라고요." 엘리스의 말에 우리는 차에서 내린다.

하루 묵은 토사물이 고인 계단을 지나 안으로 들어서니, 높은 천장 아래 플록 가공 벽지를 바른 낡고 널따란 클럽이다. 다양한 인종이 뒤죽박죽 섞여 망할 바닥이 꺼져라 춤추고 있지만, 아직 오후 4시도 채 안 된 시각이다.

나는 완전히 지쳐 어깨가 축 처지고 머리가 죽을 듯이 아픈데, 스트립 댄서는 6시에나 올라올 예정이고 개소리 같은 레게 음악만 쿵쾅댄다.

"네 엄마는 네가 어디 있는지 몰라……"

러드킨이 바턴을 돌아보고 말한다. "딱 네 분위기네."

바턴은 그저 고개를 끄덕인다. 우리는 발코니로 이어지는 계단 아래 구석에 그를 앉힌다. 나와 러드킨이 그의 양쪽에 앉고, 엘리스는 바로 간다.

우리 셋은 말없이 앉아 댄스홀의 검은 얼굴과 흰 얼굴을 훑는다.

"아는 사람 있어?" 러드킨이 묻는다.

바턴이 고개를 젓는다.

"잘됐군. 네가 끄나풀이라고 오해받으면 곤란하잖아."

엘리스가 맥주잔과 작은 잔이 담긴 쟁반을 들고 돌아온다.

---

* 폴 매카트니가 비틀스 해체 후 만든 밴드.

그는 바턴에게 커다란 럼앤드코크 칵테일 잔을 건넨다. "쭉 들이켜."

러드킨이 깔깔대며 묻는다. "이봐, 스티브, 여기 자주 와?"

우리는 웃지만 바턴은 아니다.

그가 다시 웃기까지는 오랜 시간이 걸릴 것이다.

엘리스가 바로 가서 술과 칵테일을 더 가져오고, 우리는 잔을 비우고, 그는 다시 바로 간다.

그렇게 우리 넷이 앉아 이런저런 이야기를 나누는 동안 레게 음악이 끝도 없이 이어지고, 파키스탄인 택시기사들이 들어오고 나가고, 걸레들이 클럽 바닥에 넘어지고, 도미노처럼 늙은이들이 쓰러지고, 쥐새끼 낯짝의 백인들이 셔츠 없이 브이넥 스웨터만 입고 돌아다니고, 뚱뚱한 흑인들이 음악에 맞춰 고개를 까닥거린다.

"밤하늘 별 아래서 무엇을 보니……"

러드킨과 엘리스가 머리를 모으고 바의 한 여자를 비웃자 그 여자가 두 손가락을 쳐들어 보인다.

"누이, 집에 있어, 집에 있으라고……"

느닷없이 바턴이 내게 몸을 숙이더니 내 팔을 잡고 노란 눈과 독한 입냄새를 불쑥 들이대며 말한다. "케니가 정말 마리랑 붙어먹었어요?"

나는 꽉 조이는 재킷과 헐렁한 바지 차림의 그를 본다. 배때기 감방에서 회색 담요를 뒤집어쓰고 잡지를 옆에 둔 채 손을 움직이던 모습이 떠오른다.

"말해요. 케니랑 조 로랑 친한 것 다 알아요. 무슨 짓을 하려는 게 아니에요. 그냥 꼭 알아야겠어요."

나는 그의 손을 치우고는 그의 얼굴에 대고 내뱉는다. "헛소리 작작 해. 그냥 뻥친 거야, 친구."

다시 바로 앉는 바턴에게 러드킨은 새 담배를 던지고, 엘리스는 바에 가서 술과 칵테일을 더 가져오고, 레게 음악이 계속된다.

"자기, 계속 딜러. 그레뫼야 멀리 못 가지만……"

손목시계를 보니 6시가 다 되었고, 나는 꺼지고 싶다. 술에 취해 레게 머리를 재떨이에 떨군 채 탁자에 머리를 처박은 바턴처럼.

음악이 멈추고 마이크소리가 댄스홀에 삑삑 울리더니 스포트라이트가 무대 뒤쪽의 묵직한 붉은 커튼을 비춘다.

〈Dancing Queen〉이 시작되고 커튼이 올라가자 축 늘어진 몸에 스팽글 비키니를 걸친 흑갈색 머리 백인 여자가 팔을 늘어뜨린 채 멍한 눈으로 서 있다.

"씨팔 머저리 원숭이가 쇼를 놓치네요." 엘리스가 잘 돌아가지 않는 혀로 말하며 바턴에게 턱짓하는데 여자가 별안간 생기를 띤다.

"엘리스, 너 너무 싫증나." 러드킨이 투덜대며 일어나더니 발코니 계단을 올라간다.

"왜 저래요?"

나는 대꾸한다. "사람 읽는 법 좀 배워."

엘리스가 상처받은 양 다시 투덜대고 징징댄다.

"잠자는 미녀나 잘 지켜." 나는 그렇게 말하고 러드킨을 따라 계단을 오른다.

그는 발코니에 기대서서 허연 스트리퍼를 바라보고 있다.

"경치 좋네요." 나는 그의 옆에 팔꿈치를 기댄다.

아래층 남자놈들은 전부 무대를 보고 있고, 여자들은 그들 사이에 늘어져 있다. 한 여자가 땅콩을 던져 가슴 사이로 받는다.

러드킨이 바닥에 위스키가 남은 잔을 흔들며 말한다. "이제부터 어떻게 될지 알고 있지?"

씨팔 시작이군, 생각하며 대꾸한다. "아뇨. 어떻게 되는데요?"

러드킨은 술잔 바닥만 응시하고 있다. "그놈은 계속 살인할 거고, 우리는 시체를 계속 발견할 테지. 언제나 뒷북만 치겠지."

"잡히겠죠."

"그래? 어떻게?"

"인내를 가지고 죽어라 열심히 해야죠. 언젠가 놈이 실수할 거예요. 보통 그렇잖아요."

"보통? 여기 보통이 어딨어?"

"내 말뜻 알잖아요."

"아니, 몰라. 전에 이런 거 본 적 있어?"

나는 어린 소녀들과 잃어버린 세월을 생각하며 대꾸한다. "비슷한 걸 봤죠."

"웃기지 마."

나는 열의 없이 말한다. "잡힐 거예요."

"밥, 자네는 정말 좋은 사람이야." 그가 그런 말을 하지 않았더라면 좋았을 텐데. 전에도 들었던 말이지만 그건 사실이 아니었고, 지금은 더더욱 사실이 아니다. 어디서 어쭙잖은 꼰대질인지.

그래서 나는 대꾸한다. "대체 그게 무슨 뜻이에요?"

"말 그대로야. 자네는 좋은 녀석이라고. 하지만 이 세상에서 착한 성품과 성실만으로는 놈을 잡을 수 없어."

"왜 그렇게 확신해요?"

"북잉글랜드 여성 살해 및 폭행 읽었어?"

"네."

"그리고?"

"잡을 거예요, 존."

"좆까고 있네. 단서 하나 없는데. 이 망할 새끼는 거울로 우리를 보며 비웃고 있어. 우리를 하나하나 지켜보며 오줌을 지리도록 웃고 있다고."

"웃기시 마요. 증기를 대봐요. 증거."

러드킨이 고개를 들자 그의 얼굴이 짙은 그림자에 묻힌다. 칠흑같이 검은 눈에 검고 굵은 눈물이 흐른다. 만약의 경우를 대비해 현관문에 크리켓 방망이를 두는 이 남자가 내 팔을 잡고 말한다. "프레스턴 건은 여기 사건이랑 아무 관련 없는 헛소리야."

심장이 고동치며 뱃속이 사납게 뒤틀린다. 그는 여전히 내 팔을 움켜 쥐고 여전히 내 눈을 들여다보며 여전히 내게 공포를 드리운다.

"혈액형이 같잖아요." 나는 말한다.

"헛소리야, 밥. 뭔가 일이 벌어지고 있는데, 나는 씨팔 그게 뭔지 모르고, 씨팔 알고 싶지도 않아. 하지만 우리는 씨팔 그 한가운데 있어. 똑똑히 말할게. 이대로 가만있다가는 인생 말아먹을 거야."

더 말아먹을 게 어디 있어라고 생각하면서도 그가 말하게 내버려둔다.

"자넨 그들을 몰라, 밥. 나는 알아. 그놈들이 어떤 술수를 쓰는지 잘 알지. 특히나 자기 식구들한테 쓰는 건 더 잘 알아."

나는 무대 위 스트리퍼의 허옇고 축 처진 젖가슴 위쪽을 내려다본다. 바의 남자들은 이미 지루해하고 있다.

나는 말한다. "좀전만 해도 두려워 말라더니, 이제는 그만두자 하고. 어느 쪽이 진심이에요, 존?"

러드킨이 나를 보고 웃을락 말락 고개를 젓더니 계단을 도로 내려간다. 저 오만한 등신, 두들겨패주고 싶다.

다시 스트리퍼의 젖가슴을 내려다보다 손목시계를 확인하고는 씨팔 여기서 나가기로 한다.

아래층에 가니 러드킨도 같은 생각인지 바턴을 걷어차 깨우고 있다. 엘리스가 늘어놓는 사과의 말은 싹 무시한 채.

러드킨은 비틀비틀 일어나는 바턴의 꽉 죄는 재킷에 남은 5파운드 뭉치를 쑤셔넣는다.

나는 무대 바닥에 떨어진 비키니를 줍고 있는 스트리퍼의 점 박힌 투실한 엉덩이를 보다가 바에 늘어선 죽은 자들의 얼굴을 보고는 그가 여기 있는지, 지금 우리와 함께 있는지 궁금해하다가, 더 볼 곳도 없어서 탁자로 시선을 돌린다.

그리고 거기 서 있는 바턴은 여전히 럼에 만취해 정신을 차리려고 애쓰며 재킷에서 돈뭉치를 꺼내 탁자에 툭 던진다.

"가져요. 다음 새끼한테나 줘요." 그러고는 돌아서서 나간다.

"계집 맛이나 보여주려고 했더니." 엘리스가 낄낄거린다.

나는 럼잔을 집어들어 쭉 비운다.

엘리스는 불현듯 저녁 계획이 영 틀어지고 우리가 그를 남겨둔 채 가버릴까봐 겁내며 한숨을 쉰다. "이제 어떡하죠?"

"마음대로 해." 러드킨이 사람들을 헤치고 바로 향하며 대꾸한다. 기분을 풀 겸 시빗거리를 찾고 있다.

"어디 가요?" 문으로 향하는 내게 엘리스가 소리친다.

"집." 나는 말한다.

"그래요, 그래." 그렇게 대답하는 소리를 들으며 나는 출입문을 밀어젖히고 탈출한다.

브래드퍼드를 느리게 빠져나오는 택시 차창을 내리고 뒷좌석에 앉아 있는데, 눈에서는 눈물이 흐르고, 심장은 묵직하고, 뇌는 불타오른다.

재니스를 봐야 해. 보비를 봐야 해. 루이즈를 봐야 해. 장인을 봐야 해.

네 명의 창녀가 살해당했어. 어쩌면 더 있을지도.

행잉 히턴의 엽총, 스킵턴의 엽총, 동커스터의 엽총, 그리고 셀비의 엽총.

네 명의 창녀가 살해당했어. 어쩌면 더 있을지도.

내 아들과 마디리, 그리고 살난이 얼마 남지 않은 잠인,

재니스, 내 연인, 내 고문자, 함께할 날이 얼마 남지 않은 나만의 창녀.

"여기 델까요?"

"고마워요." 나는 돈을 낸다.

계단을 오르다 문득 생각한다. 살려줘. 나는 여기서 죽어가고 있어.

그녀의 집이 있는 층에서 생각한다. 대답 없기만 해봐, 죽어버릴 거야.

문을 한 번 두드리며 생각한다. 살려줘. 당신 집 계단참에서 죽고 싶지
않아.

그녀가 문을 열고 싱긋 웃는다. 촉촉한 머리와 더 짙어진 갈색 피부.

라디오가 켜져 있다.

"들어가도 돼?"

그녀가 더 활짝 웃는다. "경찰 아저씨잖아. 뭐든지 마음대로 해."

"그러면 오죽 좋겠어." 나는 그렇게 말하고 우리는 뜨겁게 키스한다.
지난 과거의 모든 것을 잊고 용서하고, 앞으로 올 미래의 모든 것을 잊
고 용서할 수 있는 뜨거운 키스.

우리는 침대에 쓰러진다. 나는 그녀의 온몸을 더듬으며 그녀 안으로
깊이 들어가려 하고, 그녀는 내 등에 손톱을 박고 내 인으로 더 깊이 들
어가려 한다.

나는 그녀의 청바지를 벗기고 신발을 벗겨 던지고, 죽음은 완전히 사
라진다.

우리는 씹하고, 또 씹한다. 그녀가 키스하고 나를 빤다. 마지막으로
씹한 후 우리는 라디오로 로드*를 들으며 잠든다.

잠이 깨니 그녀는 욕실에서 나오는 참이다. 티셔츠와 속바지 차림으로.

"나가?" 나는 묻는다.

"별수 있어?"

"나가지 마."

"별수없다고 했잖아."

나는 침대에서 나와 옷을 입는다.

그녀는 거울 앞에서 화장을 시작한다.

"겁도 안 나?"

"뭐가?"

"씨팔 살인마 말이야."

"뭐? 지금 내가 매춘부라는 거야?"

"그래."

"겁먹을 필요가 전혀 없는 당신 아내처럼 말이지?"

"아내야 새벽 2시에 망할 채플타운 거리에서 일하지 않잖아."

"팔자도 늘어졌지. 두툼한 월급봉투를 갖다 바치는 남편이 있는데 뭐
하러 거리로 나가."

나는 지갑을 연다. "돈을 원하면 씨팔 줄게."

"돈 때문이 아니야, 밥. 돈 때문이 아니라고. 몇 번을 말해?"

그녀는 빗을 들고 방 가운데 매달린 종이 전등갓 아래 서 있다.

"미안." 나는 말한다.

그녀가 서랍장으로 가서 비닐 소재의 검은색 탑과 단추가 앞에 달린
짧은 청치마를 입는다.

나는 눈이 따끔거리며 눈물이 차오른다.

---

* 영국의 로커 로드 스튜어트.

그녀는 내게 너무도 아름다워 보인다. 어쩌다 일이 이렇게 됐는지 모르겠나.

나는 말한다. "이럴 필요 없잖아."

"아니, 있어."

"왜?"

"제발. 그만 좀 해."

"그만하자고? 끝내고 싶어?"

"원하면 언제든 끝내."

"아니, 안 돼."

"그냥 여기 안 오면 되잖아."

"나 이혼할 거야."

"채플타운의 갈보 때문에 멀쩡한 아내랑 아기를 버려? 웃기고 자빠졌네."

"넌 갈보가 아냐."

"아니, 맞아. 나는 더러운 걸레고, 돈 때문에 썹을 하고, 공원이든 차 안이든 돈만 받으면 무릎 꿇고 좆을 빨아. 오늘밤만 해도 운좋으면 손님 열 명은 받을 거고. 그러니 괜히 창녀가 아닌 척하진 않겠어."

"이혼한다니까."

"닥쳐, 밥. 닥치라고." 그녀는 나가버린다. 쿵 하는 문소리가 온 방에 울린다.

나는 침대 가장자리에 앉아 흐느낀다.

세인트제임스를 향해 길을 걷는다.

면회 시간이 거의 끝나가 맡은 일을 끝낸 사람들이 우르르 나온다.

나는 승강기를 타고 병동으로 올라가, 죽음에 임박해 지나치게 밝은 방에 누워 있는 대머리와 누르스름한 피부와 차갑고 차가운 손과 야윈 얼굴들을 지나쳐 복도를 걸어간다.

공기는 없고 열기만 있다.

어둠은 없고 빛만 있다.

나치 수용소에서의 또다른 하룻밤.

나는 생각한다, 절대 잠들지 마, 절대 잠들지 마.

루이즈는 어디 갔는지 없고, 죽음을 목전에 둔 장인 혼자 눈을 감고 있다.

간호사가 와서 미소짓자 나도 미소짓는다.

"부인은 방금 가셨는데요." 그녀가 말한다.

"그렇군요." 나는 고개를 끄덕인다.

"목적을 절반만 달성했으니 어떡해요." 그녀가 웃는다.

나는 고개를 끄덕이고 장인을 돌아본다.

병상 옆에 앉아, 주렁주렁 달린 약물과 링거주사와 튜브 옆에 앉아 재니스를 생각한다. 반송장인 장인 곁에서 채플타운 매춘부인 정부 생각에 깊이 빠져든다. 장인은 반듯이 누워 죽어가고 있고, 그녀는 무릎을 꿇고서 나를 빨고 피를 말린다.

나는 고개를 든다.

빌이 나를 바라보고 있다. 핏발이 선 축축한 눈으로 나를 알아보려고 애쓰며 대답과 진실을 찾고 있다.

그가 병상 난간 사이로 한 손을 뻗으며 쩍쩍 갈라진 마른 입을 열자 나는 머리를 가까이 가져간다.

"죽고 싶지 않아. 죽고 싶지 않아." 그가 속삭인다.

나는 그의 줄무늬 환자복과 지독한 입냄새로부터, 다가올 위협과 횡설수설로부터 몸을 빼낸다.

그가 몸을 일으켜 앉으려고 하지만 구속 벨트 때문에 겨우 머리만 쳐든다. "로버트! 로버트! 나를 여기 두지 마. 집으로 데려다줘!"

나는 일어나 간호사를 찾는다.

"딸애한테 말하겠어! 다 말할 거야!" 그가 소리지른다.

그러나 그곳에는 아무도 없다, 나밖에.

문을 여니 집안은 어두컴컴하다.

나는 현관 깔개에서 석간신문을 집어든다.

자그마한 푸른색 아기 파카가 옷걸이에 걸려 있다.

나는 부엌 불을 켜고 식탁에 앉는다.

위층으로 가서 아들을 보고 싶지만, 그녀가 자지 않고 기다릴까봐 겁이 난다.

그래서 부엌 등 아래 홀로 앉아 그저 생각한다.

밤이 깊어가는 가운데 부엌 등 아래서, 병동을 서성이면서, 보비를 달래면서, 차에서 죽치면서. 내가 생각에 잠기는 곳들. 지저분한 접시와 장인 곁에서, 또 냉장고 문에 휘갈겨진 아들의 낙서와 토스터 밑 부스러기를 보며 생각한다.

손목시계를 보니 거의 자정이다.

그들이 위층에서 잠자고, 식기건조대에서 깨진 즉위 이십오 주년 기념 머그잔이 마르는 동안 나는 두 손에 얼굴을 파묻고 가족 한가운데서 **그녀**를 생각한다.

어쩌다 이렇게 됐는지 떠올린다:

매춘을 눈감아주는 조건으로 홀이라는 브래드퍼드 경찰 밑에서 끄나풀 노릇을 하는 여자에 대해 다른 사람들이 하는 이야기를 듣기는 했지만 한 번도 보지 못하다가 작년 11월 4일에야 마주쳤다.

장난의 밤.*

게이어티 근처에서 술에 취해 비틀비틀 돌아다니며 화물트럭을 세워 호객행위를 하는 그녀를 체포해 밀가스 경찰서로 끌고 갔지만 겨우 오 분 만에 차에 태워 집으로 데려다줘야 했다. 귓가에 요란한 웃음소리가 길게 이어지는 동안 나는 씨팔 욕을 퍼부었다.

결혼 오 년차에, 한 살이 다 된 아들이 있고, 아이를 하나 더 낳을 계획이었다.

하지만 내가 얻은 것은 위장 차량 뒷좌석에서의 생애 최고의 섹스였다. 처음으로 그녀를 맛보며 입술과 젖꼭지와 음부와 엉덩이와 눈꺼풀과 머리카락 끝을 핥았다.

그날 밤 루이즈와 보비에게로 돌아간 나는 잠든 그들을 바라보았다. 우리 침대 옆 공간을 비집고 아기 침대가 간신히 들어가 있었다.

그녀의 체취를 목욕으로 씻어내려다 오히려 그녀를 다시 맛보기 위해 그 물을 꿀꺽꿀꺽 들이켰다.

그날 밤 자다 말고 비명을 지르며 깨어난 나는 보비가 죽었을까봐 아기 침대로 달려가 아이가 여전히 숨을 쉬는지 확인했다. 방안에 지독한 땀냄새가 진동해 나는 다시 욕조에 누워 자위를 했다.

그렇게 계속되었다.

그날 밤 이후 매분 매초 나는 그녀를 생각하면서 체포 영장을 살피고, 해서는 안 될 질문을 하고, 거리를 샅샅이 훑고, 조서를 뒤지고, 잘못된 말만 뱉었고, 모든 것이 무너질 것만 같았다.

그래서 나는 비밀을 지키고 두 인생을 사는 법을 배웠다. 그녀에게 키스한 바로 그 입술로 아들에게 입맞춤했다. 또한 그들 셋 모두 잠든 시간에 지나치게 환한 방에서 홀로 우는 법을 배우고, 이보다 더한 역병과 가뭄과 기근에 대비해

---

* 11월 4일 밤 십대 아이들이 이웃에 마음껏 장난을 치고 노는 풍습.

나 자신을 통제하고 절제하는 법을 배우고, 그들 셋 모두에게 입맞춤하는 법을 배웠다.

부엌 등 아래 냉장고와 식기세척기 사이에 앉아서 생각한다:

그녀는 스물둘, 나는 서른둘이다.

그녀는 혼혈 매춘부, 나는 백인 경사이자 요크셔 최고의 경찰을 장인으로 두었다.

내게는 보비라는 십팔 개월 된 아들이 있다.

내 이름을 딴 아기.

그러다 더 생각할 수가 없어서 위층으로 올라간다.

그녀는 내가 죽기를 빌며 자기 자리에 누워 있다.

보비는 아기 침대에 누워 있다. 훗날 아들 역시 내가 죽기를 빌리라.

그녀가 잠결에 땀을 흘리며 뒤척인다.

보비가 눈을 뜨고 나를 올려다본다.

나는 아기의 머리카락을 쓰다듬다 몸을 숙여 입을 맞춘다.

아기는 다시 잠들고 얼마 후 나는 다시 아래층으로 간다.

어두운 집안을 서성이며 우리가 이사 온 날, 첫 크리스마스, 보비가 태어난 날, 보비가 집에 온 날, 온 집안에 불이 켜진 날을 떠올린다.

나는 거실에 서서 빠르게 지나가는 차들을 바라본다. 텅 빈 좌석, 노란 전조등, 운전자와 트렁크. 그들 모두 홍등가의 재니스에게서 돌아가는 고객인 것만 같고, 자동차가 시신을 싣고 살인마를 A에서 B로 옮겨다주며 그녀를 내게서 빼앗아가는 것만 같다.

나는 침을 삼킨다.

텅 빈 위장과 기운 빠진 다리로 다시 부엌에 들어선다.

의자에 앉아 석간신문과 보비의 동화책에 눈물을 떨군다. 동화책을 펼쳐 장화 신은 개구리 그림을 보지만 전혀 도움이 되지 않는다. 나는 연못 가장자리 미나리아재비 사이 작고 축축한 집이 아니라 이곳에 살기 때문이다.

1977년의 요크셔.

눈가를 훔치지만 눈물이 멈추지 않아 여전히 젖어든다. 나는 안다, 그자를 잡기 전까지는 결코 눈물이 멈추지 않으리라는 것을.

그자를 잡아야 한다.

그자가 그녀를 잡기 전에.

그자의 얼굴을 봐야 한다.

그자가 그녀의 얼굴을 보기 전에.

그자의 이름을 알아내야 한다.

그자가 그녀의 이름을 알아내기 전에.

〈이브닝 포스트〉를 뒤집자 바로 거기 그자가 한발 먼저 나타나 우리 둘을 기다리고 있다.

요크셔 리퍼.

≫ 2부 ≪

경찰과
도둑

청취자: 이것 좀 들어봐요. 낭독 1인당 평균 일주일에 72파운드를 번다.

존 샤크: 밥 씨도 그렇게 버나요?

청취자: 당연히 아니죠. 남부라면 몰라도 여기서는 어림없죠.

존 샤크: 같은 보고서에 따르면, 연금수령자가 구백만 명이나 되고, 인구의 3퍼센트는 이민자죠.

청취자: 아무래도 그 둘이 바뀐 것 같은데요.

1977년 6월 3일 금요일
리즈 라디오
존 샤크 쇼

6

주벨라……[*]

"두 번이나요. 나를 두 번이나 쳤어요. 바로 여기 정수리를요."

잡슨 부인이 고개를 숙이고 잿빛 머리카락을 가르자 두개골 위로 흉터가 드러났다.

"만져보세요." 그녀의 남편이 거들고 나섰다.

정수리로 뻗은 손끝에 기름 낀 머리뿌리 사이로 커다랗게 움푹 팬 구멍이 느껴졌다.

잡슨 씨가 내 표정을 살피고 있다가 물었다. "쑥 들어갔죠?"

"그렇군요." 나는 대꾸했다.

금요일 11시가 다 되어가는 시간, 핼리팩스의 아주 외진 곳 잡슨 부

---

[*] 삼천 년 전 예루살렘에서 솔로몬 신전을 건축할 때 주벨로, 주벨룸과 함께 감독관을 죽인 죄로 처형당한 인물. 그들 외에 살인 모의에만 가담했던 열두 명이 프리메이슨의 기원이 되었다.

부의 집 아늑한 거실에서 우리는 커피를 마시고 사진을 돌려보며, 망치로 잡슨 부인을 두 번 내리친 뒤 스커트와 브래지어를 걷어올리고 스크루드라이버로 배를 한 번 긁고 젖가슴에 대고 자위를 한 남자에 대해 이야기하고 있었다.

사진과 장식품과 엽서와 빈 꽃병 사이사이에, 왕족 사진 옆에 무수한 약병이 놓여 있었다. 삼 년 전 어느 날 밤, 일주일에 한 번씩 여자들끼리 외출하는 저녁 모임에 다녀오다 망치와 스크루드라이버를 든 남자와 마주친 후로 잡슨 부인은 결코 문밖을 나서지 않게 되었기 때문이다. 부인이 모임에서 돌아가는 길에 버스 터미널에서 흑인들의 자지를 핥아주고 푼돈을 벌었을지 모른다는 경찰의 말에 친구들까지 남편에게 얻어맞은 뒤 덩달아 외출을 그만두었다. 잡슨 부인은 1974년 마지막 모임을 끝으로 두 번 다시 외출하지 않았다. 심지어 버스 터미널에서 흑인들 자지를 핥았다느니, 남편이 허리가 부실하다느니 하는 낙서가 현관문을 도배했을 때도 문밖으로 나갈 수가 없어, 잡슨 씨가 대신 두 번이나 페인트를 새로 칠해야 했다. 이따위 낙서 때문에 딸 레슬리는 등교를 거부하게 되었다. 엄마가 버스 터미널에서 흑인과 놀아났다는 소문이 퍼진 탓이었다. 그 주만 해도 세 번이나 침대에 오줌을 싼 딸은 잠옷 차림으로 계단 발치에 서서 엄마에게 급기야 물었다. 흑인과 버스 터미널에서 놀아난 게 사실이냐고. 잡슨 부인은 그날 밤 이후 몇 번이고 한 말을 오늘 또 했다.

"차라리 그때 죽었으면 좋았을걸, 생각한 게 한두 번이 아니에요."

잡슨 씨가 고개를 끄덕였다.

나는 낮은 커피테이블에 잔을 내려놓았다. 옆에 놓인 필립스 포켓 메모 속에서 녹음테이프가 빙글빙글 돌아가고 있었다.

"지금은 좀 어떠십니까?"

"나아졌어요. 그런데, 또 살인사건이 터지고 죽은 사람이 매번 매춘부라 그때마다 소문이 다시 흘러나오죠. 어서 빨리 그 망할 새끼를 잡아 가두길 빌 뿐이에요."

"애니타를 만났나요?" 잡슨 씨가 묻는다.

"오늘 오후에 만날 겁니다."

"안부 전해주세요."

"물론이죠."

현관문에서 잡슨 씨가 말했다. "사진은 미안하게 됐습니다. 우리는 그저……"

"아닙니다, 괜찮아요. 이렇게 만나주신 것만 해도 정말 감사해요."

"그 새끼를 잡으면……" 잡슨 씨가 거리로 고개를 돌리더니 나직이 말했다.

"딱 십 분만 그 씨팔놈과 같이 있게 해주십시오. 그거면 됩니다. 망할 망치나 스크루드라이버는 필요도 없어요."

나는 그의 집 현관 계단에 서서 고개를 끄덕였다.

우리는 악수를 나누었다.

"다시 한번 감사합니다." 나는 말했다.

"천만에요. 무슨 소식 있으면 전화해주세요."

"그럼요."

로버에 올라탄 나는 멀어져갔다.

주벨로……

클랙히턴에 위치한 애니타 버드의 집은 잡슨 부부의 집과 판박이였다. 게다가 가파른 언덕 꼭대기에 있다는 점도 같았다.

나는 노크를 하고 기다렸다.

표백한 금발에 진한 화장을 한 여자가 문을 열었다.

"잭 화이트헤드라고 합니다. 통화했었죠."

"들어오세요. 집이 엉망이라 죄송하네요."

그녀가 소파 한쪽 끝에 쌓인 다림질 거리를 치우자 나는 음울한 거실
에 앉았다.

"차 드시겠어요?"

"감사합니다만, 방금 마셨습니다. 도널드와 조이슨 잡슨 부부가 안부
전하더군요."

"그렇군요. 잡슨 부인은 좀 어때요?"

"이번 만남이 처음이어서 뭐라 말하기 어렵군요. 여전히 외출을 전혀
못하더라고요."

"나도 마찬가지였어요. 그 씹새끼 생각이 머릿속을 떠나지 않았죠.
죄송해요, 험한 말을 해서. 하지만 왜 내게 그따위 짓을 했는지, 나는 집
구석에 죄수처럼 갇혀 있고 그 새끼는 망할 새처럼 자유롭게 돌아다닌
다고 생각하니 너무 억울했어요. 정말 말도 안 되죠. 그래서 어느 날 스
스로에게 말했어요. 애니타, 너는 여기 이렇게 갇혀 지내서는 안 돼. 그
건 머저리 등신이나 할 짓이야. 차라리 자살해서 끝장내는 게 이런 일
을 겪은 누군가에게 더 도움될 거야."

나는 줄곧 고개를 끄덕이며 소파 팔걸이에 녹음기를 얹었다.

"때로는 그 일이 전생에 일어난 것처럼 아득하기도 하고, 때로는 바
로 어제 일처럼 생생하기도 해요."

"이 집에 살 때가 아니었나요?"

"네. 클라이브와 살았어요. 사건이 벌어졌을 때 그이와 사귀고 있었
죠. 컴벌런드 애비뉴 쪽이었어요. 그게 또다른 문제를 불러왔죠. 그이

가 흑인이거든요."

"그게 어째서 문제죠?"

"그이가 범인이라고들 했거든요."

"흑인이라서요?"

"그것도 있고, 그이가 두 번인가 나를 때려 경찰이 출동한 적이 있어서요."

"그래서 기소되었나요?"

"아뇨. 그이 말을 듣다보면 나도 모르게 넘어간다니까요. 클라이브는 정말 다정다감해요."

"지금은 어디 있죠?"

"클라이브요? 지난번 듣기로는 암리에 있어요. 중상해를 입혀서."

"중상해요?"

"외국인을 쳤대요. 경찰은 그이를 미워해요. 언제나 그랬죠. 바보같이 경찰의 술수에 걸려든 거예요."

"출소는 언제예요?"

"영원이 열두 번은 지나야 나올걸요. 정말 차 안 드시겠어요?"

"그럼 주세요. 팔을 비트시는데 거절할 도리가 없네요."

그녀가 깔깔대며 부엌으로 향했다.

방구석에 소리 없이 켜져 있는 TV의 점심 뉴스에서 북아일랜드 풍경이 나오더니 웨지우드 벤*으로 바뀌었다.

"설탕 넣을래요?" 애니타 버드가 내게 찻잔을 건넸다.

"좋죠."

그녀는 부엌에서 설탕 봉지를 가져왔다. "이것뿐이네요." 그녀가 말

---

* 영국 노동당의 급진 좌파 정치가.

했다.

"감사합니다."

우리는 앉아서 차를 마시며 올드 트래퍼드에서 열리는 소리 없는 크리켓 시합을 시청했다.

2차 테스트 매치.*

나는 말했다. "그때 일에 대해 물어봐도 괜찮을까요?"

그녀가 찻잔과 잔받침을 내려놓았다. "그럼요."

"74년 8월이었죠?"

"네. 8월 5일이었어요. 클라이브를 찾으러 비비스로 갔다가……"

"비비스요?"

"클럽이에요. 지금은 문 닫았죠. 그런데 거기 클라이브가 없었어요. 늘 있는 일이니 혼자서 술을 딱 한 잔 했는데, 아니 사실은 좀더 마셨는데, 클라이브의 친구인 조가 취해서는 같이 집에 가자며 집적대는 바람에 그만 나가야 했어요. 만에 하나 클라이브가 왔다가 그 꼴을 본다면 큰일날 테니까요. 그래서 컴벌런드 애비뉴로 가서 그이를 기다리기로 했죠. 거기 가서 앉아 있는데 좀 바보처럼 느껴지지 뭐예요. 그래서 다시 비비스로 가려던 참에 그 일이 터진 거죠."

방은 어둡고, 해는 이미 졌다.

"범인을 봤습니까?"

"그게, 봤다고 할 수도 있겠네요. 그 일이 있기 이삼 분 전 한 남자가 나를 지나치며 '날씨가 영 끄물거리네요'라고 말했거든요. 경찰 말로는 그 사람이 범인일 가능성이 크다던데, 누군지 끝내 알아내지 못했죠."

"그 말에 대꾸를 했나요?"

---

* 크리켓 우승 결정전.

"아뇨. 그 남자가 그냥 휙 가버렸어요."

"얼굴은 봤어요?"

"네, 봤어요."

그녀가 눈을 감더니 두 손을 무릎 사이에 깍지 끼었다.

내가 그녀의 거실에 앉아 있는 동안 또다른 크리켓 삼주문三柱門이 쓰러졌다. 마치 그가 내 옆에 앉아 활짝 미소지으며 내 무릎에 손을 얹고 가구들 사이에서 마지막 웃음을 터뜨리는 듯했다.

그녀가 눈을 휘둥그레 뜨더니 내 너머를 응시했다.

"괜찮으세요?"

"그 사람은 잘 차려입었고 비누냄새를 풍겼어요. 턱수염과 콧수염을 깔끔하게 길렀고요. 이탈리아나 그리스 사람 같았어요. 왜 거기 잘생긴 웨이터들 있잖아요."

그가 턱수염을 쓰다듬으며 싱긋이 웃고 있었다.

"억양은요?"

"여기 말씨였어요."

"키는요?"

"그냥 보통이었어요. 부츠를 신었던 것 같아요. 그 쿠바 스타일 있잖아요."

그가 절레절레 고개를 저었다.

"그럼 애니타 씨를 지나친 뒤 그 남자는……"

그녀가 다시 눈을 감더니 천천히 말했다. "이 분 후 그가 나를 쳤고, 그게 다예요."

그가 한 번 윙크하더니 다시 사라졌다.

그녀가 고개를 숙이고 정수리의 금발을 평평하게 눌렀다.

"여기 만져봐요." 그녀가 말했다.

나는 또다른 여자의 정수리로 손을 뻗어 상한 검은 머리뿌리 사이로 커다랗게 움푹 팬 또다른 구멍을 느꼈다.

구멍 가장자리를 더듬는데 머리카락 아래가 물컹했다.

"흉터 볼래요?"

"네."

그녀가 일어나 얇은 스웨터를 걷어올리자 축 늘어진 파리한 뱃살에 굵게 그어진 붉은 줄이 드러났다.

거대한 중세 거머리가 그녀의 피를 빨아먹고 있는 듯 보였다.

"원하면 만져봐도 괜찮아요." 그녀가 바짝 다가와 내 손을 쥐었다.

그녀가 이끄는 대로 내 손가락이 가장 깊은 상처를 따라 움직이자 목이 타고 성기가 단단해졌다.

가장 깊숙이 베인 지점에 그녀가 내 손가락을 가만히 대었다.

일 분 후 그녀가 말했다. "원하면 같이 위층으로 가도 좋아요."

나는 기침을 하며 몸을 뺐다. "아무래도……"

"결혼했어요?"

"아뇨. 그런 게 아니라……"

그녀가 스웨터를 내렸다. "내가 싫군요. 그죠?"

"전혀 아닙니다."

"걱정 말아요, 자기. 요즘에는 날 쫓아다니는 사람이 별로 없어요. 씨팔 미친놈한테 공격당한데다, 검둥이 애인 덕분에 온 동네에 소문이 쫙 퍼졌으니. 나한테 관심 있는 인간은 검둥이 아니면 괴짜뿐이에요."

"그래서 나한테 그런 말을 했군요?"

"아니요." 그녀가 싱긋 웃었다. "당신이 마음에 들어서요."

차에 널브러지다시피 앉아 피시앤드칩스를 찾았지만 사라지고 없었다.

나는 손목시계를 확인했다.

가야 할 시간이 있다.

아치들, 스와인게이트의 저 까맣고 까만 아치들 아래.

우리는 아직 해가 지기 전인 5시에 만나기로 되어 있었다.

맨 구석에 차를 세웠지만, 다른 쪽 끝인 스카버러호텔 옆에 서 있는 그를 진작 알아보았다. 이런 날씨에도 모자를 쓴 코트 차림인데다 지난번 만났을 때와 마찬가지로 그 가방을 들고 있었다.

1975년 1월 26일 일요일.

"로스 목사님." 나는 주머니에 한 손을 찔러넣고 말했다.

"잭. 정말 오래만이에요." 그가 씩 웃었다.

"자주 본다고 뭐 좋을 게 있을까요."

"잭, 잭. 어쩜 하나도 안 변했군요. 언제나처럼 슬퍼 보입니다."

여기, 거리에서는 안 돼, 나는 생각했다.

"어디 딴 데로 갈까요? 조용한 곳이면 좋을 텐데."

그가 스카버러호텔을 굽어보는 거대한 검은색 건물을 향해 턱짓했다. "그리핀은 어때요?"

"좋죠."

마틴 로스 목사의 굽은 등이 앞장서서 길을 안내했다. 이 세상에서나 다음 세상에서나 너무 큰 거인인 그의 모자 아래로 잿빛 머리가 비쭉 나와 코트 깃을 훑고 있었다. 그가 돌아서서 얼른 오라고 재촉하더니 행인들과 상점들과 자동차들과 공사장 비계를 지나 그리핀의 어스레한 로비로 들어갔다.

그가 먼 구석의 의자를 가리켰다. 불 꺼진 등 아래 등받이 높은 의자 두 개가 있었다. 나는 고개를 끄덕였다.

자리를 잡자 그는 모자를 벗어 무릎에 얹어두고 가방은 발치에 내려놓았다.

그가 기다란 잿빛 수염 사이로 또다시 내게 웃어 보였다. 오래된 신문지처럼 지저분하고 누런 피부는 꼭 내 것 같았다.

그에게서 생선 비린내가 풍겼다.

터키인 웨이터가 다가왔다.

"메흐메트, 잘 지냈나?" 로스 목사가 물었다.

"목사님, 이렇게 뵈어서 반갑습니다. 덕분에 우리야 다 잘 지내죠."

"학교는? 아이는 잘 다니고 있어?"

"네, 목사님. 감사합니다. 목사님 말씀대로였어요."

"혹시 내가 도울 일이 있거든 주저 말고……"

"그동안에도 너무 잘해주셨는걸요, 정말로요."

"별것도 아니었어. 내가 좋아서 한 일인걸."

나는 기침을 하고 재킷을 입은 채로 꼼지락거렸다.

"주문하시겠습니까, 목사님?"

로스 목사가 나를 향해 씩 웃었다. "그래, 그러지. 주문할래요, 잭?"

"브랜디로 주세요. 커피도 한 주전자."

"알겠습니다. 목사님은요?"

"차 한 주전자."

"늘 드시던 걸로요?"

"고마워, 메흐메트."

그는 재빨리 고개 숙여 인사하고 물러났다.

"참, 좋은 사람이에요. 여기 온 지는 그리 오래되지 않았지만. 그 일 직후에 왔죠."

"영어를 잘하네요."

"그래요, 드문 경우죠. 한번 말을 나눠봐요. 평생 친구가 될 테니."

"저 사람을 위해 좋지 않을 텐데요."

로스 목사가 또 씩 웃었다. 나를 녹이거나 얼어붙게 만드는, 약간 놀란 듯 그 희미한 불신의 미소. "이봐요, 스스로에게 좀 관대해져봐요. 나는 당신이랑 기꺼이 친구가 되고 싶은데."

"서로 좋을 게 없어요."

"그런 소리 해봤자예요, 잭, 아무 소용 없어."

"그녀가 돌아왔어요."

내 말에 그가 손에 쥔 모자를 내려다보았다. "알아요."

"어떻게요?"

"지난번 밤에 잭이 전화했을 때 느꼈지……"

"느껴요? 뭘요? 내 고통을? 헛소리 마요."

"이게 날 만나고 싶어한 이유예요? 날 모욕하려고? 괜찮아요, 잭."

"당신을 봐요, 망할 위선자 같으니. 지저분한 낡은 레인코트 차림에 자지 위에 모자를 얹고 작은 비밀 가방을 앞에 놓곤 교황이라도 되는 양 잘난 척하며 앉아 있군요. 십자가와 기도, 망치와 손톱, 씨팔 걸레를 축복하고 차를 와인으로 바꾸겠죠. 나예요, 마틴. 잭이라고요. 오십 년 동안 섹스를 못한 고독한 늙은 여편네가 아니라. 나는 거기 있었어요. 기억나요? 당신이 완전히 말아먹은 그날 밤."

내가 말을 멈추었고 그는 그냥 거기 앉아 있을 뿐이었다.

그날 밤 마이클 윌리엄스는 마지막으로 캐럴을 품에 안았지.

그냥 거기 앉아 손가락으로 모자를 돌리고 있었다.

그날 밤 마이클 윌리엄스는……

그가 고개를 들고 씩 웃었다.

그날 밤……

나는 다시 퍼부으려 했지만, 그가 미소지은 상대는 웨이터였다.

메흐메트가 잔을 내려놓고 주머니에서 작은 봉투를 꺼내 목사의 손에 꼭 쥐어주었다.

"메흐메트, 받을 수 없어. 이럴 필요 없어."

"목사님, 받으세요." 그리고 그는 가버렸다.

나는 그리핀의 라운지를 둘러보았다. 웨이터가 저 아래 자기 소굴로 종종걸음쳐 들어가고, 지팡이를 짚은 노파가 등받이 높은 의자에서 몸을 일으키려 애쓰고, 아이가 만화책을 보고 있고, 프런트와 낡은 안내 책자와 그림을 어스레한 노란 불이 비출 뿐 조명은 거의 꺼져 있었다. 마틴 로스 목사가 왜 그리핀 호텔을 골랐는지 알 것 같았다. 수리가 필요한 낡은 교회를 옮겨놓은 듯한 풍경이었다.

그가 여전히 손가락 사이에 모자를 둔 채 몸을 숙이고 말했다. "내가 도움이 될 거예요."

"마이클 윌리엄스를 도왔던 것처럼요?"

"사라지게 할 수 있어요."

"확실히 캐럴을 제거하긴 했죠."

"그만 멈추게 합시다."

나는 그의 모자와 끝이 희고 기다란 손가락을 내려다보았다.

"잭?"

"나도 멈추고 싶어요. 끝내고 싶다고요."

"압니다. 멈출 거예요. 나를 믿어요."

"그 방법밖에 없어요, 그 방법밖에?"

"나는 이 호텔에서 지내고 있어요. 지금 바로 올라갑시다. 그럼 다 끝날 거예요."

나는 지팡이를 짚은 노파와 모퉁이의 아이와 안내책자와 그림과 희미해져가는 빛을 바라보았다.

주벨라, 주벨로……

"오늘은 안 돼요." 나는 말했다.

"기다리지요."

"나도 알아요."

보름달에 가까운 달이 높이 떠 있는 푸른 밤하늘 아래 시티 광장에서, 즉위 이십오 주년 기념 주말이 막 시작된 금요일 밤의 젊은 남녀들을 헤치고 나아갔다. 비의 위협과 섹스의 약속으로 충만한 시티 광장을 지나 신문사로 돌아가던 나는 방으로 올라갔더라면 어찌되었을지 잘 알면서도 나를 기다리고 있을 책상으로 향했다, 비와 섹스에·에워싸인 채.

벌써 빗방울이 조금씩 떨어지기 시작했다.

변기 뚜껑을 내리고 주머니에서 편지를 꺼냈다.

지문 때문에 경찰에게 한소리 들을 테지만 편지를 뜯어보지 않으면 내용을 알 수 없을뿐더러, 어차피 지문이 있을 것 같지도 않았다.

나는 다시 우체국 소인을 응시했다. 프레스턴.

어제 부친 것이었다.

일급 우편으로.

나는 볼펜 끝으로 편지봉투를 뜯었다.

그리고 그 볼펜으로 편지를 봉투에서 끄집어냈다.

반으로 접힌 편지 뒷면으로 붉은색 잉크가 비쳤고, 종이 사이에 덩어리 같은 것이 끼어 있었다.

종이를 펼치고 내용을 읽으려 했다.

눈이 쓰리고, 입안이 짜고, 몸이 부들거렸다.

이런 식으로 끝나지는 않을 터였다.

"조지 올드먼에게 전화할게." 해든은 책상 위에 놓인 묵직한 편지지를 여전히 바라보고만 있었다. 편지 옆 내용물에는 시선도 주지 않고.

"그래요."

그가 침을 삼키더니 수화기를 집어들고 다이얼을 돌렸다.

나는 기다렸다. 달이 사라지고 비가 내리는 축제의 밤에.

늦은 시간이었다. 백년은 늦은 시간.

바로 〈요크셔 포스트〉 빌딩으로 온 정복경찰은 편지봉투와 동봉된 내용물을 비닐봉투에 넣고 해든과 나를 밀가스 경찰서로 데려가, 예전에 조지 올드먼이 쓰던 노블 총경의 사무실로 안내했다. 방에는 피터 노블과 조지가 기다리고 있었다.

"앉아요." 올드먼이 말했다.

정복경찰이 책상 위에 투명 비닐봉투들을 놓고 재빨리 방을 나갔다.

노블이 핀셋을 집어 편지봉투와 편지를 꺼냈다.

"두 사람 다 이걸 만졌습니까?"

"나만 만졌어요."

"걱정 마요. 당신 지문을 채취하면 되니까." 올드먼이 말했다.

나는 씩 웃었다. "지문이야 벌써 등록되어 있죠."

"프레스턴." 노블이 읽었다.

"소인이 거기인가?"

"어제 날짜 같은데요."

그들 둘 다 뭔가 속내가 있는 듯했다.

해든은 안절부절못하고 있었다.

노블이 편지를 비닐봉투에 도로 넣어 조지 올드먼에게 건넸다. 이어서 편지봉투와 작은 덩어리도 건넸다.

올드먼이 읽었다.

화이트헤드 씨,

한 여자한테서 벗긴 피부를 보내지. 당신을 위해 챙겨둔 거야. 나머지는 튀겨 먹었는데, 무척 맛있었어. 좀만 기다리면 피부를 벗길 때 쓴 피투성이 칼도 보낼까 시픈데.

보나마나 엄청 좋아하겠지.

잡을 테면 잡아봐.

지옥에서

루이스[*]

아무도 말이 없었다.

잠시 후 노블이 말했다. "루이스?"

"설마 진짜 이름일 리는 없겠죠?" 해든이 물었다.

올드먼이 고개를 들어 책상 너머로 나를 보았다. "어떻게 생각합니까, 잭? 본명일까요?"

"런던에서 잭 더 리퍼가 날뛰던 시기에 조지 러스크라는 자가 받은 편지를 모방한 거예요."

노블이 고개를 저었다. "요크셔 리퍼 기사는 바로 당신이 썼잖습니까?"

---

[*] 이하 본문의 편지 속 오타는 모두 원서에 따른 것이다.

"네." 나는 차분히 인정했다. "제가 썼죠."

"대단하군. 정말 대단해."

올드먼: "그만해, 피트."

"아니, 괜찮습니다."

해든: "잭……"

"이제 이 동네는 물론 전국 곳곳의 온갖 미친놈한테 시달리게 생겼어요. 우라지게 잘된 일이죠."

올드먼: "피트……"

"미치광이가 아니에요. 범인이지."

"미치광이가 아니라고? 이봐요. 여기 앉아서 그딴 소리가 나와요?"

나는 그의 팔꿈치 근처에 있는 조그마한 덩어리를 가리켰다. 마리 와츠 부인에게서 떼어낸 얇은 피부조각이었다.

"다른 증거가 더 필요해요?"

한밤중 바깥 계단에서 나는 담배에 불을 붙였다.

"노블이랑 무슨 일 있어?" 해든이 물었다.

"그 자식이야 어쨌든 말든 관심 없어요."

"관심 없다고?"

"그 자식도 나한테 관심 없을 테고요."

"자네는 편지를 보낸 게 범인이라고 확신하는 것 같더군."

"네? 편집장님은 아닌 것 같아요?"

"모르겠어, 잭. 다중살인범이 보낸 편지가 어떻게 생겨먹어야 정상인지 내가 무슨 수로 알겠어?"

나는 문을 열었다. 그들이 거기 있었다. 내게 등을 돌리고 선 하얀 여섯 천사.

나는 새깃을 빗고 스기치를 따른 다음 앉아서 『에드윈 드루드』를 집어들었다.

천사들은 여전히 내게 등을 돌린 채 달을 올려다보고 있었다.

나는 혼자 씩 웃으며 휘파람을 불었다.

"내가 사랑한 남자는 위층 관람석에 있지……"*

캐럴이 빙그르르 돌며 방을 가로질렀다, 이를 드러내고 손톱을 세운 채. 내 눈을 뽑고, 내 귀를 뜯고, 내 혀를 가르기 위해 나를 의자에서 바닥으로 내동댕이쳤다.

고함을 지르며: "이게 재미있어? 이따위 것들이 재미있냐고?"

"아니, 아니, 아니."

깔깔대며: "재미있지?"

"쉬고 싶어, 난 그저 쉬고 싶다고."

씩씩대며: "지옥이 와장창 쏟아지는데 쉬고 싶다니. 너를 지옥에 처박아야겠어."

따라 읊어대는 다른 천사들: "지옥에 처박아. 처박아."

"제발, 제발. 나 좀 내버려둬."

조롱하며: "내버려두라고, 내버려두라고? 그럼 우리는 누가 내버려두지, 잭?"

"미안해, 제발……"

놀리며: "미안하다는 말 정도로는 안 되지, 안 그래?"

그들이 창문을 열자 비가 들이치고 커튼이 부풀어올랐다.

울부짖으며: "내가 사랑한 남자는 위층 관람석에 있지……"

---

* 19세기 조지 웨어가 뮤직홀 가수 넬리 파워를 위해 쓴 노래.

그녀가 내 머리카락을 틀어쥐고 얼굴을 창턱에 끌어다놓았다. "그놈은 또 죽일 거야. 그것도 곧. 저 달 보여?"

내 얼굴에 비가 퍼붓고, 위가 어둠으로 가득차고, 눈에 검은 달이 박혔다. "알아, 알아."

"알면서도 막지 않지."

"못해."

"막을 수 있어."

그들이 서랍에서 내 테이프를 꺼내 릴을 빙빙 돌리자 테이프 띠가 바람에 날리고, 내 책이자 어린 시절 죄악이 갈가리 찢기고—

통곡하며: "내가 사랑한 남자는 위층 관람석에 있지……"

"그자가 누군지 알잖아."

"몰라. 누구든 그자일 수 있어."

"아냐. 아니라는 걸 알잖아."

이윽고 캐럴이 내게 키스하더니 내 숨을 빨아들이고 혀로 나를 질식시켰다.

"나를 먹어, 잭. 예전에 그랬던 것처럼 나를 먹어."

고함을 지르고 또 지르며 몸을 떼는 나: "너는 죽었어, 죽었어, 죽었어, 죽었어, 죽었어, 죽었어, 죽었어, 죽었어, 죽었어."

속삭이며: "아냐, 잭. 네가 죽은 거야."

그들이 나를 바닥에서 일으켜 침대로 데려가 뉘었다. 캐럴이 내 얼굴을 어루만지자 에디는 사라지고 성경이 펼쳐졌다.

"마지막날에 내가 내 영을 모든 사람에게 부어주겠다. 너희의 아들들과 너희의 딸들은 예언을 하고, 너희의 젊은이들은 환상을 보고, 너희의 나이든 사람들은 꿈을 꿀 것이다."*

"우리는 당신을 사랑해, 잭. 우리는 당신을 사랑해." 그들이 노래했다.

자신을 잃지 마, 지금은.

마지막 나날에.

---

* 사도행전 2장 17절.

청취자: 그 무디라는 인간이 런던 경찰청 음란물단속반 반장이라죠?

존 샤크: 네, 지금은 잘렸지만요.

청취자: 반장으로 있는 내내 포르노 거물들한테 뇌물을 처먹고 뒤를 봐줬다니. 씨팔, 기가 막혀서.

존 샤크: 〈딕슨 오브 도크 그린〉*과는 완전 딴판이죠.

청취자: 씨팔, 거기도 분명 그딴 새끼가 있었을걸요. 망할 경찰들. 생각만 해도 속이 뒤집히네.

1977년 6월 4일 토요일
리즈 라디오
존 샤크 쇼

---

* 1955년에서 1976년까지 BBC에서 방영된 경찰 드라마.

7

재니스의 텅 빈 방, 텅 빈 침대, 텅 빈 시트, 텅 빈 잠에서 홀로 깨어난다.

두 시간 쪽잠을 자고 난 6월 4일 토요일 아침, 뜨거운 태양이 떠오른다.

나는 몸을 구부려 라디오를 켠다:

북아일랜드에서 경찰 세 명이 총에 맞아 사망했습니다, 나이락 대위 살인사건의 용의자가 기소되었습니다, ITV*는 여전히 파업중입니다, 스코틀랜드 팬들이 런던에 속속 도착하고 있습니다, 키건**이 오십만 달러에 함부르크에 합류했습니다, 기온이 섭씨 21도에 달할 것으로 예상됩니다.

혹은 그 이상.

나는 침대 가장자리에 걸터앉아 정신을 차리려고 애쓴다:

붉은 등, 총성, 암 병동, 포로수용소, 황갈색 레인코트로 덮인 시신들, 죽은

---

* 영국의 민간방송사 연합회.
** 1977년 리버풀에서 함부르크SV로 이적한 축구 선수.

자로 꽉 찬 끔찍한 방들.

나는 부츠를 신고 복도로 나가 캐런 번스의 문을 두드린다.

강물을 헤치며, 시커먼 물을 꿀꺽꿀꺽 삼켜 익사하는:

또다른 스펜서 플레이스 잡놈인 키스 리가 웃통을 벗은 청바지 차림으로 문을 연다. "씨팔, 뭐야?"

"재니스 봤어?"

캐런은 침대에 배를 깔고 엎드려 있고, 키스가 힐긋 뒤돌아본다. "업무상 묻는 거야, 사적으로 묻는 거야?"

나는 그를 밀치고 안으로 들어간다. "키스, 그건 대답이 아니잖아. 질문이지."

캐런이 고개를 들더니 말한다. "씨팔."

"케니한테 무슨 짓 했는지 알아. 참, 친절하기도 하시지."

나는 그의 뺨을 때리고 말한다. "케니는 바턴 몰래 마리 와츠를 따먹고 있었어. 다른 남자의 여자를 건드리면 온갖 대가를 치르기 마련이지."

캐런이 하얀 엉덩이를 내 쪽으로 향한 채 지저분한 회색 시트를 끌어당겨 머리를 덮는다.

키스가 얼굴을 문지르며 손가락질한다. "그래, 다음번 에릭 홀이나 크레이븐이 노크할 때 똑똑히 기억하고 있을게."

나는 그를 매섭게 노려본다.

키스가 방안을 둘러보며 스스로에게 고개를 끄덕인다.

케니에게 보복하는 것 이상의 무슨 꿍꿍이가 있는 게 분명하다.

씨팔 까불어보라지.

나는 시트를 확 들어올린다. 그리고 매춘전과자이자 마약중독자이자 두 아이의 엄마이자 스물세 살 백인인 캐런의 엉덩이를 철썩 친다.

"재니스는? 씨팔, 대체 어디 있어?"

그녀가 몸을 뒤집자 젖가슴이 납작해진다. 한 손으로 음부를 가리고 다른 한 손으로는 시트를 찾아 더듬댄다. "젠장, 프레이저. 목요일 밤 마지막으로 본 게 다라고."

"어젯밤은 일 안 했어?"

"난들 알아. 했는지 안 했는지 봤어야 알지."

나는 시트를 그녀의 몸뚱이 위로 던지고 키스에게로 돌아선다. "조는?"

"조가 뭐?"

"아주 몸 사리고 있던데."

"일주일째 방구석에 처박혀 있다지."

"케니하고의 일 때문에?"

"빌어먹을. 〈Two Sevens〉 때문이지."

"그런 헛소리를 믿어?"

"직접 본 걸 믿을 뿐이야."

"그래, 뭘 봤는데, 키스?"

"백만 개의 자잘한 종말과 좆나 많은 심판."

나는 낄낄댄다. "깃발이나 달아, 키스. 이십오 주년 기념 주간이야."

"웃기지 마."

"애국심 한번 넘치는군." 나는 그들의 우스꽝스럽고 후진 세상을 가리는 후진 문을 닫는다.

자물쇠에 꽂힌 열쇠가 돌아가고, 손잡이가 돌아간다.

거기 그녀가 있다, 지치고 가득찬 채로, 그것도 썸으로 지치고 썸으로 가득찬 채로.

"여긴 뭐하러 왔어?"

"말했잖아, 이혼한다고."

"나중에 얘기해, 밥. 나중에." 그녀가 욕실로 가서 문을 쾅 닫는다.

나는 쫓아간다.

그녀는 뚜껑을 내린 변기에 앉아 울고 있다.

"왜 그래?"

"그냥 좀 내버려둬, 밥."

"말해봐."

그녀가 울음을 삼키려고 애쓴다.

나는 욕실로 들어가 그녀의 턱을 쳐들고서 묻는다. "무슨 일이야?"

값비싼 자동차 뒷좌석에서 가죽장갑이 그녀의 목덜미를 움켜쥐고, 성기가 항문을 비집고 들어가고, 병이 음부에 꽂히고……

"말해!"

그녀가 바들바들 떨고 있다.

나는 그녀를 안고 눈물에 키스한다.

"제발……"

그녀가 일어나 나를 밀치고 거울로 가서 얼굴을 닦는다.

"좀 꺼져."

"재니스, 꼭 알아야겠어……"

그녀가 몸을 돌려 나를 똑바로 보며 두 손을 엉덩이에 얹는다. "좋아. 잡혀들어갔었어."

"누가 그런 거야?"

"씨팔, 누구일 것 같아?"

"풍기단속반?"

"그래, 풍기단속반."

"경찰 누구?"

"씨팔, 누가 알겠어."

"신분증 못 봤어?"

"아이고 하느님, 밥."

"에릭한테 전화하라고 말했어?"

"그래."

"그래서 어떻게 됐어?"

"에릭은 당신한테 전화하라고 했어."

가슴에 밧줄이 드리운다. 두껍고 묵직한 밧줄이 매초, 매문장 점점 옥죄어든다.

"그들은 뭐래?"

"웃으면서 서에 전화하더군. 당신 집에도 전화하고."

"우리집에?"

"그래, 당신 집에."

"그리고?"

"당신을 찾을 수 없었어. 어디에도 없었다고."

"그래서……?"

"집에 없었어, 밥?"

옥죄는 밧줄에 갈빗대가 부러질 듯 가슴이 타오른다.

"재니스……"

"그래서 어떻게 됐는지 알고 싶어? 그들이 어떻게 했는지 알고 싶으냐고?"

"재니스……"

"날 따먹었어."

입에 신물이 고이고, 눈이 감긴다.

그녀가 고함친다. "날 봐!"

나는 눈을 뜨고 기침한다. 그녀는 내 뒤에 있다.

"날 보라고!"

몸을 돌리니 거기 그녀가 있다.

벌거벗은 그녀의 몸은 여기저기 물린데다 젖가슴과 엉덩이에는 붉은 줄이 선명하다.

"누구야?"

"누가 뭐?"

"누가 그랬느냐고?"

그녀가 벽을 따라 미끄러지듯 욕실 바닥에 주저앉아 흐느낀다.

"누가 그랬느냐고?"

"몰라. 네 명이었어."

"제복을 입고 있었어?"

"아니."

"어디서?"

"밴에서."

"어디서?"

"매닝엄."

"브래드퍼드에서 일한 거야?"

"자기가 여기는 안전하지 않다고 했잖아."

나는 그녀를 품에 안고 살살 어르며 입을 맞춘다.

"병원 갈까?"

그녀가 고개를 젓더니 올려다본다. "그놈들이 사진을 찍었어."

씨팔, 크레이븐.

"그중 한 명은 턱수염을 기르고 절룩거리지 않았어?"

"아니."

"확실해?"

그녀가 시선을 피하고 침을 삼킨다.

창문을 통과한 환한 햇살이 욕실 매트를 가로질러 점점 다가온다.

"그 새끼들은 이제 죽은목숨이야. 모조리." 나는 씩씩댄다.

느닷없이 밖에서 차문이 쾅 닫히고, 신발들이 계단을 오르고, 문들을 두드린다. 우리 문 역시.

나는 욕실 밖으로 나간다. "누구세요?"

"프레이저?"

나는 문을 연다. 러드킨이다. 그 뒤에는 엘리스가 있다.

러드킨: "씨팔, 여기서 뭐해? 사방으로 찾아다녔어."

보비의 모습이 눈앞에 떠오른다, 하얀 아기 뺨 위에 깨진 달걀과 붉은 피, 너무 늦게 밟은 브레이크.

너무 늦었어.

"왜 그래요? 무슨 일인데요?"

하지만 러드킨은 내 뒤쪽 욕실을, 바닥에 앉아 있는 재니스를 보고 있다.

벌거벗은 그녀의 몸은 여기저기 물린데다 젖가슴과 엉덩이에는 붉은 줄이 선명하다.

엘리스의 입이 벌어지고 혀가 나온다.

"무슨 일이냐니까요?"

"또 터졌어."

나는 몸을 돌려 문을 닫는다.

욕실에서 나는 말한다. "가야 해."

그녀는 말이 없다.

"재니스?"

아무 말도 없다.

"자기야, 가봐야 해."

아무 말도.

나는 침대에서 담요를 가져와 그녀에게 덮어준다.

몸을 숙여 그녀의 이마에 키스한다.

그리고 현관으로 가 문을 열자 그들은 여전히 거기 서서 내 뒤쪽을 바라본다.

나는 문을 닫고 그들 사이를 밀치고 계단을 내려가 차에 오른다.

뒷좌석에 앉은 나의 얼굴에 강렬한 햇살이 쏟아진다.

러드킨이 운전한다.

엘리스가 시시때때로 고개를 돌려 싱글대며 어떻게든 대화를 시작해보려 하지만, 이건 러드킨의 차이고, 러드킨은 운전석에 앉아 아무 말도 하지 않는다.

그래서 나는 채플타운의 나무와 하늘과 상점과 사람들을 내다보며 지루함에 빠져든다.

그러면 다르게 느끼겠지.

텅 빈, 내 마음은 텅 비어 있다.

나무는 시커멓기는커녕 푸르다.

하늘은 핏빛이기는커녕 파랗다.

상점은 다 쓰러져가기는커녕 멀쩡히 열려 있다.

거리의 사람들은 죽기는커녕 살아 있다.

다른 세상의 정오.

그러다 재니스를 생각한다.

나무는 시커멓다.

하늘은 핏빛이다.

상점은 폐쇄되있나.

사람들은 죽었다.

그리고 도착한다.

리즈의 밀가스.

1977년 6월 4일 토요일.

정오.

패거리가 모두 와 있다.

올드먼, 노블, 앨더먼, 프렌티스, 개스킨스, 에번스, 그리고 졸개들.

크레이븐도.

나는 그의 눈을 응시한다.

그가 씩 웃더니 윙크한다.

지금 당장 여기 브리핑실에서 점심 전에 저놈을 죽일 수도 있으리라.

그가 앨더먼에게 몸을 숙여 뭐라고 속삭이며 가슴 주머니를 톡톡 치자 둘 다 웃음을 터뜨린다.

삼 초 후 앨더먼이 나를 본다.

나는 그 시선을 맞받아 노려본다.

그가 눈을 돌리며 슬쩍 웃는다.

씨팔.

그들 모두 속삭이고 있고, 나는 분노가 치민다.

황무지, 황무지 위의 기다란 검은색 벨벳 드레스.

올드먼이 시작한다.

"오늘 아침 7시 십오 분 전 한 신문배달 소년이 브래드퍼드 볼링 지역의 볼링 백 레인에 위치한 시크교 사원 근처 황무지에서 살려달라는 소리를 들었다. 그곳에는 서른여섯 살 린다 클라크가 두개골 골절과 배와 등의 자상 등 중상을 입고 쓰러져 있었다. 초동수사 결과 머리 부상은 망치로 인한 것으로 추정된다. 피해자는 즉각 웨이크필드의 핀더필즈병원으로 호송되어 24시간 경호를 받고 있다. 중상인 상태에서도 클라크 부인은 몇 가지 정보를 제공했다. 피트."

그녀가 황무지에 쓰러져 있다, 브래지어는 올라가고, 팬티와 바지는 내려간 채.

"클라크 부인은 브래드퍼드 시내의 메카에서 금요일 밤을 보냈다. 메카를 나와 비얼리에 있는 집으로 가려고 택시 승강장을 찾았지만, 줄이 너무 길어서 그냥 길을 따라 걷다가 지나가는 택시를 잡기로 했다. 얼마후 차가 한 대 서더니 태워주겠다 했고, 클라크 부인은 그 차에 올랐다."

조지의 그림자, 노블이 멈춘다.

그는 자위한 뒤 그녀를 난도질한다.

"여러분, 우리는 지금 차체가 흰색이거나 노란색이고 지붕은 검은색인 포드 코르티나 마크II 세단을 찾아야 한다."

우리는 벌떡 일어나 문으로 달려갈 기세다.

삼각형 피부와 살.

"운전자는 35세가량의 백인, 신장 180센티미터의 거구, 연갈색 머리가 어깨까지 내려오고, 눈썹이 짙고, 뺨이 볼록하다. 그리고 손이 대단히 크다."

나중을 위해.

브리핑실 전체가 끓어오른다.

잡았어, 씨팔 그놈을 잡았어.

나는 가장자리의 러드킨을 바라본다. 넋이 완전히 나가 무표정한 얼굴이다.

하지만 같지 않아.

앨더먼이 말하고 있다. "현장 감식반이 타이어 자국을 확인중이고, 브래드퍼드 경찰이 집집마다 돌아다니며 탐문중이다."

문을 두드린다. 천 개의 문을 천 번 두드린다. 천 명의 아내가 백지장처럼, 천 장의 백지장처럼 하얀 남편을 곁눈질한다.

다시 노블: "법의학 결과는 한 시간 후 나오겠지만, 팔리의 의견으로는 그놈이 맞다. 바로 리퍼 그 자식이다." '리퍼'라는 단어를 내뱉듯이 말한다.

끝이 없는.

올드먼이 다시 일어나 자신의 사병이나 다름없는 부하들 앞에 우뚝 선다.

"제군, 그놈은 이제 끝장났다. 망할 새끼를 어서 잡아들이자."

우리 모두 흥분으로 들끓는다.

노블이 그런 열광을 뚫고 외친다.

"각 팀별로 움직인다. 앨더먼 경정과 프렌티스 경정의 팀은 브래드퍼드로 출동하고, 러드킨 경위의 팀은 위층으로 가고, 풍기단속반과 행정반은 여기 남는다."

돌아선 나는 문가의 잡슨 총경을 본다. 올빼미 잡슨은 늙고 지쳐 보이며 굵은 안경테 너머의 눈은 빨갛게 충혈되어 있다.

나는 고개를 끄덕이고, 그는 문가의 무리를 헤치고 거슬러온다. "빌은 좀 어때?" 그가 소음 너머로 소리친다.

"썩 좋지 않습니다." 나는 말한다.

우리는 한쪽에 따로 서 있다.

모리스 잡슨이 내 팔꿈치를 잡는다. "루이즈랑 아기는?"

"잘 지내요."

"안 그래도 들를 참이었는데, 이 난리니……" 그가 브리핑실을 휙 둘러본다. 경찰들이 우르르 몰려나가는 와중에 풍기단속반과 행정반은 멀뚱히 서 있고, 크레이븐이 우리를 지켜보고 있다.

"그러게 말입니다."

모리스가 나를 바라본다. "많이 힘들지?"

"루이즈가 더 힘들죠. 보비를 데리고 매일 병원을 오가야 하니."

"최소한 그애는 경찰 집안 출신이야. 경찰 사정을 잘 헤아리지."

"네."

"안부 전해줘. 이번 주말쯤 빌을 보러 갈 거야. 사정이 되면 말이야." 그가 덧붙인다.

"감사합니다."

그가 다시 나를 보며 말한다. "뭐든 필요하면 말만 해. 알겠지?"

"감사합니다." 그리고 우리는 헤어진다. 그는 조지에게, 나는 생각에 잠겨 계단으로.

올빼미 모리스 삼촌, 나의 수호천사.

러드킨과 엘리스는 노블의 사무실에서 조용히 앉아 기다리고 있다.

내가 들어서자마자 엘리스가 입을 연다. "프레스턴으로 돌아가야 할까요?"

"난들 알아." 나는 앉으며 대꾸한다.

"어떻게 생각해요, 경위님?"

러드킨은 어깨를 으쓱하고 하품을 한다.

엘리스: "내일이면 그놈을 잡을 거예요."

러드킨과 나는 아무 말도 하지 않는다.

엘리스는 혼자 계속 떠들어댄다. "어쩌면 우리더러 메카에 가서 조사하라고 할지요. 그러면 좋을 텐데. 술도 한잔 하고, 아가씨랑 수다도 떨고……"

문이 열리더니 노블이 파일을 갖고 들어온다.

그가 책상에 앉아 파일을 펼친다. "좋아. 도니 페어클러프, 백인, 36세. 노모와 함께 퍼드지에 거주. 택시기사. 검은 지붕에 흰색 차체 포드 코르티나를 운전."

"씨팔." 엘리스가 말한다.

노블이 고개를 끄덕인다. "정확해. 작년 조앤 리처즈 사건 때 이자의 이름이 거론됐지."

"깨물기를 좋아하죠." 나는 덧붙이며 생각한다, 벌거벗은 그녀의 몸은 여기저기 물린데다 젖가슴과 엉덩이에 붉은 줄이 선명하다.

"그래, 좋아." 노블이 기쁜 표정으로 말을 잇는다. "그자를 두어 번 잡아들였었는데……"

러드킨이 고개를 든다. "혈액형은요?"

"B형."

우리는 아자드 랭크에서 100미터 떨어진 몬트리올 애비뉴에 차를 세운다.

유리창 두드리는 소리.

러드킨이 차창을 내린다.

풍기단속반원 하나가 얼굴을 들이밀고 헤벌쭉 웃는다.

나는 밴 바닥에서 재니스를 씹고 사진을 찍고 젖가슴을 핥는 그를 잡는다.

"그놈이 방금 나타났어요."

나는 그들 뒤로 가, 그자의 머리카락을 움켜쥐고 깨진 병조각으로 목을 긋는다.

"특별한 일은 없나?" 러드킨이 묻는다.

"좆같죠, 뭐."

나는 그를 밴에서 끌어낸다. 바지가 그자의 발목께에 내려가 있고, 나는 카메라를 꺼낸다.

엘리스가 말한다. "그냥 체포해서 두들겨패버려요."

"자네도 같은 생각이야?" 러드킨이 나를 돌아보며 묻는다.

풍기단속반원이 나를 힐긋 보더니 뒷좌석에 열쇠 뭉치를 던진다. "캘거리에서 돌아들어가면 갈색 닷선이 서 있을 거예요."

"적어도 그놈이 우릴 알아보지는 못하겠군." 엘리스가 깔깔댄다.

"그럼 자네가 몰아." 러드킨이 씩 웃는다.

"제가요?" 엘리스가 반문한다.

"이 녀석한테 열쇠 줘." 러드킨이 내게 말한다.

나는 열쇠를 앞으로 건네고, 풍기단속반원은 여전히 나를 응시하고 있다.

"나한테 반하기라도 했나?"

그가 씩 웃는다. "당신이 밥 프레이저죠?"

나는 문손잡이에 손을 얹는다. "그래. 왜?"

러드킨이 끼어든다. "그만둬, 밥."

풍기단속반 머저리가 차에서 물러서면서, 흔히 그러듯 "저 인간 왜 저래?" 따위의 말을 늘어놓는다.

러드킨이 차에서 내려 그에게 몇 마디 하며 힐긋 뒤돌아본다.

엘리스가 고개를 돌리고 한숨을 쉬더니 "씨팔" 하고는 차에서 내린다.

나는 로버 뒷좌석에 앉아 그들을 지켜본다.

풍기단속반원이 엘리스와 함께 멀어진다.

러드킨이 다시 차에 탄다.

"저 자식 이름이 뭐예요?" 나는 묻는다.

러드킨이 백미러로 나를 본다.

"어서 이름을 대요."

"크레이븐에게 물어봐. 씨팔, 앞으로 오고. 엘리스는 출발했어."

나는 앞자리로 옮기고, 시동이 걸리고, 차가 출발한다.

나는 무전기를 집어들어 엘리스를 부른다.

무반응.

"그 자식 여전히 나불대고 있을걸." 러드킨이 내뱉듯이 말한다.

"나를 보냈어야죠."

내 말에 러드킨이 나를 힐긋 보며 대꾸한다. "헛소리 마. 혼자서 잘도 하겠다."

우리는 헤어힐스 교차로에 이른다.

검은 지붕에 차체가 흰 페어클러프의 코르티나가 리즈 방향으로 좌회전하고 있다.

나는 다시 무전기로 엘리스를 부른다.

엘리스의 대꾸에 나는 고함친다. "어서 서둘러. 그 자식이 리즈로 향하고 있어."

러드킨이 더 열받기 전에 나는 얼른 무전을 끝낸다.

페어클러프가 라운드헤이 로드로 우회전한다.

나는 기록을 남긴다.

77/6/4 16:18 헤어힐스 레인에서 라운드헤이 로드로 우회전.

뒤쫓아가며 기록한다.

베이스워터 크레슨트

베이스워터 테라스.

베이스워터 로.

베이스워터 그로브.

베이스워터 마운트.

베이스워터 플레이스.

베이스워터 애비뉴.

베이스워터 로드.

이윽고 그가 배럭 로드로 우회전하지만 우리는 직진한다.

"배럭 로드로 들어가." 러드킨이 내게 고함치고, 나는 무전기로 엘리스에게 고함친다.

백미러로 엘리스를 보며 우회전하라고 손짓한다.

"따라붙었어요." 나는 말한다.

엘리스의 목소리가 차 안에 울린다. "병원 앞에 차를 세웠어요."

우리는 우회전한 뒤 채플타운 로드의 교차로를 지나 차를 세운다.

"웬 뚱뚱한 파키스탄 여자가 짐을 가득 싣고 탔는데, 그쪽으로 가고 있어요." 엘리스가 말한다.

우리는 옆을 지나쳐 라운드헤이 로드로 다시 들어서는 코르티나를 지켜본다.

"계속 미행해." 나는 무전기에 대고 말하고, 러드킨이 차를 출발시킨다.

"엘리스에게 다음 신호등에서 따라붙으라고 해." 러드킨이 말한다.

나는 그 말대로 한다.

러드킨이 차를 한쪽에 댄다.

우리는 재니스가 사는 스펜서 플레이스의 입구에 와 있다.

나는 그를 본다.

"정리할 게 있지?" 그가 그렇게 말하며 내 쪽으로 몸을 숙여 조수석 문을 연다.

"무슨 얘기를 하려는 거예요?"

"아무 얘기도 안 할 거야. 7시에 여기서 봐."

"페어클러프는 어쩌고요?"

"우리가 힐이서 할게."

"고마워요, 대장." 나는 차에서 내린다.

그가 문을 닫더니 무전기를 손에 들고 라운드헤이 로드를 달려간다.

나는 손목시계를 확인한다.

4시 30분.

두 시간 삼십 분.

나는 문을 두드리고 기다린다.

무반응.

손잡이를 돌린다.

문이 열린다.

안으로 발을 딛는다.

창문이 열려 있고, 서랍이 빠져나와 있고, 침대 시트는 벗겨져 있고, 라디오가 켜져 있다.

핫 초콜릿*의 〈So You Win Again〉.

벽장이 비어 있다.

화장대에서 편지를 집어든다.

밥에게.

나는 편지를 읽는다.

그녀는 가버렸다.

---

* 1970, 80년대 영국의 인기 솔 밴드.

청취자: 문제는 영국 국기의 반 이상이 씨팔 뒤집혀 있다는 겁니다.

존 샤크: 이런 기막힌 일이.

청취자: 아니, 웃음이 나겠죠, 존. 하지만 상상해봐요, 무수한 십자가가 사방에 뒤집혀서 걸려 있으면 어떻겠어요?

존 샤크: 뒤집힌 영국 국기와 뒤집힌 십자가는 전혀 다른 문제죠.

청취자: 당연히 같지, 이 머저리 등신아. 국기에 십자가가 있어, 없어?

1977년 6월 5일 일요일
리즈 라디오
존 샤크 쇼

8

"또 터졌어." 해든이 말했다.

하지만 나는 그냥 누워 기다릴 뿐이었다. 땅에 무릎을 꿇고 맨손으로 토탄 덩어리를 캐는 작은 스코틀랜드인들의 모습을 흑백으로 시청하면서. 전화기가 손에서 미끄러지든 말든 나는 생각했다. 캐럴, 캐럴, 늘 이런 식인 거야? 영원히? 아, 캐럴.

"기자회견은 내일이야."

"일요일인데요?"

"월요일이 공휴일이잖아."

"이십오 주년 기념 보도를 망치겠네요."

"피해자가 안 죽었어."

"그래요?"

"운이 좋았지."

"그렇게 생각해요?"

"올드먼은 범인이 도중에 방해받은 거라고 생각해."

"조지에게 경의를."

"범인이 접촉하면 즉각 자기한테 연락하라고 당부하더군."

"기념품을 챙겨갔대요?"

"그런 말은 없던데. 자네도 입조심해."

아, 캐럴, 죽음이 무슨 놀랄 일일까?

주벨룸……

또다른 목소리는 브래드퍼드의 아파트, 묵직한 커튼 뒤 어둠에 잠긴 그곳에서 들려왔다.

카 수 펭이 고개를 들고 입술을 움직이자 말이 뒤늦게 흘러나왔다.

"작년 10월 나는 매춘부였죠."

요크셔 남자들과 씹하는 대가로 축축한 손에 더러운 5파운드를 쥐기 위해 16만 킬로미터를 건너온, 잿빛 피부와 푸른색 머리의 그녀는 얼룩지고 이 빠진 가구의 흐릿한 경계선 맞은편에 앉아 있었다.

16만 킬로미터를 건너와 결국 이 꼴이 되다니.

"아는 사람이 별로 엄서서 보통 혼자 일해요. 술집들이 문 닫기 전 일찍 럼브 레인에 갔죠. 퍼시비런스 앞에서 그 사람 차에 탔어요. 왜, 다들 퍼시라고 부르는 데 있잖아요. 짙은 색에 깨끄탄 차예요. 친절했어요. 조용해도 친절했죠. 잠을 못 자 피곤하대서 나도 그렇다고 했죠. 피곤한 눈, 정말 피곤한 눈이었어요. 화이트 애비 근처 체육공원으로 갔고, 얼마냐고 했고, 5파운드라고 했고, 일을 치르고 주겠다 해서, 나는 먼저 달라고 했죠. 일을 치르고 나서 못 받는다고. 그가 좋다고 했어요. 근데 차 뒤에서 하자고 했어요. 그래서 내렸어요. 그 사람도 내렸어요. 그리고 망치로 내 머리를 쳤어요. 세 번 쳤어요. 나는 풀밭에 쓰러지고, 또

치려고 해서 눈 감고 손 들었어요. 그 사람이 내 손 쳤어요. 그러다 멈췄는데, 그 사람이 내 귀에 대고 숨시는 소리 들렸어요. 그러다 멈췄어요. 가고 없었어요. 나는 가만히 누워 있었어요. 사방이 까맣고 하얬고, 차들이 지나갔죠. 일어나 전화부스로 가서 경찰에 신고했어요. 경찰이 전화부스로 와서 나를 병원에 데려갔죠."

크림색 블라우스와 그에 어울리는 바지 차림인 그녀는 맨발을 서로 닿게 딱 붙였다.

"그 남자가 어떻게 생겼는지 기억나요?"

카 수 펭이 눈을 감고 아랫입술을 깨문다.

"미안합니다." 나는 말했다.

"괜찮아요. 안 기억하고 싶어요. 잊고 싶어요. 그런데 못 잊어요. 계속 생각나요."

"말하고 싶지 않으면……"

"아뇨. 백인이에요. 키는 167센티미터쯤……"

무릎에 손이 느껴졌다. 마법처럼 그가 다시 거기 와 있었다, 어슴푸레한 어둠 속에서 고깃조각이 낀 이를 드러내고 씩 웃으며.

"덩치가 좋고……"

그가 살찐 배를 두드리며 트림했다.

"짙은 색 고수머리에, 제이슨 킹* 콧수염."

그가 머리를 가다듬고 콧수염을 매만지더니 씩 웃었다.

"여기 말씨이던가요?"

"아뇨. 아마 리버풀 같아요."

그가 눈썹을 아치 모양으로 치켜세웠다.

---

* 영국 TV드라마의 주인공.

"이름이 데이브 아니면 돈이랬는데. 잘 모르겠어요."

그가 눈살을 찌푸리며 고개를 저었다.

"노란 셔츠와 청바지를 입었죠."

"그리고요?"

그녀가 한숨을 쉬었다. "기억나는 건 그뿐이에요."

그가 한 번 윙크하더니 다시 사라졌다, 마법처럼.

"됐나요?"

"그럼요." 나는 속삭였다.

공포 후에, 내일 그리고 모레.

느닷없이 그녀가 물었다. "그 사람이 또 나타날까요?"

"언제는 사라진 적 있나요?"

"그게, 가끔 바로 머리맡에서 그 사람 숨소리가 들려요." 둔기에 맞아 찌그러진 슬픈 얼굴로 그녀가 말했다. 머리카락으로 이루어진 검고 푸른 이파리들이 상처로 방울져 흘러내리고 있었다.

나는 어둠 속으로 손을 뻗었다. "만져봐도 될까요?"

그녀가 고개를 숙여 머리카락을 갈랐다.

거실에 면한 침실에서 그녀가 커튼을 쳤다.

브래드퍼드의 일요일 아침, 나는 침대 협탁의 시계 아래 10파운드를 놓았다. 그리고 우리는 등을 대고 싱글베드 양편에 앉아 단추를 풀었다.

나는 일어나 바지를 내렸다.

돌아서니 그녀는 벌거벗고 침대에 누워 있었다.

그녀 위에 누워도 내 성기는 늘어져 있었다.

그녀가 내 다리 사이로 손을 움직이다 멈추더니 나를 옆으로 밀쳐 뉘고는 침대 협탁으로 몸을 구부려 콘돔을 꺼냈다.

그리고 콘돔을 씌우더니 내 위에 걸터앉아 성기를 자기 안으로 밀어 넣었다.

그녀가 위아래로 움직이자 젖꼭지뿐인 가슴이 위아래로 움직이고, 노란 몸의 뼈가 위아래로 움직이고, 감긴 눈이 위아래로 움직이고, 열린 입이 위아래로 움직이고, 위아래로, 위로, 아래로, 위로, 아래로, 위로.

나는 눈을 감았다.

아래로.

우리는 침묵 속에 옷을 입었다.

현관에서 나는 말했다. "또 와도 괜찮죠?"

"지금요?" 그녀의 반문에 우리 둘 다 웃음을 터뜨리며 놀라워했다.

심각한 미소의 조지 올드먼 부청장.

"여러분, 아시겠지만 토요일, 즉 4일 새벽 3시경 린다 클라크 부인이 브래드퍼드의 볼링 백 레인에 위치한 시크교 사원 뒤쪽 황무지에서 폭행을 당했습니다. 피해자는 36세, 비얼리 거주, 두개골 골절과 등과 배에 자상을 입었습니다. 토요일 아침 수술을 받았고, 이번주 중 한번 더 수술이 예정되어 있습니다. 이처럼 중상을 입긴 했지만 클라크 부인은 이번 사건이 일어난 경위에 대해 자세히 알려주었습니다."

그가 말을 멈추고 물을 한 모금 마시더니 다시 시작했다.

"금요일 밤, 클라크 부인은 브래드퍼드 시내의 클럽 메카를 찾았습니다. 검은색 벨벳 롱드레스와 초록색 면 재킷 차림이었죠. 2시경 메카를 떠난 피해자는 칩사이드로 가서 택시 승강장에 줄을 섰습니다. 그러다 십오 분 후 비얼리 쪽으로 걸어가기로 마음을 바꿨습니다. 삼십 분 정도 걸었을 무렵 웨이크필드 로드에서 차가 한 대 멈췄고, 부인은 태

위주겠다는 운전자의 제안을 받아들였습니다. 차량은 흰색 또는 노란색 포드 코르티나 마크II, 검은색 지붕은 광택이 있는 재질로 보였습니다. 차는 사건이 일어난 볼링 백 레인으로 달렸습니다. 피해자는 운전자에 대해 상세히 묘사했습니다."

그가 다시 말을 멈췄다.

"운전자는 35세가량의 백인으로, 180센티미터 정도의 거구입니다. 연갈색 머리가 어깨까지 내려오고, 눈썹이 짙고, 뺨이 볼록합니다. 이와 비슷한 외모로, 검은 지붕에 차체가 흰색 또는 노란색인 포드 코르티나 마크II를 몰거나 이용 가능한 남자를 알고 있으면 부디 신고해주시기 바랍니다. 긴급 상황인만큼 브래드퍼드의 수사본부나 근처 경찰서로 연락해주시면 대단히 감사하겠습니다."

또다시 물 한 모금, 또다시 멈춤.

"현장에서 수집한 법의학 증거에 따르면, 클라크 부인을 폭행한 자는 테리사 캠벨과 클레어 스트라찬과 조앤 리처즈와 마리 와츠를 살해한 자와 동일범일 뿐 아니라, 1974년 핼리팩스의 조이스 잡슨, 1974년 클렉히턴의 애니타 버드, 그리고 작년 10월 브래드퍼드의 카 수 펭을 폭행한 자와도 동일범이라고 추정됩니다."

멈춤.

회견실 전체:

요크셔 리퍼.

나는 썼다: 클레어 스트라찬?

나는 그녀의 이름에 동그라미를 쳤다.

올드먼이 질문을 받았다.

"로저?"

"이번 사건이 그러니까, 그 요크셔 리퍼의 범행임을 입증하는 법의학 증거에 대해 좀더 자세히 말씀해주시겠습니까?"

"현시점에서는 곤란합니다."

말을 돌리는군……

"잭?"

"클라크 부인이 말한 범인의 인상착의 중 이전 사건과는 일치하지 않는 점이 있습니다. 예를 들어, 애니타 버드와 카 수 펭은 범인이 짙은 고수머리에 턱수염이나 콧수염을 길렀다고……"

칼을 빼든 조지.

"네. 하지만 잭, 브래드퍼드의 펭 씨는 범인이 리버풀 억양이었다고 말했고, 이는 애니타 버드의 진술과 상충됩니다. 또한 버드 씨의 진술은 길에서 지나치며 인사한 사람이 범인이라는 가정에 기초하고요."

"그 가정이 맞을 거라고 생각하셨잖습니까?"

"당시에는 그랬죠, 잭. 당시에는요."

인적 없는 커크게이트 시장을 가로질러 고요한 일요일 도시의 길을 지나 3시의 해 아래 빨갛고 하얗고 파란 장식용 깃발 사이로 걸었다.

열기를 피해 자갈 골목길로 꺾어들어가 붉은 글자가 적힌 벽을 찾았다.

하지만 지워진 건지 아니면 엉뚱한 길이었는지 증오와 리즈라고만 적혀 있었다.

그래서 브릭게이트를 따라가다 헤드로 거리로 꺾어 대성당까지 쭉 올라가 안으로 들어갔다.

서늘하고 고요한 어둠 속 뒷자리에 앉아, 여태 걸어온 탓에 땀을 삘 삘 흘리며 개처럼 헐떡였다.

지팡이를 짚은 노파가 앞자리에서 일어나려 끙끙대고, 한 아이는 기도서를 읽고, 어스레한 조명이 제단을 비추고, 성상과 성화의 눈들이 나를 응시했다.

나는 고개를 들었다. 땀이 식고 호흡이 차분해졌다.

십자가에 매달린 예수 앞에서 나는 씹과 망치 살인을 생각하고, 그의 손에 박힌 못을 보며 씹과 스크루드라이버 살인을 생각하고, 그의 발에 박힌 못을 보며 그들의 눈물과 그의 눈물과 나의 눈물을 생각했다.

기도서를 읽던 아이가 노파의 손을 잡고 통로를 내려오다 내가 앉은 신도석에 이르러 성상과 성화와 그늘진 제단 아래 멈춰 서서 펼친 책을 내밀자 나는 받아들고 멀어져가는 그들을 바라보았다.

그리고 고개 숙여 눈에 띄는 구절을 소리내어 읽었다.

시편 88.

아, 나는 고난에 휩싸이고,
내 목숨은 저승의 문턱에 다다랐습니다.
나는 무덤으로 내려가는 사람과 다름없으며,
기력을 다 잃은 사람과 같이 되었습니다.
이 몸은 또한 죽은 자들 가운데 버림받아서,
무덤에 누운 죽은 자와도 같고,
더이상 기억해주지 않는 자와도 같고,
주의 손에서 끊어진 자와도 같습니다.
주께서는 나를 구덩이의 밑바닥,
어둡고 깊은 곳에 던져버리셨습니다.
주님은 주의 진노로 나를 짓눌렀으며,
주의 파도로 나를 압도하셨습니다.

나를 아는 사람도 내게서 멀리 떠나가게 하시고,

나를 그들이 보기에도 역겨운 것이 되게 하시니,

나는 갇혀서, 빠져나갈 수 없이 되었습니다.

고통 가운데서 눈마저 흐려졌습니다.

주님, 내가 온종일 주님께 부르짖으며,

주님을 바라보면서, 두 손을 들고 기도하였습니다.

주님은 죽은 사람에게 기적을 베푸시렵니까?

혼백이 일어나서 주님을 찬양하겠습니까?

무덤에서 주의 사랑을,

죽은 자의 세계에서 주의 진실을 이야기할 수 있겠습니까?

암흑 속에서 주의 기적을 알 수나 있겠습니까?

망각의 땅에서 주의 정의를 이해할 수 있겠습니까?

주님, 내가 주님께 부르짖고,

아침마다 주님께 기도드립니다.

주님, 어찌하여 주님은 나를 거절하시고,

주의 얼굴을 감추십니까?

젊은 시절부터 고통을 겪었고, 지금까지 죽음의 문턱에서 살아온 몸
이기에,

주님께로부터 오는 그 형벌이 무서워서, 내 기력이 다 쇠잔해지고 말
았습니다.

주의 진노가 나를 삼켰으며,

주의 무서운 공격이 나를 파멸시켰습니다.

무서움이 날마다 홍수처럼 나를 에워쌌으며,

사방에서 나를 둘러쌌습니다.

주께서 내 사랑하는 사람들과 이웃을 내게서 떼어놓으셨으니,

오직 어둠만이 나의 친구입니다.

씹과 망치 살인, 예수의 손에 박힌 못, 씹과 스크루드라이버 살인, 예수의 발에 박힌 못, 씹과 살인, 그들의 눈물, 씹, 예수의 눈물, 살인, 나의 눈물.

"지금 바로 올라갑시다. 그럼 다 끝날 거예요."

쌍여닫이 나무문을 통해 대성당과 망치와 예수에게서 달아나, 무덥고 어두운 거리를 지나, 흰색과 파란색은 사라지고 빨간색만 남은 장식용 깃발을 지나, 그 모든 것에서 달아났다. 1977년 6월 5일을 가로질러.

아, 캐럴.

그리고 마침내 옷이 불꽃에 휩싸인 채 그리핀 앞에 서서 손과 눈을 하늘로 쳐들고 소리쳤다:

"캐럴, 캐럴, 다른 방법이 있을 거야."

신문사는 쥐죽은듯 고요했다.

나는 내 책상에 앉아 타이핑을 했다.

또다시 나타난 리퍼.

어제 경찰은 일명 요크셔 리퍼에 대한 추적을 강화했다. 경찰은 네 건의 매춘부 살인과 세 건의 여성 폭행을 저지른 범인이 토요일 새벽 네번째 폭행을 저질렀다고 보고 있다.

린다 클라크 부인(36세, 비얼리)은 메카 클럽에서 밤을 보낸 후 브래드퍼드 볼링 백 레인 근처 황무지에서 폭행당했다.

피해자는 웨이크필드 로드에서 낯선 차에 탔다가 두개골이 골절되고 배와 등에 자상을 입었다. 그 결과 이번주 중 두번째 수술을 받을 예정이다.

경찰은 이번 사건과 관련해 다음과 같은 차량과 운전자를 찾고 있다.

운전자는 35세가량의 백인 남자로, 180센티미터 정도의 거구이고 어깨까지 내려오는 연갈색 머리에 눈썹이 짙다. 용의자는 흰색이나 연한색 차체에 지붕은 검은색인 포드 코르티나 마크Ⅱ를 몰았다. 긴급 상황인만큼 무슨 정보든 가지고 있다면 브래드퍼드의 수사본부 직통전화인 476532나 476533으로 연락하거나 가까운 지역경찰서에 신고 바란다.

타이핑을 멈추고 눈을 떴다.

위층으로 올라가 빌의 서류함에 기사를 두었다.

돌아가려다 말고 뒤돌아서서 펜을 꺼내 빨간색으로 기사 위쪽에 적었다.

그자가 아닙니다.

계단을 내려가 어둠을 빠져나와서 오히려 더 짙은 어둠 속으로 들어갔다.

일요일 밤의 붐비는 기자 클럽.

탁자에 머리를 박은 조지 그리브스는 양쪽 신발끈이 한데 묶여 있고, 톰과 버나드는 담뱃불을 붙이느라 비트적대고 있었다.

"바쁜 하루였나봐요?" 베트가 물었다.

"그랬지."

"리퍼 때문에 쉴새가 없군요."

나는 고개를 끄덕이고 스카치로 목을 적셨다.

스테파니가 내 팔꿈치를 쥐었다. "한잔 더 할래요?"

"자리에 어울릴 만큼은 마셔야지."

"적답지 않은 말을 다 하네요." 스테파니가 깔깔거렸다.

베트가 다시 술잔을 채웠다. "아까 손님이 찾아왔어요."

"나를?"

"머리를 박박 깎은 젊은 남자였어요."

"그래?"

"네. 전에 본 적이 있는데 아무리 애써도 이름이 안 떠오르네요."

"왜 나를 찾는지는 얘기했어?"

"그런 말은 안 하던데요. 한잔 더 할래요?"

"자리에 어울릴 만큼만."

"아무렴요."

"내 말이." 나는 술잔을 들이켰다.

나는 잠시 계단에 멈춰 섰다가 문을 열었다.

방은 텅 비었고, 창문은 열려 있고, 지저분한 커튼이 신세계로 떠나는 낡고 거대한 브라이드호*의 잿빛 돛처럼 펄럭이고, 따스한 밤공기가 나를 어루만졌다.

나는 의자에 앉아 또다시 스카치를 따라 마시며 책을 집어들었지만 졸기 시작했다.

바로 그때 그녀가 왔다. 무척이나 먼 곳인 듯, 그녀가 서 있는 언덕은 더럽게 높아 보였다.

그녀가 죽음의 돌처럼 차가운 두 손을 내 눈에 얹었다.

"나 보고 싶었어?"

나는 고개를 돌리려고 했지만 힘이 너무 없었다.

"나 보고 싶었어, *꼬마 재키*?"

나는 고개를 끄덕였다.

---

* 19세기 영국에서 캐나다와 오스트레일리아 등지로 여자들을 실어나른 배.

"좋아." 그녀가 입을 내 입에 대었다.

나는 그녀의 혀, 길고 단단한 그녀의 혀를 피해 달아났다.

그녀가 멈추더니 내 성기에 손을 얹었다.

"나를 먹어, 잭. 전에 그 창녀를 먹었던 것처럼 나를 먹어."

길에 늘어선 좁다란 차고 여섯 채에는 하얀 낙서가 휘갈겨 있고, 문의 녹색 페인트는 설핏설핏 얼룩만 남아 있다. 처치 거리에서 갈라져나온 그 길 끝은 주차 건물로 막혀 차고들이 주차장으로 이어지는 통로를 이루는 셈이다. 차고 여섯 채 모두 유언장 없이 죽은 토머스 모리슨의 소유라 사람의 손길이 닿지 않은 채 황폐해져가고 있다. 이렇게 6번지는 일대의 노숙자와 극빈자와 알코올중독자와 마약중독자와 매춘부들에게 일종의 쉼터가 되었다.

약 13제곱미터의 좁은 차고는 쌍여닫이 형태인 앞문 중 어느 쪽으로도 들어갈 수 있다. 탁자 포장상자와 목재 더미와 쓰레기가 널려 있다. 사나운 불길이 임시 난로 속에서 타오르고, 재 사이로 타다 남은 옷이 보인다. 문 맞은편 벽에 축축한 빨간색 페인트로 죽은 어부의 아내라고 쓰여 있다. 사방에 병 천지다. 셰리주병, 위스키병, 맥주병, 화학약품병 등 전부 비어 있다. 하나뿐인 창문은 파일럿 코트 차림의 남자가 커튼처럼 가리고 있어 아무것도 내다보이지 않는다.

눈을 뜨자 그의 악취 나는 따스한 입김이 여전히 머리맡에 맴도는 듯했다.

그들은 선반에 있던 내 책을 모조리 바닥에 흩어놓았다. 보잘것없는 잭 리퍼 책들과 작은 테이프들까지 모조리 나와 있었다. 깨알 같은 글씨로 날짜와 장소를 깔끔하게 적은 작은 케이스에 넣어 맨 아래 서랍에 둔 작은 테이프들은 물론이고 신문 스크랩까지 싹 쓸어 바닥에 흩어놓았다.

그녀가 종잇조각을 입에 물고 방을 가로질러 날아갔다.

1975년 11월 프레스턴.

나는 침대에서 일어나 바닥에 무릎 꿇었다.

주님께로부터 오는 그 형벌이 무서워서, 내 기력이 다

쇠잔해지고 말았습니다.

일기.

주님께로부터 오는 그 형벌이 무서워서, 내 기력이 다

쇠잔해지고 말았습니다.

원래 일기가 있었다.

살인적인 불협화음으로 통곡하며 빙빙 도는 여섯 천사와, 획획 날아다니는 책과, 바닥에 흩어진 테이프와, 바람에 나부끼는 신문 스크랩 사이에서 나는 방바닥을 쥐어뜯었다. 손가락들이 내 귀를 막고, 그들의 손이 내 눈을 가리고, 그들의 거짓말과 나의 책과 그의 거짓말과 나의 테이프와 그녀의 거짓말과 나의 신문 스크랩과 그녀의 망할 일기:

주님께로부터 오는 그 형벌이 무서워서, 내 기력이 다

쇠잔해지고 말았습니다.

전화벨이 울리고 있었다.

존 샤크: 글쎄, 로버트 마크 경의 말을 인용하고 싶네요. 낭독 음란물단속반에 존재하던 부패의 암은 발각되어 제거되었다.

청취자: 완전 헛소리네요, 존.

존 샤크: 안 믿나보죠?

청취자: 당연하죠. 로버트 경이 또 그랬잖아요, 망할 언론이 아니었다면 부패의 실상이 만천하에 드러나지 않았을 거라고. 거참, 마음 놓이지 않아요? 기자들이 설친 덕에 그리됐으니.

존 샤크: 로버트 경은 영국 전체가 언론에 빚을 졌다고 했죠.

청취자: 나는 빼줘요, 형씨. 나는 언론에 빚진 것 없어요.

1977년 6월 6일 월요일
리즈 라디오
존 샤크 쇼

9

씨팔 올드먼.

씨팔 노블.

씨팔 러드킨.

씨팔 엘리스.

씨팔 도니 페어클러프.

씨팔 우라질 리퍼.

씨팔 루이즈.

씨팔 전부 다.

그녀가 가버렸다:

나도 가버렸다.

지옥에서.

문을 두드리고, 사람을 두드리고, 문을 걷어차고, 사람을 걷어차고,

그녀를 찾고, 나를 찾고.

불꽃놀이의 지옥에서.

나는 그녀의 방에서 나와 복도를 가로질러 문을 밀치고 들어간다. 키
스는 없고, 캐런이 "씨팔, 또야?" 하는 표정으로 침대에서 고개를 든다.
그녀를 침대에서 끌어내 바닥에 내동댕이친 뒤 분홍색 속바지 하나 달
랑 걸친 채 젖가슴을 훤히 드러낸 그녀의 얼굴에 대고 소리친다. "재니
스가 짐을 챙겨 떠났어. 어디로 갔지?" 캐런은 내 밑에서 두 손으로 얼
굴을 가리고 있다. 내가 사정없이 따귀를 갈겨서. 재니스가 어디 있는
지 알 만한 사람이 있다면 매춘전과자이자 마약중독자이자 두 아이의
엄마이자 스물세 살 백인인 캐런 번스뿐이라서. 나는 다시 그녀의 뺨을
갈기고는 피가 흐르는 입술과 코와, 피범벅인 턱과 목과 젖가슴과 팔을
내려다본다. 분홍 속바지를 벗긴 뒤 도로 침대로 끌고 가 내 바지를 열
고 그녀 안으로 밀고 들어간다. 그녀는 저항하지도 않고 그저 내 몸무
게에 눌려 꿈틀댄다. 그래서 나는 그냥 나오고 그녀가 올려다봐서 다시
따귀를 갈긴 뒤 그녀를 뒤집으니 그제야 몸부림친다, 이럴 필요 없다고
말하면서. 하지만 나는 그녀의 얼굴을 지저분한 시트에 누르고 성기를
들어올려 항문에 박는다. 그녀가 비명을 지르고, 나도 아프지만 계속하
다 결국 사정을 하고 바닥에 쓰러진다. 침대에 엎드린 그녀의 허벅지로
정액과 피가 흘러내리고, 그녀의 엉덩이가 바로 내 눈앞에 있다. 나는
일어나 다시 한다. 이번에는 아프지 않고, 그녀는 잠잠하고, 나는 사정
을 하고 밖으로 나간다.

불꽃놀이의 지옥에서 그녀는 가버렸다.

나는 전화부스 바닥에 쓰러져 있고, 밖은 모닥불과 가로등과 불꽃놀이와 헤드라이트를 제외하면 어둠뿐이다. 나를 굽어보는 커다란 채플타운 나무들, 그 위의 씨팔 커다란 둥근 눈을 휘둥그레 뜬 올빼미들. 씨팔 모리스 잡슨, 올빼미 모리스 삼촌, 내 수호천사를 저주한다. 최소한 그애는 경찰 집안 출신이야. 경찰 사정을 잘 헤아리라고 나불대고, 뭐든 필요하면 말만 해라고 큰소리치던 망할 인간. 이 씨팔 전화부스로 와서 나를 끌어내고 그녀를 데려와. 날개에, 좆같이 고약한 냄새 나는 날개에, 좆같이 고약한 냄새 나는 죽음의 검은 날개에 칼을 박기 전에 그녀를 내게 데려와. 여기 빨간 전화부스로, 내 암흑시대로, 내 석기시대로, 내 죽음의 시대로 데려와. 수화기를 붙들고 엉엉 우는 내게로, 전화부스 바닥에 몸을 말고 흐느끼는 내게로, 머리를 쥐어뜯으며, 씨팔 머리를 쥐어뜯으며, 씨팔 머리채를 쥐어뜯으며 통곡하는 내게로.

불꽃놀이의 지옥에서 그녀는 가버렸고, 나는 혼자다.

"씨팔……"
나는 씨팔 조 로즈의 목을 움켜쥔다. 방안에 연기가 자욱하고, 매트리스가 창문을 막고 있고, 두 개의 7이 사방에 그려져 있고, 약에 취해 넋이 나간 씨팔 침팬지가 바지에 똥을 뭉개고.
"죽여버리겠어."
"알아, 알아."
"어서 말해."
그가 몸을 부들부들 떨며 둥근 흰자를 천장 쪽으로 희번덕이더니 더듬더듬 말한다. "재니스 말이야?"

"말해."

"어디 있는지 몰라. 맹세해."

나는 손가락으로 그의 코를 찌르고 커다란 갈색 눈에 열쇠를 들이댄다.

"제발 이러지 마. 맹세해."

"죽여버리겠어."

"알아, 안다고."

"그러니까 말해."

"뭘 말해? 어디 있는지 모른다니까."

"그녀가 떠난 건 알잖아?"

"그거야 온 세상이 알지."

"그럼 온 세상이 모르는 걸 말해봐."

"어떤 거?"

"포주가 누구였지?"

"포주가 누구였냐고? 지금 농담해?"

"내가 지금 농담하는 걸로 보여?"

"에릭이야. 아이고."

"에릭 홀?"

"몰랐어?"

"그냥 재니스를 끄나풀로 이용했던 거 아니야?"

"웃기고 있네. 그놈이 바로 포주였어."

"거짓말 마, 조."

"정말 몰랐어?"

나는 그의 목을 조른다.

"맹세해. 에릭 홀이 포주였어. 아무나 붙잡고 물어봐."

나는 커다란 갈색 눈을, 커다란 갈색 장님의 눈을, 경이로운 그의 눈을 들여다본다.

"이봐, 그녀는 돌아올 거야. 부메랑처럼. 대부분이 그러잖아."

내가 손을 풀자 그는 바닥에 쓰러진다.

나는 부서지고 남은 문짝을 향해 걸어간다. 산산이 부서진 나무와 조각난 7들.

"잭 선장한테 잡힌 여자들은 빼고 말이야. 해적한테 붙들리면 끝이지." 그가 계속 나불댄다.

"전화해. 아주 사소한 거라도 듣는 즉시 전화해."

그가 고개를 끄덕이며 목을 문지른다.

"안 그랬다가는 돌아와서 씨팔 널 죽여버리겠어."

불꽃놀이의 지옥에서 그녀는 가버렸고, 나는 거리에 혼자다.

다시 전화하지만 루이즈는 없다.

다시, 또다시 전화하지만 루이즈는 없다.

병원에 전화하지만 연결이 되지 않는다.

요크에 전화하니 십 분 후 수간호사는 로널드 프렌더개스트가 강도에게 당한 부상의 출혈로 오늘 아침 사망했다고 전한다.

나는 고개를 들어 나무 사이로 하늘을 올려다본다.

더 많은 비를 본다.

다시 전화하지만 루이즈는 없다.

다시, 또다시 전화하지만 루이즈는 없다.

병원에 전화하지만 끊겨버린다.

씨팔 캐런 번스.

씨팔 조 로즈.

씨팔 로널드 프렌더개스트.

씨팔 우라질 리퍼.

씨팔 모리스.

씨팔 빌.

씨팔 루이즈.

씨팔 모두 다.

그녀가 가버렸다:

나도 가버렸다.

지옥에서.

문을 두드리고, 사람을 두드리고, 문을 걷어차고, 사람을 걷어차고, 그녀를 찾고, 나를 찾고.

훔친 차의 지옥에서.

제이컵스웰의 브래드퍼드 경찰서에서 에릭 홀 경위가 나온다. 바로 이곳 제이컵스웰에서 나는 덴홈의 에릭의 집 진입로에서 훔친 그의 차에 앉아 기다리고 있다:

아무도 없는 집, 내 돈을 싣고 떠난 택시.

에릭의 작은 성채 뒤쪽으로 돌아가 빗방울이 부딪히는 판유리 너머 커튼과 방충망 틈새를 들여다보고는 뒷문을 걷어차 애완동물냄새와 가족사진을 지나, 골프장이 내다보이는 커다란 유리창이 박힌 거실로 들어가서 메달과 옛날 동전이 든 상자를 뒤져 재니스의 흔적을, 아무튼 아주 작은 것이라도 찾아보지만 헛일이고 대신 씨팔 마이애미 블루 빛깔의 신형 그라나디 2000이 열쇠와 생활비를 슬쩍한다.

씹새끼.

핼리팩스 로드를 타고 내려오다 손턴 로드로 꺾어들어가 앨러턴을 지나 브래드퍼드로 들어와 곧장 제이컵스웰로 향한다.

라디오가 떠든다:

"로치데일의 헤이우드 로드에 위치한 우편취급소 소장인 클리브 피터슨 씨는 우편취급소에 침입한 강도와 맞서 싸우다 오늘 아침 혼수상태로 발견되었습니다. 페나인산맥* 양쪽의 경찰은 웨스트요크셔 일대에 일어난 유사 범죄가 모두 동일범 소행일 가능성을 검토중입니다.

셀비의 뉴파크 로드에 위치한 우편취급소 소장인 로널드 프렌더개스트 씨는 6월 4일 우편취급소에 침입한 강도와 맞서 싸운 후 끝내 의식을 되찾지 못하고 오늘 아침 사망했습니다. 프렌더개스트 씨는 몇 달 전 살해된 첫번째 우편취급소 소장에 이은 두번째 사망자입니다. 우체국 대변인은⋯⋯"

씹새끼.

페달을 밟는다.

그에게로, 에릭 홀에게로, 에릭 홀 경위에게로 곧장 뻗은 도로를 달린다.

씹새끼.

텅 빈 공휴일의 주차장에서 빗방울이 차 지붕을 두드리고 라디오가 웅웅대는 와중에도 머릿속을 가라앉히고 논리정연하게 생각하려 애쓴다.

"영국 자동차 협회는 수년 만에 맞은 최악의 상황이라고 밝히며⋯⋯"

---

* 영국 잉글랜드 북부에서 남부로 뻗은 산맥으로 서쪽에 랭커셔주, 동쪽에 웨스트요크셔주가 위치한다.

매서운 바람과 비 예보.

"날씨는 즉위 이십오 주년을 기념하는 역사적 규모의 파티에 유일한 적이며……"

나 자신의 파티를 바라며 에릭의 차에서 내려 전화부스를 찾는다.

온통 붉은빛이 넘실대는 훔친 차의 지옥에서.

새로 뽑은 마이애미 블루 빛깔 그라나다 2000의 보닛에 앉아 그를 기다린다.

숱이 적은 금발과 쓰레기 같은 콧수염이 비에 젖어 머리통에 찰싹 달라붙은 그가 여름에 양가죽 코트 차림으로 텅 빈 주차장을 가로질러온다. 나를 보고 차를 알아보더니 달려온다. 예상대로 미칠 것 같은 표정으로. 그때 퍼뜩 떠오른다. 얼마나 멀리 왔는지, 기껏해야 1977년 6월 6일 월요일 오후 5시쯤 되었겠지, 하지만 여기서 돌아갈 길은 없어.

내가 있을 곳은 여기다:

그가 고함지른다. "이 망할 씹새끼. 이건 내 차잖아. 어떻게, 대체 뭐 하는……" 그가 나를 보닛에서 땅바닥으로 밀어내더니 내 위로 뛰어오른다. 우리 둘은 엉겨붙어 웅덩이를 구르고, 그가 내 옆머리를 한 대 갈긴다.

하지만 그게 전부다.

나는 한 번 두 번 맞받아쳐 그를 꺾고는 옆얼굴을 아스팔트 바닥에 찍어누른다.

"씨팔, 어디 있어, 에릭?"

그가 몸부림치다 결국 입을 열자 피가 바닥으로 뚝뚝 떨어진다.

나는 그가 머리카락이라고 부르는 똥 같은 것을 움켜쥐고 얼굴을 들어울린다.

"씨팔, 어디 있느냐고?"

"내가 어떻게 알아, 이 씹새끼. 그년이야 네놈의 걸레였……"

그의 머리통을 땅바닥에 짓찧고 다시 들어올리자 그의 눈이 뒤집힌다. 나는 생각한다. 멈춰, 멈춰, 멈춰, 다시 하면 안 돼, 다시 하면 안 돼, 다시 하면 안 돼, 이놈이 죽을 거야, 이놈이 죽을 거야, 이놈이 죽을 거야. 그의 머리에서 피가 콸콸 쏟아지지만, 나는 완전히 꼭지가 돌아 두 손으로 그의 머리를 움켜잡고는 눈에 초점이 돌아오자 말한다.

"에릭, 내가 또다시 그렇게 만들지 마."

그는 고개를 끄덕이지만 무슨 뜻으로 그러는지는 모르겠다.

"에릭, 네가 재니스의 포주였다는 거 알아."

그는 여전히 고개를 끄덕이지만 그것은 씨팔 어떤 뜻도 될 수 있다.

"에릭, 정신 차려."

그의 투실한 분홍 뺨을 살짝 때린다. 혈관이 끊어진 곳에 주차장 아스팔트 조각들이 박혀 있고, 혈압이 엉망으로 치솟는다.

"에릭……"

그가 정신을 차리면서 끄덕임이 느려진다.

"에릭, 네놈이 무슨 짓을 했는지 알아. 그러니까 그냥 그녀가 어디 있는지만 말해."

그가 나를 바라본다. 붉게 충혈되고 니코틴에 찌든 흰자 가운데, 푸른 홍채에 둘러싸인 검은 눈동자가 커진다. 그가 침을 뱉으며 말한다.

"전에는 내가 관리했지만, 이제는 안 해."

"에릭, 사실대로……"

그의 얼굴에 눈물이 흘러내린다.

"사실이야."

그를 일으키려다 클럽의 술 취한 커플처럼 비틀댄다.

마이애미 블루 빛깔 그라나다 2000의 보닛에 그를 기대 세운다.

"그래, 지금 어디 있어?"

"몰라. 육 개월 넘게 못 봤어."

나는 그의 코트에서 자갈과 종잇조각을 털어낸다.

"거짓말 마, 에릭. 이딴 식으로 넘어갈 줄 알아?"

그가 무겁게 숨을 쉬며, 양가죽 코트 차림으로 땀을 뻘뻘 흘린다.

나는 말한다.

"금요일 밤 그녀가 잡혔어."

그가 부들부들 떨리는 몸으로 침을 삼킨다.

"여기. 매닝엄에서."

"알아."

"네가 안다는 거 나도 알아, 이 씹새끼야. 그녀가 너한테 전화했잖아? 안 그래, 에릭? 만나고 싶다고 했지?"

그가 고개를 젓는다.

"그럼 뭐라고 했어, 에릭?"

나는 그의 목깃에서 쓰레기를 집어내고 기다린다.

그가 눈을 감고 고개를 끄덕인다.

"돈. 돈을 달라고 했어."

"그리고?"

"정보가 있다고 했어."

"무슨 정보?"

"말 안 했어."

"에릭……"

"강도사건이라고만 했어. 전화로 얘기했어."

나는 그의 뺨을 쓰다듬는다.

"그래서 만나자고 했고?"

그는 고개를 젓기만 한다.

"그래서 밴을 보냈어. 그렇지?"

그가 더 빨리 고개를 젓는다.

"그리고 놈들이 그녀를 체포했고. 그렇지?"

더 빨리.

"본때를 보여주려고 말이야. 안 그래?"

더 빨리 절레절레.

"그녀는 놈들한테 말했어, 너한테 전화하라고. 그렇지?"

더 빨리.

"그래서 전화했어. 안 그래?"

그리고 더 빨리.

"곱게 보내주라고 할 수도 있었는데, 안 그랬지?"

그가 몸을 부르르 떤다.

"그만두게 할 수 있었는데, 안 그랬지?"

나는 그 투실한 좆같은 얼굴을 움켜쥐고 코앞에서 소리친다.

"왜 그랬어, 이 망할 우라질 씨팔 새끼야!"

눈이, 눈물이 살짝 고여 눈이 희뿌옇게 흐려진 채 그는 말한다.

"네 여자니 네가 돌봤어야지."

지금 그는 내 손아귀에 있고, 나는 그를 죽일 수 있다. 두개골이 박살 날 때까지 아스팔트 바닥에 짓찧은 다음 새로 뽑은 마이애미 블루 빛깔 그라나다 2000의 트렁크에 실어서 황야나 채석장이나 호수나 경계 너머 바다에 버리면 그만이다.

하지만 그러지 않는다.

나는 씨팔 뚱보 새끼를 그의 차 보닛에서 밀어내고는 차에 탄다.

그는 자신의 마이애미 블루 빛깔 그라나다 2000 앞에 멀뚱히 서서 운전대를, 자기 차 운전대를 잡고 있는 나를 앞유리창으로 멀뚱히 보고 있다.

나는 차, 그의 차 시동을 걸며 생각한다, 비켜, 네놈 차에 깔려 죽기 싫으면.

옆으로 물러선 그는 입을 느릿느릿 달싹이며 시커먼 구멍으로 위협과 장담과 저주와 보복을 퍼붓는다.

나는 페달을 밟는다.

그리고 사라진다.

잃어버린 세계에서, 온통 붉은빛이 넘실대는 훔친 차의 지옥에서.

곧장 브래드퍼드를 빠져나와 A650 웨이크필드 로드를 타고 통 거리, 브래드퍼드 로드, 킹 거리, M62와 M1의 아래를 지나 웨이크필드로 들어와 동커스터 로드에 접어들어 마지막 남은 한 곳으로 향한다.

레드벡 카페&모텔.

또다른 고독한 주차장에서 히스공원을 마주하고 홀로 앉아 있으니, 구름이 걷혀가는 저녁 하늘을 배경으로 불붙이지 않은 검고 거대한 모닥불 세 개가 늘어서서 마녀들을 기다리고 있다.

나는 주머니에 손을 뻗어 열쇠를 꺼낸다.

거기 있다, 27호실이.

우리와 마찬가지로 잃어버린 세계에서, 온통 붉은빛이 넘실대는 훔친 차의 지옥에서.

꿈속에서 나는 어느 빙 소피에 앉아 있다 멋진 3인용 소파다. 멋진 분홍색 방이다.

하지만 나는 잠들지 않고 깨어 있다.

지옥에서.

존 샤크: 이거 봤어요, 밥? 낭독 환호에는 극좌파 그룹의 적대적 음성도 섞여 있다. 그들은 반反군주정 스티커를 인쇄하고, 이십오 주년 기념식이 1977년 노동 인구에 대한 끔찍한 모욕이라 주장하는 기사를 발행하느라 분주하다.

청취자: 망할 쓰레기가 따로 없네요, 존. 노동 인구요? 그 작자들이 언제 노동을 해봤다고. 망할 학생 주제에. 노동자들은 모두 이십오 주년 기념식을 원한다고요.

존 샤크: 그래요?

청취자: 당연하죠. 이틀이나 일을 쉬는데다 마음껏 퍼마셔도 되는데, 당연히 그러지 않겠어요?

1977년 6월 7일 화요일
리즈 라디오
존 샤크 쇼

10

비가 퍼부었다.

씨팔 비의 장막을 뚫고 텅 빈 이십오 주년 6차선 도로를 가로질렀다.

황야 너머로, 황야 건너서, 황야 아래로.

씹하면 잠이 들지.

키스하면 깨지.

아무도 없었다. 승용차도, 화물트럭도, 그 무엇도.

버려진 공간들, 이 지상의 장소들.

폭탄의 번쩍임에 사라진 세상.

하지만 모두 사라지고 이곳에 아무도 없다면 어째서 나는 멍든 채 잠에서 깨지?

〈이십오 주년 기념 히트곡 모음〉을 끄고 페달을 밟자 머릿속 테이프들만이 최고음으로 울려댔다:

살인자를 찾는 실마리가 될 일기.

피해자의 사라진 가방에 있던 것으로 추정되는 일기가 살인자를 찾아낼 실

마리가 될 것으로 보인다.

클레어 스트라찬(26)은 프레스턴 시내에서 400미터 떨어진 버려진 차고에서 구타당한 뒤 시신으로 발견되었다. 지난밤 경찰은 살인자의 흔적을 찾아 일대 술집을 조사했다.

스트라찬 씨가 마지막으로 목격된 것은 목요일 밤 10시 25분 친구 집을 나서면서였다.

프레스턴의 프렌치우드 거리를 지나던 한 여성이 열린 차고 문을 통해 그녀의 시신을 발견했다.

오늘 기자회견에서 앨프리드 힐 경정은 강도 살인 가능성이 높다고 밝혔다. 또한 피해자의 사라진 가방에 일기가 있을 것으로 짐작되며, 이것이 중요한 실마리가 될 수도 있다고 했다.

"목요일 이후 프레스턴에서 종적을 감춘 사람이 있다면 제보를 바랍니다."

랭커셔 형사과에서 두번째로 지위가 높은 힐 경정은 팔십 명의 형사를 이끌고 살인자를 추적중이다.

스트라찬 씨는 스코틀랜드 출신으로, 프레스턴의 애븐햄 지역에 거주했으며, 모리슨이라는 성을 사용하기도 했다.

언덕의 엉뚱한 쪽*에서 엉뚱한 연도에 보고된 망할 강력 범죄:

1975:

에디가 사라지고, 캐럴이 죽고, 사방에서 새벽마다 지옥이 쏟아지고.

죽은 느릅나무, 수천 그루의 나무.

가지치기로 도태되고 테이프로 찢긴.

이백 년으로 화한 이 년.

역사 속 남자.

_____

* 프레스턴은 페나인산맥 서쪽의 랭커셔주에 위치한다.

안녕 안녕 자기.

끝에서 시작하기.

종말에서의 출발:

처치 거리에서 속도를 늦추고 천천히 차를 몰며 프렌치우드 거리에 있는 차고, 그녀의 차고를 찾았다.

주차 건물 옆에 차를 세웠다.

아침식사 대신 악몽으로 배를 채운 불면 탓에 입에서는 악취가 진동했고 차도 악취를 풍겼다.

계기판 시계는 9시를 가리켰다.

양동이로 퍼붓는 듯한 비가 차창을 뒤덮었다.

나는 재킷을 뒤집어쓰고 차에서 내려 길 건너 빗속에서 흔들대는 열린 문으로 뛰어갔다.

하지만 그 앞에 얼어붙은 듯 멈춰 서서 재킷을 내리자 얼굴로 빗줄기가 퍼부으며 머리카락이 찰싹 달라붙었고 공포와 죽음의 악취에 속이 뒤틀렸다.

안으로 들어갔다. 비에서 벗어나 그녀의 고통 속으로.

발 아래, 바로 내 발 아래 낡은 옷과, 두껍게 깔린 누더기와 종이로 이루어진 담요와, 갈색과 초록색 병과, 간간이 나무 섬들이 박힌 유리 바다와, 나무상자와 종이상자와, 필시 그가 그날의 작업을 위해 사용했을 작업대가 느껴졌다.

나는 쿵쿵대는 문소리를 들으며 거기 서 있었다. 모든 것이 내 앞에, 내 뒤에, 내 아래에, 내 위에 있었다. 쥐와 생쥐의 소리를 들으며, 비와 바람의 소리를 들으며, 끔찍한 솔뮤직을 들으며. 하지만 눈이 멀어 아무것도 보이지 않는 채로.

"젊은이들은 환상을 보고 나이든 사람들은 꿈을 꿀 것이다."

나는 나이든 사람이었다.

차고에서 길을 잃은 나이든 사람.

"물에 빠진 생쥐 꼴이네요. 밖에서 얼마나 돌아다닌 거예요?"

"잠깐 산책했죠." 나는 거짓말하고 세인트메리의 여자 바텐더를 따라 비를 피해 술집으로 들어갔다.

"뭘 드릴까요?" 그녀가 불을 켜며 물었다.

"맥주랑 위스키."

그녀가 바 뒤로 가서 맥주를 따르기 시작했다.

나는 이른 시간의 차가운 바에 앉았다.

"여기요. 65페니예요."

나는 1파운드짜리 지폐를 건넸다. "술집 이름치고 이상하네요."

"다들 그래요. 하지만 꼭 교회처럼 생겼잖아요. 봐요."

"길 아래쪽에도 같은 이름이 있죠?"

"호스텔요? 네, 말도 마요."

"거기 손님이 많이 오겠군요."

"전부 거기 손님이죠." 그녀가 잔돈을 건네며 물었다. "무슨 일 해요?"

"〈요크셔 포스트〉 기자입니다."

"그럴 줄 알았어요. 이 년 전 죽은 여자 때문에 왔군요? 이름이 뭐였더라?"

"클레어 스트라찬."

그녀가 눈살을 찌푸렸다. "확실해요?"

"네. 그녀를 아나요?"

"아, 그럼요. 바로 그 요크셔 리퍼 짓일 수도 있다면서요? 만약 그렇다면 상상해봐요. 젠장. 그놈이 여기도 왔을지 누가 알아요?"

"클레어라면 여기 왔을 것 같네요."

"네, 네. 정말 섬뜩하지 않아요? 한잔 더 하실래요?"

"좋죠. 어떤 여자였어요?"

"시끄러운 술꾼이었죠. 여기 손님이 다들 그렇지만."

"매춘부였나요?"

바텐더가 바를 닦기 시작했다. "네. 거기서 온 여자는 다 그랬어요."

"세인트메리요?"

"네. 그 여자는 대놓고 밝혔죠. 그러니까, 공짜로도 해줬을 거란 뜻이에요."

"경찰이랑 그 여자에 대해 얘기했나요?"

"네. 모두와 이야기했죠."

"뭐라고 했죠?"

"말했다시피, 여기 자주 와서 취하도록 마셨고, 돈은 없었고, 그래서 아마 몸을 팔게 되었을 거라고요."

"그랬더니 뭐래요?"

"경찰요? 아무 말도요. 경찰이 무슨 말을 하겠어요?"

"글쎄요. 때로는 경찰이 자기 생각을 밝히기도 하죠."

바텐더가 걸레질을 멈추었다. "저기요, 설마 이런 얘기를 신문에 내려는 건 아니죠?"

"아닙니다. 왜요?"

"망할 리퍼가 내 이름을 보는 게 싫어요. 내가 너무 많이 아니까 입다물게 해야 된다고 오해하면 어떡해요?"

"걱정 마요. 아무것도 안 쓸 테니."

"기자들은 말이야 늘 그렇게 해놓고 뒤통수치잖아요. 안 그래요?"

"하느님께 맹세코 절대."

"네, 네. 한잔 더?"

"실례합니다. 로저 케네디를 찾고 있는데요."

어스레한 복도에서 검은 테 안경을 쓴 젊은 남자가 흠칫하더니 몸을 떨며 코를 훌쩍였다.

나는 다시 물었다. "로저 케네디 씨?"

"그 사람 여기 관뒀어요."

"어디 가면 만날 수 있을까요?"

"모르겠는데요. 제 상사가 오면 물어보세요."

"상사분 성함이?"

"홀리스 씨예요. 여기 지배인이죠."

"몇시쯤 올까요?"

"오늘은 안 와요."

"그렇군요."

"휴가중이거든요. 블랙풀에 갔어요."

"좋겠군요. 그럼 언제 돌아오죠?"

"아마 다음주 월요일에요."

"그렇군요. 실례했습니다. 저는 잭 화이트헤드라고 합니다."

"경찰은 아니겠죠?"

"아닙니다. 왜요?"

"이틀 전 경찰이 왔었거든요. 그럼 뭐하는 분이죠?"

"기자입니다. 〈요크셔 포스트〉에서 나왔어요."

그 사실에도 그는 딱히 안심하는 눈치가 아니었다. "클레어 스트라찬 때문이군요? 여기서 살다가 죽은 여자요."

"네. 경찰도 그 때문에 왔었어요?"

"네."

"경찰이랑 얘기했나요?"

"네. 홀리스 씨가 여기 있었다면 좋았을 텐데."

"경찰은 뭐라던가요?"

"홀리스 씨가 있을 때 다시 오는 게 낫지 않을까요?"

"그게, 상사의 짐을 좀 덜어드리면 어떨까요? 두어 가지만 물으면 되는데. 신문에 낼 것도 아니고요."

"뭘 알고 싶은데요?"

"그냥 기초 정보죠. 여기 어디 앉을 데 없을까요? 몇 분이면 됩니다."

그가 콧등의 안경을 다시 밀어올리더니 복도 끝의 하얀빛을 가리켰다.

"실례지만, 성함을 못 들은 듯한데요." 나는 그를 따라 음울한 라운지에 들어서며 물었다. 낡아서 망가진 창틀 아래쪽 곳곳에 빗물이 고여 있었다.

"콜린 민턴이라고 합니다."

나는 악수를 나누고 다시 말했다. "잭 화이트헤드입니다."

"콜린 민턴입니다." 그가 되뇌었다.

"폴로 먹을래요?" 나는 사탕을 권하며 의자에 앉았다.

"아니, 괜찮습니다."

"그럼 콜린 씨, 이곳에서 얼마나 근무했나요?"

"육 개월쯤 됐죠."

"그럼 그 사건이 일어났을 때는 여기 없었겠군요."

"네."

"당시 여기 있었던 사람 중 누구 없을까요? 홀리스 씨도 그때 있었어요?"

"아뇨. 월터뿐이에요."

"월터요?"

"월터 켄들이라고 장님이죠. 여기 살아요."

"이 년 전에도요?"

"네. 그 죽은 여자랑 친구였죠."

"그분과 이야기를 나눌 수 있을까요?"

"밖에 안 나갔으면요."

나는 일어났다. "자주 나가나요?"

"아뇨."

나는 콜린 민턴을 따라 라운지를 나와서 어둑한 계단을 올라가 두번째 층계참에서 좁은 복도로 꺾어들어갔다. 리놀륨이 깔린 복도를 지나 맨 끝 방까지 갔다.

콜린 민턴이 문을 두드렸다. "월터, 콜린이에요. 손님 왔어요."

"들여보내." 목소리가 들려왔다.

좁은 방안의 비 내리는 창가 탁자에 한 남자가 우리를 등지고 앉아 있었다.

콜린의 얼굴이 빨개졌다. "죄송합니다만, 성함을 깜박했네요. 잭이라고 했죠?"

"잭 화이트헤드라고 합니다." 나는 남자의 뒤통수에 대고 말을 이었다. "〈요크셔 포스트〉에서 나왔죠."

"압니다." 남자가 말했다.

"월터 켄들 씨죠?"

"네, 그래요."

콜린이 발에 번갈아 무게를 실으며 억지웃음을 지었다.

"괜찮아, 콜린. 그만 나가봐." 월터가 말했다.

"정말요?"

"그럼."

"감사합니다." 나는 복도로 나가 문을 닫는 콜린 민턴에게 말했다.

그리고 작은 침대에 걸터앉았다. 월터 켄들은 여전히 다른 쪽을 보고 있었다.

밖에서 기차가 지나가자 창문이 덜컹거렸다.

"2시군요." 월터가 말했다.

나는 손목시계를 내려다보았다. "기차가 좀 늦었네요."

"당신도 마찬가지고요." 월터가 몸을 돌리며 말했다.

순간 그 얼굴, 월터 켄들의 얼굴이 마틴 로스의 얼굴이 되었다가 마이클 윌리엄스의 얼굴이 되었다가 산 자의 얼굴이 되었다가 죽은 자의 얼굴이 되었다.

"네?"

"늦었어요, 화이트헤드 씨."

저 얼굴, 저 눈:

수염을 깎지 않은 잿빛 얼굴, 앞을 못 보는 허연 눈.

"무슨 말씀이신지……"

"그녀는 이 년 전 죽었어요."

저 혀, 저 숨결.

저 하얀 혀, 저 검은 숨결.

"웨스트요크셔 경찰 부청장의 발표 때문에 여기 온 거랍니다. 얼마 전 부청장이 밝히길, 웨스트요크셔에서 매춘부들을 살해한 자가 클레어 스트라찬 역시 죽였을 가능성이 크다더군요."

켄들 씨는 말없이 기다렸다.

그래서 나는 다시 말했다. "서로 연관관계가 있는지 살펴보러 왔습니다. 어떤 정보라도 주신다면 큰 도움이 될 겁니다."

또다른 기차, 또다른 떨림.

이윽고 그가 말했다. "8월에 블랙풀에 갔죠. 나랑 클레어 둘이서요. 클레어의 아이들을 친척 아주머니인지 누구인지가 데리고 오기로 되어 있었거든요. 스코틀랜드 기념 주간이었죠. 그래서 첫차를 타고 갔어요. 클레어는 가만히 앉아 있지를 못했죠. 너무 흥분되어 오줌을 쌀 것 같다면서요. 멋진 날이었어요. 무엇보다 티끌 하나 없이 파란 하늘이 드넓게 펼쳐져 있었죠. 타워 아래서 클레어의 딸과 친척 아주머니를 만났어요. 딸내미들이 어찌나 예쁘던지. 모두 빨강 머리에다 이가 새로 나고 있었죠. 한 명은 네 살, 다른 한 명은 두 살이었을 거예요. 못 만난 지 일 년이 넘은 터라 눈물이 철철 흘러넘쳤죠. 클레어가 작년 크리스마스 선물을 주었어요. 딸내미들이 함박웃음을 지으니 클레어는 기다린 보람이 있다고 했죠. 그리고 다 같이 백사장으로 갔어요. 여전히 조용했죠. 막 썰물이 빠진 뒤라 해변에 온통 크고 작은 물결무늬가 가득했어요. 클레어가 파도가 부서져 거품이 이는 곳으로 데려가니, 아이들은 양말과 신발을 벗고 서로 물을 튀기며 놀았어요. 나랑 친척 아주머니는 제방에 앉아 가만히 바라보며 눈물을 흘렸죠. 그뒤에 다섯이서 클레어가 아는 어느 뒷골목 가게로 아이스크림을 먹으러 갔어요. 멋진 이탈리아 카페였는데, 클레어는 초콜릿 가루가 뿌려진 카푸치노를 마셨죠. 내가 그 예쁜 모양을 보고 좋아하니까 클레어가 아이스크림만이 아니라 카푸치노까지 사줬죠. 그런 다음 상점들을 둘러보고 아이들을 당나귀에 태워줬어요. 클레어는 당나귀를 그런 식으로 부리는 게 잔인하다고 생각했죠. 그래도 정말 즐거웠어요. 큰애를 태운 당나귀가 모는 사람도 없이 혼자 알아서 척척 가니까 아이가 무척 좋아하며 배꼽이 빠져라 웃어댔죠. 마부와 남아 있던 우리는 해변을 한참 달린 끝에 간신히 당나귀를 따라잡았어요. 마부는 그다지 재미있어하는 것 같지 않았지만, 우리는 배를 잡고 웃어댔어요. 그런 다음 랍스터 포트에서 점심으로 우라지게 큰 생선 요리를 먹었죠. 어찌나 컸던지 클레어는 고래 같다고 했어요. 차도 맛있고, 그들 말마따나 스카치위스키처럼 강했죠. 그런 다음 전차를 타고 해변 유원지로 갔는데, 정말 멋진 곳이었어요, 화이트헤드 씨. 거대한 찻잔에 앉아 빙글빙글 돌고, 꽃마차를 타고, 우스꽝스러운 모자를 쓰고 커다란 분홍색 막대사탕을 빨아먹고. 그런데 클레어가 '금광' 밖에서 닭똥 같은 눈물을 뚝뚝 흘리지 뭐예요. 아이들이 5시 기차로 떠나야 한다면서요. 친척 아주머니는 빛의 축제 때 또 와서 예쁜 마차를 타고 놀자고 했지만, 클레어는 고개를 설레설레 젓기만 하고, 아이들은 엄마 목에 매달렸어요. 이번이 마지막이라는 걸 알았던 거죠. 역에서는 차마 못 보겠더군요. 너무나 슬펐어요. 모두가 작별 인사를 했죠. 막내는 어찌 돌아가는 영문인지 전혀 몰랐지만, 큰애는 엄마처럼 자기 입술만 빨아대며 엄마 손을 놓지 않았죠. 정말 끔찍했어요. 마음이 갈가리 찢기는 것 같았죠. 그래서 우리는 예이츠로 가서 미친듯이 퍼마셨어요. 그러는 것도 당연하죠, 화이트헤드 씨. 모처럼 인간답게 하루를 보냈지만, 팔 주 후에는 똥구멍이 찢기고 10사이즈 부츠에 가슴이 뭉개진 채 다시는 아이들의 예쁜 빨강 머리와 새로 난 이를 볼 수 없게 될 텐데 누군들 안 그러겠어요?"

"그렇죠."

"하지만 사람들은 그녀를 욕하죠. 안 그래요?"

나는 그의 어깨 너머로 창문에 흘러내리는 비, 수중 동굴, 눈물로 가득한 방을 바라보았다.

"내 얘기를 신문에 낼 겁니까?"

나는 그를 보았다. 눈물 범벅인 그의 뺨은 이 수중 동굴, 눈물로 가득한 방에 갇힌 듯했다.

　나는 침을 삼키고 마침내 숨을 가다듬고는 말했다. "그녀가 죽은 날 밤 누구를 만나려고 했는지 아십니까?"

　"모두가 알죠."

　"누군데요?"

　"화이트헤드 씨, 당신도 알 텐데요."

　"말씀해주세요."

　월터 켄들이 비를 향해 손가락을 들어올렸다.

　"하나를 찾으면 둘이 있고, 둘을 찾으면 셋이 있고, 셋을 찾으면 넷이 있죠. 하지만 넷을 찾으면 셋이 있고, 셋을 찾으면 둘이 있고, 둘을 찾으면 하나만 있어요. 어차피 당신도 잘 알겠지만."

　나는 벌떡 일어나 허연 눈과 잿빛 얼굴의 장님에게 고함쳤다, 저 눈과 저 얼굴에.

　"말해요!"

　그가 손가락 하나를 쳐든 채 재빨리 말했다.

　"클레어는 10시 30분에 술집 세인트메리를 나갔어요. 우리는 가지 말라고, 가면 안 된다고 했지만, 그녀는 지쳐 있었죠, 화이트헤드 씨. 달아나는 것도 신물이 난 거죠. 택시가 왔다고 했지만 그녀는 그냥 걸어 갔어요. 비를 맞으며 프렌치 거리로 걸어갔죠. 그때는 지금보다 비가 더 세차게 내렸어요. 길 끝 어둠 속에 차가 한 대 세워져 있었고, 우리는 그녀가 다가가는 것을 그저 지켜보기만 했죠."

　"어디로 다가갔다는 거죠?"

　"경찰한테요."

　"경찰요? 경찰 누구요?"

프레스턴의 랭커셔주 경찰청.

콧수염을 기른 덩치 큰 사복경찰이 3층 엘프리드 힐 총경 사무실로 안내해주었다.

덩치가 노크하고 나는 폴로를 하나 더 입에 넣었다.

"들어가세요." 사복경찰이 말했다.

"잭 화이트헤드라고 합니다." 나는 손을 내밀며 말했다.

책상 앞의 자그마한 남자가 손수건을 치우고 내 손을 잡았다.

"앉으세요, 화이트헤드 씨. 앉으세요."

"잭이라고 부르세요."

"그럼 잭, 뭐 들겠습니까? 차, 커피, 아니면 독한 것. 여왕을 위해 건배할까요?"

"그건 참는 게 좋겠군요. 집까지 먼 길을 운전해야 하거든요."

"그렇군요. 그래, 여기는 무슨 일로 왔습니까?"

"전화로 말씀드렸듯이, 클레어 스트라찬 살인사건 때문입니다. 이틀 전 조지 올드먼이 밝히길, 여기 사건과 그 사건이 연결되어……"

"리퍼 말입니까?"

"네."

"그 이름을 붙인 게 바로 당신이라고 조지가 그러더군요."

"불행히도."

"불행히도?"

"그게……"

"나라면 그런 말 안 하겠습니다. 자랑스러워해야죠. 기자라는 직업의 좋은 점이 그런 거 아닙니까. 자랑스러워해야죠."

"감사합니다."

"조지는 언론의 관심이 도움이 될 거라고 생각하더군요. 당신 덕을 많이 봤다고요."

"그렇게 생각하지 않으십니까?"

"아뇨, 전적으로 동감입니다. 이런 사건에서는 언론의 도움 없이는 아무것도 할 수 없죠."

"클레어 스트라찬 사건 수사가 처음에는 꽤 잘 풀렸죠?"

그가 또 코를 풀 모양인지 다시 손수건을 꺼내더니 그 안쪽을 살폈다. "별로요."

"일기는 찾았습니까?"

"일기요?"

"당시 피해자의 사라진 가방 안에 일기가 있을 거라고 추측하셨잖습니까."

그가 가슴에 손을 얹고 요란하게 기침했다.

"일기를 통해 뭔가 밝혀진 사실이 있습니까?"

그는 얼굴이 새빨개진 채 손수건에 대고 숨을 헐떡이며 속삭였다. "아뇨."

"왜 가방에 일기가 있다고 생각하셨죠?"

앨프리드 힐 총경이 손을 들었다.

"화이트헤드 씨……"

"편하게 잭이라고 부르세요."

"잭, 지금 이게 뭐하는 건지 잘 모르겠군요. 지금 나를 취재하는 게 맞긴 한가요?"

"아뇨."

"내가 한 말을 기사로 내지 않는다고요?"

"네."

"그렇다면, 뭐하러 이런 이야기를 합니까? 그러니까, 기사로 낼 것도 아니면서요."

"그냥 기초 정보를 모으는 거죠. 동일범일 가능성을 염두에 두고요."

그가 실망한 표정으로 물을 한 모금 들이켰다.

나는 말했다. "총경님의 시간을 허비하려는 건 아닙니다."

"내 말뜻은 그게 아니에요, 잭. 그런 게 전혀 아니에요."

"그럼 한 가지 여쭤봐도 될까요? 총경님은 이 사건이 요크셔 사건과 동일범의 소행이라고 생각하십니까?"

"비공식적으로?"

"비공식적으로요."

"아니라고 봅니다."

"그럼 공식적으로는요?"

"확실히 유사점이 있죠." 그가 창문 쪽으로 턱짓하며 말을 이었다. "언덕 너머 옛 동료들 말대로죠."

"그럼 비공식적으로는 왜 동일범 소행이 아니라고 여기시죠?"

"그 사건 수사에 오십 명 넘게 달라붙었습니다."

"팔십 명인 줄 알았는데요."

그가 씩 웃었다. "내 말은, 피해자에 대해 철저히, 아주 철저히 조사했다는 겁니다. 그녀의 이력이나 직업 때문에 수사를 대충 했다고들 하는데, 우리는 할 수 있는 모든 걸 했습니다. 경찰이 그런 사건을 진지하게 다루지 않는다는 말은 새빨간 거짓말이죠. 물론 아이가 살해되면 헤드라인으로 실리고 대중과 언론의 주목을 받아요. 하지만 난 처음부터 그 사건에 참여해 현장을 둘러보았죠. 이언 브래디 유의 사건을 여러 차례 수사한 경험이 있는 나도 끔찍하더군요. 그런 일은 매춘부든 아니든 누구도 당해서는 안 됩니다. 그 누구도요."

그는 그 자신의 테이프를 되감아 당시의 그 차고로 깊이, 더 깊이 빠져들어갔다.

우리는 침묵 속에 앉아 있었다. 마침내 내가 입을 열었다.

"하지만 동일범은 아니군요."

"네. 조지가 보내준 자료나, 그쪽에서 파견된 경찰들한테 들은 바로는 동일범이 아닙니다."

"구체적으로 말씀해주시겠습니까?"

"이봐요. 조지는 사건들이 연결되어 있길 바라요. 그러니 나도 괜히 시비 걸고 싶지 않고요."

"알겠습니다. 조지는 어째서 사건들이 연결되어 있다고 보는 거죠?"

"비공식적으로?"

"비공식적으로요."

"혈액형, 피해자의 생활방식, 머리 부상, 시신의 자세, 언론에 발표되지 않은 어떤 특징들 때문이죠."

"혈액형요?"

"혈액형이 같더군요."

"무슨 형이죠?"

"B형요."

"B형이라. 드문 혈액형이죠."

"그렇죠. 9퍼센트뿐이니."

"그 정도면 드물죠."

"그 정도로 단정짓긴 어렵죠."

"그럼 동일범이 아니라는 확증은 뭐죠?"

"클레어 스트라찬은 앞에서 한 번, 뒤에서 한 번 강간당했고, 그중 한 번은 사후였습니다. 둔기로 머리를 맞았지만 치명적이지는 않았고, 목이 졸렸지만 역시나 치명적이지는 않았죠. 결국 죽음에 이르게 된 것은 범인이 그녀의 가슴 위에 올라가 펄쩍펄쩍 뛰어서 갈비뼈 하나가 부러졌고 그게 폐를 찌르는 바람에 피가 차 질식해서니까요."

우리는 다시 침묵 속에, 절망적인 침묵 속에 잠시 앉아 있었다. 손톱으로 유리창을 긁고, 얼굴을 유리에 들이민 채 간절히 밖으로, 밖으로, 밖으로 나가려 하면서.

"한 가지 더 여쭤봐도 될까요?"

그가 손수건을 도로 접으며 고개를 끄덕였다.

"호스텔 숙박인들을 신문했나요?"

"세인트메리요? 네. 싹 다 불러들였죠."

나는 잠시 멈추었다. 입술이 바싹 마르고 창문 너머 언덕 위에 끔찍한 환상이 떠올랐다. 주정뱅이와 미치광이의 환상. 달을 향해 울부짖는 주정뱅이와 미치광이가 시커먼 감옥 벽 높이 뚫린 창문의 창살 사이로 힐끔거렸다.

결국 나는 말했다. "뭐라던가요? 어떤 진술이 나왔죠?"

"아무 말도요."

"아무 말도요?"

"아무 말도."

"월터 켄들과도 얘기해봤습니까?"

그가 눈을 굴렸다. "장님 말인가요? 몇 번씩 했죠."

"뭐라던가요?"

앨프레드 힐이, 앨프레드 힐 총경이 처음으로 나를 지친 눈으로 바라보며 말했다.

"화이트헤드 씨, 웨스트요크셔 경찰 사이에서 평판이 대단히 좋더군요. 성실한 범죄 기자로, 사건 수사에도 큰 도움을 준다고요. 그런 만큼 마음껏 취재할 수 있도록 도울 생각입니다만, 이런 암시에는 강력히 반대하는 바입니다."

"어떤 암시 말입니까?"

"켄들 씨가 몇 번이고 되풀이한 말은 아주 잘 압니다. 기자가, 더구나 당신처럼 평판 높은 기자가 그런 헛소리에 대해 묻다니 놀라울 따름이군요."

나는 씩 웃었다. "그럼 그 정보는 현재 수사 목록에서 빠져 있다고 봐도 되겠군요. 그렇죠?"

앨프레드 힐은 아무 대꾸가 없었다.

"마지막으로 하나 더 여쭤봐도 될까요?"

그가 한숨을 쉬었다.

"클레어 스트라찬이 매춘부였다고 하셨죠?"

그가 고개를 끄덕였다.

"매춘전과가 있습니까?"

지친 그는 어서 나를 치우고 싶어 대꾸했다. "직접 보시죠."

그가 펼쳐진 파일을 내 쪽으로 밀었다.

나는 고개를 숙였다.

타이핑한 종이에 날짜 두 개가 있었다.

74/08/23

74/12/22

날짜 옆에는 문자와 숫자가 적혀 있었다.

참조 WKFD/모리슨-C/CTNSOL1A

참조 WKFD/모리슨-C/MGRD-P/WSMT27C

"참조 파일은 어떤 내용이죠?"

"하나는 호객행위 경고고, 다른 하나는 진술서입니다."

"WKFD?"

"웨이크필드죠."

황야를 달리는 차 안, 눈물로 얼룩진 뺨.
껄껄대며:
씨팔 울부짖듯 큰 웃음과 함께 이십오 주년 기념 장대비를 가르며 페달을 밟는다.
껄껄대며:
머저리, 머저리, 머저리라고 생각한다.
백미러를 보면서 스스로에게 물으며:
"내가 바이올린처럼 보여?"
껄껄대며:
지옥의 이빨인 그는 미련했다, 내 상상보다 훨씬 더.
껄껄대며:
미련한 그가 내 것이었기 때문에.
껄껄대며:
발로는 페달을 밟고 열린 차창으로 머리를 내놓은 채 비를 맞으면서 소리치며:
"나를 갖고 놀다니."
껄껄대며:
"씹새끼, 나를 갖고 놀아!"

빨간 전화부스를 막 지나 차를 세운 나는 재킷을 뒤집어쓰고 부스로 뛰어갔다.
다이얼을 돌렸다.
"지금 들를까 해요."

"기대하고 있을게요." 그녀가 반쯤 웃었다.

어스름이 깔리며 거리 파티가 시작될 무렵 막 비가 그쳐 머저리 같은 봉화가 타오를 수 있었다.

짧고 까만 머리와 지저분한 피부의 카 수 펭이 스타킹에 검은 원피스 차림으로 한 팔에 재킷과 가방을 걸치고 매닝엄과 퀸스의 모퉁이에서 기다리고 있었다.

차를 세우자 그녀가 탔다.

"고마워요."

"잘 지내죠?"

"그럼."

"우리집에서 할래요?"

"괜찮다면 다른 곳으로 갑시다."

"어차피 당신 돈 쓰는 거니까." 그녀가 그 말을 하지 않았더라면 좋았을 텐데. 정말로 그 말은 하지 않았더라면 좋았을 텐데.

내가 좌회전하고 또 좌회전해 휘틀리 힐을 내려가자 그녀가 물었다. "어디 가요?"

"여기서 합시다." 나는 화이트 애비 로드를 벗어나 체육공원으로 들어서며 말했다.

"하지만 여긴……"

차 안에서 쿵쿵 뛰는 그녀의 심장. 그녀의 두려움이 느껴졌지만 나는 말했다. "알아요. 어디서 그랬는지 알고 싶어서."

"싫어요." 그녀가 앉은 채로 몸을 꼬았다.

"그곳을 보여주고 나면 마음이 훨씬 편해질 거예요."

"개소리."

"끝날 거라니까요, 완전히."

그녀가 가방에서 돈을 도로 꺼내는 참이었다. "내려줘요. 지금 당장 내려줘요."

나는 일렬로 늘어선 나무 바로 앞 풀밭에 차를 세우고 시동을 껐다.

그녀가 잽싸게 문을 열려고 했다.

나는 그녀의 팔을 붙잡았다.

"카 수 펭, 제발. 아프게 하고 싶진 않아요."

"그럼 놔요. 무서워요."

"제발, 도움이 될 겁니다."

그녀가 문을 열고 한 발을 풀밭에 디뎠다.

"제발."

그녀가 돌아서서 나를 응시했다. 살로 이루어진 데스마스크에, 유령 얼굴에 박힌 검은 눈으로. "어떡하라고요?"

"뒷좌석으로 가요."

우리는 차에서 내려 어둠 속에서 차 지붕 너머로 서로를 바라보았다. 죽음이 만든 하얀 유령 둘, 파리한 얼굴의 검은 눈, 가면 같은 살결. 그녀가 뒷문을 열려고 했지만 잠겨 있었다.

"기다려요." 나는 주머니에 한 손을 찔러넣은 채 차 뒤로 돌아간다. 내 얼굴에 그녀의 얼굴을 대고, 그녀의 얼굴에 내 얼굴을 대고, 달이 걸린 나무, 나무가 솟은 하늘, 저 위, 저기 저 위 하늘에 박힌 검은 지옥이 아이들은 게임을 하고 아버지는 아이 엄마를 살해하는 체육공원을 내려다보는데.

그리고 나는 그녀를 뒤에서 껴안은 채 뒷문을 열었다.

"타요."

그녀는 뒷좌석 가장자리에 앉았다.

"누워요."

그녀는 검은 가죽 위에 등을 대고 누웠다.

나는 문가에 서서 허리띠 버클을 풀었다.

그녀가 나를 가만히 보더니 엉덩이를 들어 검은 스타킹과 하얀 속바지를 내렸다.

나는 뒷문을 열어놓은 채 좌석 가장자리에 한쪽 무릎을 얹었다.

그녀가 검은 원피스를 끌어올리고 나를 향해 손을 뻗었다.

뒷좌석에서 나는 그녀와 씹하고 그녀의 배에 사정한 뒤 원피스 안자락에 묻은 정액을 내 소맷자락으로 닦아내고 울고 있는 그녀를 품에 꼭 안았다. 그곳 체육공원에서, 그곳 어둠 속에서 즉위 이십오 주년 달 아래 적갈색 하늘 위로 치솟는 불꽃놀이와 봉화를 바라보며 스타킹과 속바지를 한쪽 발에 걸친 채 내 차 뒷좌석에 누워 있던 그녀는 불꽃이 소리 없이 지구로 길게 떨어지는 동안 물었다.

"이십오 주년이 무슨 의미가 있어요?"

"유대교 전통이죠. 오십 년마다 돌아오는 해방의 해에 죄악을 용서받고 속죄가 끝난 기념으로 축하 행사를 벌이는 거예요."

"기뻐 날뛰고요?"

"그래요."

그녀의 집에 다다르자 나는 어둠 속에 차를 세우고 물었다.

"나 용서받은 거죠?"

"네." 그녀가 내렸다.

계기판 위에 10파운드를 남겨두고서.

나는 뱃속이 따뜻해져 리즈로 돌아갔다. 이십오 년 전 약혼녀를 집에 데려다준 뒤 그녀와 그 부모의 작별 인사를 받으며 돌아갈 때처럼 뱃속이 따뜻해져서.

은근한 기쁨.

나는 계단을 천천히 올라갔다. 그들이 나타날까 두려워하며.

자물쇠에 열쇠를 꽂고 돌린 뒤 귀기울였다. 그녀를 절대 여기 데려올 수 없으리란 걸 깨달으면서.

문 너머에서 전화벨이 울리고 있었다.

문을 열고 전화를 받았다.

"잭?"

"네."

"마틴이에요."

"무슨 일입니까?"

"걱정돼서."

"글쎄, 그럴 것 없어요."

불꽃놀이가 끝난 고요한 밤, 가장 짙은 어둠으로 물든 밤의 절반이 지나간 뒤 잠이 깬 나는 땀범벅이었다.

키스하면 깨지.

눈썹 위 부드러운 입맞춤에 깨어나니 그녀가 침대 가장자리에 다리를 벌리고 앉아 자장가를 부르고 있었다.

씹하면 잠이 들지.

잠이 깨어 다시 잠으로 빠져드는.

어둠 속에서 헐떡이는 거리, 조용한 돌로 둘러싸이고 검은 벽돌에 파묻힌 채 곁눈질하는 집 뒷벽들, 나무도 풀도 자라지 못하는 골목길과 마당 사이로 벽돌

위에 발을 얹고, 머리 위에 벽돌을 얹고, 잭이 만든 집들.

놀이공원.

빙글빙글 돌아라 장미들아, 주머니에 꽃을 가득 넣고.*

메리앤, 애니, 리즈, 캐서린, 메리가 뽕나무 주위에 손을 맞잡고 둥글게 서서 노래한다.

"하나를 찾으면 둘이 있고, 둘을 찾으면 셋이 있고, 셋을 찾으면 넷이 있네."

인간의 소름끼치는 면모를 감추고, 남자와 여자가 1페니어치 진gin으로 살아가고, 깨끗한 셔츠와 목깃의 예절이라곤 모르고, 모든 시민이 눈에 멍이 들고, 아무도 머리를 빗질하지 않는 충격적인 장소, 빈민가 악의 망.

놀이공원.

빙글빙글 돌아라 장미들아, 주머니에 꽃을 가득 넣고.

테리사, 조앤, 메리가 뽕나무 주위에 손을 맞잡고 둥글게 서서 노래한다.

"넷을 찾으면 셋이 있고, 셋을 찾으면 둘이 있고, 둘을 찾으면 하나만 있네."

시내에서 멀지 않은, 조용한 간선도로에 면한 좁은 마당의 커다란 대문 두 짝 중 하나에는 대문이 닫혔을 때 사용하는 작은 쪽문이 달려 있지만 근처 주민들의 증언에 따르면 대문은 좀처럼 닫히는 법이 없이 늘 활짝 열려 있다.

놀이공원.

빙글빙글 돌아라 장미들아, 주머니에 꽃을 가득 넣고.

조이스, 애니타, 카 수 펭이 뽕나무 아래 손을 맞잡고 둥글게 서서 내 귀에 대고 속삭인다.

"어차피 잘 알겠지만."

그 거리에서 5, 6미터 안까지는 양쪽 벽에 창도, 문도 없어 일몰 후에는 완벽한 암흑에 휩싸인다. 그보다 좀더 들어가면, 마당의 오른쪽 건물 전체를 차지

---

* 원을 그리며 돌다가 신호에 따라 웅크리는 놀이를 할 때 부르는 영국 동요.

한 노동자용 클럽과 여러 집의 창에서 흘러나온 빛이 마당으로 떨어지지만 그 시간쯤에는 모두 꺼지고 없나.

놀이공원.

빙글빙글 돌아라 장미들아, 주머니에 꽃을 가득 넣고.

나는 차가운 금속 대문에 손을 얹고, 바로 눈앞에서 캐럴이 오라며 손짓하고 있는 어둠 속을 응시한다.

놀이공원.

바로 눈앞에서.

지옥에서 이곳으로 뜯겨와:

악악대며: **그가 와, 그가 와, 그가 와.**

울부짖으며: 씹하면 잠이 들지.

악악대며: **그가 와, 그가 와, 그가 와.**

울부짖으며: 키스하면 깨지.

악악대며: **그가 와, 그가 와, 그가 와.**

그곳에서 이곳으로, 이곳에서 그곳으로, 다시 이곳으로 뜯겨와:

새벽, 우편물 투입구 뚜껑이 덜컹대고, 매트에 편지가 떨어지고.

그가 여기 왔다.

다시.

≫ 3부 ≪

신이여,
여왕을
보호하소서

존 샤크: 다음 분?

청취자: 그냥 이 말이 하고 싶어요. 그분은 훌륭한 여왕이고 영국 그 자체라고요.

존 샤크: 그래요?

청취자: 그럼요.

1977년 6월 8일 수요일

리즈 라디오

존 샤크 쇼

11

리즈.

1977년 6월 8일 수요일.

또다시 시작되고 있다:

두 개의 7이 충돌해……

또다른 무더운 새벽을 가르며 시신이 버려진 또다른 옛 무대로 달려간다. 솔저스필드에서 이곳으로. 또다시 시작되고 있다.

수요일 아침, 전야를 지나 보낸 아침, 문이 활짝 열려 있고, 장식용 깃발은 찢기고, 영국 국기는 내려와 있다.

기도하며 손마디가 하얘지도록 운전대를 쥐고 페달을 꾹 밟는다.

머릿속 목소리들, 죽음으로 활기찬.

수요일 아침—재킷으로 덮인 시신, 허벅지에 놓인 부츠, 한쪽 다리에 걸쳐진 하얀 팬티, 밀려올라간 분홍색 브래지어, 스크루드라이버로 팬 배와 가슴, 망치로 푹 꺼진 두개골.

경찰 밴과 경찰차가 사방에서 비명을 지르고 통곡하며 달려간다.

채플타운으로 출동.

나는 차를 세우고, 기도하고, 거래한다:

제발 하느님, 존경하는 하느님, 그녀가 무사하게 해주십시오. 그녀가 아닌 다른 사람이게 해주십시오. 그렇게만 하면 그녀를 떠나보내고 루이즈에게로 돌아가 다시 시작하겠습니다. 아멘.

에릭의 그라나다를 뒷길에 버리고, 채플타운을 가로지르는 사이렌소리를 쫓아간다.

채플타운—일 년째 우리 동네인 곳: 녹음이 우거진 거리의 웅장한 옛 저택들을 조각조각 나눈 초라한 연립주택. 우리는 나머지 세상에서, 나머지 내 세상에서 나와 이곳에 숨어들어 섹스로 가득 채웠다.

모퉁이를 돌아 레지널드 거리에 들어서자 푸른 경광등이 소리 없이 돌고 있고, 잠에서 깬 시신이 문간마다 입을 떡 벌린 채 우유병을 들고 있다. 지역복지관을 지나 정복경찰을 지나 출입금지선 아래로 몸을 숙여 들어가 대문을 지나 놀이공원으로 들어간다. 이곳은 우리가 나무 팔다리를 움직이고, 나무 손으로 나무 머리를 긁는 옛 무대다. 엘리스가 고개를 들고 말한다. "하느님. 이런 좆같은……"

그들 모두 와 있다.

올드먼, 노블, 프렌티스, 앨더먼, 팔리. 러드킨이 놀이공원을 가로질러 나를 향해 전속력으로 달려온다.

나는 재킷으로 덮인 바닥의 시신을 응시하며 하느님과 씨팔 천사들을 저주하고, 피와 종말을 맛본다:

흙바닥의 검은 머리카락이 보인다.

러드킨이 나를 잡아 돌려세우고 말한다. "씨팔 어딨었어? 씨팔 어딨었어? 씨팔 어딨었느냐고?" 계속계속, 다시 또다시.

나는 재킷으로 덮인 바닥의 시신을 응시하며 여전히 하느님과 씨팔

천사들을 저주하고, 생각한다:

이거야말로 진짜 지옥이야.

거짓으로 가득찬 그 모든 거짓 지옥을 저주한다. 보통 사람들과 그들의 마녀들.

검은 머리가 보인다.

러드킨이 내 눈을 들여다보고 있지만 내 시선은 그를 비껴난다. 나는 그에게서 벗어나 놀이공원을 가로질러가서 프렌티스와 앨더먼을 바닥으로 밀치고 무릎을 꿇고 재킷을 들춰 얼굴을 감싸쥔다. 피로 물든 머리는 검은색이 아니다. 기도가 응답받았고, 거래가 이루어졌다. 그들이 나를 끌어내며 고함친다.

"이 자식 여기서 끌어내."

러드킨이 나를 일으켜 샛길로 이끈다. 우리를 향해 한 남자가 잠옷 위에 가운을 걸친 차림으로 우유병을 쥐고 놀이공원을 가로질러온다, 아, 버, 지라고 새겨진 얼굴로, 공포와 죽음에 닫힌 눈으로. 그가 지나치면서 빤히 보자 우리는 걸음을 멈추고, 점점 다가가는 그를 지켜본다. 그가 우유병을 떨어뜨리더니 딸의 주검을 품은 바닥에 쓰러져 단단한 흙을 파기 시작한다, 앞으로 일 년은 찾아내지 못할 출구를 찾아. 똑같은 잠옷을 입고 죽음에 갇힌 채, 치유할 수도 수선할 수도 없는 비탄에 잠긴 채 끝없이 되풀이되리라.

나의 거래, 나의 기도; 그의 지옥.

러드킨이 내 고개를 숙여 차 뒷좌석에 태우자 엘리스가 돌아보고 뭐라고 말하지만 들리지 않는다.

그리고 그들이 나를 데려간다.

그들은 나를 감방에 넣더니 깨끗한 옷가지를 던져주고 아침식사를 가져온다.

"십 분 후 브리핑이 있을 거야." 러드킨이 내 맞은편에 앉으며 말을 잇는다. "그때 꼭 참석하래."

"왜요?"

"씨팔, 다들 알아. 우리가 잘 덮었으니 염려 마."

"괜한 짓 했군요."

"알아. 마이크도 계속 그러더군."

"이제 어떻게 되는 거죠?"

러드킨이 두 손을 맞잡은 채 탁자 위로 몸을 내밀었다. "그녀는 떠났으니 이제 가족에게 돌아가. 자네 가족은 자네가 필요하지만, 그녀는 아니야."

"에릭 홀의 집에 침입해 차를 훔치고 그를 두들겨팼어요."

"알아."

"그걸 덮을 수는 없어요."

"소문으로는 브래드퍼드 풍기단속반에 내사가 떴대."

"씨팔 농담해요?"

"아니."

"에릭은 어떻게 되죠?"

"잠시 집에서 쉬어야겠지."

"씨팔."

"크레이븐이 잔뜩 졸아 있어. 리즈가 다음 차례일 테니."

나는 씩 웃는다.

"에릭이 절대 안 잊을 거야. 명심해."

나는 고개를 끄덕인다.

러드킨이 일어난다.

나는 말한다. "고마워요, 선배."

"간밤에 그놈이 난리치는 거 못 봤으면 고맙다고 하지도 마."

"어쨌든 도와줘서 고마워요."

"그녀는 떠났어, 밥. 가족에게 돌아가. 그럼 다 잘될 거야."

나는 고개를 끄덕인다.

"안 들려."

"네, 그럴게요."

올드먼이 일어나 우리를 본다. 그가 영원히 보는 것이라곤 우리뿐이라는 듯.

휴일은 없다.

우리는 기다리지만 예전과는 다르다.

게임은 끝났다.

"오늘 아침 5시 45분경 레이철 루이즈 존슨의 시신이 리즈 채플타운의 레지널드 테라스와 레지널드 거리 사이 놀이공원 부지에서 발견되었다. 피해자는 16세, 리즈 7구역 세인트메리스 로드 66번지 거주, 상점 직원으로 일했다. 6월 7일 화요일 오후 10시 30분 리즈 메리언 센터의 홉브로하우스에서 마지막으로 목격되었다.

피해자의 인상착의는 다음과 같다. 키 162센티미터에 비율 좋은 몸, 어깨까지 내려오는 금발, 파란색과 노란색의 체크무늬 깅엄 스커트와 파란색 재킷과 남색 스타킹 차림, 앞쪽이 막히고 놋쇠 장식이 박힌 검은색과 크림색이 섞인 하이힐을 신고 있었다.

사체 부검은 내무부 소속 병리학자인 팔리 교수가 맡을 것이다. 지금까지의 조사 결과, 피해자의 머리에 둔기로 맞은 중상이 있으며, 성폭행은 당하지 않은 것으로 밝혀졌다.

처음 공격이 가해진 장소로부터 13미터에서 18미터 끌려온 흔적이 있고, 가해자의 옷이 피범벅일 가능성이 높다. 특히 재킷이나 셔츠나 바지 앞쪽에 피가 묻었을 것이다.

레이철 루이즈 존슨이 매춘 일을 했다는 증거는 없다."

조지 올드먼 부청장이 자리에 앉아 두 손으로 머리를 감싸고, 우리는 입도 벙긋하지 않는다.

아무 말도.

아무 말도, 그러다 노블 총경이 칠판 앞에 일어난다. 칠판에는 볼드체로 커다랗게 적혀 있다.

테리사 캠벨.

클레어 스트라찬.

조앤 리처즈.

마리 와츠.

그가 거기 서서 말한다. "해산."

노블이 고개를 들고 말한다. "페어클러프는 어떻게 됐나?"

"놓쳤습니다." 러드킨이 말한다.

"놓쳐?"

엘리스가 내 옆얼굴을 뚫어져라 노려본다.

"네."

"제 잘못입니다, 총경님." 나는 말한다.

노블이 한 손을 든다. "됐어. 그 자식 지금은 어디 있지?"

엘리스가 말한다. "집에서 자고 있습니다."

"그럼 가서 씨팔 깨워."

모퉁이 바닥에 두 손을 쳐든 채 무릎 꿇은 그의 코는 피투성이다.

나는 기운이 없다.

"이봐. 씨팔, 어디 있었어?" 러드킨이 고함친다.

문을 두드리고, 사람을 두드리고, 문을 걷어차고, 사람을 걷어찼다.

"일하고 있었어요." 그가 고함친다.

엘리스가 벽에 주먹을 박는다. "거짓말!"

나는 창녀들의 엉덩이를 범했다.

"진짜예요."

"이 살인마 새끼. 당장 다 불어!"

나는 집에 침입해 차를 훔치고 에릭 홀 같은 씹새끼들을 두들겨팼다.

"일하고 있었다고요."

"씨팔, 사실대로 불라니까!"

나는 창녀 하나를 찾고 있었다.

"일하고 있었다고요. 씨팔 일했다니까."

러드킨이 그를 바닥에서 일으키고 의자를 바로 해 앉힌 다음 문을 향해 턱짓한다.

"여기 얌전히 앉아서 생각해, 오늘 새벽 2시 씨팔 어디 있었는지, 뭘 하고 있었는지."

나는 레드벡 바닥에 드러누워 눈물을 흘리고 있었다.

우리는 배때기 밖에 서 있고, 노블은 감방의 감시창으로 안을 들여다보고 있다.

"씹새끼 어쩌고 있어요?" 엘리스가 묻는다.

"별거 안 해." 노블이 대꾸한다.

러드킨이 담배 끝에 머물던 시선을 들고 묻는다. "이제 어떡하죠?"

노블이 감시창에서 물러서자 우리 넷은 기도하듯 둥글게 선다. 노블은 마치 울지 않으려고 애쓸 때처럼 눈을 크게 뜨고 나지막한 천장을 올려다보며 말한다.

"지금으로선 페어클러프밖에 답이 없어. 밥 크레이븐이 목격자를 찾아다니고 있고, 앨더먼이 집집마다 돌아다니고, 프렌티스가 택시 회사에 확인하러 갔으니 일단 기다려보지."

러드킨이 고개를 끄덕이고 담배를 밟아 끈다. "좋아요. 그럼 다시 시작하죠."

러드킨과 나는 탁자를 사이에 두고 도니 페어클러프와 마주앉아 있고, 엘리스는 문에 기대서 있다.

나는 의자 앞쪽으로 몸을 빼고 앉아 팔꿈치를 탁자에 괸다. "좋아, 돈. 우리 모두 집에 가고 싶어. 그렇지?"

말없이 내려가는 고개.

"집에 가고 싶지?"

끄덕이는 고개.

"우리 넷이 다 같은 마음이군. 그러니 우리를 도와줘, 응?"

여전히 내려가 있는 고개.

"어제 몇시에 출근 카드를 찍었지?"

그가 고개를 들어 코를 훌쩍이더니 말한다. "점심 직후요. 1시쯤."

"일을 마친 건?"

"말했듯이, 새벽 1시경요."

"그리고 뭘 했지?"

"파티에 갔어요."

"어디서 누가 여는 파티에?"

"채플타운요. 거기서 흔히 열리는 파티 있잖아요. 누가 연 파티인지는 몰라요."

"정확한 장소 기억나?"

"레오폴드 거리였어요."

"몇시에?"

"1시 반쯤."

"언제 끝났지?"

"2시 반, 아니면 3시요."

"아는 사람 만났어?"

"네."

"누구?"

"이름은 몰라요."

러드킨이 고개를 들고 한마디한다. "거참 안됐군, 도널드."

나는 말한다. "그 사람들을 다시 보면 알아보겠군?"

"네."

"남자야, 여자야?"

"흑인 남자 둘, 여자애 둘."

"여자애?"

"알잖아요."

"아니, 몰라. 구체적으로 말해봐."

"매춘부요."

"창녀 말이야?" 러드킨이 묻는다.

그는 고개를 끄덕인다.

나는 묻는다. "창녀랑 어울리나보지, 도니?"

"아니에요."

"그럼 어떻게 매춘부인 줄 알아?"

"내 택시에 탔거든요. 그러다 서로 말을 섞게 됐죠."

"할인 가격에 해주겠다고 했지? 택시비 대신?"

"아니에요."

"좋아. 그럼 파티에 갔다는 거군. 파티에서 뭘 했지?"

"술을 마셨어요."

"일을 마치면 늘 파티에 가?"

"아니요. 즉위 이십오 주년 기념 주간이잖아요."

러드킨이 씩 웃는다. "애국자군, 돈?"

"예, 진짜로 그래요."

"즉위 이십오 주년을 기념해 창녀랑 검둥이랑 술을 처마셔?"

"말했잖아요, 나는 그냥 술 마시러 간 거예요."

나는 말한다. "그래서 한구석에 가만히 앉아 술을 반잔쯤 마셨다?"

"네, 그랬어요."

"춤을 추거나 껴안지는 않고?"

"네."

"검둥이랑 마리화나를 피우지도 않고?"

"전혀요."

"그럼 그냥 얌전히 집으로 갔다?"

"네."

"몇시에 돌아갔지?"

"3시쯤 됐을 거예요."

"집이 어디지?"

"퍼드시요."

"퍼드시라, 멋진 곳이지."

"그럭저럭 괜찮죠."

"혼자 살지, 도니?"

"아뇨, 엄마랑 살아요."

"좋겠군."

"그럭저럭 괜찮죠."

"엄마는 잠귀가 밝겠지?"

"그게 무슨 뜻이에요?"

"네가 집에 들어왔을 때 엄마가 들었을 거 아냐?"

"못 들었을걸요."

러드킨이 씨팔 활짝 웃음짓는다. "머저리처럼 엄마랑 한 침대에서 자지는 않나보지?"

"웃기지 마요."

"이봐." 러드킨이 페어클러프의 얼굴을 뚫어져라 보며 말을 내뱉는다. "이런 거지같은 곤경에 처했으니 차라리 엄마랑 씹이나 할 걸 그랬다고 후회되겠군. 그렇지?"

페어클러프가 시선을 떨구고 손톱을 물어뜯는다.

나는 말한다. "그래, 정리하자면 이렇군. 너는 1시에 일을 마치고 레오폴드 거리의 파티에 가서 두어 잔 마시고 3시경 퍼드시의 집으로 돌아갔다. 맞지?"

"네. 맞아요." 그가 고개를 끄덕인다.

"증인 있어?"

"나요."

"그리고?"

"같이 파티했던 사람들 전부요."

"하지만 이름은 모른다?"

"파티에 왔던 사람 아무나 붙잡고 물어봐요. 나를 바로 알아볼걸요. 맹세해요."

"씨팔 너를 위해서라도 꼭 그러길 빌지."

배때기에서 나와 위층으로 간다.

잠은 안 된다.

그저 커피만.

꿈은 없다.

그저 이것만:

와이셔츠 차림으로 담배를 피우는 우리의 잿빛 얼굴에 검은 고리 두 개가 커다랗게 드리워 있다:

올드먼, 노블, 프렌티스, 앨더먼, 러드킨 그리고 나.

사방 벽에 도배된 이름들:

잡슨.

버드.

캠벨.

스트라찬.

리처즈.

펭.

와츠.

클라크.

존슨.

사방 벽에 도배된 단어들:

스크루드라이버.

복부.

부츠.

가슴.

망치.

두개골.

병.

직장直腸.

칼.

사방 벽에 도배된 숫자들:

38cm?

1974.

32.

1975.

239+584.

1976.

X3.

1977.

3.5.

그리고 노블이 말하고 있다:

"목격자를 찾았다. 마크 랭커스터라는 자가 오늘 오전 2시경 레지널
드 거리를 달려가는 검은 지붕에 하얀 차체의 포드 코르티나를 목격했
다. 페어클러프의 차가 분명하다."

우리는 귀기울이며 기다린다.

"좋아. 팔리는 동일범 짓이 분명하다고 했다. 의심의 여지가 없다. 그
리고 밥 크레이븐의 부하들이 조앤 리처즈가 살해된 밤 데이브라는 남
자를 본 다른 목격자를 찾아냈는데, 데이브라는 남자의 인상착의가 페

어클러프와 유사하다. 의심의 여지 없이 확실하다."

귀기울이며 기다린다.

"이 새끼 줄 세워놓고 목격자더러 지목하게 해."

기다린다.

"알리바이가 없고, 사망 시각에 차량이 목격되었고, 조앤 리처즈 사건 때 목격되었던 남자와 인상착의가 비슷하고, 혈액형도 같습니다. 어떻습니까?"

올드먼:

"씹새끼 처넣어."

거대한 7.

우리는 기자회견실로 쓰는 방에 주르르 서 있다. 의자는 모두 뒤쪽에 접혀 있고, 엘리스와 내가 페어클러프 양쪽에 서고, 풍기단속반원 둘과 머릿수를 채우기 위해 일인당 5파운드씩 받고 온 민간인 둘이 끼어 있다.

경찰들은 하나같이 비슷해 보인다.

민간인은 둘 다 마흔이 넘었다.

아무도 도니와 비슷하지 않다.

그렇게 주르르 서 있다. 3번, 4번, 5번. 4번은 부들부들 떨며 악취를 풍긴다, **두려움, 증오, 더러운 생각**의 악취를.

"이건 옳지 않아요. 변호사를 부르겠어요." 그가 끙끙댄다.

"아무 짓도 안 했다며, 도니? 계속 그렇게 말했잖아." 엘리스가 반박한다.

"하지만 난 무죄예요."

"두고 보자고. 아무 짓도 안 했는지, 무슨 짓을 했는지." 나는 말한다.

러드킨이 머리를 들이민다. "자, 이제 조용히 해야지, 숙녀분들. 정면

보고."

그가 문을 너 활짝 열지 올드먼과 노블과 크레이븐에 이어 캐런 번스가 들어온다.

씨팔 캐런 번스.

씨팔.

그녀가 줄을 쭉 훑고는 크레이븐을 보자 그는 고개를 끄덕인다. 캐런이 우리에게로 다가온다.

노블이 그녀의 팔을 잡고 멈춰 세운다.

그리고 러드킨을 돌아본다.

"망할 숫자판은 어디 있어?"

"젠장."

노블이 눈을 굴리고 캐런 번스를 돌아보더니 나지막이 말한다. "작년 2월 6일 밤에 본 남자가 있거든 앞으로 가서 그자의 오른쪽 어깨를 만져요."

그녀가 고개를 끄덕이고 침을 삼키더니 첫번째 남자 앞으로 간다.

그녀는 심지어 그를 보지도 않는다.

두번째 남자를 지나쳐 곧장 우리에게로 온다.

그녀가 엘리스 앞에 서자 나는 궁금해진다. 그가 그녀를 따먹었는지, 이 방안에 그러지 않은 인간이 있기는 한지.

엘리스는 금방이라도 웃음을 터뜨릴 것 같은 표정이다.

그녀가 나를 힐끗 돌아본다.

나는 앞쪽 벽에, 군데군데 사진을 떼고 드러난 흰 벽에 시선을 고정한다.

그녀가 움직인다.

페어클러프가 기침한다.

그녀가 그 앞에 서 있다.

그가 그녀를 노려본다.

"똑바로 앞을 봐." 러드킨이 목소리를 낮게 깔고 말한다.

그녀도 그를 마주본다.

그가 미소짓는다.

그녀가 손을 움직인다.

일렬로 늘어선 모두가 돌아본다.

그녀가 가방끈을 조절하더니 내게로 돌아선다.

나를 돌아보며 씩 웃는 페어클러프의 이가 곁눈으로 보인다.

그가 웃고 있다.

나는 침을 삼킨다.

그녀가 내 앞에 서서 빙글거린다.

나는 그녀를 침대에서 끌어내 바닥에 내동댕이친다.

내 눈은 그저 정면만 향하고 있다.

분홍색 속바지 하나 달랑 걸친 채 젖가슴을 훤히 드러낸 그녀를.

나를 위아래로 훑는다.

그녀는 내 밑에서 두 손으로 얼굴을 가리고 있다. 나는 사정없이 따귀를 갈긴다.

몸이 휘청이고 입안이 모래로 가득찬 느낌이다.

나는 다시 그녀의 뺨을 갈기고는 피가 흐르는 입술과 코를 내려다본다.

그녀는 눈을 돌리지 않는다.

피범벅인 턱과 목과 젖가슴과 팔.

얼굴을 따라 흘러내린 땀이 목과 등과 다리를 적시면서 소금 강을 이룬다.

분홍 속바지를 벗긴 뒤 도로 침대로 끌고 가 내 바지를 열고 그녀 안으로 밀고 들어간다.

그녀는 움직이지 않는다.

다시 따귀를 갈긴 뒤 그녀를 뒤집는다.

러드킨이 그녀 옆으로 다가오고, 엘리스는 몸을 돌려 제자리로 돌아
간다.

그녀가 몸부림친다, 이럴 필요 없다고 말하면서.

그녀가 팔을 움직이고 손이 스르르 올라온다.

하지만 나는 그녀의 얼굴을 지저분한 시트에 누르고 성기를 들어올린다.

나는 뒤로 물러선다.

그리고 성기를 항문에 박자 그녀가 비명을 지른다.

그녀가 훌쩍거리며 코 아래를 닦더니 씩 웃는다.

침대에 엎드린 그녀의 허벅지로 정액과 피가 흘러내린다.

나는 눈을 내리깐다.

나는 일어나 다시 하고, 이번에는 아프지 않다.

"여기 없어요." 여섯번째와 일곱번째는 보지도 않고 그녀가 말한다.

나는 시선을 든다.

"한번 더 살펴보겠습니까? 확실히 하기 위해서요." 노블이 말한다.

"여기 없어요."

"한번 더⋯⋯"

"여기 없어요. 집에 갈래요."

"씨팔, 이게 뭐야?" 노블이 크레이븐에게 고함친다. "그 여자를 알아
서 잘 요리하겠다고 해놓고는⋯⋯"

"씨팔 프레이저한테 따져요."

"웃기지 마. 그게 우리랑 무슨 상관이라고." 러드킨이 반박한다.

크레이븐의 입에서 튀어나온 침방울이 수염에 맺힌다. 우리는 노블의 사무실에 바글바글 모여 있다. 올드먼이 책상에 붙박여 바깥의 어둠을 응시한다. 사무실 안도 어둡기는 마찬가지다.

"그 여자, 자네 *끄나풀*이지?"

"그게 왜요?" 엘리스가 대꾸한다.

나는 그가 그녀와 썹하고 있다는 것을 안다.

역시나 마찬가지인 크레이븐: "마이크, 그년 따먹었어? 선배한테 교육 한번 잘 받았군."

그가 내 쪽을 가리키며 고함친다.

기운 빠진 나: "웃기지 마."

노블이 고개를 저으며 사무실 안의 우리를 획 둘러본다. "그래, 잘도 망쳤다."

"좋아요. 이제 어떡하죠?" 러드킨이 노블과 올드먼을 번갈아 보면서 묻는다.

"완전히 좆된 거지."

"저 새끼를 풀어줄 순 없어요. 범인이 분명해요." 엘리스가 말한다.

"풀어주다니, 어림없지." 노블이 말한다.

"씨팔, 아무렴요." 엘리스가 맞장구친다.

러드킨이 조지를 보면서 묻는다. "그럼 어쩌죠?"

올드먼:

"세게 나가야지."

구석 바닥에 무릎을 꿇고 앉아 불알을 움켜쥐고 있는 그의 벌거벗은 몸은 온통 피투성이다.

나는 팔에 기운이 없다.

"이봐." 러드킨이 고함치고, 또 치고, 끝도 없이 친다. "씨팔, 어디 있었어?"

나는 창녀 하나를 찾고 있었다.

그는 울고 있다.

엘리스가 페어클러프의 얼굴에 주먹을 박는다. "말해!"

나는 창녀 하나를 찾고 있었다.

그는 울고 있다.

"이 씨팔 살인자 새끼. 그 여자는 걸레가 아니었어. 좋은 여자였단 말이야. 씨팔 열여섯 살밖에 안 됐지. 선량한 기독교 집안 출신이었어. 심지어 씹 한번 안 해봤다고! 어린애였어, 망할 어린애."

나는 창녀 하나를 찾고 있었다.

그는 울기만 한다. 보비 같은 얼굴로 소리 없이 눈물만 흘리며 입을 벌리고 아이처럼, 아기처럼 울고 있다.

"사실을 말해. 씨팔 사실을 말하라고!"

나는 창녀 하나를 찾고 있었다.

그저 울기만 한다.

러드킨이 그를 바닥에서 일으켜 의자를 바로 세우고 앉히더니 허리띠로 묶고는 라이터를 꺼낸다.

"여기 얌전히 앉아서 생각해. 어제 새벽 2시에 씨팔 어디서, 뭘 하고 있었는지."

나는 레드벡 바닥에 드러누워 눈물을 흘리고 있었다.

울기만 한다.

러드킨이 라이터 뚜껑을 찰칵 열자 나와 엘리스는 다리를 하나씩 잡고 그의 무릎을 벌린다. 러드킨은 도니의 자그마한 불알에 불꽃을 갖다 댄다.

나는 레드벡 바닥에 드러누워 눈물을 흘리고 있었다.

비명이 터진다.

문이 벌컥 열린다.

올드먼과 노블.

노블: "내보내!"

우리: "네?"

올드먼: "범인이 아니야. 씨팔 얼른 내보내."

청취자: 그 네 살배기 여자아이 이야기 들었습니까? 망할 즉위 이십오 주년 파티에서 납치되어서는 묘지에서 강간당하고 살해됐죠. 그동안 애 부모라는 인간들은 여왕을 위해 건배나 하고 있었고요.

존 샤크: 그 부모 심정이 오죽할까요.

청취자: 게다가 한 여자는 즉위 파티가 끝나고 보터니 베이의 절벽에서 떠밀려 떨어졌죠.

존 샤크: 거기다 망할 리퍼는 어떻고요.

청취자: 맞아요. 존. 정말 우라지게 망할 이십오 주년 기념식이에요.

1977년 6월 9일 목요일

리즈 라디오

존 샤크 쇼

12

침묵.

무덥고 지저분하고 붉게 충혈된 눈의 격하고 불쾌한 침묵.

우리 넷을 위한 24시간.

올드먼이 손에 든 편지를 바라보고, 책상 위 비닐봉투에는 꽃무늬 천 조각이 들어 있고, 노블은 내 시선을 피하고, 빌 해든은 턱수염이 덥수룩한 입으로 손톱을 물어뜯었다.

침묵.

무덥고 지저분하고 누런 땀투성이의 침묵.

1977년 6월 9일 목요일.

조간신문 헤드라인이 책상 위에서 우리를 빤히 올려다보고 있었다.

레이철(16)을 살해한 리퍼의 수수께끼.

어제 뉴스다.

올드먼이 편지를 책상에 내려놓고 다시 소리내어 읽었다.

화이트헤드 씨,

서랍에 간직할 작은 선물을 하나 보내지. 그 개잡년의 속옷 쪼가리야. 운종은 암소지.

셋을 죽였다고들 하지만 총 넷이야. 75년 프레스턴에서도 한 건 한 것을 명심해. 더러운 암소였지.

어쨌든, 창녀들더러 거리에서 썩 꺼지라고 해. 또 하고 싶은 마음이 슬금슬금 들거든.

여왕마마를 위해 한 건 바칠까 싶기도 해. 우리 사랑스러운 여왕님을 위해.

하느님이 굽어살피시길.

지옥에서
루이스

미리 경고했으니 이제 다 당신이랑 그년들 타시야.

침묵.

이윽고 올드먼: "왜 하필 잭 당신일까요?"

"무슨 뜻입니까?"

"왜 당신한테 편지를 쓰냐는 거지."

"그야 모르죠."

"이자가 당신 집주소를 아는군요." 노블이 말했다.

나: "전화번호부에 등록돼 있으니."

"그자의 전화번호부에는 확실히 올라가 있네요."

올드먼이 봉투를 집어들며: "선덜랜드. 월요일."

"배달이 오래 걸렸네요." 노블이 말했다.

나: "공휴일이었잖습니까. 이십오 주년 기념에다."

"지난번 편지는 드레스덴이었죠?" 해든이 물었다.

노블이 한숨을 쉬며 대꾸했다. "잘도 쏘다니는군요."

해든이 물었다. "화물트럭 운전사일까요?"

나는 거들었다. "아니면 택시 기사?"

올드먼과 노블은 입을 꾹 다문 채 잠자코 앉아 있었다.

해든이 물었다. "지난번 편지에 그자가 동봉한 그건 마리 와츠 것이었어요?"

"아뇨." 노블이 나를 바라보며 대꾸했다.

해든이 휘둥그레진 눈으로: "그럼 뭐였죠?"

"쇠고기였습니다." 노블이 씩 웃었다.

"암소였군." 나는 말했다.

"네." 노블이 웃음을 지우고 대꾸했다.

나는 올드먼에게 물었다. "하지만 이건 린다 클라크 것이 맞습니까?"

"그런 것 같군요." 노블이 힘주어 말했다.

나는 되물었다. "그런 것 같다고요?"

"여러분." 올드먼이 두 손을 들어 나와 해든을 바라보며 말을 이었다. "솔직히 털어놓죠. 단, 절대 비공개라는 조건을 지켜주세요."

"이해합니다." 해든이 말했다.

노블은 나를 보고 있었다.

나는 고개를 끄덕였다.

"어제는 내 경찰 인생에서 가장 끔찍한 하루였어요. 게다가 이건……" 올드먼이 편지가 담긴 비닐봉투를 들어올렸다. "이건 전혀 도움이 안 돼요. 피트 말처럼, 지난번 편지의 진위 여부가 아직도 불확실한 상황이고. 하지만 이 편지는, 검사 결과 훨씬 확실한 것 같습니다."

나는 참지 못한다: "확실하다고요?"

"네, 확실해요. 첫째, 첫번째 편지와 같은 자가 쓴 겁니다. 둘째, 천조각은 진짜고. 셋째, 타액의 예비 검사 결과 우리가 관심 있는 바로 그 혈액형이었어요."

"B형인가요?" 해든이 물었다.

"그래요. 첫번째 편지는 오염돼서 타액 검사를 할 수 없었어요. 넷째, 두 편지에 모두 석유가 묻어 있고, 이는 범죄 현장에서 발견된 것과 같은 종류예요."

나는 말을 끊었다: "어떤 석유요?"

"기계용 윤활유입니다." 노블이 태도를 정했다는 듯 구체적으로 밝혔다.

올드먼이 말했다. "끝으로, 편지 내용을 봐요. 레이철 존슨이 죽기 직전 살해 경고를 했고, 여왕과 즉위 이십오 주년 기념식 이야기며, 프레스턴에서 한 건 했다는 주장이며."

해든이 물었다. "그 건은 어떤 신문에도 언급된 적이 없었잖습니까?"

노블이 대답했다. "네. 프레스턴 건이 다른 건들과 다른 점이 그거죠."

나는 올드먼에게 단도직입적으로 물었다: "그럼 이자가 프레스턴의 범인이라고 생각하십니까?"

"그래요."

"앨프 힐은 회의적이었는데."

"이젠 아닐 테지." 올드먼이 편지를 향해 턱짓하며 대꾸했다.

WKFD.

웨이크필드.

"프레스턴 사건 조서를 볼 수 있을까요?"

"나중에 피트한테 부탁해요." 올드먼이 어깨를 으쓱했다.

빌 해든은 편지에 시선을 고정한 채 안절부절못한다: "이걸 공개할 생각이십니까?"

"지금 단계에선 아닙니다."

"그럼 기사도 못 내고요?"

"네."

"브래드퍼드나 맨체스터의 신문사들에도 이 소식을 알리실 겁니까?"

"그들도 이런 팬레터를 받는 게 아니라면 그럴 일은 없을 거요."

나는 말했다. "나중에 알려지면 자기네들을 따돌렸다고 난리칠 텐데."

"그럼 알려지지 않도록 하면 되지."

조지 올드먼 부청장이 물잔을 들고 기자들을 응시했다.

밀가스 오전 10시 30분.

또다른 기자회견.

브래드퍼드의 톰: "현시점에서 범인의 윤곽은 그려졌습니까?"

올드먼: "네, 현재 우리가 찾는 범인상을 대단히 구체적으로 파악하고 있으며, 그가 체포될 때까지 어떤 여성도 안심할 수 없습니다. 이자는 자기 눈에 매춘부로 비치는 여자들에게 병적인 증오를 품고 있는 사이코패스입니다. 몇몇 사건에서 옷이 피범벅인 채 집으로 돌아갔으리라는 점에서 누군가의 보호를 받고 있을 가능성이 높습니다. 이자는 당장 도움을 받아야 하며, 체포되도록 돕는 것이야말로 범인을 돕는 것입니다."

맨체스터의 길먼: "시민들이 조심할 수 있도록 범인이 사용한 흉기의 종류를 알려주시겠습니까, 부청장님?"

"범인이 사용한 흉기는 파악되었지만, 둔기가 포함되어 있다는 것 외에는 공개하지 않는 편이 좋다고 판단됩니다."

"흉기가 발견된 적이 있습니까?"

"아뇨."

"레이철 존슨 살인사건과 관련해 목격자가 나왔습니까?"

"아뇨. 그 결과 지금으로서는 범인의 구체적인 인상착의를 알아내지 못하고 있습니다."

"용의자는 있습니까?"

"없습니다."

"그럼 뭐가 있는 겁니까?"

다시 사무실, 커다란 8층 창문으로 쏟아지는 햇살, 유리창 아래 타오르는 신문.

불길에 휩싸인 리즈.

나는 작업을 시작했다.

어떤 여성도 리퍼로부터 안전하지 못하다, 경찰이 밝혀.

웨스트요크셔의 잭 더 리퍼를 쫓고 있는 경찰은 마침내 어젯밤, 북잉글랜드에서 여성이 잔인하게 살해된 사건 다섯 건이 모두 동일범 소행이라 밝혔다.

웨더비의 내무부 실험실 법의학자들이 어제 알아낸 바에 따르면, 네 명의 매춘부를 가학적으로 살해한 자와 열여섯 살 상점 직원 레이철 존슨을 살해한 자는 동일인이다.

레이철의 훼손된 시신은 수요일 아침, 채플타운 지역복지관 옆 놀이공원에서 발견되었다.

M62 버스 폭탄사건* 이래 북부에서 벌어진 가장 큰 다중살인사건을 맡고 있는 경찰은 어젯밤 용의자를 구체적으로 묘사했다.

---

* 1974년 2월 M62 고속도로에서 영국군과 그 가족이 타고 있던 버스가 폭발한 사건.

"이자는 자기 눈에 매춘부로 비치는 여자들에게 병적인 증오를 품고 있는 사이코패스입니다. 시급히 범인을 체포해야 합니다"라고 웨스트요크서 경찰청 조지 올드먼 부청장은 밝혔다.

다섯 건의 살인사건 간에 충격적인 유사성이 발견되면서 올드먼 부청장과 고위 경찰들은 어제 범인의 정신상태에 대해 정신과 의사들과 논의했다.

"현재 우리가 찾는 범인상을 대단히 구체적으로 파악하고 있으며, 그가 체포될 때까지 어떤 여성도 안심할 수 없습니다.

몇몇 사건에서 옷이 피범벅인 채 집으로 돌아갔으리라는 점에서 누군가의 보호를 받고 있을 가능성이 높습니다. 이자는 당장 도움을 받아야 하며, 체포되도록 돕는 것이야말로 범인을 돕는 것입니다"라고 올드먼 부청장은 덧붙였다.

범인은 웨스트요크셔 출신으로 리즈와 브래드퍼드의 지리에 훤하며, 매춘부 밑에서 자랐거나 친모가 매춘부인 상황에서 매춘부에 대한 심리적 장애를 키워왔을 것으로 경찰은 보고 있다.

공개할 수 없는 법의학 증거 외에도 사건들에는 다음과 같은 유사점이 있다고 올드먼 부청장은 밝혔다.

모든 희생자는 '매춘부'였다. 단, 레이철 존슨은 예외로, 화요일 밤 늦게 귀가하던 중 오인받아 공격당한 듯 보인다.

성폭행이나 강도의 증거가 전혀 없다. 단, 피해자 중 한 명은 예외다.

모두 머리에 중상을 입었고, 난자한 상처를 포함 몸에 여러 부상을 입었다.

어젯밤 레이철 존스의 이웃인 채플타운 주민들은 사형 제도를 부활시키라는 탄원서를 멀린 리스 내무부 장관에게 제출하기 위해 서명 운동을 시작했다.

주동자 중 한 명인 로즈메리 해밀턴 부인은 다음과 같이 말했다. "필요하다면 리즈의 모든 가구를 빠짐없이 방문할 것입니다. 이 아이는 지금껏 어느 누구에게 어떤 해도 끼친 적이 없습니다. 범인이 체포된다면 어떤 형벌을 받아도 부족할 지경입니다."

기자 클럽.

텅 비어 있다. 조지, 베트, 나를 빼고는.

"그놈이 한 짓에 대한 소문이 돌던데요." 베트가 말했다.

조지가 고개를 끄덕이며 맞장구쳤다. "젖가슴을 도려냈다지?"

"어떤 경찰 말로는, 자궁을 들어냈다던데요."

"게다가 먹어치우기까지 했으니."

"한잔 더?"

"술잔이 비지 않게 계속." 나는 넌더리를 내며 말했다.

비틀비틀 모퉁이를 도는데 거기 가로등 아래 그가 있었다.

검은 레인코트 차림에 모자를 쓰고 낡은 서류가방을 든 키 큰 남자.

그는 얼어붙은 듯 꿈쩍 않고 서서 내 아파트를 올려다보고 있었다.

"마틴." 나는 그의 뒤로 다가가며 불렀다.

그가 돌아보았다. "잭. 걱정하던 참이었어요."

"말했잖아요, 괜찮다고."

"한잔 걸쳤나보군?"

"사십 년 동안 그랬죠."

"이제는 새로운 농담을 할 때도 된 것 같은데, 잭."

"뭐 쓸 만한 것 있어요?"

"잭, 이렇게 살아선 안 돼요."

"내 악마를 쫓아주겠다고? 날 우라질 불행에서 벗어나게 해주겠다고?"

"집으로 올라가서 얘기합시다."

"다음에 하죠."

"잭, 다음은 없을지도 몰라요. 끝이 다가오고 있다고."

"거 좋죠."

"잭, 무략이에요."

"안녕히 가세요."

문 너머에서 전화가 울리고 있었다.

문을 열고 수화기를 집어들었다.

"여보세요."

"잭 화이트헤드 씨?"

"접니다."

"리퍼 살인에 관한 정보가 있어요."

남자 목소리, 젊고, 이 지방 억양.

"말씀하세요."

"전화로는 안 됩니다."

"어디십니까?"

"그건 중요하지 않아요. 토요일 밤 만나죠."

"어떤 정보인데요?"

"토요일. 버라이어티 클럽."

"배틀리에 있는?"

"네. 10시에서 11시 사이."

"좋소. 하지만 이름이 어떻게 됩니까?"

"이름은 없어요."

"돈을 원하겠죠?"

"돈은 필요 없어요."

"그럼 원하는 게 뭡니까?"

"그냥 거기로 오기만 하면 돼요."

창밖을 내다보니 검은 모자와 코트 차림의 로스 목사가 린치당한 이스트엔드 유대인처럼 여전히 가로등 아래 서 있었다.

나는 앉아서 책을 읽으려고 했지만 그녀를 생각하고, 그녀를 생각하고, 그녀를 생각하고, 캐럴이 나타나지 않기를 기도하고, 그녀의 머리카락을 생각하고, 귀를 생각하고, 눈을 생각하고, 캐럴이 나타나지 않기를 기도하고, 그녀의 입술을 생각하고, 이를 생각하고, 혀를 생각하고, 캐럴이 나타나지 않기를 기도하고, 그녀의 목을 생각하고, 쇄골을 생각하고, 어깨를 생각하고, 캐럴이 나타나지 않기를 기도하고, 그녀의 가슴을 생각하고, 피부를 생각하고, 젖꼭지를 생각하고, 캐럴이 나타나지 않기를 기도하고, 그녀의 위胃를 생각하고, 배를 생각하고, 자궁을 생각하고, 캐럴이 나타나지 않기를 기도하고, 그녀의 허벅지를 생각하고, 피부를 생각하고, 머리카락을 생각하고, 캐럴이 나타나지 않기를 기도하고, 그녀의 오줌을 생각하고, 똥을 생각하고, 감춰진 비밀을 생각하고, 캐럴이 나타나지 않기를 기도하고, 그녀를 생각하고, 그녀를 생각하고, 그녀를 생각하고, 기도하고.

일어나 침대로 가서 시트를 덮고 누워 그녀를 생각하면서 내 몸을 쓰다듬었다.

일어나 몸을 돌리자, 거기 그녀가 있었다.

카 수 펭은 사라졌다.

캐럴이 돌아왔다.

"나 보고 싶었어?"

존 샤크: 이게 마음에 들더군요. 낭독 그레이터맨체스터의 제임스 앤더턴 청장에 따르면, 폭력의 증가로 경찰이 궁지에 몰릴 지경이고, 사태가 개선되기 전에는 부담이 더욱 가중될 수 있다.

청취자: 맞는 말 같군요.

존 샤크: 저는 아닙니다. 폭력이 증가한 건 바로 경찰 탓이에요. 두려움과 지독한 우유부단? 이게 바로 경찰이 하는 짓이죠.

청취자: 개소리 작작해요, 존. 당신의 그 잘난 집에 도둑이 들면 어디다 전화할 거요?

1977년 6월 10일 금요일
리즈 라디오
존 샤크 쇼

13

　꿈속에서 나는 분홍색 방 소파에 앉아 있었다. 썩어가는 지저분한 3인용 소파는 악취가 점점 심해져 참을 수 없었다.

　그리고 꿈속에서 나는 체육공원 소파에 앉아 있었다. 그 끔찍한 소파에서 튀어나온 녹슨 스프링 세 개가 엉덩이와 허벅지를 찔러댔지만 나는 참을 수도, 그렇다고 일어날 수도 없었다.

　누군가 내 얼굴을 톡톡 건드리고 있다.

　눈을 뜬다.

　보비다.

　아기가 웃고 있다, 생기 넘치는 눈과 작고 하얀 이.

　아기는 내 가슴에다 책을 대고 자꾸 민다.

　나는 눈을 감는다.

　아기가 다시 내 얼굴을 톡톡 건드린다.

　나는 눈을 뜬다.

보비다, 파란색 잠옷 차림.

나는 거실 소파에 누워 있고, 뒤쪽에 라디오가 켜져 있고, 집에서 아침식사냄새가 감돈다.

나는 일어나 앉아 파란색 잠옷 차림의 보비를 안아 무릎에 올려놓고 책을 펼친다.

"옛날옛날 토끼가 살았습니다. 달에 사는 마법의 토끼였습니다."

보비가 토끼의 귀인 양 두 손을 들어올린다.

"토끼에게는 커다란 망원경이 있었습니다. 지구를 내려다볼 수 있는 마법의 망원경이었죠."

보비가 손으로 망원경을 만들어 나를 돌아보더니 망원경 손을 자기 눈에 댄다.

"어느 날 마법의 토끼가 마법의 망원경을 지구를 향해 돌리고는 말했습니다. '마법의 망원경아, 마법의 망원경아, 대영제국을 비춰주렴.'

마법의 토끼는 마법의 망원경에 눈을 대고 대영제국을 내려다보았습니다."

보비가 느닷없이 내 무릎에서 뛰어내려 거실 문으로 달려가더니 파란색 잠옷에 감싸인 양팔을 퍼덕이며 소리쳤다. "엄마, 엄마, 마법의 토끼야, 마법의 토끼!"

우리 뒤에 서서 바라보고 있던 루이즈가 말한다. "아침 됐어요."

나는 깔끔한 식탁보 위에 3인분 식사가 차려진 식탁에 앉아 뒤뜰을 바라본다. 보비는 우리 사이에 앉아 있다.

7시, 해는 집 반대쪽에 떠 있다.

루이즈가 보비의 위타빅스*에 우유를 붓는다. 그녀의 얼굴은 말쑥하고, 그림자에 잠긴 부엌은 선선하다.

---

* 영국 시리얼 브랜드.

"아버님은 좀 어때?"

"상태가 좋지 않으셔." 그녀는 보비가 먹기 좋게 시리얼을 으깨며 대꾸한다.

"오늘 비번이야. 같이 놀러갈까?"

"정말? 사건 때문에 비번이 다 취소된 줄 알았는데."

"맞아. 그런데 모리스가 하루 빼줬어."

"화요일에 병원 왔더라고."

"그래? 짬을 낼 수 있으면 가겠다고 하더니."

"존 러드킨이랑 다들 다녀갔어."

"그래?"

"참 친절한 분이야, 그치? 존 삼촌이 뭘 사줬지?" 그녀가 보비에게 묻는다.

"차, 차." 아이가 의자에서 내려가려 한다.

"나중에, 아가. 우선은 위타빅스부터 먹어야지." 나는 말한다.

"경이차. 경이차."

나는 루이즈를 본다. "경이차?"

"경찰차 말이야." 그녀가 빙긋 웃는다.

"아빠 직업이 뭐지?" 나는 아기에게 묻는다.

"경이." 아기가 우유와 시리얼로 가득찬 입으로 활짝 웃는다.

우리는 웃는다, 셋 모두.

보비가 우리 사이에서 걷는다, 한 손은 엄마, 다른 손은 아빠를 잡고.

무척 무더운 하루가 될 것이다. 거리의 정원마다 막 깎은 풀과 보리차 냄새가 맴돌고, 하늘은 티끌 한 점 없이 파랗다.

공원에 들어서자 아이가 손을 놓는다.

"빵을 깜박했어." 내가 외치지만 아이는 아랑곳없이 연못 쪽으로 쪼르르 뛰어간다.

"보비가 저 미끄럼틀을 무척 좋아해."

"많이 컸군. 그치?"

"그러게."

조용하고 온화한 자연에 둘러싸여 우리는 그네에 앉는다. 오리와 나비가 노닐고, 사암 건물과 검은 언덕이 나무 위에서 우리를 굽어보며 기다리고 있다.

나는 팔을 뻗어 그녀의 손을 꼭 쥔다.

"플라밍고 랜드 같은 데 갈 걸 그랬어. 스카버러나 휘트비도 좋고."

"길이 멀잖아."

"미안해." 나는 기억을 되살리며 말한다.

"아니야. 당신 말이 맞아. 그래도 가면 좋았을 거야."

보비가 엎드린 채로 미끄럼틀을 타고 내려오자 셔츠가 올라가 배가 훤히 드러난다.

"그 아빠에 그 아들 아니랄까봐 똑같이 배가 나왔네." 나는 말한다.

하지만 그녀는 딴생각에 잠겨 있다.

루이즈는 생선 가판대 앞에 줄서 있고, 보비는 장난감 상점 진열창을 들여다보려고 내 팔을 잡아당긴다, 고독한 레인저와 톤토*를 향해.

사방이 북적거리는 금요일.

하늘은 여전히 푸르고, 꽃과 과일은 화려한 빛깔을 뽐내고, 전화부스

---

* 미국 드라마 〈더 론 레인저〉의 등장인물들로, 고독한 레인저는 마스크를 쓴 텍사스주 기마 경찰, 톤토는 레인저를 돕는 미국 원주민이다.

는 빨갛고, 늙은 여자와 젊은 엄마들은 여름 원피스 차림이고, 아이스크림 밴은 새하얗나.

사방이 북적거리는 장날.

루이즈가 돌아오자 나는 장바구니를 받아들고, 우리는 보비를 사이에 두고 한 손씩 잡고는 킹스웨이를 걸어올라 집으로 향한다.

사방이 북적거리는 여름날.

요크셔의 여름날.

루이즈가 점심 준비를 하는 동안 보비와 나는 장난감차와 벽돌과 군인 인형과 트럭과 레고와 테디 인형을 갖고 놀고, TV에서는 영국 해군의 소함대가 템스강을 따라 내려가고 있다.

우리는 빵가루를 입혀 튀기고 파슬리 소스와 케첩을 뿌린 생선에 감자칩과 완두콩을 곁들이고 디저트로 젤리를 먹는다. 보비는 자랑스레 식사 메달들을 걸고 있다.

식사 후 나는 설거지를 하고, 루이즈와 보비는 그릇을 행주로 닦고, TV는 뉴스 시작 전에 꺼졌다.

그런 다음 우리는 차를 마시며, 소파 위에서 007 테마 음악에 맞춰 춤추며 재롱떠는 보비를 구경한다.

루이즈와 보비를 뒷좌석에 태우고 리즈로 달려가는 길에 보비는 엄마 무릎을 베고 잠들고, 차창을 내린 자동차는 햇볕에 달아오르고, 윙스와 아바와 보니 M과 맨해튼 트랜스퍼가 흘러나온다.

병원 뒤쪽에 차를 세운 나는 보비를 안아 내린다. 보비의 머리를 내 어깨에 기대고서 병원 앞으로 걸어가니 그곳 나무들은 햇빛에 거의 검게 보이다시피 한다.

276

병동에서 우리는 작고 딱딱한 의자에 앉는다. 보비는 할아버지의 침대 발치에 가로로 누워 여전히 잠들어 있고, 루이즈가 통조림 오렌지를 플라스틱 스푼으로 아버지에게 떠먹이는데 수염난 얼굴과 목과 줄무늬 마크스앤드스펜서 잠옷에 즙이 뚝뚝 떨어지는 동안 나는 되는대로 병원 카트와 화장실을 오가고 여성지를 뒤적이고 마스 초콜릿바 두 개를 먹는다.

3시쯤 보비가 깨자 나는 루이즈와 장인을 남겨두고 아이를 병원 정원으로 데려가 폭신폭신한 풀밭을 달리며 얼음땡 놀이를 한다. 내가 '얼음'을 외치면 아이는 '땡'을 외치고, 함께 웃음을 터뜨린다. 이 꽃 저 꽃 살피며 코를 킁킁대고 다양한 색깔을 가리킨다. 꽃잎이 진 민들레가 보이자 번갈아 입바람으로 갓털을 날려 몇시인지 확인한다.*

온통 풀물이 든 채 지친 몸으로 위층에 돌아가니 루이즈가 침대 옆에서 울고 있고, 쪼그라든 대머리 장인은 벌린 입 사이로 말라빠진 혀를 비쭉 내밀고 잠들어 있다. 나는 루이즈의 어깨에 팔을 두르고, 보비는 엄마의 무릎에 머리를 얹고, 그녀는 우리 둘을 꼭 안는다.

집으로 돌아가는 길에 우리는 보비와 동요를 부르고, 점심때 생선을 먹은 것을 아쉬워한다. 해리 램즈든스**에 들러 저녁으로 생선 요리를 먹을 수도 있었는데.

우리는 함께 보비를 씻긴다. 아기는 거품을 튀기며 욕조 물을 꿀꺽꿀

---

* 민들레 갓털이 다 떨어질 때까지 입바람을 불고 그 횟수에 따라 시간을 알아맞히는 놀이.
** 영국 피시앤드칩스 체인점.

꺽 삼키더니 우리가 욕조에서 꺼내자 울음을 터뜨린다. 나는 물기를 닦아주고 안방으로 데려가 동화책을 읽어준다. 밑은 책을 세 번이나.

"옛날옛날 토끼가 살았습니다. 달에 사는 마법의 토끼였습니다."

삼십 분 후 나는 말한다.

"마법의 망원경아, 마법의 망원경아, 요크셔를 비춰주렴."

이번에 보비는 손으로 망원경을 만들지 않고 그저 젖은 입술을 맞부딪쳐 뽁뽁 소리를 낸다. 나는 아이에게 잘 자라고 입맞춤한 다음 아래층으로 간다.

루이즈는 소파에 앉아 〈크로스로즈〉* 끝부분을 보고 있다.

나는 그녀 곁에 앉으며 묻는다. "뭐 재밌는 거 해?"

그녀는 어깨를 으쓱한다. "〈겟 섬 인〉이나 〈XYY 맨〉** 같은 건 당신 맘에 들지도 모르겠네."

"영화는 없어?"

"아마 나중에 할걸." 그녀가 내게 신문을 건넨다.

"〈아이 스타트 카운팅〉***이라?"

"너무 늦게 해서 나는 못 볼 것 같아."

"그러게, 좀 일찍 틀어주지."

"내일 몇시에 나가?"

"존 선배가 전화하기로 했는데."

루이즈가 손목시계를 확인한다. "지금 당신이 전화해보지?"

"아니. 7시에 서에 한번 가볼까 싶어."

---

* 1964년에서 1988년까지 방영된 영국 드라마.
** 각각 영국 공군의 삶을 그린 시트콤과 범죄 스릴러 드라마.
*** 1969년 제작된 영국 스릴러 영화.

우리는 앉아서 맥스 바이그레이브스*를 본다. 우리 사이에 보비의 장난감이 놓여 있다.

〈월드 인 액션〉**이 시작되기 전 광고 시간에 나는 말한다. "우리가 이번 일을 극복할 수 있을까?"

그녀는 TV를 응시한 채 대꾸한다. "모르겠어, 여보. 모르겠어."

나는 말한다. "오늘 고마웠어."

깜빡 잠이 들었나보다. 눈을 뜨니 그녀는 없고 나 혼자 소파에 앉아 있다. 〈아이 스타트 카운팅〉이 끝나가는 TV를 끄고 위층으로 올라가 옷을 벗고 침대에 들어가 보비와 루이즈 곁에서 잠이 든다.

꿈속에서 나는 분홍색 방 소파에 앉아 있었다. 썩어가는 지저분한 3인용 소파는 악취가 점점 심해져 참을 수 없었다.

그리고 꿈속에서 나는 체육공원 소파에 앉아 있었다. 그 끔찍한 소파에서 튀어나온 녹슨 스프링 세 개가 엉덩이와 허벅지를 찔러댔지만 나는 참을 수도, 그렇다고 일어날 수도 없었다.

그리고 꿈속에서 나는 황무지 소파에 앉아 있었다. 소파에 범벅된 피가 손바닥과 손톱에까지 배어들지만 나는 여전히 참을 수도, 일어날 수도, 가버릴 수도 없었다.

* 영국 코미디언이자 가수이자 배우.
** 영국 시사 프로그램.

청취자: 루턴*에서 강간 살해된 네 살배기 여자애 있죠? 용의자로 잡혀들어간 녀석이 열두 살이라면서요? 씨팔, 열두 살이라니.

존 샤크: 기가 막힐 따름이에요.

청취자: 게다가 신문은 하나같이 망할 해군 소함대랑 요크셔 리퍼 이야기뿐이고요.

존 샤크: 정말 끝이 없는 것 같죠?

청취자: 끝은 있어요. 세상이 끝나면 이따위 일도 끝나겠죠. 망할 놈의 세상, 끝장이나 날 것이지.

1977년 6월 11일 토요일
리즈 라디오
존 샤크 쇼

---

* 영국 잉글랜드 베드퍼드셔주의 도시.

14

나는 침대에서 발을 내리고 앉아 바지를 걸쳤다.

1977년 6월 11일 토요일, 축축한 잿빛 새벽.

그녀의 음울한 침실을 가로지르는 길 잃은 유령처럼 꿈이 어른거렸다. 피로 얼룩진 가구와 금발의 경찰과 죄와 벌과 구멍과 머리의 꿈.

다시 잠으로 멍들어.

빗방울이 창문을 타다닥 두드리는 소리에 내 뱃속까지 울렁거렸다.

나는 매춘부 침대에 앉아 있는 늙은이였다.

엉덩이에 손길이 느껴졌다.

"갈 필요 없어요." 그녀가 말했다.

침대를 돌아보니 베개 위에 노란 얼굴이 있었다. 나는 몸을 숙여 그녀에게 키스하며 도로 바지를 벗었다.

그녀가 시트를 우리 위로 끌어올리고 다리를 벌렸다.

내 왼쪽 허벅지를 그녀의 다리 사이에 놓자 다리의 피부와 털에 그녀의 촉촉함이 느껴졌다. 나는 손가락으로 그녀의 머리카락을 훑으며, 그가 남긴 흔적을 다시 더듬었다.

줄기차게 쏟아지는 빗줄기를 뚫고 출근 차량들에 끼여 리즈로 돌아가면서 나는 그녀가 다시 못 오게 라디오를 틀어놓았다.

광범위한 홍수가 예상됩니다, 국민전선당* 당수 존 틴들이 구타당했습니다, 3287명의 경찰이 연금과 퇴직금을 못 받게 되었습니다, 기자 파업이 격렬해지고 있습니다.

검은 아치들에 이르자 시동을 끄고 앉아, 담배가 손톱 아래까지 타들어갈 때까지 내가 그녀에게 하고 싶은 모든 것을 생각했다.

전에는 결코 생각도 해본 적 없는 나쁜 짓거리들, 짓거리들.

나는 담배를 비벼 껐다.

텅 빈 신문사.

지루해진 나는 오늘자 신문을 집어들고 1면을 차지하지 못한 내 기사를 다시 읽었다.

불타는 증오의 희생자들?

잭 화이트헤드의 사건 개괄.

소위 '홍등가'라는 리즈 채플타운의 불운한 거주자들에게는 너무나 익숙해져버린 광경:

이동경찰지휘본부, 높이 솟은 안테나 기둥, 요란한 발전기, 출입금지선이 쳐진 도로, 클립보드를 들고 노크하는 형사들, 끝없이 돌아가는 푸른 경광등을 커튼 틈새로 내다보는 아이들.

---

* 영국의 극우 정당.

지난 이 년 동안 살해된 네 명의 여성에 이어 다섯번째 희생자가 한밤중에 잔혹한 숙임을 당했다. 사건 현장은 네번째 사건이 벌어진 곳에서 반경 3킬로미터도 채 되지 않는다. 요크셔의 '잭 더 리퍼'라 불리는 살인범의 짓임이 즉각 밝혀졌다.

레이철 존슨(16)은 다른 피해자들과 마찬가지로 무참하게 공격당했다. 초기 두 희생자처럼 시신은 오락시설과 경기시설을 갖춘 체육공원에서 발견되었다. 또한 이번 사건 현장과 레이철 집의 거리는 고작 몇백 미터였다.

지난 부활절에 막 졸업한 레이철과 이전 피해자들의 큰 차이는 그들이 채플 타운의 매춘부라는 점이다.

하지만 레이철은 다른 피해자들과 마찬가지로 치명적 실수를 한 듯하다. 저녁 외출 후 귀갓길에 낯선 이의 차를 얻어탄 것이다. 경찰은 1975년 6월 첫번째 사건이 발생한 이래 낯선 이의 차에 타지 말라고 지속적으로 경고해왔다.

경찰이 파악한 바로, 범인은 여자에게 격렬한 증오를 품은 사이코패스다. 그의 첫번째 매춘부 희생자는 세 아이를 둔 테리사 캠벨(26)로, 채플타운 스코트 홀 애비뉴에 거주했다.

이른 새벽 우유를 돌리던 배달부가 옷을 일부만 걸친 채 피투성이가 된 캠벨 부인을 프린스 필립 체육공원에서 발견했다. 겨우 150미터 떨어진 피해자의 집에서는 어린 세 아이가 엄마가 '일'을 마치고 돌아오기를 걱정스레 기다리고 있었다.

피해자는 참혹하게 찔려 죽음에 이르렀다.

그로부터 오 개월 후 페나인산맥 너머 프레스턴에서 두 아이의 엄마 클레어 스트라찬(26)이 잔혹하게 구타당해 사망했다. 현재 경찰은 이 사건 역시 동일범 소행일 가능성을 검토하고 있다.

불과 삼 개월 뒤인 1976년 2월, 네 아이의 엄마 조앤 리처즈(45)가 인적 드문 채플타운 뒷골목에서 참혹한 죽임을 당했다.

뉴 판리에 거주하던 리처즈 부인은 머리를 무자비하게 구타당하고 수차례 자상을 입었다.

그리고 불과 이 주 전, 채플타운 프랜시스 거리에 거주하던 마리 와츠(32)가 라운드헤이공원의 솔저스필드에서 목이 베이고 복부에 수차례 자상을 입은 채 시신으로 발견되었다. 피해자는 우울증을 앓고 있었으며, 남자친구에게서 벗어 나려던 중이었다.

캠벨 부인은 사망 당일 새벽 1시 직후 리즈의 민우드 로드에서 히치하이킹 을 시도하던 모습이 마지막으로 목격되었다. 앞서 전날 저녁 십스카 거리의 클 럽 '룸 앳 더 톱'에 들렀던 것으로 알려졌다.

리처즈 부인은 사망 당일 밤 라운드헤이 로드에 위치한 술집 게이어티를 남 편과 함께 방문했다. 초저녁에 술집에서 나간 부인을 남편은 두 번 다시 보지 못했다.

게이어티는 또한 마리 와츠가 마지막으로 목격된 장소이기도 하다.

어제 경찰은 시민의 제보를 간절히 바란다며 다시 한번 호소했다.

밀가스 경찰서 살인사건 수사대 전화번호는 리즈 461212와 4612130이다.

"맘에 드나?"

돌아보니 빌 해든이 토요일의 스포츠재킷 차림으로 내 어깨 너머를 내려다보고 있었다.

"완전히 난도질해놓으셨네요. 내가 언제 '잔혹하게'나 '무자비하게' 같은 단어를 이렇게 많이 썼어요?"

"더하면 더했지 덜하지는 않았어."

나는 주머니에서 접힌 종이를 꺼내 내밀었다. "설마 이것도 그럴 건 아니겠죠?"

밀가스, 10시 30분경.

윌슨 경사가 안내 데스크에 앉아 있었다.

"골칫덩이 씨께서 오셨네요."

"새뮤얼." 나는 고개를 끄덕였다.

"이 화창하고도 비참한 6월 아침 뭘 도와드릴까요?"

"피트 노블 총경 계신가?"

그가 안내 데스크 위 장부를 내려다보았다.

"아뇨. 금방 나가셨어요."

"젠장. 모리스 총경은?"

"요즘은 여기 안 오시는데. 무슨 일인데요?"

"조지 올드먼 부청장한테 부탁해서 조서를 좀 보기로 했는데. 클레어 스트라찬 조서 볼 수 있나?"

윌슨이 다시 장부를 내려다보았다. "존 러드킨이나 프레이저 경사를 만나보시죠?"

"여기 있나?"

"기다리세요." 그가 수화기를 집어들었다.

젊은 금발 경찰이 나를 맞으러 내려왔다. 전에 본 적 있는 얼굴이었다. 그가 걸음을 멈추었다.

"잭 화이트헤드입니다."

그가 악수를 했다. "밥 프레이저입니다. 전에 봤었죠."

"배리 개넌* 사건 때."

"기억하세요?"

"잊기 힘들죠."

_____

* 『1974』에서 건축 비리를 조사하던 중 의문의 죽음을 당한 기자.

"네." 그가 고개를 끄덕였다.

침묵에 빠진 경사는 수면 부족에 겉늙은 듯 보였지만, 그저 당황한 것일 수도 있었다.

"잘해나가고 있군요." 나는 말했다.

그가 놀란 얼굴로 이마를 찌푸렸다. "무슨 뜻이죠?"

"살인사건 수사대에 낀 걸 보면요."

"그렇다고 할 수 있겠죠." 그가 손목시계를 힐긋 확인했다.

"시간 괜찮으면 클레어 스트라찬에 대해 물어보고 싶어요."

프레이저가 다시 손목시계를 보며 되물었다. "클레어 스트라찬요?"

"그게, 이틀 전 조지 올드먼과 협의한 결과 노블 총경이 나한테 사건 조서를 보여주기로 했는데……"

"조서는 모두 브래드퍼드에 있습니다."

"그렇죠. 그런데 그 사람들 말이, 존 러드킨이나 경사님이 괜찮다면……"

"네, 좋습니다. 위층으로 가시죠."

나는 그를 따라 계단을 올라갔다.

"약간 어수선합니다." 그가 금속 서류함이 늘어선 방의 문을 열어 잡고 서서 말했다.

"짐작이 갑니다."

"여기서 잠깐만 기다리세요. 조서를 가져오겠습니다." 그가 책상 앞에 놓인 의자 두 개를 가리키며 말했다.

"감사합니다."

나는 문자와 숫자가 적힌 서류함을 향해 앉아서 저 중 내가 취재한 것이 몇 건이나 될지, 내 서류함에는 관련 파일이 몇 건이나 들어 있을지, 내 꿈에는 몇 건이나 나왔을지 궁금해했다.

프레이저가 커다란 종이상자를 들고 발로 문을 걷어차며 들어왔다. 그가 상자를 탁자에 내려놓았다.

프레스턴, 1975년 11월.

"이게 다입니까?"

"우리 쪽은요. 나머지는 랭커셔에 있습니다."

"앨프 힐과 만났어요. 회의적인 눈치던데."

"동일범이라는 거요? 네, 우리 모두 그랬죠."

"그랬다고요?"

"네, 그랬죠." 우리 둘 다 편지에 대해 알고 있지 않느냐는 어투로 그가 말했다.

"지금은 동일범이라고 확신하나보군요?"

"네."

"그렇군요."

그가 상자를 향해 턱짓했다. "설마 저걸 다 설명해주길 바라는 건 아니겠죠?"

"네. 그냥 이게 무슨 의미인지 말해주면 고맙겠군요." 나는 프레스턴에서 받은 참조 파일 번호를 건넸다.

74/08/23 - WKFD/모리슨-C/CTNSOL1A

74/12/22 - WKFD/모리슨-C/MGRD-P/WSMT27C

그가 파리한 얼굴로 문자와 숫자를 보더니 물었다. "어디서 났습니까?"

"프레스턴의 클레어 스트라찬 조서에서요."

"정말요?"

"네. 정말입니다."

"저는 못 봤는데요."

"그래도 이 파일이 뭔지는 알죠?"

"아뇨, 구체적으로는 모릅니다. 그냥 웨이크필드에서 작성된 C. 모리슨 관련 조서라는 게 다죠."

"C. 모리슨이 누군지 몰라요?"

"당장 떠오르는 사람은 없는데요. 제가 알아야 합니까?"

"클레어 스트라찬이 가끔 모리슨이라는 성을 쓰기도 했거든요."

가만히 서서 나를 빤히 내려다보는 그의 차가운 푸른 눈이 상처받은 자존심에 익사할 듯했다.

"미안합니다." 눈앞의 벽이 높아지고 자물쇠가 잠기는 것을 지켜보며 나는 말을 이었다. "그런 뜻으로 한 말이 아니……"

"괜찮습니다." 그가 중얼거렸지만 아무래도 그렇지 않은 듯했다.

"요구가 과한 건 알지만, 이 파일에 대해 알아봐줄 수 있을까요?"

그가 탁자 아래 다른 의자를 빼내 앉더니 검은 수화기를 집어들었다.

"샘, 밥 프레이저야. 웨이크필드 경찰청으로 연결해주겠나?"

그가 수화기를 내려놓았고 우리는 침묵 속에서 기다렸다.

전화가 울리자 프레이저가 수화기를 들었다.

"감사합니다. 밀가스의 프레이저 경사입니다. 파일 두 개를 확인하고 싶은데요."

침묵.

"네. 밀가스의 프레이저 경사입니다. 모리슨-C 조서입니다. 첫번째 파일은 74년 8월 23일자로 호객행위 경고 1A입니다."

또다른 침묵.

"네. 두번째는 마찬가지로 모리슨-C이고, 74년 12월 22일자입니다. GRD-P 살인사건의 목격자 진술 27C입니다."

침묵.

"감사합니다." 그가 전화를 끊었다.

내가 눈을 들자 푸른 눈이 마주보았다.

그가 말했다. "십 분 후 전화하겠다는군요."

"폐를 끼쳐 미안하군요."

그가 종이를 만지작거리며 물었다. "프레스턴에서 얻었다고요?"

"네. 앨프 힐이 파일을 보여줬어요. 피해자가 매춘부였다기에 전과가 있느냐고 물으니 타이핑한 종이를 보여주더군요. 거기 이게 적혀 있었고. 프레스턴에 다녀왔다죠?"

"지난주예요. 피해자가 모리슨이라는 성을 썼다고 앨프 힐이 그러던 가요?"

"아니요. 〈맨체스터 이브닝 뉴스〉에서 봤습니다. 피해자가 스코틀랜드 출신이고 모리슨이란 성을 쓰기도 했다고 나와 있었어요."

"〈맨체스터 이브닝 뉴스〉요?"

"네." 나는 오려둔 신문 기사를 주머니에서 꺼내 그에게 건넸다.

전화가 울리자 우리 둘 다 화들짝 놀랐다.

프레이저가 신문 기사를 책상에 놓고 읽으며 수화기를 들었다.

"감사합니다."

침묵.

"네, 접니다."

또다른 더 긴 침묵.

"둘 다요? 누가요?"

침묵.

"네, 네. 온통 뒤죽박죽이죠. 감사합니다."

그가 다시 수화기를 내려놓더니 가만히 신문 기사를 응시했다.

"운이 안 따랐나보죠?" 나는 말했다.

"여기 있을 겁니다." 그가 고개를 들어 상자를 보며 말을 이었다. "적어도 여기 있어야 하죠. 이건 제가 가져도 될까요?" 그가 신문 기사를 집어들며 물었다.

"얼마든지요."

"감사합니다." 그는 고개를 끄덕이더니 상자를 열어 파일을 책상 위에 쏟았다.

내가 말했다. "나는 나가볼까요?"

"아니요, 얼마든지 있어도 좋습니다." 그러고는 그가 덧붙였다. "어차피 전부 전국 경찰 전산망에 올라갈 텐데요. 아시죠?"

"그럼 뭐가 달라질까요?"

"달라지기를 우라지게 빌 뿐이죠." 그가 껄껄대며 재킷을 벗었다. 조용히 십 분 동안 검토하고 나자 파일들은 전부 상자 안으로 돌아가고 책상 위는 텅 비었다.

"젠장." 그리고, "죄송합니다."

"마음 쓸 것 없어요."

"그 파일에 대해 알게 되면 연락드리죠." 그가 일어났다.

"그냥 배경 정보나 좀 알아볼까 해서 물어본 것뿐이에요."

계단을 내려가 아래층에 이르자 그가 다시 말했다. "전화하겠습니다."

문에서 악수를 나누며 씩 웃는 그를 보고 나는 불쑥 물었다. "에디를 알았죠?"

그가 손을 떨구더니 고개를 저었다. "아뇨. 잘은 몰랐죠."

모퉁이마다 유령이 어른대는 불안한 도시를 다시 가로질러 노동자들 사이에서 술을 마시다보니 오전이 지나가고 하루가 흘러가버렸다.

나는 그리핀 앞에 서서 비계가 설치된 정면을 올려다보았다. 잿빛 건물 위층의 어둠에 잠긴 창문들을 보니 어느 블랙홀이 그의 것인지 궁금했다.

나는 안으로 들어있다. 비어 있는 높은 등받이 의자들과 어스레한 조명의 라운지. 프런트로 가서 종을 울리고 기다리자 심장이 빠르고 세차게 방망이질했다.

프런트 위쪽 거울 속에서 작은 소년이 지팡이를 짚은 노파를 이끌고 라운지를 가로지르고 있었다.

전에 본 적 있는 사람들이었다.

그들은 일주일 전 로스와 내가 앉았던 바로 그 의자에 자리잡았다.

나는 다가가 세번째 의자를 뒤로 뺐다.

그들은 아무 말도 하지 않았지만 동시에 일어나 옆 테이블로 옮겨 앉았다.

나는 혼자 조용히 앉아 있다가 일어나서 다시 프런트로 가 종을 두번째로 울렸다.

거울 속에서 아이가 노파에게 속삭이더니 그 둘이 나를 빤히 보았다.

"무슨 일이시죠?"

프런트로 시선을 돌리자 짙은 색 양복 차림의 남자가 서 있었다.

"로스 씨, 마틴 로스 씨 방에 있나요?"

남자가 나무 열쇠함의 열쇠들을 힐긋 돌아보았다.

"목사님은 지금 나가셨는데요. 메시지를 남기시겠습니까?"

"아뇨, 나중에 다시 오겠습니다."

"알겠습니다."

"전에 본 적이 있어요."

"언제?" 해든이 물었다.

"배리 사건 때문에 왔던 바로 그 경찰이었어요."

"그렇군." 해든이 한숨을 쉬며 그때 일을 회상했다. "정말 끔찍한 때였지."

"지금과는 달랐죠." 나는 말했다. 그리고 둘 다 아무 말도 하지 않았다. 이윽고 그가 내게 종이를 건넸다.

"칼은 되도록 안 댔다네." 그가 씩 웃었다.

나는 책상 맞은편에 앉아 종이를 읽었다.

리퍼에게 보내는 공개 편지

리퍼에게,

당신은 이제 다섯 명을 죽였습니다. 이 년도 채 되지 않는 동안 리즈의 네 여성과 프레스턴의 한 여성을 난도질한 것입니다. 매춘부에 대한 끔찍한 증오 때문에 여성들을 찌르고 때렸다고들 하더군요. 하지만 필연적이게도 그 왜곡된 열정은 화요일 밤 엉뚱한 사람에게 쏟아지고 말았습니다. 리즈의 선량한 집안 출신으로, 행복하고 훌륭한 삶을 꾸리던 노동자 계급의 무고한 열여섯 살 소녀가 당신과 마주친 것입니다. 피로 얼룩진 도덕 전쟁이 끔찍하게도 엉뚱한 곳을 향했다는 걸 알았을 때 심정이 어땠습니까? 복수심에 불타는 칼이 무고한 소녀를 목표로 삼았다는 걸 알았을 때는요? 의심의 여지 없이 당신의 정신은 병들었습니다. 하지만 레이철의 피를 씻어낼 때만은 회한이 일었을 것입니다.

똑같은 실수를 두 번 다시 되풀이해서는 안 됩니다. 또다른 무고한 가족을 이런 지옥으로 밀어넣어서는 안 됩니다.

이제 끝내십시오.

밧줄이나 전기의자가 아니라 치료와 보살핌이 당신을 기다리고 있으니 마음 놓고 자수하십시오.

레이철을 위해서라도 이런 끔찍하기 이를 데 없는 살인을 멈추고 경찰서에 자수하십시오. 부탁입니다.

리즈 사람들로부터

"어떻게 생각하나?"

"조지도 봤습니까?"

"전화로 얘기했지."

"그래서요?"

"시도해볼 만하다더군."

"그자의 편지를 공개하지 않겠다는 생각은 여전하던가요?"

해든이 어깨를 으쓱했다. "자네 생각은 어때?"

"사실 이래저래 고민해봤지만, 아무래도 조지가 실수하는 것 같아요. 그 때문에 범인이 신경쓸 거고, 결국 우리에게도 문제가 되겠죠."

"어떤 점에서?"

"지난번 편지에 경고가 적혀 있었잖아요?"

"그래."

"그가 다시 살인을 저질렀는데 우리가 편지를 받았다는 게, 그것도 경고 편지를 받았다는 게 밝혀지면 대영제국 국민들은 우리가 경고를 전하지 않았다는 사실이 그리 유쾌하진 않을 테죠."

"그쪽 생각도 일리가 있어."

"누구요? 조지요? 아주 괜찮은 일리여야 할 텐데."

빌 해든이 턱수염을 잡아당기며 나를 가만히 바라보고 있었다. "뭔가, 잭?"

"뭐냐니요?"

"뭐냐고?"

"그냥 그 인간의 잘난 오만함이 싫은 거죠."

"아냐, 그게 아냐. 나는 자네를 잘 알아. 뭔가 다른 게 있어."

"그냥 이번 사건 때문이에요. 리퍼와 편지……"

"프레이저 경사를 만난 게 별 도움이 안 됐나?"

"아뇨, 사실 큰 도움이 됐어요."

"옛 기억이 되살아났군?"

"그 기억은 절대 사라지지 않아요, 빌. 절대."

신문사를 나와 차를 타러 갔을 때는 밤이었다. 어둡고 습한 여름밤.

팅글리 로터리를 지나 쇼크로스와 행잉 히턴을 통과해 배틀리의 버라이어티 클럽으로 향했다.

토요일 밤이라 그들이 무대에 세울 수 있는 밴드는 부둣가의 경쟁에서 밀려난 '뉴 좀비스'가 최선이었다.

차를 세운 나는 술에 취했더라면 좋았을 텐데, 후회하며 주차장을 가로질러 차양이 덮인 입구로 다가갔다.

돈을 내고 안으로 들어갔다.

반쯤 비어 있었다. 나는 더블스카치잔을 들고 바에 서서 롱드레스와 싸구려 턱시도를 구경하며 시간을 확인했다.

앞쪽에서는 목둘레가 깊이 파인 분홍색 드레스 밑자락으로 바닥을 쓸고 다니며 일찌감치 취한 깡마른 여자가 뚱보 콧수염 남자와 말싸움을 벌이고 있었다. 몸을 숙이고 고함을 지르느라 젖가슴이 살짝 드러났다.

남자가 여자의 엉덩이를 때리자 여자는 술을 끼얹고 접시에 담긴 음식을 그에게 쏟아부었다.

10시 30분이었다.

"화끈한 생활을 즐기시나요, 화이트헤드 씨?"

아주 짧게 친 머리에 검은 양복을 입은 젊은 남자가 왼손에 쇼핑백을 들고 바로 내 옆에 서 있었다.

"전화한 분이군요." 나는 말했다.

전에 본 적이 있는데 씨팔 어디서였는지 기억이 나지 않았다.

"미안합니다. 이름은 그냥 생략하죠."

"전에 만난 적이 있는 것 같은데요?"

"아뇨. 그렇다면 기억하시겠죠."

"어쨌든 상관없어요. 앉을까요?"

"좋죠."

나는 술을 한잔 더 주문한 뒤 클럽 뒤쪽 부스로 향했다.

그가 담배에 불을 붙이고는 고개를 살짝 젖혀 나지막한 타일 천장을
향해 연기를 내뿜었다.

나는 가만히 앉아서 사람들을 바라보다 물었다. "왜 여깁니까?"

"경찰의 눈을 피할 수 있으니까요."

"경찰에 쫓기고 있어요?"

"늘 그렇죠."

나는 스카치를 크게 한 모금 마시고는, 보석 반지를 비틀고 고리 모
양 담배연기를 내뿜고 있는 그와 그의 무릎 위에 놓인 쇼핑백을 가만히
보며 기다렸다.

그가 상체를 앞으로 숙이며 얇은 입술에 미소를 머금고 속삭였다.
"밤새 이렇게 앉아 있어도 좋아요. 나는 급할 것 없거든요."

"경찰이 왜 당신을 찾고 있죠?"

"여기 가져온 것 때문에요." 그가 비닐백을 두드리고는 말을 이었다.
"이건 씨팔 엄청난 빅뉴스거든요."

"그렇다면 한번 볼까요……"

그가 손바닥으로 이마를 짚었다. "안 돼요. 씨팔, 몰아붙이지 좀 마요."

나는 의자 등받이에 도로 기댔다. "좋아요. 가만히 듣고 있을게요."

"그래야 할 거예요. 이게 터지기라도 하면 여기가 아수라장이 될 테니까."

"메모는 해도 될까요?"

"물론, 안 되죠. 씨팔 헛소리 말고 듣기나 해요."

"좋아요."

그가 담배를 비벼 끄며 고개를 절레절레 저었다.

"당신 같은 작자들은 전에도 만난 적이 있죠. 진짜예요. 당신을 만나 이걸 전해주는 게 옳은지 굉장히 회의적이었어요. 지금도 그건 마찬가지고."

"돈 이야기부터 하면 편하겠어요?"

"씨팔 돈은 필요 없어요. 그것 때문에 여기 온 게 아니라고요."

"좋아요." 그가 거짓말하고 있다고 확신하며 나는 돈, 관심, 복수를 떠올렸다. "그럼 왜 여기 온 건지 말해줄래요?"

그가 클럽에 들어서는 사람들을 눈으로 좇으며 말했다. "내 말을 잘 듣고, 이 안을 잘 보면 이해가 될 거예요."

관심.

나는 빈 잔을 가리켰다. "한잔 더 하겠어요?"

"안 될 것 없죠." 그가 고개를 끄덕였고 나는 여자 바텐더에게 신호를 보냈다.

우리는 말없이 잠자코 앉아 기다렸다.

바텐더가 술을 가져왔다.

클럽 조명이 어두워졌다.

그가 상체를 숙여 손목시계를 들여다보았다.

나도 덩달아 상체를 숙였고, 그러고 보니 마치 키스라도 하려는 듯한 모양새였다.

그가 빠르지만 또렷이 밀겠다.

"리퍼가 프레스턴에서 죽였다고들 하는 클레어 스트라찬을 잘 알았어요. 여기 근처에 살았는데, 그때는 자기가 모리슨이라고 했죠. 질이 별로 좋지 않은 사람들이랑 엮여버렸어요. 다시는 만나기도 싫을 만큼 끔찍한 작자들. 내 말뜻 알죠?"

나는 말없이 고개를 끄덕였고, 고개를 끄덕이며 많은 것을 생각했다.

복수.

앞쪽 조명이 푸른색에서 붉은색으로 바뀌더니 다시 푸른색으로 돌아왔다.

그의 시선이 클럽 안을 춤추다가 내게로 돌아왔다.

"되는대로 막 살다보니 이래저래 실수를 많이 했죠. 내 생각에는 틀림없이 클레어도 그랬던 거예요."

나는 똑바로 앞을 응시했고, 밴드가 곧 나오려 하고 있었다.

그가 스카치를 맥주잔에 부었다.

"틀림없다니, 왜요? 무슨 근거로 그렇게 생각하는 거죠?"

맥주잔에서 고개를 든 그는 입술에 거품을 묻힌 채로 히죽댔다. "죽었으니까."

무대 앞쪽에서 벨벳 디너재킷 차림의 남자가 마이크에 대고 우렁찬 목소리로 말했다.

"신사 숙녀 여러분, 남자 여자 여러분, 우리가 죽어가고 있다고, 죽었다고, 이미 땅속에 묻혔다고들 하죠. 이들에 대해서도 같은 말을 하지만, 틀렸다는 걸 증명하러 이 자리에 나왔습니다. 죽었다 살아나 무덤에서 기어나온, 살아 있는 죽은 자들인 '뉴 좀비스'에게 요크셔 클럽의 커다란 환영의 박수를 보내주십시오."

푸른색 커튼이 올라가고 드럼 연주가 시작되며 노래가 울려퍼졌다.

"좀비조차 못 되어버렸으니." 그가 무대를 보며 말했다.

"그야 알 수 없죠." 나는 대꾸했다.

그가 나를 돌아보았다. "늦은 밤 좋은 읽을거리가 될 겁니다." 그러고는 탁자 아래로 쇼핑백을 건넸다.

나는 받아들고 내용물을 보려 했다.

"여기서는 안 돼요." 그가 재빨리 말하더니 옆쪽으로 턱짓했다. "화장실로 가요."

나는 일어나 텅 빈 탁자들 사이로 지나가다가 검은 양복을 입은 파리한 젊은이를 힐긋 뒤돌아보았다. 무대의 키보드 연주에 맞춰 고개를 까딱거리고 있었다.

"필요하면 도와드리죠." 그가 나를 향해 소리쳤다.

나는 화장실 칸 문을 닫고 변기 뚜껑을 내리고 앉아 비닐백을 열었다.

안에는 다른 봉투가 있었다. 갈색 종이봉투.

봉투를 열고 잡지를 꺼냈다.

포르노 잡지.

싸구려 포르노.

아마추어적인.

『스펑크』.

한 페이지의 모서리가 접혀 있었다.

표시된 페이지를 펼치자 그녀가 있었다.

하얀 머리와 분홍 살결과 짙푸른 눈의 그녀가 다리를 쩍 벌려 축축한 붉은 구멍들을 드러내고서 음핵을 까닥거리고 있었다.

클레어 스트라찬.

나는 단단해졌다.

나는 단단해졌고 그녀는 죽었다.

화장실에서 나와 클럽으로 돌아가니 분홍색 롱드레스 차림의 말라깽이 여자가 혼자 무대 앞에서 춤출 뿐, 백 개의 극명한 색소 결핍증 얼굴은 바 쪽을 보고 있었다. 그곳에서는 네 명의 경찰이 바텐더와 이야기하면서 우리가 앉았던 텅 빈 탁자를 가리키고 있었다.

경찰 둘이 갑자기 밖으로 달려나갔다.

나머지 둘은 나를 보고 있었다.

나는 가방을 두 손으로 들고 있었다.

겁이 났다. 정말 더럽게 두려웠고, 왜 그런지 알았다.

경찰이 탁자 사이로 나를 향해 점점 다가왔다.

나는 내 탁자를 향해 다른 쪽으로 돌아갔다.

팔꿈치에 손이 느껴졌다.

"무슨 일이죠?" 나는 물었다.

"함께 있던 남자가 어디로 갔는지 압니까?"

"유감스럽게도 모릅니다. 왜 그러죠?"

"잠시 밖으로 나갈까요?"

"그러죠." 나는 고개를 끄덕이고 그를 따라 탁자 사이를 지나갔다. 밴드는 여전히 노래했고, 분홍 여자는 여전히 춤을 추었고, 유령들은 여전히 나를 바라보고 있었다.

밖에는 다시 비가 내리고 있었다. 우리 셋은 현관 차양 아래 나란히 서 있었다.

두 경찰 다 젊은데다 초조하고 확신 없는 표정이었다. "성함이 어떻게 됩니까?"

"잭 화이트헤드라고 합니다."

경찰들이 서로 마주보았다. "기자요?"

"네. 무슨 일인가요?"

"당신과 함께 있던 남자가 저기 저 오스틴 알레그로*를 훔친 걸로 보입니다."

"저런, 수고가 많으시겠어요, 경관님. 하지만 그 일은 전혀 모릅니다. 심지어 그 남자 이름도 모르는걸요."

"앤더슨입니다. 배리 제임스 앤더슨."

종이 울리고 세월의 껍질이 벗겨진다.

비에 젖은 두 경찰이 헉헉대며 주차장을 가로질러 다가왔다.

"씨팔." 둘 중 나이가 많은 쪽이 허리를 숙여 두 손으로 무릎을 짚었다.

"이자는 누구지?" 다른 경찰이 물었다.

"〈포스트〉의 잭 화이트헤드라네요."

나이 많은 뚱보 경찰이 허리를 폈다. "정말 좆같이 되었군. 그 씨팔 새끼에 대해 어서 부시지."

"돈." 나는 말했다.

"오랜만이군요." 그가 고개를 끄덕였다.

오랜만 같은 소리 하고 자빠졌네, 생각하며 그날을 오롯이 떠올렸다. 황폐한 광경과 비참한 기억으로 점철된 그날, 돌마다 뒤집히고, 뼈마다 깨어나고, 산 자가 불러일으켜 죽은 자가 돌아다니고.

"이 사람이 잭 화이트헤드라네." 도널드 험프리스 경사가 말하는 동안 머리 위 차양으로 비가 세차게 떨어졌다. "언젠가 말했지, 퇴마의식 현장을 덮친 밤 이야기 말이야. 바로 저 기자랑 같이 찾아냈지."

---

* 영국산 소형차.

맞아, 나는 생각했다. 그가 그날 밤 말고 다른 밤에 대해 이야기할 턱이 없다는 듯, 그날 밤 우리가 목격한 것을 그가 순간적으로 이해했다는 듯. 그날 밤 우리는 언덕과 제분소 앞에, 뼈와 돌 앞에, 산 자와 죽은 자 앞에 서 있었다. 비 오는 그날 밤 자기 집 잔디밭에 나체로 누운 마이클 윌리엄스는 캐럴을 안고 그녀의 피투성이 머리를 마지막으로 쓰다듬었다.

하지만 내가 무슨 피해라도 끼쳤는지 얼굴이 흐려지며 미소가 사라지더니 그가 고개를 저으며 물었다. "잘 지내요, 잭?"

"최고죠. 경사님은?"

"불평할 정도는 아니에요. 그나저나 이 동네엔 웬일로?"

"저녁이나 할까 하고."

그가 내 손에 들린 비닐백을 가리키며 씩 웃었다. "쇼핑도 좀 했나보죠?"

"크리스마스까지 이백 일도 채 안 남았잖아요, 돈."

나는 시속 130킬로미터로 돌아갔다.

심장이 쿵쿵대는 가운데 계단을 올라 문을 열고 신발을 벗고 침대에 쓰러져 잡지를 펼치고는 안경을 쓰고 클레어를 들여다보았다.

『스펑크』.

1975년 1월, 3호.

잡지 뒤를 보니 아무것도 없었다.

안쪽을 보니 뭔가 있었다:

MJM 출판사 발행. MJM 인쇄소 인쇄 및 배부. 잉글랜드 맨체스터 올덤 거리 270번지.

전화기로 가서 밀가스 경찰서 번호를 돌렸다.

"프레이저 경사 부탁합니다."

"나갔는데요."

수화기를 내리고 침대로 돌아가…… 충격적이게도 캐럴이 클레어의 포즈를 그대로 취하고 있었다.

"이런 거 좋아해?"

"아니."

"당신의 그 더러운 중국년이 이런 걸 하나보지?"

"아니."

"이리 와, 잭. 나를 먹어요."

나는 부엌으로 달려가 서랍을 열고 카빙나이프를 꺼내들었다.

그녀가 손가락을 음부에 올렸다. "이리 와, 잭."

"날 내버려둬." 나는 소리쳤다.

"그걸 쓸 거야?" 그녀가 윙크했다.

"날 내버려둬."

"그걸 가지고 브래드퍼드로 가. 그가 시작한 걸 끝내야지." 그녀가 깔깔대며 말했다.

내가 한 손에 칼을, 다른 손에는 부츠 한 짝을 쥐고 날듯이 방을 가로질러 침대로 가 그녀의 머리를 때리고, 새하얀 피부에 붉은 줄을 긋고, 금발을 어둠으로 물들이자 모든 것이 끈적거리고 시커메지며 웃음과 비명이 터져나왔다. 결국 남은 것은 내 손에 들린 지저분한 칼과 부츠 뒤꿈치에 박힌 잿빛 머리카락과 사랑스러운 클레어 스트라찬의 구겨진 컬러사진에 떨어진 몇 방울의 피와 젖은 손가락들과 붉은 음부뿐이었다.

손가락이 차가워지며 피가 뚝뚝 떨어졌다.

칼로 내 손을 그은 모양이었다.

칼과 부츠를 떨어뜨리고 엄지로 머리를 더듬어 내가 만든 흉터를 찾왔다.

주님께로부터 오는 그 형벌이 부서워서, 내 기턱이 나

쇠잔해지고 말았습니다.

돌아보니 거기 그녀가 있었다.

"미안해." 나는 흐느꼈다.

캐럴이 말했다. "사랑해, 잭. 사랑해."

존 샤크: 그럼 소함대에 별 기대는 안 했군요, 밥?

청취자: 날씨가 그 모양인데 누가 기대하겠어요?

존 샤크: 하지만 불꽃놀이는 했잖습니까. 약간은 특별하지 않던가요……

청취자: 아, 그랬죠. 하지만 내 말은, 조지 왕의 즉위 이십오 주년 기념식을 요즘 사람들 중 몇이나 기억하겠느냐는 거죠.

존 샤크: 그게 언제였죠, 밥?

청취자: 봐요, 그렇잖아요. 1935년이었어요, 존. 씨팔 1935년.

1977년 6월 12일 일요일

리즈 라디오

존 샤크 쇼

15

꿈속에서 나는 다시 황무지 소파에 앉아 있었다. 소파에 범벅된 피가 내 옷과 피부에 배어들었다. 내 옆에는 기자인 잭 화이트헤드가 앉아 있었다. 그의 얼굴을 따라 피가 흘러내렸다. 내려다보니 파란색 잠옷을 입은 보비가 크고 검은 책을 들고 내 무릎에 앉아 있었다. 아이가 울기 시작하자 나는 잭 화이트헤드를 돌아보고 말했다. "내가 안 그랬어요."

그녀는 내 옆 크고 딱딱한 의자에 잠들어 있고, 보비는 이웃집에 맡긴 터였다.

나는 장인이 죽으리라는 것을, 그것도 곧 죽으리라는 것을 알면서 여기 이렇게 죽치고 있을 수 없음을, 도저히 그럴 수가 없음을 알기에 일어난다.

그 파일을 찾아내야 한다는 것을, 그 파일을 찾아내 그를 찾아내야 한다는 것을, 그를 찾아내 멈춰야 한다는 것을, 그를 멈춰 그녀를 구해야 한다는 것을, 그녀를 구해 이런 생각들을 끝내야 한다는 것을 알기에.

재니스 생각을 끝내야 한다는 것을 알기에.

재니스 생각을 끝내야 한다는 것을, 재니스 생각을 끝내 모든 것을 끝내야 한다는 것을, 모든 것을 끝내 **여기서** 다시 시작해야 한다는 것을 알기에.

여기 내 아내와 함께, 여기 내 아들과 함께, 여기 죽어가는 장인과 함께.

나의 새로운 거래, 새로운 기도:

그를 막아 그녀를 구하게 하소서.

그녀를 구해 다시 시작하게 하소서.

다시 시작하게.

여기서.

그녀가 눈을 뜬다.

나는 아침 인사 겸 사과의 뜻으로 고개를 끄덕인다.

"언제 왔어?" 그녀가 속삭인다.

"일 끝나고 11시쯤."

"고마워." 그녀가 말한다.

"보비는 티나네에 맡겼어?"

"응."

"너무 폐 끼치는 거 아닐까?"

"그러면 그렇다고 말했을 거야."

"이만 가봐야 해." 나는 손목시계를 확인한다.

내가 지나가도록 그녀가 비키더니 내 소매를 잡고 말한다. "다시 한 번 말하지만, 고마워, 밥."

나는 몸을 숙여 그녀의 정수리에 입을 맞춘다. "이따 봐."

"이따 봐." 그녀가 빙긋 웃는다.

나는 리즈에서 웨이크필드로 달려간다. 일요일 아침의 M1은 고요하지만 라디오는 요란하다.

월즈든의 그린윅 처리 실험실 밖에서 여든네 명이 체포되었습니다. 메트로폴리탄 경찰의 작전이 필요 이상으로 잔혹하고 공격적이며 도발적이었다는 비난이 쏟아지고 있습니다.

또다시 장대비가 시작되고, 주위에 개미 그림자 하나 보이지 않는 우드 거리에 차를 세운다.

"밀가스 서의 밥 프레이저입니다."

"무슨 일입니까?" 안내 데스크의 경사가 내 신분증을 도로 건네며 물었다.

"잡슨 총경님을 뵙고 싶은데, 계십니까?"

그가 수화기를 집어들고 모리스를 찾더니 내가 왔다고 말한 뒤 나를 올려보낸다.

나는 두 번 노크한다.

"밥." 모리스가 일어나 손을 내밀며 말한다.

"미리 연락도 하지 않고 불쑥 찾아와서 죄송합니다."

"죄송하긴. 이렇게 보니 좋은걸, 밥. 빌은 어때?"

"방금 병원에 들렀다 오는 길입니다. 별 차도가 없으세요."

그가 고개를 젓는다. "루이즈는?"

"늘 그렇듯 견디고 있어요. 어떻게 그럴 수 있는지 정말 대단하죠."

우리는 갑작스러운 침묵에 빠져든다. 줄무늬 잠옷을 걸친 앙상한 몸의 장인이 플라스틱 스푼으로 떠주는 통조림 과일을 먹는 모습에 이어, 두꺼운 렌즈가 박힌 굵은 테 안경을 쓴 올빼미 모리스와 장인이 도둑을 잡고, 악당을 처지하고, 두개골을 박살내고, 최고의 사격 실력을 뽐내고, 보비의 동화책 속 등장인물처럼 오소리 빌과 올빼미 모리스라는 이름을 드높이는 모습이 주르르 지나간다.

"무슨 일인가, 밥?"

"클레어 스트라찬 때문에요."

"그게 왜?"

"잭 화이트헤드를 아십니까? 그 사람이 준 건데, 프레스턴의 앨프 힐한테서 받았답니다." 나는 웨이크필드의 참조 파일 번호를 건넨다.

모리스가 쭉 훑더니 고개를 들어 묻는다. "모리슨?"

"클레어 스트라찬의 다른 이름입니다."

"그래, 그래. 처녓적 성이었지, 아마."

"아셨어요?"

그가 안경을 밀어올리며 고개를 끄덕인다. "파일 봤어?"

나는 확신을 약간 잃고 머뭇거리다 말한다. "그게, 여기 온 이유의 반입니다."

"그게 무슨 말인가?"

"이미 누가 가져갔더군요."

"그런데?"

나는 침을 삼키고 꾸물거리다 말한다. "비밀 지켜주실 거죠?"

그가 고개를 끄덕인다.

"존 러드킨이 가져갔답니다."

"그래서?"

"밀가스 경찰서의 클레어 조서에는 없거든요. 러드킨이 그 파일에 대해 언급한 적도 없고요."

"러드킨한테 물어봤나?"

"아직 기회가 없었습니다. 하지만 또다른 게 있어요."

"말해봐."

나는 더 깊이 들어간다. "이 주 전 러드킨이랑 프레스턴에 가서 그곳 파일을 샅샅이 훑었거든요."

"클레어 스트라찬 파일 말인가?"

"네. 복사를 해왔죠. 여기 없거나 놓치고 못 챙겼을 만한 것들 전부요. 그런데 러드킨이 파일 하나를 복사본이 아닌 원본으로 챙겨간 걸 봤어요."

"실수로 헷갈린 것 아닌가?"

"그럴 수도 있지만, 그게 검시 조서였거든요."

"검시관 보고서 말인가?"

"네. 그리고 혈액형이 이상해 보였어요. 나중에 누가 타이핑해놓은 것처럼요."

"뭐라고 적혀 있었나?"

"B형요."

"러드킨이 그걸 바꿨다고 생각해?"

"어쩌면……"

"지난번 거기 갔을 때 그랬을까?"

"아뇨. 조앤 리처즈 사건 후에 갔을 때 그랬지 싶어요."

"하지만 왜 혈액형을 바꾸겠나? 그래서 무슨 소용이라고?"

"모르겠습니다."

"그래서 핵심이 뭔가?"

"뭔가 잘못된 것 같다는 거죠. 그리고 어떤 식으로든 러드킨도 그걸 알고요."

모리스가 안경을 벗고 눈을 문지르고는 말한다. "이건 아주 심각한

문제야, 밥."

"압니다."

"좆나 심각한 문제라고."

그가 수화기를 집어든다.

"그래. 파일 두 개 좀 확인해줘. 둘 다 모리슨-C야. 하나는 1974년 8월 23일자 호객행위 경고 1A. 두번째는 1974년 12월 22일자 GRD-P 살인사건의 목격자 진술 27C야."

그가 수화기를 내려놓고 우리는 기다린다. 그는 안경을 닦고, 나는 손톱을 물어뜯는다.

전화가 울리자 그가 수화기를 집어들고 가만히 듣다가 묻는다.

"좋아. 누가?"

올빼미가 눈도 깜빡이지 않고 가만히 나를 응시한다.

"언제?"

그가 일요일자 신문에 끄적인다.

"수고했네."

그가 수화기를 내려놓는다.

나는 묻는다. "뭐랍니까?"

"러드킨 경위가 가져갔다는군."

"언제요?"

"75년 4월에."

나는 일어난다. "75년 4월이라니. 젠장, 그때는 그 여자가 죽기도 전이잖아요."

모리스가 신문을 빤히 내려다보다 고개를 든다. 눈이 어느 때보다도 더 휘둥그레져 있다.

"GRD-P. 그게 누군지 아나?"

나는 의자에 털썩 앉아 고개만 끄덕인다.

"폴라 갈런드야." 그가 중얼거린다. 안경 뒤에서 빠져나간 그의 정신이 자기만의 작은 지옥 복도를 따라 허둥지둥 걷고 있다.

대성당 종소리가 들린다.

나는 두 손바닥을 쳐들며 묻는다. "이제 우린 어떡해야 하죠?"

"우리? 아무것도."

나는 뭐라고 말하려는데 그가 한 손을 들고 윙크한다. "모리스 삼촌한테 맡겨둬."

일주일도 되지 않는 사이 두번째로 레드벡 주차장의 화물트럭들 사이에 차를 세운다. 지난번 여기 왔을 때가 그다지 기억나지는 않지만.

그저 고통뿐.

지금은 죽을 듯이 허기가 진다.

나는 스스로에게 그렇게 되된다.

카페로 들어가 소시지와 감자칩이 든 샌드위치와 뜨겁고 달콤한 차 두 잔을 산다.

음식을 들고 건물 뒤로 돌아 27호실로 간다.

문을 열고 안으로 들어간다.

공기는 퀴퀴하고 차갑고, 땀과 두려움의 냄새가 배어 있고, 사방에 죽음이 있다.

어두운 방 한가운데 서 있자니 지저분한 잿빛 시트를 갈기갈기 찢고, 매트리스를 창문에서 치우고, 벽에 붙은 사진과 이름을 불태우고 싶지만 그러지 않는다.

나는 침대 하단 매트리스에 앉아 죽은 자와 사라진 자를, 사라진 자와 죽은 자를 생각한다.

죽은 자를 그리워하며.

골이 빠개질 듯한 두통을 안고 리즈로 돌아간다. 손도 안 댄 샌드위치가 차갑게 식은 채 조수석에 놓여 있다.

라디오를 켠다.

〈Yes Sir I Can Boogie〉.

러드킨에게 말하면 어떨까 생각하다가, 그가 들려준 온갖 똥 같은 얘기가 무슨 뜻인지 이제야 알겠다고 생각하다가, 그가 했을 것 같은 온갖 똥 같은 짓거리에 대해 생각하다가, 그가 했음이 확실한 온갖 똥 같은 짓거리에 대해 생각한다.

나는 차를 세우고 밀가스 서로 들어간다.

뛰어다니는 경찰들, 고함과 구둣발소리, 재킷을 걸치거나 와락 벗는 광경을 보고 생각한다.

또 터진 거야.

재니스.

"프레이저! 씨팔 하느님 감사합니다." 노블이 고함친다.

"네?"

"몰리의 그레드힐 로드로 가."

"왜요?"

"또 터졌어."

"누군데요?"

"씨팔, 우체국이 또 털렸어."

"젠장."

그리고 벌컥 나간다, 지금 당장 강도질이라도 할 듯이.

고드프리 허스트 씨는 누가 피부에다 오렌지를 줄줄이 꿰매어놓은 듯 보인다. 얼굴의 구멍이란 구멍은 죄다 부풀어올라 닫혀 있다.

그가 힘겹게 말을 뱉는다. "노크소리가 났어요. 아래층으로 내려가 뒷문을 열었는데 팍! 놈들이 문을 내 얼굴 쪽으로 확 밀었던가봐요. 정신을 차리니 내가 바닥에 쓰러져 있고 또 팍! 놈들이 내 머리를 걷어찼던 것 같아요."

"그때 내가 내려갔어요." 백지장처럼 하얗고 새처럼 여윈 도리스 허스트 부인이 여전히 지린내를 풍기며 말을 잇는다. "비명을 지르니까 그중 한 놈이 얼굴을 후려치더니 머리에 봉투를 씌우고 나를 꽁꽁 묶었어요."

주위에서는 부모들이 팔다리가 부러지거나 피 흘리는 아이들을 데리고 들어오고, 간호사들이 부상자와 수심에 찬 보호자들을 응급실 여기저기로 안내한다. 모두 울고 있다.

"이런 말씀 드리긴 뭣하지만……" 나는 피해자의 진술을 받아적으며 말한다. "이런 말씀 드리긴 뭣하지만 그래도 이 정도로 끝났으니 다행입니다."

허스트 씨가 아내의 손을 꼭 쥐며 웃으려고 하지만 그러지 못한다. 서른다섯 바늘이나 꿰맨 탓에.

나는 묻는다. "놈들이 얼마나 가져갔습니까?"

"750파운드쯤요."

"두 분에게 큰돈입니까?"

"예전에는 주말이면 한 푼도 없었어요. 그런데 우체국에서 토요일에 현금 수거를 안 하기로 했지 뭡니까."

"왜요?"

"비용 절감 때문이겠지."

나는 허스트 부인을 돌아본다. "범인들을 봤습니까?"

"아니요. 마스크를 쓰고 있었어요."

"몇 명이었죠?"

그녀가 고개를 젓고는 말한다. "실제로 본 건 둘이지만 더 많은 느낌이었어요."

"왜 그렇게 생각하죠?"

"목소리랑 빛 때문에요."

"몇시쯤이었죠?"

허스트 씨가 대꾸한다. "7시 30분쯤요. 교회 갈 채비를 하고 있었죠."

"빛이 어떤 점에서 달랐나요, 허스트 부인?"

"그냥 부엌이 어두워 보였어요. 그래서 거기 누가 더 있나보다 했죠."

"범인들이 한 말 중 기억나는 것 있습니까?"

"한 명이 다른 놈한테 위층으로 가라고 했어요."

"이름이나 다른 건 언급하지 않았나요?"

"네. 하지만 내 머리에 봉투를 씌우고 꽁꽁 묶고 나서 화가 난 것 같더라고요. 돈이 너무 적다고 누구한테 막 화를 냈어요."

"정확히 뭐라고 말했는지 기억을 더듬어보시겠습니까?"

"그게……" 그녀가 입술을 앙다문다. "정확히요?"

"죄송합니다. 중요한 문제예요."

"한 명이 말했어요, 누가 좆같이 처리했다고요." 허스트 부인의 얼굴이 빨개지더니 말한다. "이런 실례를……"

"그러자 다른 사람이 뭐라던가요?"

"그래서 내가 아까 그랬던 거예요. 그때 세번째 목소리가 들렸거든요. 나중에 손보자고 했어요."

"다른 목소리요?"

"네. 더 낮고 나이든 목소리였어요. 있잖아요, 대장처럼 들렸어요."

나는 허스트 씨를 보지만 그는 어깨를 으쓱한다. "나는 완전히 기절해 있었던지라. 미안합니다."

나는 H 부인을 돌아보고 묻는다. "말씨로는 어디 출신 같던가요?"

"여기 사람이었어요. 확실해요."

"또다른 특이점은 없었나요?"

그녀가 남편을 바라보더니 천천히 고개를 저으며 말한다. "제 생각에 흑인들 같았어요."

"흑인요?"

"음, 그런 것 같아요."

"왜요?"

"덩치 때문에요. 아주 컸거든요. 그리고 목소리가 꼭 흑인 같았어요."

내가 받아적는 동안 운명의 바퀴가 돌아간다.

그때 그녀가 말한다. "아니면 집시일 수도 있고요."

나는 받아적기를 멈추고, 운명의 바퀴도 멈춘다.

간호사가 다가온다. 평범하지만 예쁘다. "의사 선생님이, 두 분은 원하면 집에 가셔도 된대요."

허스트 부부는 서로 마주보고 고개를 끄덕인다.

나는 수첩을 덮고 말한다. "태워다드리죠."

나의 옛 구역인 몰리의 글레드힐 로드로 들어서자 빅토리아 로드가 이 근처라고 생각하다가, 그들이 배리 개넌을 기억하는지 궁금해하다가, 클레어 켐플레이가 윈터본 거리에 살았다는 것은 기억하겠지 확신하다가, 그날 밤 아이 수색에 이 두 사람도 동참했을까 궁금해하다가, 잊지 말고 루이즈에게 전화해서 오늘 늦을 거라고 말해야지 결심하다가, 우리가 이번 일을 잘 극복할 수 있을 거라고 생각하는데 바로 그때 경찰차들이 우체국 앞에 늘어서 있고, 첫번째 차에서 노블과 러드킨이 내리는 것을 보고 허스트 씨를 돌아보며 "내가 안 그랬어요"라고 말하고, 영영 완전히 끝장난 그 순간에도 이번 일을 잘 극복할 수 있다고만 생각하고—

≫ 4부 ≪

내
이름은?

청취자: 껌둥이를 철창에 처넣고 압수한 대마초를 경찰이라는 새끼가 다른 딜러에게 되팔았다죠. 신문을 보니 그 짓을 한 경찰이 지금 내사과의 모체라 할 A10*에서도 일했대요.

존 샤크: 잠깐, 잠깐만요. 그게 개코원숭이의 심장을 가진 사람과 무슨 상관이죠?

청취자: 아무 상관도 없겠죠.

존 샤크: 동의합니다. 그런데 이왕 전화가 연결된 김에, 오늘의 주제인 개코원숭이의 심장을 이식받은 남아공 사람에 대해서는 특별히 하실 말씀 없습니까?

청취자: 아뇨, 별로요. 옳지 않은 일이고 그 남자는 죽을 거라는 얘기 말고는 할말 없어요.

1977년 6월 12일 일요일
리즈 라디오
존 샤크 쇼

---

* 영국 경찰청의 반부패 부서.

16

　—허스트 씨를 돌아보며 어디 주차하면 좋을지 묻자 그의 아내가 남편을 곁눈질하고, 나는 경찰차들 옆에 차를 세우고, 우리에게로 다가오는 거구의 남자 세 명을 허스트 부부가 바라보고, 나는 거리 한가운데 멈춰 선 차에서 내리고 허스트 씨도 내리고 허스트 부인은 손으로 입을 막고, 돌아보는 내게 러드킨의 주먹이 곧장 날아들고, 노블과 엘리스가 그를 말리고, 나는 비틀비틀 물러서고, 러드킨이 다른 팔을 풀어내 내게 날리며 로 킥으로 내 사타구니를 걷어차고, 정복경찰 몇몇이 내 재킷을 잡고 뒤로 질질 끌고 가서 좁아터진 판다* 뒷좌석에 밀어넣는 동안 러드킨은 여전히 "이 씨팔 새끼, 이 망할 씨팔 새끼!"라고 외쳐대고, 차가 빠져나가면서 돌아보니 경찰들이 러드킨의 머리를 눌러 차에 태우고, 엘리스와 노블이 그 뒤를 따르고, 내 차는 글레드힐 도로 중간에 문이 열린 채 서 있고, 허스트 부부는 고개를 저으며 엉덩이나 입에 손을

---

* 소형 경찰차.

대고 있다.

나를 리즈의 밀가스 서로 데려가는 동안 정복경찰들은 하나같이 입을 다문 채 백미러를 수시로 힐긋대고, 나는 윙크를 보내며 씨팔 모리스가 무슨 말을 했는지 궁금해하는 한편, 내사과와 경찰 형제들의 사랑에 대비해 마음을 다진다.

안으로 들어서니 온 경찰서가 텅 빈 듯하다. 정복경찰들이 곧장 나를 배때기로 데려가 신문용 감방에 앉히고 문을 닫는다. 나는 손목시계를 본다. 1977년 6월 12일 일요일 6시가 막 지났다.

삼십 분 후 나는 일어나 문을 열려고 해본다.
잠겨 있다.

다시 삼십 분 후 문이 열린다.
처음 보는 정복경찰 둘이 들어온다.
그중 한 명이 내게 하늘색 셔츠와 남색 작업복을 건네고 말한다. "이걸로 갈아입으시겠습니까?"
"왜?"
"그냥 따라주십시오."
"이유를 들어야겠어."
"경사님 옷을 검사해야 합니다."
"어떤 검사?"
"죄송합니다만 저도 모릅니다."
"그럼 아는 사람을 데려오면 고맙겠군."
"현재 상급 경찰은 아무도 안 계십니다."

"내가 그 망할 상급 경찰이야."

"압니다, 경사님."

"그럼 내가 왜 내 망할 옷을 넘겨야 하는지 말할 만한 인간이 올 때까지 자네는 가서 좆이나 까고 있게."

정복경찰들이 어깨를 으쓱하고는 나가 문을 잠근다.

십 분 후 다시 문이 열리고 네 명의 정복경찰이 들어와 내 팔다리를 잡고 재갈을 물린 뒤 옷을 벗긴다.

그리고 재갈을 치우고 셔츠와 작업복을 내게 던지더니 감방을 나가 문을 잠근다.

나는 바닥에 벌거벗은 채 누워 손목시계를 보지만 고장나 있다.

일어나 셔츠와 작업복을 입고, 탁자에 앉아 기다리며, 뭔가 잘못되었음을 깨닫는다.

그것도 아주 크게.

문 열리는 소리에 고개를 든다.

앨더먼 경정과 프렌티스 경정이 들어온다.

그들이 의자 두 개를 끌어당겨 내 맞은편에 앉는다.

딕 앨더먼과 짐 프렌티스.

안색이 좋지 않다.

행복한 표정이 아니다.

"밥?" 프렌티스가 말한다.

"무슨 일이죠?" 나는 묻는다.

"무슨 일인지는 자네가 말해주면 좋겠는데?"

"이봐요." 나는 두 사람을 번갈아 보며 말을 잇는다. "지금 날 신문하려는 거죠?"

"이야기나 좀 하자는 거지." 프렌티스가 윙크한다.

"웃기지 마요. 나예요, 밥 프레이저. 뭔가 잘못됐다면 그냥 말해요."

"문제는 그렇게 간단한 일이 아니라는 거지, 밥." 지미 프렌티스가 말하며 담배를 권한다.

나는 고개를 젓는다. "짐, 나는 모르니까 경정님이 말해줘요."

그들이 서로 마주보더니 한숨을 쉰다.

나는 말한다. "존 러드킨과 관련된 거군요. 그렇죠?"

딕 앨더먼이 고개를 젓는다. "좋아, 밥. 헛소리는 집어치우고 6월 4일 토요일 저녁 6시와 6월 8일 수요일 아침 6시 사이에 뭘 했는지만 말해."

"왜요?"

그가 씩 웃는다. "기억은 하지?"

"물론 좆나 잘 기억하죠."

"시작이 좋군. 지금까지 다른 썹새끼들은 알리바이라곤 없었거든."

나는 잠시 가만있다가 입을 연다. "러드킨, 엘리스랑 있었어요."

프렌티스가 말한다. "그들도 그렇다고 했지."

나는 안심하고 씩 웃으며 좀더 자세히 설명하려고 한다.

하지만 앨더먼이 상체를 들이민다. "그래, 그들도 그렇다고 했지. 오늘 오후 3시 30분 전까지는. 둘 다 정직당하기 전까지는 말이야. 그러고는 다음번에 널 보면 낯짝을 갈겨버리겠다고 맹세하더군."

나는 그를 바라본다, 쓰러진 놈 뒤통수 깠다는 듯한 자부심으로 가득한 얼굴. 나는 어깨를 으쓱한다.

그가 웃는다, 입이 터져라 웃는다. "이제 뭐라고 말할 텐가, 보비?"

나는 프렌티스를 바라본다. "경찰노조 변호사라도 불러야 합니까?"

그가 어깨를 으쓱한다. "자네가 어딜 갔고 무슨 짓을 했는지에 따라 다르겠지."

"아무 짓도 안 했습니다."

앨더먼이 일어난다. "생각할 시간이 필요한가보군. 우리가 돌아오기 전에 끝내는 게 좋을 거야."

그들이 나가고 문이 잠긴다.

문이 열리자 고개를 든다.

앨더먼 경정과 프렌티스 경정이 들어온다.

그들이 내 앞 의자에 앉는다.

딕과 짐.

안색이 좋아 보인다.

하지만 행복한 표정은 아니다.

"밥?" 프렌티스가 고개를 끄덕인다.

나는 말한다. "대체 무슨 일인지만 말해줘요."

"우리도 몰라, 밥. 그래서 여기 있는 거고."

"무슨 일인지 알아내려고 말이야." 앨더먼이 덧붙인다.

"뭐에 대해 말이에요?"

"토요일 밤부터 수요일 아침까지 자네가 뭘 했느냐, 그거 말이야."

"집에 갔다고 하면요? 아내랑 같이 있었다고 하면요?"

앨더먼이 프렌티스를 본다.

프렌티스는 묻는다. "지금 그랬다고 말하는 건가?"

"네." 나는 고개를 끄덕인다.

그들이 다시 나가고 문이 잠긴다.

문이 열린다.

앨더먼 경정과 프렌티스 경정이 들어온다.

그들은 앉지 않는다.

리처드 앨더먼과 제임스 프렌티스.

그들은 정말 열받은 얼굴이다.

행복한 표정이 아니다.

앨더먼이 말한다. "프레이저, 마지막으로 묻겠네. 토요일 밤과 수요일 아침 사이 뭘 했고, 어디 갔고, 누굴 만났지?"

프렌티스가 덧붙인다. "씨팔 거짓말할 생각 마, 밥. 부탁이야, 밥."

나는 그들을 바라본다. 두 사람은 허리를 숙여 나를 굽어본다. 나만 아니었다면, 내가 경찰만 아니었다면 지금쯤 두들겨패서 진실을 토해내게 만들었으리라.

"술 마셨어요." 나는 나직하게 천천히 말한다.

그들이 의자를 빼내 앉는다.

"그리고 뭘 했지?" 앨더먼이 묻는다.

"러드킨, 엘리스와 같이 용의자를 감시하기로 되어 있었죠."

"그래. 그래서 뭘 했나?"

"말했듯이 술을 마셨어요."

"어디서?"

"내 차에서, 공원에서."

"누굴 만났나?"

"아뇨."

하지만 나는 캐런 번스와 에릭 홀을 떠올리며 좆됐다고 생각한다.

"다시 묻겠네. 그사이 아무도, 정말 아무도 만나지 않았나?"

"네."

"좋아." 앨더먼이 고개를 끄덕이고 말을 잇는다. "살인사건 용의자를 감시해야 할 판국에 술은 왜 마셨나? 그때까지 네 명의 여자를 살해한 망할 핵심 용의자를 따라다녀야 할 밤에 말이야, 결국 놈은 열여섯 살짜리 여자애를 죽였어."

나는 탁자만 보고 있다.

"왜 술을 마셨는지 말해주지 않겠나?"

"집안 문제 때문이었어요." 나는 나직이 말한다.

"좀 구체적으로 말해주면 고맙겠군."

"그건 곤란합니다, 정말요."

프렌티스가 말한다. "소문날 일은 없을 거야, 밥."

나는 껄껄 웃는다. "헛소리 마요. 아침 먹기도 전에 달 반대쪽까지 다 퍼질걸요."

"망할, 선택의 여지가 없다고." 앨더먼이 말한다.

"씨팔, 없긴 왜 없어요. 대체 무슨 일인지나 말해요."

앨더먼이 말을 내뱉는다. "까불지 마. 난 지금 상관으로서 묻는 거야. 일을 해야 할 84시간 동안, 씨팔 84시간 동안 왜 술을 처먹었지?"

"말했다시피, 집안 문제가 있었습니다."

"그 대답으로는 부족해. 그러니 마지막으로 묻겠다. 씨팔 어떤 집안 문제지?"

우리는 이를 악문 채 눈을 부릅뜨고 서로의 자줏빛 얼굴을 노려본다.

프렌티스가 몸을 숙여 탁자를 두드린다. "이봐, 밥. 우리야."

"그리고 나고요, 짐. 나라고요."

그가 고개를 끄덕이자 앨더먼은 그를 따라 나가고, 문이 잠긴다.

또다른 삼십 분 후 문이 열린다.

앨더먼 경정과 프렌티스 경정이 차 세 잔을 들고 들어온다.

그들이 앉아 차 한 잔을 탁자 너머로 민다.

그들은 지쳐 보인다.

행복하지 않고 체념한 표정이다.

짐 프렌티스가 말한다. "밥? 그 집안 문제가 뭔지 좀더 구체적으로 밝히도록 다시 한번 요청하지. 그러면 큰 도움이 될 거야. 우리에게도, 자네에게도."

"어떻게요?"

"밥, 우리 모두 경찰이야. 같은 편이지. 우리를 돕지 않으면 자네를 다른 경찰에게 넘기는 수밖에 없어. 그건 누구도 원치 않아. 안 그래?"

"하지만 무슨 일인지 알아야 돕죠."

"밥, 몇 번을 더 말해야 하나? 이미 입이 닳도록 말했어. '문제의 그 시간'에 뭘 했는지, 그게 관건이야."

나는 앨더먼이 내 찻잔 옆에 던져둔 담배를 집어들고 몸을 숙인다. 그가 불을 붙인다.

나는 도로 의자에 기대앉고, 연기가 나지막한 천장으로 굽이굽이 올라가자 고개가 따라 올라가다 마침내 입을 연다.

"다른 여자와 사귀고 있었습니다."

앨더먼이 실망해서 콧방귀 뀐다. "사귀고 있었다고? 과거형인가?"

"네."

"왜 그렇지?"

"그녀가 떠났거든요."

"그 여자 이름이 뭐지?"

나는 다시 천장을 올려다보며 곤경의 정도를 가늠한다.

"재니스 라이언입니다."

"언제 마지막으로 봤지?"

"토요일 아침에요."

"몇시에?"

"8시쯤요."

"그래서 술을 마셨다고?"

"네."

"그 여자가 자네를 떠나서?"

"네."

"자네 아내도 알아?"

"뭘요?"

"바람난 것 말이야."

"아뇨."

"그 여자와의 관계에 대해 할말 더 있나?"

"없습니다."

"고맙네, 밥." 짐 프렌티스가 말한다. 그들이 나가고 문이 잠긴다.

고개를 드니 방이 캄캄하다.

문이 열리고 사람들이 우르르 들어와 머리 덮개를 씌우고 수갑을 채운다.

그들은 나를 방에서 끌고 나가더니 계단을 올라 어둠 속으로 나가서 뒷좌석에 태운다. 그리고 차가 출발한다.

아무도 말하지 않는 차 안에 술과 담배 냄새가 풍긴다.

추측이지만 차 안에 세 명이 더 타고 있다. 앞에 두 명, 뒤에 나와 함께 한 명.

삼십 분쯤 후 차가 도로를 벗어나 황무지 같은 곳에 멈춰 선다.

문이 열리고 그들이 나를 차에서 끌어내 울퉁불퉁한 땅으로 이끈다.

내가 발을 헛딛자 누군가가 팔짱을 낀다.

걸음을 멈추고 잠시 가만히 서 있더니 얼굴의 덮개를 벗긴다.

눈부신 빛에 나는 눈을 깜박이고, 깜박이고, 또 깜박인다.

가장자리는 어둠이 짙지만 중심은 하얗게 빛나고 있다.

노블, 앨더먼, 프렌티스가 이질적으로 환한 투광조명등 빛을 받으며 내 앞에 서 있다.

무대 중심부에 소파가 있다.

끔찍하고 지독하게 썩어가는 닳아빠진 피투성이 소파.

"여기가 어딘 줄 아나?" 노블이 묻는다.

나는 소파를 응시하고 있다. 녹슨 금속 스프링이 날카롭게 삐져나와 있고, 벨벳 천은 거의 벗겨지고 없다.

"여기가 어딘 줄 알아?" 프렌티스가 묻는다.

나는 그들을 올려다본다. 그들의 얼굴 주위로 천사처럼 후광이 빛난다. 나는 고개를 젓는다.

다시 앨더먼이 묻는다. "여기 와본 적 있어, 없어?"

와본 적 있다. 꿈속에서 바로 여기 있었다. 그래서 고개를 끄덕이며 말한다. "있습니다."

노블이 달려들어 내 턱을 갈기자 무릎이 꺾인다. 뺨을 따라 눈물이 흐르고, 입안에 피가 고이고, 조명등이 꺼진다.

검은 눈, 열리지 않을 검은 눈.

붉고 하얗고 파랗게 칠해진 채 붓고 멍들고 고름투성이가 된 인디언 피부.

검은 눈, 죽음으로 돌아간 검은 눈.

살인으로, 쓸쓸한 살인으로 칠해진 인디언 피부.

따귀에 정신이 든다. 나는 감방 의자에 앉아 있다. 머리 덮개도, 수갑도 사라지고 없다.

"이 여자를 봐!" 노블이 고함치고 있다.

나는 탁자 위에 시선을 집중하려고 애쓴다.

"이 여자를 보라니까!"

노블은 서 있고, 앨더먼은 앉아 있다.

나는 사진을 집어든다. 확대된 흑백사진에 그녀의 얼굴이 담겨 있다. 부어오른 눈꺼풀과 입술, 검게 변한 뺨과 엉겨붙은 머리카락. 나는 덜덜 떨다 탁자에다 토하고 또 토한다. 온 방에 노란 신물이 뜨겁게 퍼진다.

"이런, 하느님. 젠장."

나는 깨끗한 셔츠와 작업복을 입고 있다.

노블과 앨더먼이 내 맞은편에 앉아 있고, 탁자에 뜨거운 차 세 잔이 놓여 있다.

앨더먼이 한숨을 쉬더니 A4 용지에 타이핑된 내용을 읽는다.

"6월 12일 일요일 정오, 화이트 애비 로드 근처 황무지에서 낡은 소파 아래 숨겨져 있던 재니스 라이언의 시신이 발견되었다. 피해자는 22세, 매춘전과가 있다.

부검 결과, 사인은 무거운 둔기로 인한 머리 중상이다. 사망 시기는 시신의 부분적 부패로 미루어 대략 일주일 전으로 추정된다.

시신 손상의 패턴으로 판단컨대, 이는 소위 '리퍼 살인'이라는 사건들과는 무관하다. 다시 한번 강조하지만 동일범 소행이 아니다."

침묵.

이윽고 노블이 말한다. "한 아이가 시신을 발견했어. 오른팔이 소파 아래 비쭉 나와 있었지."

침묵.

이윽고 나는 눈물에 젖은 채 말한다. "내가 이랬다고요?"

침묵.

이윽고 노블이 고개를 끄덕이고 말한다. "그래. 나는 그렇게 생각해. 여자를 브래드퍼드의 황무지로 끌고 가서 바위나 돌로 머리를 내리친 다음 가슴을 밟고 올라가서 뛰어 갈빗대를 부러뜨리고 간을 파열시켰 겠지. 칼은 없었지만, 리퍼처럼 보여야 한다는 생각에 브래지어를 올리 고 팬티를 내리고 청바지를 벗기고 목깃을 잡고 소파로 끌고 가서 시신 위에 소파를 올린 다음 핸드백을 던져버리고 달아났겠지."

침묵.

이윽고 나는 말한다. "하지만 왜요?"

앨더먼이 말한다. "법의학적 증거가 있어, 보비. 자네 옷에 온통 그 여자의 흔적이 있더군. 그 여자 옷도 자네 흔적으로 범벅이고. 자네는 그 여자 아파트에 갔어. 그 여자의 씨팔 손톱과 성기에서도 자네 흔 적이 나왔지."

"하지만 왜요? 내가 왜 그녀를 죽입니까?"

침묵.

"밥, 우리는 알고 있어." 앨더먼이 말하며 노블을 힐긋 본다.

"뭘요?"

"피해자가 임신중이더군." 그가 윙크한다.

침묵, 그리고 노블이 말한다.

"자네 아이였어."

나는 두 손을 탁자에 붙인 채 비명을 지르고, 앨더먼과 프렌티스가 나를 도로 앉히려고 애쓰고, 노블은 나가버린다.

비명을 지르고 또 지르고, 다시 지르고 또 지른다.

"물어봐요. 씨팔, 에릭 홀한테 물어보라고요. 그자를 끌고 와요. 내가 안 그랬어요. 씨팔, 내가 안 그랬다고요. 절대 아니에요."

결코 피가 멎지 않을 상처, 결코 치유되지 않을 멍.

"그 씹새끼한테 물어보라고요. 그놈이 그랬어요. 그 망할 새끼가 그런 게 분명해요. 내가 안 그랬어요. 절대 아니에요. 내가 어떻게 그런 짓을⋯⋯"

비명을 지르고 또 지르고, 다시 지르고 또 지른다.

누가 내 머리를 팔로 감아 숨이 막히고, 앨더먼과 프렌티스가 나를 앉히려 애쓰고, 노블은 나가고 없다.

노블이 말한다. "문제는, 에릭 말이 재니스가 자기한테 전화해서 보호를 부탁했다는 거야. 자네한테서 보호해달랬다더군."

"헛소리예요."

"좋아. 그럼 재니스가 자네 아이를 임신한 걸 에릭이 어떻게 알았겠나? 전화를 했으니 알지."

"돈 때문에 전화한 거였어요. 그 새끼가 포주 노릇을 하기 전에 그녀를 정보원으로 부려먹었거든요."

"보비, 보비, 보비. 씨팔 또 반복이군."

"이봐요, 말했잖아요. 그런데 왜 안 듣는 거예요? 지난주 토요일, 그러니까 4일에 그녀를 만났는데 그녀 말이, 에릭을 만나러 브래드퍼드에 갔는데 밴이 와서 자기를 잡아가더니 망할 짓을 했다고 했어요."

"망할 짓이라니?"

"강간당했대요. 러드킨과 마이크한테 물어봐요. 재니스 집으로 날 데리러 왔다가 그 모습을 봤거든요."

"그래, 그래. 그런데 두 사람은 자네가 그랬다고 생각하더군."

"뭐라고요?"

"자네가 그 여자를 죽도록 팬 줄 알았대."

"헛소리예요. 씨팔 헛소리라고요."

"그녀에게 완전히 미쳐 있었지, 자네."

"당연하죠. 그녀를 사랑했다고요."

"밥……"

"내 말 들어요. 마누라 곁에서 잠이 깼는데 잠옷이 온통 정액투성이였어요. 씨팔 그 여자 꿈을 멈출 수가 없었어요."

"하느님 맙소사, 프레이저."

홀로ㅡ

단둘이서.

나는 눈을 감고, 당신은 내 이름을 부른다.

담배, 플라스틱 컵, 포르노 잡지.

신발이 엉뚱한 발에 신겨 있고, 신발끈은 사라지고 없고.

손가락들이 내 목을 빙빙 돌다 내려가고.

손가락들이 나의 두피를, 관자놀이를 쓰다듬고.

당신은 눈을 감고, 나는 당신 이름을 부른다.

단둘이서ㅡ

홀로.

"나를 기소할 겁니까?"

프렌티스가 내 쪽으로 찻잔을 민다. "마셔, 밥."

"말해줘요."

"꼴이 좋지 않겠지, 전혀."

"내가 안 그랬어요, 짐. 내가 안 그랬다고요."

"차 마셔, 밥. 식기 전에."

잠으로 얼룩진 검은 오줌 구멍들, 앨버트로스 깃털로 가득 채운 핏빛 베개에 대한 기억으로 가득찬 하얀 복도, 닫혀가는 창문과 문으로 흘깃 보이는 행복한 나날, 철망을 씌운 전구 아래 탁자와 세 개의 의자.

"그럼 처음부터 다시 시작해볼까."

나는 플라스틱 컵을 앞으로 밀치고 한숨을 쉰다. "그러든가요."

"언제 그녀를 만났나?" 노블이 담배에 불을 붙이며 묻는다.

"작년요."

"언제?"

"11월 4일."

"장난의 밤에?"

나는 웃음 없이 고개를 끄덕인다.

"어디서?"

"게이어티 앞 도로 한가운데서 술에 취해 있더군요. 호객행위를 하는 것 같아서 우리가 체포했죠."

"우리?"

"나랑 러드킨요."

"러드킨 경위?"

"네, 러드킨 경위요."

"그리고?"

"이리 데려왔죠. 근데 브래드퍼드 서 에릭 홀의 사람이라……"

"에릭 홀 경위?"

"네, 에릭 홀 경위요."

"그래서 어떻게 했나?"

"집까지 태워다줬죠."

"혼자?"

"네."

"그리고 그때 시작됐고?"

"네."

"얼마나 자주 만났나?"

"만날 수 있을 때마다요."

"구체적으로?"

나는 어깨를 으쓱한다. "이틀에 한 번. 에릭이 재니스를 여기 채플타운에 살게 한 후로는 더 쉽게 만날 수 있었죠."

"그래서 에릭 홀이, 그러니까 에릭 홀 경위가 매춘전과자를 리즈의 아파트에 살게 했다고?"

나는 고개를 끄덕인다.

"그가 왜 그런 짓을 하겠나?"

"직접 물어보세요."

노블이 손바닥으로 탁자를 내리친다. "웃기지 마, 프레이저. 지금 자네한테 묻고 있잖아."

"재니스 말로는 감사 인사 같은 거라고 했어요. 퇴직금이라나."

"그 말을 믿었고?"

"그때는요."

"하지만……"

"하지만 그 새끼가 그녀의 포주 노릇을 하려고 여기다 아파트를 구해

준 거라는 걸 나중에 알았죠."

"어떻게 알게 됐나?"

"조지프 로즈. 내 정보원으로 서류에 공식 기록되어 있어요."

노블이 앨더먼을 힐끗 본다.

앨더먼이 프렌티스에게 고개를 끄덕인다.

프렌티스는 일어나 방을 나간다.

노블이 메모장에서 고개를 든다. "좋아. 그럼, 작년 11월에 시작해서 거의 일 년 동안 라이언을 만났군?"

"네."

"주로 스펜서 플레이스의 그녀 집에서?"

"1월부터는요, 네."

"그러는 내내 라이언이 홀 경위 밑에서 일한다는 걸 전혀 몰랐나?"

"그 자식이 포주인 줄은 몰랐어요. 하지만 여전히 전화를 주고받는 건 알았죠."

"매춘 일을 계속한다는 건 알았지?"

"네. 하지만 그 자식 밑에서 한다는 건 몰랐죠."

"그럼 누구 밑에서 하는 줄 알았나?"

"케니 D요."

"케니 D? 마리 와츠 사건 용의자로 잡혀와서 자네가 직접 조져버린 그 머저리?"

"그런 게 아닙니다."

"하느님 맙소사, 프레이저. 여자친구가 그자 밑에서 일한다 생각했다고?"

"네."

"어째서?"

"그녀가 그렇게 말했어요. 그자도 그랬고요."

노블이 말을 멈추고 침을 삼키더니 다시 말한다. "그래, 그 여자가 케니 D 밑에서 일하고 있다고 믿었다면, 홀 경위랑 전화질은 왜 계속한다고 생각했나?"

"돈을 뜯으려고요."

"어떻게?"

"자기가 들은 정보를 팔아서요."

"자네한테도 정보를 팔려고 했나?"

"아뇨. 그녀는 여기 사람들을 잘 몰랐어요."

"그래서 홀한테서 돈을 뜯어냈나?"

"나는 모릅니다. 그자한테 직접 물어보세요."

노블이 나를 노려보자 다시 서로의 시선이 맞부딪친다. "그래서 이여자, 그러니까 재니스 라이언과의 관계는 순전히 성적인 것이었다?"

나는 천장을 올려다본다. 지구가 기울고 있다.

결코 피가 멎지 않을 상처, 결코 치유되지 않을 멍.

나는 다시 노블을 보며 어깨를 으쓱하고 있는 그대로 말한다. "네."

"돈을 냈나?"

그의 시선을 맞받으며 나는 있는 그대로 말한다. "그랬군요. 이제 와서 돌이켜보니 씨팔, 그랬군요."

침묵.

프렌티스가 들어오자 그들 셋이서 둘러선다.

지금이 몇시인지, 심지어 며칠인지도 알 수 없다.

그들이 각자 제자리로 돌아가더니 노블이 말한다. "좋아. 그럼 그 관계에 대해 또 누가 알고 있었지?"

"나와 재니스의 관계요?"

"그래."

"모르겠어요. 내가 말하지는 않았지만, 알았잖아요? 짐, 알았죠? 딕, 알았죠?"

그들은 웃지 않고 그저 입을 다물고 있다.

"좋아." 노블이 다시 말을 잇는다. "하지만 이달 초 자네와 라이언의 관계가 악화됐다고 했지?"

"네."

"어떤 면에서?"

"자주 만날 수가 없었어요. 리퍼 사건도 있고, 이래저래 일이 생겨서. 그리고 재니스더러 일을 그만뒀으면 좋겠다고 말했죠."

"왜 그랬나?"

"재니스가 죽을까봐 걱정돼서요."

"왜?"

"웃기지 마요."

"하지만 자네 여자가 다른 놈들이랑 놀아나는 건 괜찮고?"

"물론 안 괜찮죠."

"그런데 왜 내버려뒀나?"

나는 아슬아슬하게 제때 말을 멈춘다.

결코 피가 멎지 않을 상처, 결코 치유되지 않을 멍.

그리고 히죽 웃는다. "내가 뭘 어떻게 하겠어요?"

"왜?"

"마누라한테 매여 있는 신세이니."

"하지만 라이언과 자주 싸웠지?"

"이따금 싸웠죠."

"좋아. 그럼 지난 토요일 4일에 있었던 일을 말해봐."

"백만 번은 말했잖아요."

"마지막으로 한번 더 말한다고 손해날 거 없잖아, 밥."

"금요일에 들렀는데 재니스가 집에 없었어요. 너무 피곤해서 잠시 눈 좀 붙이며 기다렸죠."

"그 집 열쇠를 갖고 있었나?"

"알잖아요. 아까 가져간 거 기억 안 나요?"

"좋아. 계속해."

"7시인가 8시쯤 재니스가 왔는데……"

"아침?"

"네. 아침에요. 꼴이 영 말이 아니었죠. 묶이고, 채찍질당하고, 물리고. 가슴과 배와 등에 상처가 수두룩했죠. 브래드퍼드 매닝엄에 에릭 홀을 만나러 갔다가 풍기단속반인지 뭔지한테 걸렸다더군요. 네 명이서 강간하고 사진을 찍었다고요."

"그자들이 자네나 홀 경위에 대해 뭔가 알고 있었나?"

"확실해요."

"확실해?"

"그놈들이 에릭 홀에게 전화한 뒤 나한테도 전화했는데 연결이 안 됐어요. 에릭이 무슨 말을 했는지 몰라도 그놈들이 계속 괴롭히더래요."

"그 얘길 토요일 아침 라이언이 아파트에서 자네한테 했다고?"

"네."

"그리고?"

"린다 클라크 사건 때문에 러드킨 경위와 엘리스 경장이 나를 데리러 왔죠. 그리고 곧장 여기로 왔고요."

"그들이 라이언의 집으로 자네를 찾아갔다고?"

"네."

"좋아. 자네가 거기 있는지 두 사람이 어떻게 알았지?"

"나야 모르죠. 우리 관계를 알고 있었나봐요."

"하지만 자네가 직접 말한 적은 없다는 거야?"

"네."

"그리고 그때 라이언을 마지막으로 봤고?"

"네."

"하지만 그 여자 집에 또 갔지?"

"네, 두어 번요."

"토요일도?"

"네. 브리핑 끝나자마자 달려갔죠."

"그리고?"

"사라지고 없더군요."

"영영 떠난 거였나?"

"네."

"그걸 어떻게 알았나?"

"짐을 거의 다 챙겨갔더라고요."

"메모도 남기고?"

결코 피가 멎지 않을 상처, 결코 치유되지 않을 멍.

"아뇨." 나는 거짓말한다.

"그게 몇시였나?"

"토요일 오후 5시경이었습니다."

"그래서 화가 났고?"

"네."

"그래서 임무와 동료를 내팽개치고 술로 슬픔을 달래기로 했군."

"네."

"그때 누구를 만났나?"

"조지프 로즈를 만났습니다."

"그때 로즈가 에릭 홀이 재니스의 포주라고 말했다고?"

"네."

"그래서 어떻게 했나?"

"브래드퍼드로 그를 찾으러 갔습니다."

"언제였지?"

"잘 모르겠습니다. 월요일이었던 것 같아요."

"그때 홀 경위를 폭행했나?"

"굳이 따지자면 둘이 같이 싸운 거죠."

"라이언 때문에?"

"네."

"그리고 어떻게 했나?"

"그의 차를 몰고······"

"홀 경위의 차 말인가?"

"네."

"어디로 갔나?"

"그냥 이리저리 돌아다녔어요. 정확히는 기억 안 납니다."

"그러다 마침 레이철 존슨의 시신이 막 발견되었을 때 채플타운에 왔다는 건가?"

"네. 재니스 집으로 다시 가려 했던 것 같은데 정신을 차려보니 그 여자애 때문에 사방이 난리더군요."

"좋아. 마지막으로 하나만 묻지. 자네는 라이언이 임신했고 그게 자네 아이라는 사실을 전혀 몰랐다고?"

"네, 그렇습니다."

"라이언의 온몸에서 자네 흔적이 발견된 건 지난번 피해자와 섹스를 했기 때문이다?"

"네."

"그게 언제였지?"

"아마 6월 2일 목요일이었을 겁니다."

"하지만 6월 4일 토요일 오후 5시부터 8일 수요일 아침까지 알리바이는 없고?"

"조지프 로즈와 에릭 홀을 만난 것 외에는요."

"하지만 그들을 정확히 언제 만났는지는 모르고?"

"네."

침묵.

노블이 나를 바라보고 있다.

"지금 자네 상황이 얼마나 좆같은지는 아나?"

나는 혈관이 모조리 터진 눈을 든다.

그리고 말한다. "네."

노블은 눈도 깜빡이지 않는다.

"우리 역시 마찬가지라는 것도 알고?"

나는 고개를 끄덕인다.

"좋아." 그가 한숨을 쉬고 말을 잇는다. "이제 자네 뜻에 달렸네."

나는 죽은 듯한 육신의 팔로 그 무게를 가늠한다.

결코 피가 멎지 않을 상처, 결코 치유되지 않을 멍.

"변호사를 불러주십시오."

존 샤크: 존 폴슨*이 가석방되었다고요?

청취자: 같은 날 조지 데이비스**는 도로 잡혀들어갔고요.

존 샤크: 아무래도 그들을 위한 법과 우리를 위한 법이 따로 있는 것 같죠,
밥?

청취자: 아뇨, 존. 그들에게는 씨팔 법이라곤 없어요. 그게 문제죠.

1977년 6월 13일 월요일

리즈 라디오

존 샤크 쇼

---

* 1973년 뇌물사건으로 구속된 건축가.
** 1975년 이십 년형을 선고받았지만 이듬해 석방되었다가 1977년 다른 사건으로 결국 구
속된 무장강도.

17

"뭔가 이상하게 돌아가고 있어." 해든이 말했다.

"뭐가요?"

"사건이 또 터져서 용의자를 잡아들였는데 경찰이 입을 꾹 다물고 있어."

"농담이죠?"

"아니."

"리퍼예요?"

"그런 것 같아."

"말도 안 돼. 누가 그래요?"

"작은 새가."

"얼마나 작은 새인데요?"

"스테파니."

"어디서 들었답니까?"

"브래드퍼드 서 안내 데스크에서."

"씨팔."

"내 말이."

"어떡할까요?"

"전화 좀 돌려봐."

씨팔.

책상으로 돌아가 수화기를 집어들고 밀가스 서 번호를 돌렸다.

"새뮤얼?"

"잭?"

"어떻게 돌아가고 있나?"

"무슨 말인지 모르겠네요."

"아니. 알잖아."

"전혀요."

"좋아. 몇시에 머저리 짓을 관두고 즐거운 부수입을 낚을 예정이지?"

"삼십 분쯤 후?"

나는 손목시계를 확인했다.

젠장.

"어디서?"

"스카버러?"

"그럼 즐거운 데이트나 해보자고." 나는 수화기를 내려놓았다.

다시 손목시계를 확인하고 서류가방을 챙겨 신문사를 나섰다.

스카버러의 손님은 나뿐이었다.

나는 전화기 위에 맥주잔을 올려놓고 다이얼을 돌렸다.

"나야."

"잠시도 떨어져 있지 못하네요, 그렇죠?" 그녀가 깔깔거렸다.

"할 수만 있다면 냉원히 힘께 있고 싶어."

"두 시간밖에 안 됐어요."

"그래도 보고 싶어."

"나도요. 맨체스터에 가는 줄 알았는데?"

"갈 거야, 아마. 문득 당신이랑 통화하고 싶더군."

"고맙네요."

나는 껄껄 웃고 말했다. "주말에 고마웠어."

"아니, 내가 고맙죠."

"돌아오면 전화하지."

"기다릴게요."

"안녕."

"안녕, 잭."

그녀가 먼저 전화를 끊었다. 나는 수화기를 내려놓고 술잔을 집어들고서 구석에 있는 구리 상판의 탁자로 갔다.

성기가 딱딱해져 있었다.

손목시계를 보며 늦어도 12시 30분 기차는 타야겠다고 생각했다.

용의자가 잡혔다면 사정이 다르겠지만.

빗방울이 톡톡 창문을 때렸다.

"젠장 여름이네요." 바텐더가 저편에서 말했다.

나는 고개를 끄덕이고 술잔을 비우고는 바로 돌아가 비터 맥주 두 잔과 감자칩을 주문했다.

탁자로 돌아와 다시 손목시계를 확인했다.

"벌써 김빠진 건 아니죠?" 새뮤얼 윌슨 경사가 앉으며 말했다.

"까불긴."

"망할 메리 크리스마스예요." 그가 깔깔대더니 말을 이었다. "손은 왜 그래요?"

"베였어."

"어쩌다가요?"

"요리하다."

"웃기지 마요."

나는 감자칩을 권했다. "그래, 뭔가?"

"뭐가요?"

"새뮤얼?"

"잭?"

"웃기지 마. 지금 춤이라도 추자는 건가?"

그가 한숨을 쉬었다. "좋아요. 무슨 얘길 들었길래 그래요?"

"브래드퍼드에서 시신이 나왔고, 용의자가 여기 잡혀 있다고."

"그리고요?"

"리퍼라더군."

윌슨이 술을 들이켜더니 거품 묻은 입술로 씩 웃었다.

"새뮤얼?"

"한잔 더 어때요, 잭?"

나는 내 잔을 비우고 바로 갔다.

탁자로 돌아와 앉으니, 그사이 새뮤얼은 레인코트를 벗은 차림이었다.

나는 손목시계를 힐끗 보았다.

"내가 괜히 시간 뺏는 건가요, 잭?"

"아니. 이따 오후에 맨체스터로 가야 하거든." 그리고 덧붙였다. "물론 자네 말에 따라 달라질 수도 있지만. 말을 해준다면 말이야."

그가 코웃음 쳤다. "그래, 그렇게나 바쁘신 분이 나 같은 쥐꼬리 월급쟁이를 위해 얼마나 준비하셨나요?"

"자네가 뭘 갖고 있느냐에 따라 다르지. 알면서."

그가 접힌 종이 한 장을 꺼내 내 얼굴에 대고 흔들었다. "올드먼이 보낸 사내 회람이라면?"

"20?"

"50."

"웃기지 마. 이미 들은 정보를 확인하는 것뿐이야. 어제 당장 나한테 달려왔다면 이야기가 다르지만. 안 그래?"

"40."

"30."

"35?"

"좋아."

그가 종이를 건네자 나는 읽었다.

6월 12일 일요일 정오, 화이트 애비 로드 근처 황무지의 낡은 소파 아래서 재니스 라이언의 시신이 발견되었다. 피해자는 22세, 매춘전과가 있다.

부검 결과, 사인은 무거운 둔기로 인한 머리 중상이다. 사망 시기는 시신의 부분적 부패로 미루어 대략 7일 전으로 추정된다.

시신 손상의 패턴으로 판단컨대, 이는 소위 '리퍼 살인'이라는 사건들과는 무관하다. 다시 한번 강조하지만 동일범 소행이 아니다.

현시점에서 이 사건과 관련해 어떤 정보도 언론에 공개되어선 안 된다.

나는 일어난다.

"어디 가요?"

"그자야." 나는 전화기로 향했다.

"내 35파운드는요?"

"잠깐 기다려."

나는 수화기를 들고 다이얼을 돌렸다.

그녀의 전화가 울리고, 울리고, 또 울렸다.

어쨌든, 창녀들더러 거리에서 썩 꺼지라고 해. 또 하고 싶은 마음이 슬금슬금 들거든.

나는 전화를 끊었다가 다시 다이얼을 돌렸다.

그녀의 전화가 울리고, 울리고, 또—

"여보세요?"

"어디 갔었어?"

"목욕했어요. 왜요?"

"또 터졌어."

"또요?"

"그자야. 브래드퍼드에서. 같은 장소야."

"설마."

"제발 밖에 나가지 마. 나중에 들를게."

"언제요?"

"되도록 빨리. 밖에 나가지 마."

"알았어요."

"약속하지?"

"약속해요."

"안녕."

그리고 그녀가 전화를 끊었다.

다시 술집을 가로지르는데 피로 얼룩진 가구와 구멍들과 머리들의 환영이 어른거렸다.

미리 경고했으니 이제 다 당신이랑 그년들 타시야.

나는 자리에 앉았다.

"괜찮아요?"

"괜찮지." 나는 거짓말했다.

"안 괜찮아 보이는데."

"그래서 용의자는 잡혔나?"

"넵."

"누구지?"

"씨팔, 난들 알아요."

"이봐."

"진짜예요. 아무도 몰라요. 어서 돈이나 줘요."

"왜 이렇게 철저히 감추지?"

"씨팔, 난들 아느냐니까요."

"하지만 서에서는 리퍼가 아니라 하고?"

"그렇게 주장해요."

"이유가 뭘까?"

"씨팔, 나도 몰라요, 잭. 그냥 이상할 뿐이죠."

"달리 들은 것 없어? 뭐라도?"

"얼마예요?"

"쓸 만하다면야 50도 가능하지."

"들리는 소문에, 경찰 몇이 정직당했다던데요. 내가 말했다는 건 비밀이에요."

"이번 사건 때문에?"

"네, 들리는 소문으로는 그래요."

"밀가스 서 소속?"

"소문으로는요."

"누구지?"

"러드킨 경위와, 당신 친구 프레이저와, 엘리스 형사요."

"엘리스?"

"마이크 엘리스라고 아가리 크고 덩치도 큰 머저리 있잖아요."

"모르겠는데. 그들이 브래드퍼드에서 그 여자를 죽인 걸까?"

"이봐요, 잭. 내가 언제 그랬다고 했어요? 그냥 정직당했다고 했지."

"젠장."

"예."

"자네 생각에는 의외였나?"

"러드킨이야 그러려니 했지만 프레이저는 의외였죠. 엘리스도 마찬가지였지만, 어차피 다들 그 녀석을 싫어했으니 뭐."

"씹새끼야?"

"완전 씹새끼죠."

"하지만 러드킨이 더럽다는 건 다들 알았고?"

"아무 이유 없이 더티 해리라고 부르겠어요?"

"씨팔. 어떤 점에서?"

"풍기단속반에서 일할 때 거리 청소만 한 게 아니라죠."

"프레이저는?"

"만났잖아요. 씨팔 청렴남이죠. 올빼미가 늘 뒤를 봐주고 있어요."

"모리스 잡손이? 왜?"

"프레이저가 빌 몰리의 딸이랑 결혼했거든요."

"씨팔." 나는 한숨을 쉬고 말을 이었다.

"오소리 빌이 암에 걸렸다지?"

"네."

"흥미롭군."

"글쎄요." 윌슨이 어깨를 으쓱했다.

나는 손목시계를 확인했다.

"이거 집어넣는 게 좋지 않겠어요?" 그가 탁자 위 종이를 가리켰다.

나는 고개를 끄덕이고는 주머니에 종이를 넣고 지갑을 꺼냈다.

탁자 아래서 지폐를 헤아려 그에게 50파운드를 건넸다.

"거, 고맙네요." 그가 윙크하고 일어났다.

"좋은 건수 있으면 연락해, 새뮤얼."

"아무렴요."

"진심이야. 그자가 범인이라면 내가 제일 먼저 알고 싶어."

"명심하죠." 그가 레인코트 단추를 채우고 밖으로 나갔다.

나는 손목시계를 확인하고 전화기로 갔다.

"빌? 잭이에요."

"좀 건졌나?"

"이상해요. 브래드퍼드에서 소파 아래 숨겨져 있던 매춘부 시신이 나왔다네요."

"내가 말했잖아, 잭. 내가 말했다고."

"하지만 서에서는 리퍼 짓이 아니라고 한대요."

"그럼 왜 언론에 공개를 안 한대?"

"모르겠어요. 내 생각에는, 경찰 몇이 이 일에 연루되어 정직을 먹은 것 같아요."

"정말?"

"그런 소문이 밀가스에 돌고 있어요."

"누군데?"

"프레이저 경사랑 존 러드킨이랑 또 한 사람."

"존 러드킨 경위? 뭐 때문에?"

"모르죠. 이 사건과 무관할 수도 있지만, 어째 이상하네요."

"그렇군."

"정보원이 뭔가 듣는 즉시 알려주기로 했어요."

"좋아. 나는 1면을 비워두지."

"하지만 이유는 다른 직원들한테 비밀로 하는 게 좋겠어요."

"맨체스터에는 갈 건가?"

"그러려고요. 돌아오는 길에 브래드퍼드에 들를 생각이고요."

"연락해, 잭."

"이만 끊습니다."

나는 기차에 앉아 담배를 피우며 따뜻한 캔음료를 마시고 샌드위치를 먹는 둥 마는 둥 하며 페이퍼백 『잭 더 리퍼—최종 해결』*을 휙휙 넘겼다.

허더스필드를 지난 후 깜빡 잠이 들었다. 형편없는 에일 맥주에 걸맞은 잠에서 깨어나 지저분한 차창에 머리를 기대고 비 내리는 언덕을 바라보다 다시 잠들었다.

손목시계를 보니 7시 7분이다.

나는 황야에 있다. 걷다보니 등받이 높은 가죽 의자에 다다른다. 의자 앞에 흰옷을 입은 여자가 기도하는 천사처럼 두 손을 모으고 무릎을 꿇고 앉아 있고, 얼굴은 머리카락에 가려 보이지 않는다.

내가 허리를 구부려 머리카락을 치우자 그녀는 캐럴이었다가 카 수 펭이 된다. 그녀가 일어나 기다란 흰옷 가운데를 가리키자 그곳에 피투성이 손가락으로 단어가 쓰여 있다.

livE.

---

* 1976년 출간된 스티븐 나이트의 책으로, 잭 더 리퍼 사건이 왕실의 음모라고 주장한다.

바람이 불고 비가 내리는 황야에서 그녀가 흰옷을 머리 위로 끌어올려 불룩한 노란 배를 드러냈다가 나시 옷을 뒤집어 입자 피투성이 손가락으로 쓴 글자가 나타난다.

Evil.

파란색 잠옷을 입은 작은 남자아이가 등받이 높은 가죽 의자 뒤에서 나와 그녀를 황야로 이끌고, 몰아치는 비바람 가운데 선 내가 내려다보았을 때 손목시계는 멈춰 있다.

7시 7분.

잠에서 깬 나는 차창에 머리를 기대고 손목시계를 확인했다.

서류가방을 집어들고 화장실로 갔다.

흔들리는 변기에 앉아 포르노 잡지를 꺼냈다.

『스펑크』.

핏빛 영광 속 클레어 스트라찬.

다시 성기가 곤추선 나는 주소를 확인하고, 먹다 만 치즈 샌드위치가 있는 내 자리로 돌아갔다.

스텔리브리지에서 맨체스터로 들어가는 동안 윌슨의 제보를 조합하고, 올드먼의 사내 회람을 재차 읽으며 프레이저가 대체 무슨 짓을 했을지 생각해보았다. 요즘 정직을 당한다는 건 어떤 의미도 될 수 있었다.

뒷돈, 뒤처리, 의심스러운 야근, 비용 과다 청구, 엉성한 혹은 아예 빼먹은 서류 작업.

망할 존 러드킨이 씨팔 청렴남을 재떨이로 이끈 것이다.

단서가 더는 없어서 창밖을 보았다. 비와 공장, 이 동네의 공포영화. 삼촌이 전쟁터에서 가져온 죽음의 포로수용소 사진들이 떠올랐다.

전쟁이 끝났을 때 열다섯 살이었던 나는 1977년 현재, 망할 빗속에서 씨팔 북쪽으로 달려가는 기차에 앉아 시커먼 유리창에 머리를 기대고 이것이 영원히 계속된다면 어떨까 궁금해했다.

마틴 로스와 퇴마의식에 대해 생각하는데 빅토리아역에 들어섰다.

역에서 곧장 전화기로 향했다.

"뭐가 나왔나?"

"전혀요."

빅토리아역을 나와 올덤 거리를 올라갔다.

비로 얼룩진 어두운 올덤 거리 270번지 앞은 썩어가는 시커먼 쓰레기봉투가 산을 이루는 가운데, 4층에 MJM 출판사가 자리잡고 있었다.

나는 계단 발치에 서서 레인코트를 털었다.

흠뻑 젖은 채 계단을 올라갔다.

문을 두드리고 안으로 들어갔다.

나지막한 가구가 들어찬 커다란 사무실은 사람이 거의 없고, 뒤쪽 방으로 통하는 문이 하나 있었다.

그 뒷문 근처 책상에서 못생긴 여자 하나가 타이핑을 하고 있었다.

나는 현관문 옆 낮은 카운터 앞에 서서 기침을 했다.

"네?" 그녀가 고개도 들지 않고 말했다.

"여기 소유주를 만날 수 있을까요?"

"누구요?"

"사장님요."

"누구시죠?"

"잭 윌리엄스라고 합니다."

그녀가 어깨를 으쓱하더니 책상 위 낡은 수화기를 집어 들었다. "여기 사장님을 뵙고 싶다는 사람이 왔는데요. 이름이 잭 윌리엄스래요."

그녀가 고개를 끄덕이고는 송화구를 가리고 물었다. "무슨 일로 오셨죠?"

"사업차 왔습니다."

"사업차 왔다는데요." 그녀가 다시 고개를 끄덕이고는 물었다. "어떤 사업요?"

"주문요."

"주문이랍니다." 그녀가 마지막으로 고개를 끄덕이고 전화를 끊었다. "뭐랍니까?"

그녀가 눈을 굴렸다. "성함과 전화번호를 남기면 나중에 연락하겠답니다."

"리즈에서 왔는데요."

그녀가 어깨를 으쓱했다.

"이런 젠장."

"그러게요."

"적어도 사장님 이름 정도는 알려줄 수 있겠죠?"

"미스터 잘나빠진이라나 뭐라나." 그녀가 타자기에서 종이를 획 뽑으며 말했다.

나는 계속 밀고 나갔다. "그런 인간 밑에서 어떻게 일하는지 모르겠군요."

"오래 안 있을 거예요."

"그럼 관둘 겁니까?"

그녀가 일하는 척을 그만두고 씩 웃었다. "다음주 금요일에요."

"잘됐네요."

"그래야 할 텐데요."

"그럼 퇴직금으로 얼마간 벌고 싶지 않아요?"

"퇴직금요? 제법인데요, 시건방 씨."

"꽤 도움이 될 텐데."

"얼마나요?"

"20?"

그녀가 사무실 앞쪽으로 오더니 살짝 웃었다. "그래, 진짜로 뭐하는 사람이죠?"

"굳이 말하자면, 사업상 경쟁자라고나 할까요?"

"그럼 20파운드에 뭘 원하는데요?"

"도와줄 겁니까?"

그녀가 뒷문을 힐끗 돌아보더니 윙크했다. "뭘 원하느냐에 따라 다르겠죠, 안 그래요?"

"『스펑크』라는 잡지 알죠?"

그녀가 다시 눈을 굴리며 입술을 오므리더니 고개를 끄덕였다.

"모델 명단 있어요?"

"모델요?"

"내 말뜻 알잖습니까?"

"네."

"네?"

"네."

"주소와 전화번호도요?"

"아마. 장부에 올라와 있다면요. 하지만 전부 있을진 모르겠네요."

"모델 이름이랑 관련 정보를 주면 큰 도움이 될 겁니다."

"그건 왜 찾는데요?"

나는 뒷문을 힐끗 보고는 말했다. "실은, 『스펑크』 과월호를 암스테르담에 가져다 팔았는데 대박이 났어요. 미스터 잘나빠진이 너무 바쁘신 몸이라 돈 벌 생각이 없다면야, 내가 직접 못 찍을 이유가 없죠."

"20파운드?"

"20파운드."

"지금은 안 돼요."

나는 손목시계를 보았다. "일이 몇시에 끝납니까?"

"5시요."

"계단 아래서 5시에?"

"20파운드?"

"20파운드."

"그럼 나중에 봐요."

피커딜리 버스 터미널 한가운데 빨간 전화부스 안에 서서 다이얼을 돌렸다.

"나야."

"어디예요?"

"아직 맨체스터."

"언제 돌아와요?"

"되도록 빨리 갈게."

"그럼 예쁘게 차려입고 있을게요."

밖에서는 비가 줄기차게 내리고, 빨간 전화부스 안까지 물이 뚝뚝 떨어졌다.

전에 와본 적이 있었다, 바로 이 전화부스에. 이십오 년 전 약혼녀와 나는 그녀의 숙모를 만나려고 올트링엄행 버스를 기다리고 있었다. 약혼녀의 손가락에는 새 반지가 끼워져 있었지만 결혼식까지는 아직 일주일이 남아 있었다.

"안녕." 나는 말했다. 그러나 그녀는 이미 전화를 끊은 뒤였다.

장대비 속으로 걸어들어가 두 시간 동안 피커딜리를 돌아다녔다. 이런저런 카페에 들어갔다 나오고, 눅눅한 부스에 앉아 묽은 커피를 마시고, 기다리고, 말라빠진 흑인들이 빗속에서 춤추고 많은 백인이 빗방울을 피하는 모습을 지켜본다, 기억들, 고통.

손목시계를 확인했다.

가야 할 시간이었다.

5시가 다 될 무렵 올덤 거리에서 또다른 전화부스를 발견했다.

"뭐가 나왔나?"

"전혀요."

5시 오 분 전 나는 계단 발치에서 물방울을 뚝뚝 떨어뜨리며 몸을 웅크렸다.

십 분 후 그녀가 내려왔다.

"다시 들어가봐야 해요. 일이 안 끝났거든요."

"알아냈어요?"

그녀가 봉투를 건넸다.

나는 힐긋 안을 확인했다.

"거기 다 있어요. 전부요."

"그러리라 믿어요." 그녀에게 접힌 20파운드 지폐를 내밀었다.

"멋진 거래네요." 그녀가 깔깔대며 계단을 올라갔다.

"아무렴. 그렇고말고요." 나는 대꾸했다.

빅토리아역으로 갔더니 브래드퍼드행 기차는 피커딜리역에서 출발한다고 했다.

　나는 장대비를 뚫고 달려가 가까스로 택시를 잡아탔다.

　역에 도착하니 6시가 다 되었지만 정시에 출발하는 차편이 있어서
바로 탔다.

　퀴퀴한 담배연기와 젖은 옷 냄새로 찌든 기차에 올라서 페니스톤에
서 온 노부부와 마주앉아 눅눅한 샌드위치를 얻어먹었다.

　부인이 미소짓기에 나도 웃어주었고 남편은 크고 빨간 사과를 베어
먹었다.

　나는 봉투를 열고 휴지처럼 얇은 습자지를 꺼냈다. 세 장이었다.

　1974년 2월부터 1976년 3월까지 현금이나 수표로 지불한 내역서였
는데, 사진관, 약국, 사진사, 용지업체, 인쇄업체, 그리고 모델이 있었다.

　모델.

　나는 숨가쁘게 목록을 읽어내려갔다.

크리스틴 보언 / 테리사 레인 / 메리 쇼어

캐서린 메이시 / 앨리슨 윌콕스 / 마르셀라 올드로이드

수전 베이커 / 제인 오닐 / 캐럴린 엘리스

트레이시 올슨 / 샤론 피어슨 / 게이 캐턴

니콜라 녹스 / 리즈 맥도널드 / 헬렌 밀스

피오나 서튼 / 하이디 토이어 / 퍼트리샤 오스크로프트

린다 셰이 / 미셸 메이 / 모나 볼스턴

스테파니 화이트 / 멜라니 프리먼 / 줄리 토이

제인 호건 / 에밀리 래드퍼드 / 그레이스 달글리시

바버라 밀러/ 제인 딕슨 / 세라 레인

클레어 모리슨 / 제인 라이언 / 수 펜

모든 것이 멈췄다, 죽은 듯이.

클레어 모리슨은 스트라찬이었다.

모든 것이 멈췄다.

나는 올드먼이 돌린 사내 회람을 꺼냈다.

제인 라이언은 재니스였다.

모든 것이 —

수 펜은 수 펭이었다.

멈췄다 —

카 수 펭이었다.

죽은듯이.

벌거벗은 지옥을, 그것도 작디작은 종들로 치장한 것 외에는 적나라하게 벌거벗은 작은 지옥을 가로질러가는 기차 안에, 눈물의 기차 안에 세상의 종말을 알리는 종소리가 울려퍼졌다.

1977년.

1977년, 세상이 부서져내리는 해.

내 세상:

맞은편의 노부인이 샌드위치를 다 먹고는 은박지를 작디작은 공 모양으로 구겼다. 달걀과 치즈가 사이사이 낀 의치와 빵 부스러기가 들러붙은 파우더 바른 얼굴로 나를 향해 미소짓는 모습이 괴물 석상 같았다. 남편의 이에서 난 피가 그 크고 빨간 사과에 묻어 있었다. 크고 빨간, 빨간, 빨간 세상에.

1977년.

1977년, 세상이 붉게 물든 해.

내 세상:

사진을 봐야 했다.

기차가 느릿느릿 기어갔나.

사진을 꼭 봐야 했다.

기차가 다른 역에 멈췄다.

사진을, 사진을, 사진을.

클레어 모리슨, 제인 라이언, 수 펜.

나는 울고 있었다. 그치고 싶었다. 평정을 되찾고 싶었다. 그러나 아무리 애써봐도 조각들이 들어맞지 않았다.

사라진 조각들.

1977년.

1977년, 세상이 조각난 해.

내 세상:

아래로, 해저로, 죽음보다 못한 사악하디사악한 바닥으로 떨어진 나는 부풀어올라 비밀스러운 수중 파도에 둥실둥실 떠올랐다.

하얗게 표백되어.

1977년.

1977년, 세상이 익사한 해.

내 세상:

1977년 그리고 나는 사진을 봐야 했다. 사진을, 그 사진을 꼭 봐야 했다.

1977년, 한 해—

1977년.

내 세상:

상상의 사진.

그럼 예쁘게 차려입고……

나는 브래드퍼드에 들르지 않고 곧장 리즈행 기차로 갈아타고서 또 다른 느린 기차에 앉아 가로질렀다, 지옥을:

지옥을.

검은 비가 내리는 리즈의 보어 레인을 따라 비틀비틀 달려 보행자 전용 구역을 지나서 휘청휘청 브릭게이트로 향해 '조의 성인물 서점'으로 쓰러질 듯이 들어갔다.

"『스펑크』 있어요? 과월호요."

"문 옆에요."

"빠짐없이 다 있나요?"

"모르겠는데요. 한번 보세요."

나는 무릎을 꿇고 앉아 잡지 무더기를 한 권 한 권 훑어 한쪽에 두 더미로 나누어 쌓았다. 다른 호를 집어들 때마다 비닐포장을 와락 움켜쥐었다.

"이게 다인가요?"

"뒤쪽에도 좀 있을지 모르겠네요."

"보고 싶은데요."

"아, 네."

"전부 다요."

조가 뒤쪽으로 간 사이 나는 밝은 분홍빛 조명 속에 서 있고, 밖에서는 차들이 비를 뚫고 달리고, 서점에 들어와 휘 둘러보던 사람들이 나를 곁눈질했다.

조가 돌아왔다. 손에 예닐곱 권이 들려 있었다.

"그게 다입니까?"

"확실해요."

아래를 보니 내가 들고 있는 잡지는 열서너 권은 족히 되어 보였다.

"지금도 나옵니까?"

"아뇨."

"얼마예요?"

그가 잡지들을 달라고 하려다가 그냥 말했다. "거기 몇 권이죠?"

나는 잡지들을 바닥에 떨어뜨렸다가 하나하나 도로 집어들면서 센 후 말했다. "열세 권요."

"8파운드 45펜스입니다."

나는 10파운드를 건넸다.

"봉투에 담아드릴까요?"

그러나 나는 이미 나온 뒤였다.

시장 공중화장실 칸에 들어가 문을 걸어잠그고 바닥에 앉아 비닐포장을 잡아뜯은 다음 부리나케 한 장 한 장 넘기며 그림과 사진을 살폈다. 엉덩이와 젖꼭지와 성기와 음핵과 음모와 추잡한 것들과 핏빛으로 물든 것들과 그러다—노란 것들에 이르렀다.

이것 때문에 사람들이 죽었다.

이것 때문에 사람들이.

이것 때문에.

나는 다른 전화부스에 똑바로 서서 다이얼을 돌렸다.

"조지 올드먼 부청장님 부탁합니다."

"누구시죠?"

"잭 화이트헤드입니다."

"잠깐만 기다리세요."

나는 전화부스 안에서 기다렸다.

"화이트헤드 씨?"

"네."

"올드먼 부청장님은 언론 전화를 일절 받지 않으십니다. 그러니 에반 스 경위에게……"

나는 전화를 끊고 빨간 전화부스 안에 토했다.

내 침대에서, 신문과 포르노로 이루어지고 기도문으로 에워싸인 내 침대에서 전화가 울리고, 울리고, 또 울리고, 차창에 비가 내리고, 내리 고, 또 내리고, 창틀 사이로 바람이 불고, 불고, 또 불고, 노크소리가 울 리고, 울리고, 또 울리고.

"우리 이십오 주년 기념식은 어찌됐죠?"

"끝났어."

"감형과 용서, 결국 속죄되는?

"내가 모르는 것을 용서할 수는 없어."

"나는 해요, 잭. 난 그래야 해요."

전화가 울리고, 울리고, 또 울렸고, 그녀는 여전히 내 곁에 가만히 누 워 있었다.

나는 그녀의 머리를 들어올려 팔을 빼내고 일어났다.

맨발로 전화기로 갔다.

"마틴?"

"잭? 빌이네."

"빌이에요?"

"하느님 맙소사, 잭. 어디 있었나? 완전 지옥이야."

나는 어둠 속에 서서 고개를 끄덕였다.

"브래드퍼드에서 죽은 매춘부가 프레이저의 망할 애인이었고, 용의자로 그 인간이 잡혀 있어."

나는 침대를 돌아보았다. 그녀는 가만히 누워 있었다.

제인 라이언은 재니스였다.

빌이 말하고 있었다. "게다가 리퍼가 브래드퍼드에 편지를 보냈어. 그인간들이 올드먼한테는 아무 말도 안 하고 망할 조간에 내버렸어. 〈더선〉에도 팔아먹고."

나는 어둠 속에 서 있었다.

"잭?"

"젠장."

"개판 되게 생겼어, 친구. 서둘러 들어와."

나는 어스레한 새벽빛 속에서 옷을 입고 침대에 가만히 누워 있는 그녀를 떠났다.

계단에서 손목시계를 확인했다.

멈춰 있었다.

밖으로 나가 길모퉁이 파키스탄 상점에서 〈텔레그래프&아거스〉를한 부 샀다.

나지막한 담에 걸터앉아 생울타리에 등을 대고 신문을 읽었다.

리퍼가 올드먼에게 보내는 편지?

어제 아침 자신이 요크셔의 잭 더 리퍼라고 주장하는 자가 〈텔레그래프&아 거스〉로 편지를 보내왔다.

독립적인 전문가가 실시한 검사 결과와 믿을 만한 경찰측 정보원에게 입수 한 정보에 근거해 판단하건대, 이 편지를 보낸 자는 리퍼가 확실하다. 또한 이 는 범인이 보낸 첫번째 편지가 아니다.

하지만 본지는 영국 국민들이 스스로 판단할 권리를 가져야 한다고 믿는다.

조지 씨,

부득이하게 이름을 밝힐 수 없어 유감이다. 나는 리퍼다. 언론에서는 나를 미치광이로 몰고 있지만, 당신은 아니지. 당신은 나를 알기에 내가 영리하다고 생각해. 당신과 부하들은 짐작도 못하고 있겠지만, 신문에 실린 사진을 보고 한 대 얻어맞은 기분이었어. 잠시 자살도 생각했지만, 천만에. 내게는 할일이 있 지. 내 목적은 거리에서 잡년들을 쓸어내는 거야. 유일한 후회는 무고한 소녀인 존슨을 죽였다는 것이다. 그 아이가 그렇게 된 건 그날 밤 평소 생활패턴을 벗 어났기 때문이야. 하지만 나는 당신과 〈포스트〉의 X XXXXX에게 경고했어.

이제 다섯 명을 죽였다고들 하지만, 브래드퍼드에 깜짝 선물이 있으니 곧 알 게 될 거야.

창녀들더러 거리에서 썩 꺼지라고 해. 또 하고 싶은 마음이 슬금슬금 드니까.

그 여자아이 일은 정말 미안하게 됐어.

존경을 바치며

나중에 또 편지를 쓸지도 모르겠어. 이번 여자도 확실치가 않군. 창녀들이 매번 점점 어려지니. 다음번에는 늙은 년을 잡을까 해.

옆의 헤드라인:

경찰과 〈포스트〉는 알았나?

입으로 신물이 올라오고 양손은 피를 흘리며 나는 낮은 담에 걸터앉아 울었다.

이것 때문에 사람들이 죽었다.

이것 때문에 사람들이.

이것 때문에.

청취자: 블랙 팬서인지 뭔지 하는 그 망할 닐슨 새끼가 항소하게 내버려둘 거라죠?

존 샤크: 반대하십니까, 밥?

청취자: 기가 막혀서 웃음이 다 나네요. 빌어먹을 경찰이란 경찰은 몽땅 가두고, 망할 범죄자는 전부 풀어주다니.

존 샤크: 앞으로 추이를 지켜봐야겠죠?

청취자: 공정해야죠, 존. 공정해야 해요.

1977년 6월 14일 화요일

리즈 라디오

존 샤크 쇼

18

눈을 뜨고 말한다:

"내가 안 그랬어."

내 변호사 존 피것이 담배를 비벼 끄며 말한다. "밥, 밥, 알아."

"그럼 어서 씨팔 여기서 꺼내줘."

눈을 감고 말한다:

"하지만 내가 안 그랬어."

내 변호사이자 나보다 한 살 어리지만 몸무게가 30킬로그램은 더 나가는 존 피것이 말한다. "밥, 밥, 알아."

"그럼 왜 아침마다 젠장 우드 거리 경찰청으로 가서 보고해야 한다는 거야?"

"밥, 밥, 그냥 받아들이고 여기서 나가자."

"하지만 그랬다가는 씨팔 저들이 원할 때 언제든 나를 잡아 가둘 수 있게 돼."

"밥, 밥, 어차피 그건 마찬가지야. 알잖아."

"하지만 나를 기소하지는 않는다고?"

"그래."

"그저 무급 정직에 매일 아침 보고를 하라고? 저놈들이 나한테 죄를 덮어씌울 방법을 찾을 때까지?"

"그래."

유치장 데스크의 윌슨 경사가 내 손목시계와 바지에 있던 동전들을 건넨다.

"리오행 티켓을 사면 안 된다는 거 알지?"

"내가 안 그랬어."

"누가 그랬대." 그가 씩 웃는다.

"그러니 그 잘난 입 닥쳐, 경사."

나는 걸어나간다. 존 피것이 나를 위해 문을 열어 잡고 있다.

하지만 윌슨이 뒤에서 외친다.

"잊지 마. 내일 아침 10시 우드 거리야."

주차장, 텅 빈 주차장에서 존 피것이 차문을 연다.

"심호흡을 해봐." 그가 심호흡을 하며 말한다.

나는 차에 오르고, 차가 출발하고, 라디오에서 다시 핫초콜릿이 쿵짝댄다.

웨이크필드 우드 거리 경찰청 바로 맞은편, 태미 홀 거리에 존 피것이 차를 세운다.

"잠깐 들러서 뭘 좀 가지고 와야 해." 그가 낡은 건물로 걸어가 2층 사무실로 이어지는 계단을 오른다.

앞유리창에 빗방울이 얼룩지고, 라디오에서 음악이 흘러나오고, 재니스가 죽고 없고, 나는 차에 앉아 있자니 예전에 여기 와본 것만 같다.

피해자가 임신중이더군.

꿈속에서, 환상 속에서, 묻어버린 기억 속에서 언제 어느 때인지는 몰라도 분명히 여기 와본 적이 있다.

자네 아이더군.

"어디로 갈까?" 피것이 다시 차에 오르며 묻는다.

"레드백."

"동커스터 로드?"

"그래."

그녀는 27호실 바닥에 나란히 누워 있고, 나는 우울과 절망에 빠져 있었다.

눈을 감지만 눈꺼풀 아래 그녀가 기다리고 있다.

두개골이 부서지고 폐가 파열되고 질식사한 그녀가 임신한 몸으로 내 앞에 서 있었다.

눈을 뜨고, 우울과 절망에 찌든 얼굴과 목에 찬물을 끼얹는다.

존 피것이 차 두 잔과 감자칩 샌드위치 하나를 갖고 들어온다.

방안에 샌드위치냄새가 풀풀 풍긴다.

"여긴 대체 뭐하는 곳이야?" 그가 이쪽저쪽 살피며 묻는다.

"그냥 방이지."

"여기서 얼마나 오래 지냈지?"

"사실 내 방이 아니야."

"하지만 열쇠를 갖고 있고?"

"그래."

"한 재산 들었겠군."

"친구 방이야."

"누구?"

"그 기자, 에디 던퍼드."

"농담이지?"

"아니."

낡은 승강기에서 내렸다.

지저분한 벽 아래 올이 다 드러난 카펫이 깔린, 냄새나는 복도를 걸었다.

문 앞에 이르러 멈춰 섰다.

77호실.

잠에서 깨어난다. 피것은 세면대 아래 처박혀 여전히 자고 있다.

나는 동전을 세고는 목깃을 올리고 빗속으로 나간다.

로비의 깜박이는 형광등 아래서 다이얼을 돌린다.

"잭 화이트헤드 부탁합니다."

"잠시만요."

로비의 깜박이는 등 아래서 기다린다. 사위가 고요하다.

"잭 화이트헤드입니다."

"로버트 프레이저입니다."

"거기 어디예요?"

"레드벡 모텔요. 웨이크필드 바로 외곽의 동커스터 로드에 있어요."

"압니다."

"만났으면 싶은데요."

"나도 마찬가지예요."

"27호실이에요. 모텔 뒤쪽요."

"알겠습니다."

로비의 깜빡이는 등 아래서 나는 전화를 끊는다.

문을 여니 피것은 깨어 있고 나와 함께 한 양동이의 비가 방으로 들이친다.

"어디 갔었어?"

"전화 걸러."

"루이즈한테?"

"아니." 그녀에게 전화했어야 했는데.

"그럼 어디?"

"잭 화이트헤드한테."

"〈포스트〉 기자?"

"응. 그 사람 알아?"

"들은 건 있지."

"그리고?"

"딱히 평가할 만큼 잘 알지는 못해."

"난 친구가 필요해, 존."

"밥, 밥, 내가 있잖아."

"친구란 친구는 다 필요하다고."

"그저 그 사람을 조심하란 뜻이야. 그뿐이야."

"고마워."

"조심해."

노크소리.

피것이 긴장한다.

나는 문으로 가서 말한다. "네?"

"잭 화이트헤드예요."

문을 여니 화물트럭 불빛과 비 속에 지저분한 레인코트를 걸친 그가 서류가방을 들고 서 있다.

"이렇게 세워둘 겁니까?"

나는 문을 활짝 연다.

잭 화이트헤드가 27호실에 들어와 피것을 알아보고 벽을 살핀다.

"씨팔." 그가 휘파람을 분다.

존 피것이 손을 내밀며 말한다. "존 피것입니다. 밥의 변호사죠. 〈요크셔 포스트〉의 잭 화이트헤드 씨죠?"

"그렇습니다."

"여기 앉으시죠." 나는 매트리스를 가리킨다.

"고맙습니다." 우리는 망할 붉은 인디언 무리처럼 쪼그려 앉는다.

"내가 안 그랬어요." 하지만 잭은 벽에서 눈을 떼지 못한다.

"그래요." 그가 고개를 끄덕이고는 덧붙인다. "그럴 줄 알았어요."

"뭐 들은 것 있습니까?" 피것이 묻는다.

잭 화이트헤드가 내 쪽으로 턱짓한다. "저 사람에 대해서?"

"네."

"그리 많지는 않아요."

"예를 들면요?"

"브래드퍼드에서 또 사건이 터져서 모두가 리퍼 짓이라고 말하는데, 정작 경찰에서는 아무 발표도 하지 않는다는 게 첫 소식이었고, 다음

소식은 경찰 셋이 정직당했다고 하더군요. 그게 다예요."

"그리고요?"

"그리고 이것?" 화이트헤드가 접힌 신문을 코트에서 꺼내 바닥에 펼친다.

나는 헤드라인을 응시한다.

리퍼가 올드먼에게 보내는 편지?

그리고 편지.

"우리도 봤어요." 피것이 말한다.

"물론 그랬겠죠." 화이트헤드가 씩 웃는다.

"브래드퍼드에 깜짝 선물이라." 나는 나직이 말한다.

"당신의 결백을 밝혀줄 만한 구절이지."

"네, 그렇다고 할 수 있죠." 피것이 고개를 끄덕인다.

화이트헤드가 말한다. "리퍼 짓이라고 봅니까?"

"누가 죽였을까요?" 피것이 묻는다.

화이트헤드가 고개를 끄덕이고 두 사람 다 나를 본다.

나는 아무 생각도 할 수 없다. 그녀가 임신했고, 지금은 죽었다는 것 외에는.

둘 다.

죽었다.

결국 나는 말한다. "내가 안 그랬어요."

"음, 다른 게 더 있어요. 링에 던질 또다른 모자지." 화이트헤드가 비닐봉지에서 잡지 한 무더기를 쏟아낸다.

"씨팔, 이게 뭐예요?" 피것이 포르노 잡지를 집어들며 묻는다.

"『스펑크』. 들은 적 있어요?" 화이트헤드가 내게 묻는다.

"네."

"어디서?"

"기억 안 나요."

"기억해내야 할 거예요." 그가 잡지를 펼쳐 내게 건넨다. 표백한 금발의 여자가 다리를 쩍 벌리고 눈을 감고 입을 벌린 채 토실한 손가락으로 음부와 엉덩이를 문지르고 있다.

나는 고개를 든다.

"눈에 익지 않아요?"

나는 고개를 끄덕인다.

"누군데?" 피것이 거꾸로 펼쳐진 잡지를 잡아당기며 묻는다.

나는 말한다. "클레어 스트라찬."

"그리고 모리슨이라는 이름도 썼죠." 잭 화이트헤드가 덧붙인다.

나: "1975년 프레스턴에서 살해됐죠."

"이 여자는? 아는 여자예요?" 그가 내게 또다른 여자를 건넨다. 검은 머리의 동양 여자가 다리를 쩍 벌리고 눈을 감고 입을 벌린 채 가느다란 손가락으로 음부와 엉덩이를 문지르고 있다.

"모르겠는데요."

"수 펜, 카 수 펭이라고 기억 안 납니까?"

나: "1976년 10월 브래드퍼드에서 폭행당했죠."

"이건 당신들한테 주는 상이에요." 화이트헤드는 나직이 말하며 또다른 잡지를 건넨다.

나는 펼친다.

"7페이지." 그가 말한다.

7페이지를 펼치자, 짙은 색 머리 여자가 다리를 쩍 벌리고 눈을 감은 채 정액이 묻은 입술을 열고서 음경을 얼굴에 대고 있다.

"누군데요?" 피것이 묻는다.

"미안합니다." 잭 화이트헤드가 말한다.

피것이 여전히 묻는다: "누군데?"

하지만 밖에서 들리는 요란한 빗소리에 귀먹은 듯하다. 주차장에서 트럭 문짝이 끝도 없이 줄줄이 쿵쿵 닫히는 듯하다.

음식도, 잠도 없이 그저 반복될 뿐이다:

그녀의 성기.

그녀의 입.

그녀의 눈.

그녀의 배.

음식도, 잠도 없이 그저 비밀들뿐이다:

그녀의 성기에.

그녀의 입에.

그녀의 눈에.

그녀의 배에.

반복과 비밀, 비밀과 반복.

나는 묻는다: "MJM 출판사? 확인해봤나요?"

"어제 거기 갔었습니다." 화이트헤드가 말한다.

"그래서요?"

"지극히 평범한 포르노 출판사였어요. 불만을 품은 직원에게 20파운드를 찔러주고 이름과 주소 명단을 받아냈지."

존 피것이 묻는다. "이것에 대해 어떻게 알게 됐죠?"

"『스펑크』 말입니까?"

"네."

"익명의 제보로."

"얼마나 익명인데요?"

"머리를 짧게 친 젊은 남자였습니다. 클레어 스트라찬이 모리슨이라는 이름을 쓰며 이 동네에 살 때 알고 지냈다고 했어요."

나는 묻는다. "이름을 압니까?"

"그 젊은이?"

"네."

"배리 제임스 앤더슨. 전에 본 적이 있어요. 여기 사람이죠. 파일에 올라와 있을 겁니다."

나는 침을 삼킨다; BJ.

"무슨 파일요?" 피것이 몇 년 뒤처진 듯 이야기를 따라잡으려 애쓴다.

피것을 무시하고 화이트헤드가 말을 계속한다. "모리스 잡슨과 이야기해보지그래요? 올빼미가 당신을 자기 사람으로 여기고 아낀다던데?"

나는 고개를 젓는다. "지금으로선 그것도 의심스러워요."

"올빼미한테 그 일을 의논한 적 있습니까?"

"지난번 우리가 만난 직후 그 파일을 찾으러 잡슨에게 갔죠."

"그리고?"

"없더군요."

"씨팔."

"망할 내 상관인 존 러드킨 경위가 75년 4월 파일을 가져갔다더군요."

"75년 4월? 그때 스트라찬은 죽지도 않았는데."

"네."

"그리고 다시는 반납하지 않았고요?"

"네."

"그녀가 죽고 나서도?"

"심지어 그 파일에 대해 언급조차 안 했죠."

"모리스 잡슨에게 그 얘기를 했습니까?"

"잡슨이 파일 열람을 신청했다가 알아낸 거예요."

"무슨 파일?" 피것이 다시 묻는다.

화이트헤드가 다시 그를 무시하고는 말을 계속한다. "그래서 모리스
는 어떻게 했습니까?"

"알아서 처리하겠다고 하더군요. 그러고 나서 러드킨을 만났는데 그
만 체포당했죠."

"그가 무슨 말이라도 하던가요?"

"러드킨요? 아뇨. 그냥 주먹만 휘둘렀어요."

"그리고 그자도 정직당했고?"

"네." 피것이 대꾸한다. 그가 대답할 수 있는 질문이기에.

"그와 이야기해봤습니까?"

피것이 대꾸한다. "불가능해요. 석방 조건 중 하나죠. 러드킨 경위나
엘리스 형사와 접촉하지 말 것."

"모리스는?"

"그 사람은 만나도 괜찮아요."

"그럼 그에게 이걸 보여줘야 해요." 화이트헤드가 우리 앞의 포르노
잡지들을 가리키며 말한다.

"안 돼요."

"왜?"

"루이즈 때문에요."

"아내 말입니까?"

"네."

"오소리의 딸이라면서." 화이트헤드가 씩 웃는다.

피것: "지금 대체 무슨 파일 이야기를 하는 건지 당장 말해. 나도 알아야……"

나는 기계적으로 말한다. "클레어 스트라찬이 1974년 호객행위로 웨이크필드에서 체포된 적이 있는데 그때 모리슨이라는 성을 썼어. 그리고 살인사건 신문에서 목격자 증언도 했고."

"무슨 살인사건?"

잭 화이트헤드가 고개를 들어 27호실 벽을 바라본다. 죽은 이의, 그것도 죽은 여자아이의 사진들. 그가 말한다. "폴라 갈런드."

"씨팔 엿같이."

"그러게." 우리 둘 다 말한다.

잭 화이트헤드가 차 세 잔을 들고 돌아온다.

"러드킨을 만나봐야겠어요." 그가 말한다.

"만날 사람이 또 있어요." 나는 말한다.

"누구요?"

"에릭 홀."

"브래드퍼드 풍기단속반?"

나는 고개를 끄덕이고 묻는다. "그자를 알아요?"

"얘기는 들었죠. 그도 정직당하지 않았습니까?"

"맞아요."

"그자는 왜?"

"그자가 재니스의 포주였어요."

"그래서 정직당했습니까?"

"아뇨. 내사과 피터 헌터한테 걸렸죠."

"내가 만나봐야 할 것 같습니까?"

"이것들에 대해 분명 알 거예요." 나는 다시 잡지를 가리키며 말한다.

"집주소 알고 있어요?"

"러드킨이랑 홀요?"

그가 고개를 끄덕이자 나는 종이에 주소를 적는다.

"잡슨 총경도 만나야 해." 피것이 내게 말한다.

"아냐." 나는 대꾸한다.

"하지만 왜? 친구란 친구는 다 필요하다며?"

"먼저 루이즈와 얘기해야 해."

"그래요." 느닷없이 잭 화이트헤드가 끼어든다. "아내와 있어야죠. 가족한테 가요."

"부인이 있나요?" 나는 묻는다.

"한때는 있었죠. 아주 먼 옛날."

나는 로비의 깜빡이는 형광등 아래 서 있다가 죽는다:

"루이즈?"

"미안해요, 티나예요. 밥이죠?"

"네."

"루이즈는 병원에 갔어요. 아버님이 아무래도 힘드실 것 같아요."

로비의 깜빡이는 형광등 아래서 나는 기다린다. 모든 것이 사라진다.

"밥? 밥?"

로비의 깜빡이는 등 아래서 나는 끝이 난다.

청취자: 프랑스에도 제대로 된 게 하나쯤은 있었죠.

존 샤크: 그게 뭐죠?

청취자: 여덟 살짜리 여자애를 강간하고 살해한 개새끼의 대가리를 단두대로 끊어놓았죠.

존 샤크: 프랑스식 정의를 일부나마 수입하고 싶은가보군요?

청취자: 프랑스식 정의요? 단두대를 발명한 건 요크셔 사람이었어요, 존. 누구나 아는 사실이라고요.

1977년 6월 15일 수요일
리즈 라디오
존 샤크 쇼

19

레드벡 주차장에서 두 대의 버즈 아이* 트럭 사이에 세운 차에 앉아 있자니 머릿속이 저 방과 저 기억들과 이 선택지들로 빙빙 돌았다.

러드킨과 홀을 만날 것이냐, 프레이저를 미행할 것이냐.

앞면 혹은 뒷면:

앞면.

나는 프레이저가 써준 종이를 꺼냈다.

러드킨은 근처에 살았고, 에릭 홀은 멀리 살았다.

러드킨은 더러웠고, 홀은 더 더러웠다.

홀은 더러웠고, 러드킨은 더 더러웠다.

앞면 혹은 뒷면.

주차장 너머 저 방을 응시하며.

저 방, 저 기억들.

---

* 냉동식품 브랜드.

저 통곡의 벽에 쓰인 글들.

에디, 에디, 에디, 언제나 에디로 돌아갔다.

백미러 속, 캐럴이 뒷자리에 앉아 기다리고 있었다. 멍이 든 듯한 하얀 살결, 붉은 머리와 부러진 뼈, 벽의 사진들, 내 **아기방 벽**의 사진들, 저 아래 **기억의 도로**에서 가져온 사진들.

나는 죽은 여자와 리퍼로 가득찬 차에 앉아 다시 2페니짜리 동전을 던졌다.

앞면 혹은 뒷면:

앞면.

듀르카*, 또다른 오시트, 또다른 샌들:

하얀 요크셔의 또다른 조각—

기다란 진입로, 높은 담.

러드킨의 집을 지나치며 진입로에 서 있는 차 두 대를 확인한 다음 듀르카 레인에 차를 세우고 기다렸다.

1977년 6월 15일 수요일 아침 9시 30분.

저 진입로를 걸어올라가 초인종을 누른다면 과연 뭐라고 말해야 할지 궁리했다.

"실례합니다, 러드킨 씨. 저는 당신이 요크셔 리퍼일지도 모른다고 생각하는데, 이에 대해 무슨 하실 말씀 없습니까?"

막 그 생각을 하는데 또다른 차가 진입로로 들어섰다.

오 분 후 러드킨이 조수석에 다른 남자를 태운 채 청동빛 닷선 260을 몰고 진입로를 빠져나왔다. 차는 듀르카 레인을 따라 달려갔다.

---

* 웨이크필드 외곽의 작은 마을.

나는 그들을 쫓아 웨이크필드로 들어갔다가 중간에 신호등에서 시간을 끈 뒤 듀즈베리 로드를 타고 웨이크필드를 빠져나와 쇼크로스와 쓰레기장을 지나서 행잉 히턴을 가로질러 배틀리로 들어가 시내를 통과했다. 그들의 차는 배틀리 외곽 브래드퍼드 로드의 RD 신문 판매점 앞에 멈췄다.

배틀리, 또다른 브래드퍼드, 또다른 델리:

검은 요크셔의 또다른 조각—

나지막한 담과 회교 사원의 높은 탑.

나는 RD 신문 판매점을 그대로 지나쳐 테이크아웃 중국 식당을 지나자마자 차를 세우고 기다렸다.

러드킨과 또다른 남자는 차 안에 그대로 있었다.

10시 30분이었고, 해가 쨍쨍 났다.

오 분 후 적갈색 BMW 2002가 러드킨의 닷선 바로 앞에 서더니 두 남자가 내렸다. 한 명은 흑인, 다른 한 명은 백인이었다.

나는 앉은 채 몸을 돌려 똑똑히 확인했다.

로버트 크레이븐.

로버트 크레이븐 경위—

"이 두 뛰어난 경찰에게 진심 어린 감사를 보내는 바입니다."

크레이븐과 그의 흑인 친구가 러드킨의 차로 가자 러드킨과 뚱보가 내렸다.

마이크 엘리스가 아닐까 싶었다.

그들 넷이 RD 신문 판매점 안으로 들어갔다.

나는 눈을 감고는 다시 목격했다, 한 여자의 시간에 흐르는 피의 강을, 펼쳐진 우산들을, 쏟아지는 핏빛 빗줄기를, 피웅덩이를, 세차게 떨어지는 핏빛 빗방울을.

눈을 떴다. 푸른 하늘의 구름이 상점들 너머 언덕 쪽으로 빠르게 내달리고 있었다.

나는 차에서 내려 도로를 건너 전화부스로 갔다.

그녀의 아파트에 전화를 걸었다.

그녀가 받았다: "여보세요?"

"나야."

"왜요?"

"꼭 알아야겠어. 그 사진들에 대해 꼭 알아야겠어."

"오래전 일이에요."

"중요해서 그래."

"뭐가요?"

"전부 다. 누가 사진을 찍었지? 누가 그 일을 주선했지? 전부 다."

"전화로는 안 돼요."

"왜?"

"잭, 전화로 얘기하면 다시는 당신 못 봐요."

"그렇지 않아."

"과연 그럴까요?"

나는 푸른 하늘 아래 핏빛 강의 한가운데 빨간색 전화부스 안에 서 있었다. 고개를 들어 신문 판매점 위층 창문을 보았다.

존 러드킨이 창밖을 내다보고 있었다. 한 손바닥을 창틀에 대고, 다른 손바닥을 유리창에 댄 채 입이 찢어져라 웃고 있었다.

"잭?"

"그럼 그리로 갈게."

"언제요?"

"곧."

나는 전화를 끊고 존 러드킨을 올려다보았다.

차로 돌아가 기다렸다.

삼십 분 후 러드킨이 재킷을 어깨에 걸친 채 와이셔츠 차림으로 신문 판매점에서 나오고, 그 뒤로 뚱보와 크레이븐이 따라나왔다.

흑인은 나오지 않았다.

러드킨, 크레이븐, 뚱보가 악수를 나누었고 러드킨과 뚱보는 닷선에 올라탔다.

크레이븐이 그들에게 손을 흔들었다.

나는 가만히 앉아 기다렸다.

크레이븐이 신문 판매점으로 되돌아갔다.

나는 가만히 앉아 기다렸다.

십 분 후 크레이븐이 나왔다.

흑인은 나오지 않았다.

크레이븐이 차를 타고 떠났다.

나는 가만히 앉아 있었다.

오 분 후 차에서 내려 신문 판매점으로 들어갔다.

겉보기보다 훨씬 컸다. 신문과 담배뿐만 아니라 가정용 액화가스와 장난감도 팔았다.

젊은 파키스탄인이 계산대를 지키고 있었다.

나는 그에게 말했다. "여기 사장이 누구죠?"

"네?"

"누가 사장이죠? 당신입니까?"

"아뇨. 왜요?"

"여기 위층 집을 세놓지 않나 싶어서요."

"아뇨, 안 놓습니다."

"만약 방이 나오면 연락받을 수 있게 대기자 명단에 이름을 올리고 싶은데요. 누구를 만나면 됩니까?"

"몰라요." 그는 내 말에 대해, 나에 대해 생각하면서 대꾸했다.

나는 〈텔레그래프&아거스〉 한 부를 집어들고 돈을 냈다.

"더글러스 씨한테 말해봐요." 그가 말했다.

"밥 더글러스요?" 나는 고개를 끄덕였다.

"네, 밥 더글러스."

"대단히 감사합니다." 나는 떠나며 생각한다:

"이 두 뛰어난 경찰에게 진심 어린 감사를 보내는 바입니다."

웃기고 자빠졌네.

브래드퍼드의 〈텔레그래프&아거스〉 신문사 바로 아래 더 프라이드. 톰이 벌써 와서 기다리며 바에 놓인 맥주잔에다 기침을 하고 있었다.

나는 그의 어깨에 손을 얹고 말했다. "이렇게 갑자기 불러내서 미안."

"그러셔야죠." 그가 웃었다. "적과 술을 마시려니 어째 기분이 좀 이상하네요."

"저기 앉을까?" 나는 문가의 탁자를 턱짓으로 가리켰다.

"술은 안 마시고요?"

"바보 같은 소리 마." 나는 두 사람이 마실 것을 주문했다.

우리는 앉았다.

"영 별로야. 편지를 그렇게 내보내다니."

"나랑은 전혀 관계없는 일이에요." 양 손바닥을 위로 들어 보이는 그의 모습은 진심이었다.

나는 술을 마시고 말했다. "어차피 장난편지인걸."

"웃기지 마요."

"망할 리퍼가 보낸 게 아니야. 내가 장담해."

"우리가 검사를 했나고요."

"우리? 자네랑 상관없는 일인 줄 알았는데?"

"증거가 있었어요."

"그만 집어치워. 그것 때문에 전화한 거 아니야."

"그래요?" 그가 안도하며 긴장을 풀었다.

"여기 경찰에 대해 알고 싶어. 에릭 홀 알지?"

"그 사람이 왜요?"

"정직당했다며?"

"그자만이 아니라 무더기로 당했죠."

"그래. 그 사람에 대해 뭐 아는 거 있어?"

"그다지."

"알기는 해?"

"인사나 주고받는 정도죠."

"자네, 마지막 피해자인 재니스 라이언 알지?"

"네?"

"어디서 들었는데, 에릭이 그 여자를 끄나풀로 썼을 뿐만 아니라 포주 노릇도 했다지."

"젠장."

"그러게."

"하긴 요즘 같아서는 그다지 놀랄 일도 아니죠."

"뭐 달리 아는 것 없나? 그자에 대해서?"

"브래드퍼드 풍기단속반이야 자기네들이 곧 법이죠. 하지만 그건 그쪽도 마찬가지잖아요."

나는 고개를 끄덕였다.

"솔직히 말하면." 톰이 계속 말했다. "나는 늘 그자가 좀 멍청하다고 생각했어요, 기자회견장에서나 일과 후 하는 짓거리를 보면."

"멍청하다면, 자기가 포주질하는 매춘부를 살해하고 리퍼 짓으로 꾸밀 정도로?"

"어딜 봐서요, 친구. 그럴 깜냥도 못 돼요. 절대 못해내요."

"그렇겠지."

톰이 고개를 절레절레 저으며 코웃음 쳤다.

나는 물었다. "여기 여자들을 잘 아나?"

"왜요, 잭?"

"이봐, 잘 알지?"

"웬만큼은요."

"중국 여자 카 수 펭 아나?"

"그 여자 여기 뜨지 않았어요?" 그가 씩 웃었다.

"맞아."

"네. 왜요?"

"그 여자에 대해 아는 대로 말해봐."

"인기가 좋았죠. 사람들이 중국년을 두고 하는 말 알아요?"

"뭔데?"

"한 시간 후에 또다른 년을 죽여도 된다고요."

나는 한 번 노크했다.

그녀가 문을 열더니 말없이 휑뎅그렁한 복도를 걸어갔다.

나는 뒤따라가다 그녀의 방 앞에 섰다. 똥 같은 젓가락과 똥 같은 섹스냄새로 가득한 방에서 그녀가 손가락과 손바닥과 손목과 팔과 무릎에 핸드크림을 문지르는 모습을 지켜보았다.

오후의 소나기가 창문을 때리고, 어두컴컴한 가운데 환한 오렌지색 커튼이 가망 없이 숙 늘어서 있고, 그녀가 어린애 같은 무릎에 크림을 문지르고, 나는 그녀의 치마를 올려다보고.

"이게 마지막 섹스죠?" 나중에 그녀는 비와 오후와 요크셔의 삶을 커튼으로 가린 뒷방 침실에 누워 물었다.

나는 그녀 곁에 누워 천장 얼룩과 먼지 더께가 앉은 플라스틱 조명 부품들을 바라보면서, 허벅지의 정액을 닦지도 않고 고독과 우울에 젖은 그녀의 박동하는 심장소리와 엉성한 영어를 듣고 있었다. 그녀가 발가락으로 내 발가락을 쓸었다.

"잭?"

"아니야." 나는 거짓말했다.

그러나 어쨌든 그녀는 울고 있었다. 침대 옆 바닥에 그 잡지가 펼쳐져 있고, 그녀의 윗입술이 부어 있었다.

나는 덴홈 골프장을 등지고 선 멋진 집 앞에 차를 세웠다.

진입로에 푸른색 그라나다 2000이 서 있었다.

문으로 걸어가 초인종을 눌렀다.

수척한 중년 여자가 문을 열더니 진주 목걸이를 만지작거렸다.

"에릭 씨 있습니까?"

"누구시죠?"

"잭 화이트헤드입니다."

"무슨 일로 오셨죠?"

"〈요크셔 포스트〉에서 나왔습니다."

에릭 홀이 거실에서 나왔다. 얼굴은 멍투성이인데다 코에 반창고가 붙어 있었다.

"홀 씨?"

"리비, 괜찮아."

여자가 진주 목걸이를 또 잡아당기더니 남편이 나왔던 쪽으로 들어갔다.

"무슨 일인데요?" 홀이 씩씩거렸다.

"재니스 라이언 알죠?"

"누구?"

"까불지 마요, 에릭. 모르는 척해봐야 안 넘어가니." 나는 문틀에 기대며 말했다.

그가 눈을 깜박이고 침을 삼키더니 물었다. "내가 누군지, 지금 누구와 얘기하고 있는 줄 알아요?"

"에릭 홀이라는 부패 경찰이죠, 네."

덴홈 골프장을 등진 멋진 집의 현관에서 그가 눈물을 글썽였다.

"드라이브나 합시다, 에릭." 나는 제안했다.

더 조지의 텅 빈 주차장에 차를 세웠다.

나는 시동을 껐다.

우리는 침묵 속에 앉아 저 너머 산울타리와 들판을 바라보았다.

얼마 후 나는 말했다. "거기 발치에 가방 좀 보시죠."

그가 짧고 뚱뚱한 다리를 벌리고 상체를 숙였다.

그리고 잡지를 꺼냈다.

"7페이지." 나는 말했다.

그가 검은 머리 여자를 응시했다. 다리를 쩍 벌리고 정액 범벅인 얼굴로 눈을 감은 그녀가 입을 벌려 음경을 물고 있었다.

"당신 여자죠?" 나는 물었다.

하지만 그는 가만히 앉아 고개를 절레절레 젓기만 하다 마침내 말했다. "얼마요?"

"다섯 장."

"오백?"

"과연 그럴까?"

"씨팔 오천이라니? 나한테 그런 돈이 어딨어?"

"구하면 되지." 나는 시동을 걸었다.

신문사는 쥐죽은듯 조용했다.

나는 편집장실 문을 두드리고 안으로 들어갔다.

그는 리즈와 어둠을 등지고 책상에 앉아 있었다.

나는 의자에 앉았다.

"어떻게 됐어?"

"프레이저가 풀려났어요."

"만났어?"

"네." 나는 씩 웃었다.

해든이 눈썹을 아치 모양으로 치켜세우며 마주 웃었다. "그리고?"

"정직당했어요. 러드킨과 브래드퍼드 풍기단속반 녀석들도 줄줄이 엮여 같은 꼴 났고."

"어떻게 생각해?"

"글쎄요, 살펴보니 러드킨은 씨팔 뭔지는 몰라도 구린 데가 있어요."

빌 해든은 그다지 깊은 인상을 받은 표정이 아니었다.

"톰도 만났어요." 나는 말했다.

해든이 웃었다. "미안해하지?"

"멋쩍어하더군요."

"당연하지."

"그쪽에서는 편지가 진짜라고 믿고 있던데."

해든은 아무 말도 하지 않았다.

나는 계속했다. "하지만 그 브래드퍼드 경찰에 대해서는 아무것도 모르더라고요."

"이름이 뭐지?"

"홀. 에릭 홀 알아요?"

그가 고개를 저었다.

나는 물었다. "다른 소식은 없어요?"

"없어." 그가 여전히 고개를 저으며 대꾸했다.

나는 일어났다. "그럼 내일 봐요."

"좋아."

문에서 나는 돌아섰다. "하나 더 있어요."

"그래?" 그가 고개도 들지 않고 말했다.

"프레스턴의 그 건 알죠?"

그가 고개를 들었다. "뭐?"

"리퍼에게 당했다는 매춘부 말이에요."

해든이 고개를 끄덕였다.

"프레이저 말이, 그 여자 폴라 갈런드 살인사건의 목격자였대요."

"뭐?"

눈이 휘둥그레지고 입이 딱 벌어진 그를 두고 나는 사무실을 나갔다.

그는 어스레한 로비의 등받이 높은 의자에 앉아 무릎 위 모자에 시선을 붙박고 있었다.

"잭." 그가 고개도 들지 않고 말했다.

"꿈에서 피의 샘물을 봤어요. 어자들의 피로 이루어진 강이었지. 섹스할 때도 피를 보고, 사정하면 죽음을 봐요."

마틴 로스가 상체를 앞으로 숙였다.

그가 손가락으로 가느다란 잿빛 머리를 가르자 그림자 속에서 구멍이 불쑥 드러났다.

"다른 방법이 있을 거예요." 어둠 속에서 나는 눈물을 흘리며 말했다.

그가 고개를 들고 말했다. "잭, 만약 성경이 우리에게 주는 가르침이 있다면 그건 바로, 세상은 전에도 그랬고 지금도 그렇고 앞으로도 계속 그럴 거라는 겁니다. 종말이 올 때까지는."

"종말?"

"비가 오기 전까지만 해도 노아는 미치광이였습니다."

"그래서 다른 방법은 없다는 거예요?"

"현실은 현실이에요."

존 샤크: 경찰이 또 사임했다죠?

청취자: 이런 식으로 가다가는 경찰이 남아나지 않겠어요.

존 샤크: 아서 스카길*은 체포됐다죠?

청취자: 그리고 망할 리퍼는 버젓이 나돌아다니고요.

존 샤크: 정말 웃기지 않아요, 밥?

청취자: 전혀요, 존. 전혀.

1977년 6월 15일 수요일

리즈 라디오

존 샤크 쇼

---

* 요크셔 출신으로 1980년대 대처 정부를 상대로 총파업을 이끌었던 전국 광산노조 위원장.

20

그리고 피것은 세인트제임스병원 앞에 차를 세우고 도움이 필요하면 연락하라고 말하지만 나는 차문도 닫지 않고 내려 난간을 잡고 숨가쁘게 계단을 올라 번쩍이는 바닥을 미끄러지듯 지나 병동으로 들어가서 이 사람 저 사람에게 고함쳐대 간호사들이 달려오고, 내가 커튼을 걷자 빈 침대가 드러나고, 누가 말하길, 너무 유감이라고, 느닷없이 눈을 감았다고, 정말 삽시간이었다고, 아무도 예상 못했다고, 그래도 아내는 장인 곁을 지켰다고, 그냥 자는 듯이 눈감았다고, 아내가 무척 슬퍼했지만 이런 경우는 고통이 끝났으니 차라리 잘된 거라고, 질질 끄는 것보다 낫다고 늘어놓지만 나는 그저 장인이 누워 있던 텅 빈 침대 발치에 서서 문이 열린 텅 빈 협탁을 응시하며 보리차는 전부 어디로 갔는지 궁금해하다 러드킨이 보비에게 준 매치박스 경찰차가 눈에 띄어 집어들고는 병실 텅 빈 구석에서 그걸 멍하니 보며 가만히 서 있는데, 너무나 평화로워 보였다고, 고통 속에 사느니 죽는 게 낫다고 다른 간호사가 말해서 나는 고개를 들고 그녀의 얼굴을, 붉은 목주름을, 상한 흰 머리를, 커다란 푸른 눈을 바라보며 세상에 어떻게 이따위 직업을 택할 수 있을까 의아해하다가 내 직업 역시 별반 다를 게 없다고 생각하다가 어떻게 정직당했는지 떠올리고는 누가 뭐라든 이제는 그 일마저 글렀다고 체념하고 손목시계를 보고서 시간감각을, 분의 흐름을, 시의 흐름을, 날의 흐름을, 주의 흐름을, 달의 흐름을, 해의 흐름을, 십 년의 흐름을 완전히 잃었음을 깨닫고 번쩍이는 복도로 나오지만 간호사들이 여전히 말을 늘어놓고 부스에서 또다른 간호사가 나오고 그들 셋이 내가 가는 모습을 지켜보는데 나는 걸음을 멈추고 도로 걸어가 감사 인사를, 감사 인사를, 감사 인사를 하고 다시 돌아서서 장난감 자동차를 손에 쥔 채 번쩍이는 복도를 걸어 계단을 내려가 문으로 나와 아침 속으로, 혹은 내 생각에 아침 속으로 들어가지만 나뭇잎들은 모두 새빨갛고 하늘은 하얗게 물들고 풀은 푸르고 사람들은 낯선 잿빛이고 차는 조용하고 소리는 사라지고 나는 계단에 앉아 따가워질 때까지 눈을 비비다가 그만두고 일어나 도로로 이어진 긴 진입로를 걸어가서 집까지 어떻게 가지 궁리하다가 엄지를 내밀고 한참 서 있다가 병원 입구 옆 푸른 잔디밭에 쓰러져 하얀 하늘을, 빨간 잎을 올려다보다가 잠이 들었는지 문득 깨서는 자리에서 일어나 푸른 풀을 털어내고 길을 내려가서 새빨간 전화부스로 들어가 하얀 택시 광고지를 발견하고 다이얼을 돌려 외국에 있을 외국 목소리에 택시를 부탁하고 전화부스를 나와 서 있자, 운전석마다 리퍼가 앉아 있는 소리 없는 차들이 트렁크마다 죽은 여자를 싣고 도로를 쏜살같이 오르내리며 나를 향해 손짓하고 깔깔대고 뒷유리창에서 죽은 여자들이 손짓하며 도움을 청하고 트렁크에서 흰 손이 삐져나와 대롱거리고 뒷유리창을 흰 손이 바짝 누르고, 마침내, 기나긴 시간이 지나 마침내 택시가 멈춰 서고 나는 올라타서 행선지를 말하고 기사가 무슨 말인지 모르겠다는 듯 돌아보지만 어쨌든 출발하고 나는 앞좌석에 앉아 있고 라디오가 웅웅거리고 그가 말을 붙이려고 하지만 나는 대체 무슨 말을 하는 건지, 왜 내게 말을 붙이는 건지 이해하지 못하고 대체 어디 출신이냐고 묻자 그제야 그가 입을 다물고 그저 운전에만 집중하고 씨팔 이틀이 지나서야 내 집 앞에 차가 멈추고 나는 미안하지만 돈이 없다고, 잠시만 기다리면 안에 들어가서 돈을 찾아오겠다 말하고 그는 불같이 화를 내지만 달리 방도가 없고 그래서 나는 집으로 가 열쇠를 자물쇠에 꽂지만 돌아가지 않고 그래서 남은 날 동안 초인종을 누르다가 뒤로 돌아가서 다른 열쇠를 다른 자물쇠에 꽂지만 여전히 돌아가지 않고 그래서 밤새 노크하면서 보내다가 차고 문을 괴는 벽돌을 집어 뒷문 옆 작은 유리창에 던진 뒤 손을 집어넣지만 자물쇠에 닿지 않아서 주먹과 발로 문을 걷어차고 마침내 안으로 들어가 거실 맨 위 서랍에서 우윳값을 꺼낸 다음 진입로를 내려가 택시기사에게 가자 당연히 화가 난 그를 나는 탓할 수 없고 그래서 길 건너 이웃들에게 손을 흔들고 다시 안으로 들어가 루이즈와 보비를 찾아 방방마다 돌아다니지만 방에도 서랍장에도 벽장에도 침대 아래도 없고 그래서 계단을 내려가 티나의 집에 있거나 대체 어디 있는지 티나가 알까 싶어 가보기로 하고 다시 이웃들에게 손을 흔든 뒤 티나네 집 진입로를 걸어가 뒷문을 노크하지만 그녀는 문을 열지 않고 그래서 나는 그 다음주 중반까지 노크를 계속하고 애완견 커스티가 맞은편에서 짖어대고, 노크를 계속한 끝에 씨팔 드디어 문이 열리고 씨팔 그곳에 재니스가 실물 크기 그대로 서 있어서 깃털 하나에도 쓰러질 만큼 나는 놀라고 그래서 있는 그대로 말하길, 당신이 죽은 줄 알았다고, 에릭 홀이나 존 러드킨이 당신을 강간하고 머리를 친 뒤 가슴을 밟고 올라서서 펄쩍펄쩍 뛰어 죽은 줄 알았다고 말하자 그녀가 울면서 아니라고, 괜찮다고 말하고, 아기는 괜찮으냐고 내가 묻자 그녀는 괜찮다고 답하고 그래서 나는 온 세상천지가 알 만큼 아랫도리가 곤두섰으니 안으로 들어가도 되겠느냐고 묻지만 그녀는 안 된다며 문을 닫아버리고 나는 다시 문을 열려고 하지만 그녀가 고함치며 경찰을 부르겠다고 하고 내가 경찰이라는 걸 잊었느냐고 묻고 그래도 그녀는 나를 들여보내주지 않을 것 같고 그래서 나는 그녀가 사실은 재니스일 리 없다고, 재니스라면 나를 들여보내줄 거라는 사실을 깨닫고는 티나의 뒷문 계단에 앉아 내가 좀더 예수 같기를 진심으로 빈 뒤 일어나 우리집으로 돌아가 진입로로 들어서는데 차고 문이 활짝 열려 빗속에서 쿵쿵 부딪치고 그래서 나는 차를 몰고 루이즈와 보비를 찾으러 가보기로 하는데, 어디 있는지 어디서부터 찾아야 할지 씨팔 모르지만 어차피 씨팔 급한 일도 없으니 무작정 그녀의 차에 올라 출발하지 않을 까닭이 없고, 안 그런가?

5부

저주받은
자들

존 샤크: 이것 좀 들어보세요. 낭독 경찰 발표에 따르면, 어제 케네디공항의 한 버스에서 두 명을 살해하고 두 명을 다치게 한 차량 납치범은 꿈에서 영감을 받았다고 말했다. 스물여섯 살의 평범한 선원인 루이스 로빈슨은 "이 나라가 혼란에 빠져들고 있어 누군가 나서서 막아야 한다고 느꼈다"고 밝혔다.

청취자: 그쪽에는 안됐지만 우리 나라에서 그런 일이 벌어지지 않아 정말 다행이네요.

존 샤크: 그런 꿈은 다시는 안 꾸면 좋겠어요. 안 그래요, 밥?

청취자: 그건 꿈이 아니에요, 존. 아침에 일어나 망할 커튼만 젖히면 바로 눈앞에 있죠.

1977년 6월 16일 목요일
리즈 라디오
존 샤크 쇼

21

손목시계를 보니 7시 7분이다.

나는 황야에 있다. 걷다보니 등받이 높은 가죽 의자에 이른다. 의자 앞에 흰 옷을 입은 여자가 기도하는 천사처럼 두 손을 모으고 무릎을 꿇고 앉아 있다, 얼굴은 머리카락에 가려 보이지 않는다.

내가 허리를 구부려 머리카락을 치우자 그녀는 캐럴이었다가 카 수 펭이 된다. 그녀가 일어나 기다란 흰옷 가운데를 가리키자 그곳에 피투성이 손가락으로 단어가 쓰여 있다.

livE.

바람이 불고 비가 내리는 황야에서 그녀가 흰옷을 머리 위로 끌어올려 불룩한 노란 배를 드러냈다가 다시 옷을 뒤집어 입자 피투성이 손가락으로 쓴 글자가 나타난다.

Evil.

파란색 잠옷을 입은 작은 남자아이가 등받이 높은 가죽 의자 뒤에서 나와 그녀를 복도로 이끈다. 지저분한 벽 아래 올이 다 드러난 카펫이 깔린, 냄새나는 복도로.

문에 이르자 우리는 걸음을 멈춘다.

77호실.

나는 화들짝 놀라 차에서 잠이 깼다. 가슴이 옥죄고 땀이 줄줄 흐르고 숨을 헐떡거렸다.

계기판 시계를 보았다.

7시 7분.

젠장.

차는 듀르카의 듀르카 레인, 러드킨의 집 진입로 아래쪽에 세워져 있었다.

백미러를 보았다.

아무것도 없었다.

나는 가만히 앉아 기다렸다.

이십 분 후 가운 차림의 여자가 현관문을 열고 현관에 놓인 우유병 두 개를 들고 들어갔다.

여자가 문을 닫을 때까지 기다린 후 나는 시동을 걸고 라디오를 켠 뒤 출발했다.

웨이크필드를 향해 듀즈베리 로드를 타고 가다 쇼크로스와 행잉 히턴을 지나 배틀리로 들어서는데 라디오가 떠들어댔다.

"마스크를 쓴 괴한 둘이 섀드월의 우편취급소에 침입해 소장 부부를 구타하고 750파운드를 훔쳐 달아나 경찰이 쫓고 있습니다. 범인 중 한 명은 '대단히 폭력적'이라고 알려졌습니다.

65세인 에릭 가워스 소장과 64세인 아내 메이는 병원으로 옮겨졌지만, 현재

퇴원했습니다.”

시내를 벗어나 배틀리 외곽 브래드퍼드 로드의 테이크아웃 중국 식당을 지나쳐 차를 세웠다.

RD 신문 판매점을 막 지나.

청동빛 닷선 260을 막 지나.

그녀의 집에 전화를 걸었다.

받지 않았다.

전화를 끊었다.

다시 빨간 전화부스 안에 서서 신문 판매점의 위층 창문을 올려다보았다.

“에릭 있습니까?”

“누구시죠?”

“친구입니다.”

존 러드킨이 창밖을 내다보고 있었다. 한 손바닥을 창틀에 대고, 다른 손바닥을 유리창에 댄 채 굳은 표정으로.

“에릭 홀입니다.”

“돈은 준비됐습니까?”

“네.”

“정오에 더 조지 주차장에서 봅시다.”

나는 전화를 끊고 존 러드킨을 보았다.

차로 돌아가 기다렸다.

삼십 분 후 아이를 안은 러드킨을 따라 선글라스를 쓴 여자가 신문 판매점에서 나왔다.

남자아이는 파란색 잠옷을, 여자는 검은 옷을 입고 있었다.

그들이 닷선에 올라 출발했다.

나는 가만히 앉아 있었다.

오 분 후 차에서 내려 상점 뒷길로 들어가 쓰레기통과 겹겹이 쌓인 쓰레기봉투와 썩어가는 종이상자를 지나쳐가면서 창문의 개수를 헤아렸다.

원하던 숫자에 이르자 고개를 들어, 뒷담 위로 솟은 두 개의 창문과 낡은 커튼을 올려다보았다. 뒷담 가장자리에는 깨진 병조각이 시멘트로 박혀 있었다.

붉은 나무문을 당겨 천천히 열었다.

안쪽에서 파키스탄 녀석이 갈색 낯짝을 쑥 내밀기만 하면 끝장이었다.

나는 마당으로 통하는 문을 닫고 상자와 가스통 사이로 걸어가 뒷문에 이르렀다.

뭐라고 말해야 할지 궁리하며 문을 열었다.

앞쪽 상점으로 이어지는 통로에 워커스* 감자칩 상자와 낡은 잡지가 높다랗게 쌓여 있었다. 오른쪽에 계단이 보였다.

일단 시작했으면 끝을 봐야 하기에 계단을 올랐다.

계단 위에는 유리를 댄 하얀 문이 있었다.

유리 너머는 컴컴했다.

나는 가만히 서서 귀를 기울였다.

아무 소리도 없다.

끝을 봐야 하기에 문을 열려고 해보았다.

잠겨 있었다.

---

* 영국 과자 제조회사.

씨팔.

혹시나 싶어 다시 시도해보았다.

주머니칼을 꺼내 문틈으로 밀어넣었다.

아무것도 걸리는 게 없어서 나는 몸을 기울였다.

아무것도.

아무것도 못 건진 채 나는 다시 시도했다.

경첩에 낀 칼이 부러지고 문틀이 갈라지는 바람에 손을 베여 또 피를 보긴 했어도 어쨌든 안으로 들어왔다.

나는 가만히 서서 귀를 기울였다.

아무 소리도 없다.

또다른 어둑한 복도.

손수건으로 손바닥을 감싸고 집 앞쪽을 향해 소리 죽여 복도를 지났다. 복도 옆 문 세 개는 모두 닫혀 있었다.

집안은 악취가 진동했고, 나지막한 천장은 냄새만큼이나 답답했다.

거실에는 소파와 의자와 탁자와 텔레비전이 있고 상자 위에 전화기가 있었다. 빈 소다수병과 감자칩 봉지가 바닥에 흩어져 있었다.

카펫은 없었다.

나무 바닥에 시커먼 씨팔 얼룩이 커다랗게 나 있을 뿐이었다.

복도로 되돌아가 오른쪽 첫번째 문을 열어보았다.

자그마한 부엌은 텅 비어 있었다.

왼쪽 문을 열어보았다.

침실에 두껍고 시커먼 낡은 커튼이 쳐져 있었다.

불을 켰다.

시트를 벗긴 거대한 더블베드의 주황색 꽃무늬 매트리스에 또다른 시커먼 씨팔 얼룩이 커다랗게 나 있었다.

한쪽 벽에 붙박이 옷장들이 늘어서 있었다.

옷장을 열어보았다.

조명 기구, 사진가용 조명 기구.

옷장 문을 닫고 불을 껐다.

복도 너머에 마지막 문이 남아 있었다.

욕실인 그곳에는 또다른 시커먼 낡은 커튼이 쳐져 있었다.

수건과 매트와 신문과 페인트통과 얼룩 하나 없는 욕조가 있었다.

차가운 물을 틀어 손을 씻고 물기를 닦았다.

문을 닫고 복도를 되돌아갔다.

계단 꼭대기에 서서 하얀 문에서 튀어나온 가시들을 잡아뜯었다.

자물쇠를 다시 잠그려 했지만 말을 듣지 않았다.

문을 그냥 두고 계단을 내려갔다.

계단 아래 서서 귀를 기울였다.

고요.

뒷문으로 나와 마당을 지나서 붉은 나무문을 통과했다.

쓰레기통과 겹겹이 쌓인 쓰레기봉투와 썩어가는 종이상자와 나를 지켜보는 자그마한 노란 개를 지나쳐 뒷길을 걸어갔다.

상점들 앞쪽으로 돌아나와 중국 식당을 지나서 내 차에 올라탔다.

막 11시가 지나 있었다.

그녀의 집에 전화를 걸었다.

받지 않았다.

전화를 끊었다가 다시 걸었다.

받지 않았다.

전화를 끊었다.

덴홈의 더 조지를 지나 차를 세웠다가 진입로로 후진해들어가 방향을 돌렸다.

불길한 느낌이 들었으나 떨쳐낼 수도, 견딜 수도 없었다.

천천히 차를 몰아 술집 옆으로 꺾어들어가서 뒤쪽 주차장에 이르렀다.

거의 정오였다.

차량 네다섯 대가 세워져 있었는데, 그중 세 대는 산울타리와 들판을 향하고 두 대는 술집 뒷벽을 보고 있었다.

어느 것도 푸른색 그라나다는 아니었다.

불길한 느낌을 떨치지 못한 채 나는 구석자리에 산울타리와 들판을 향하도록 차를 세웠다.

가만히 앉아 백미러를 보며 기다렸다.

회색 볼보에 두 남자가 앉아 백미러를 보며 기다리고 있었다.

씨팔.

차 두 대가 나란히 들어왔고, 하얀 푸조 304에서 에릭 홀이 내렸다.

양가죽 재킷에 양손을 찔러넣고 다가오는 그의 모습을 주시했다.

그가 차 뒤로 돌아와 차창을 두드렸다.

나는 차창을 내렸다.

그가 허리를 숙이고 물었다. "뭘 기다립니까? 크리스마스?"

"돈은 가져왔나?"

"그래요." 그가 대꾸하며 허리를 폈다.

나는 백미러를 보며 볼보의 두 사람을 주시했다. "어디?"

"차에."

"그라나다는 어쩌고?"

"씨팔, 팔아먹었지. 돈을 대려면 어쩌겠습니까."

“타.”

“하지만 돈은 차에 있는데.”

“그냥 타.” 나는 시동을 걸었다.

그가 뒤로 돌아가 조수석에 올랐다.

나는 차를 후진해 더 조지의 옆으로 나아갔다.

“어디 가는 겁니까?”

“드라이브나 하지.” 나는 도로에 들어서며 대꾸했다.

“돈은?”

“집어치워.”

“하지만……”

나는 도로에 시선을 두는 한편 매초 백미러를 힐긋거렸다. “거기 뒤 회색 볼보에 두 녀석이 있었어. 봤지, 안 그래?”

“아뇨.”

나는 브레이크를 밟으며 차를 도로변으로 휙 틀었다.

“저거 말이야.” 나는 지나쳐 달려가는 회색 볼보를 가리켰다.

“씨팔.”

“당신이 꾸민 일이잖아?”

“아니에요.”

“함정을 파거나 나를 쏴 죽이려고 잔머리 굴렸지?”

“아니라니까요.” 그가 땀을 흘리며 말했다.

나는 도로변을 따라 차를 후진하다 재빨리 유턴을 했다.

페달을 밟으며 말했다. “그럼 씨팔 저 새끼들은 누구야?”

“몰라요. 정말이에요.”

“에릭, 당신은 씨팔 부패 경찰이잖아. 나 같은 늙다리 글쟁이가 찾아 와서 오천을 달라고 하는데 그냥 고이 넘겨주겠어? 웃기지 마.”

에릭 홀은 아무 말도 하지 않았다.

더 조지를 지나쳐 날러가는 동안 문제이 붑부는 보이지 않았다.

"누구한테 말했지?" 나는 다시 물었다.

"이봐요." 그가 한숨을 쉬더니 말을 이었다. "제발, 차 좀 세워요."

나는 좀더 달리다 핼리팩스 로드의 교회 근처에 차를 세웠다.

우리는 잠시 아무 말도 하지 않고 가만히 앉아 있었다. 비도, 햇살도, 아무것도 없었다.

마침내 그가 말했다. "난 지금 엄청난 곤경에 처해 있습니다."

나는 말없이 고개만 끄덕였다.

"망할 놈의 법대로 살진 않았어요. 내 말뜻 알잖습니까? 이따금 눈을 감아줬죠."

"하지만 공짜는 아니었겠지?"

그가 다시 한숨을 쉬더니 말했다. "이 망할 세상에 대체 누가 그런 걸 공짜로 해준답니까?"

나는 대꾸하지 않았다.

"돈을 줄게요. 정말입니다. 정 필요하면 각서라도 쓰죠. 오천은 못 구했지만 차에 이천오백이 있어요. 그걸 드리죠."

"씨팔 돈은 필요 없어, 에릭. 난 뭐가 어떻게 돌아가는지 그것만 알면 돼."

"주차장 그 새끼들요? 나도 정말 몰라요. 하지만 망할 피터 헌터와 부하들이 꾸민 짓이 분명해요."

"정직 이유가 뭐야?"

"뒷돈을 받았거든요."

"그게 다야?"

"그거면 충분하죠."

"재니스 라이언은?"

"그년이 아니더라도 골이 터질 판이에요."

"마지막으로 본 게 언제인데?"

그가 한숨을 쉬더니 손바닥을 허벅지에 문지르고 고개를 젓는다. "기억 안 나요."

"에릭. 그 돈은 너나 처먹고 어서 털어놔. 헌터가 수사를 마칠 즈음에는 그 더러운 손을 구하려면 씨팔 있는 돈 없는 돈 다 필요할 거잖아. 그러니 망할 진실을 털어놓고 이천오백을 아껴."

그가 앞유리창 너머 하늘 높이 솟은 검은 첨탑을 올려다보더니 머리를 등받이에 털썩 기대고 나직이 말했다. "내가 죽인 게 아니에요."

"누가 그랬다고 했나?"

"이 주 전 그 여자가 내게 전화해서 여길 뜰 자금이 필요하다며 팔 정보가 있다고 했어요."

"그래서 만났나?"

"아뇨."

"어떤 정보를 팔려고 했는지는 알아?"

"강도사건이랬어요."

"무슨 강도사건?"

"그건 말 안 했어요."

"이미 일어난 일, 아니면 앞으로 일어날 일?"

"그것도 말 안 했어요."

나는 겁에 질린 뚱보 얼굴이 조수석에서 진땀을 흘리는 모습을 응시했다.

"그 얘기를 누구한테 한 적 있어?"

그가 침을 삼키더니 고개를 끄덕였다.

"누구?"

"리즈의 경사요. 이름이 프레이셔네요. 밥 프레이저."

"언제?"

"바로 얼마 전에."

"왜 말했지?"

에릭 홀이 고개를 내 쪽으로 돌리고 자기 눈을 가리켰다. "날 이렇게 두들겨팼으니까."

"왜 그랬는데?"

"그자는 그년의 포주였어요."

"나는 당신이 포주인 줄 알았는데."

"그건 옛날 얘기죠."

"저 잡지의 사진들은? 저것에 대해 뭘 알고 있지?"

"아무것도. 정말이에요. 그년이 저 이야기는 한 번도 안 했다고요."

나는 뭐가 뭔지 알 수 없는 채로 차에 앉아 있었다.

얼마 후 에릭 홀이 말했다. "또 알고 싶은 거 있어요?"

"그래, 씨팔 누가 그 여자를 죽였어?"

에릭 홀이 코웃음 치며 말했다. "나름대로 이론이 있긴 하죠."

나는 고개를 돌려 씨팔 뚱보 버러지를 보았다. 거짓으로 영혼이 뒤틀리고 지옥불이 눈앞에 기다리는데도 망할 이천을 아꼈다고 행복해하는 버러지.

"말해보시지, 셜록?"

그가 어깨를 으쓱했다, 별거 아니라는 듯, 씨팔 신문마다 1면에 적혀 있다는 듯, 뚱보 버러지가 하루 더 살아남게 되었다는 듯. 그리고 씩 웃었다. "프레이저죠."

"리퍼가 아니고?"

그가 껄껄거렸다. "리퍼요? 망할, 그럴 리가요?"

나는 창 너머 십자가를 올려다보며 말했다. "마지막으로 하나 묻지."

"말해봐요." 그가 여전히 웃으며 대꾸했다.

비열한 놈.

"카 수 펭?"

"누구요?" 그가 너무 빨리, 웃음기 없이 되물었다.

"중국 여자 몰라? 수 펜?"

그가 고개를 저었다.

"에릭, 당신 브래드퍼드 풍기단속반이잖아?"

"옛날 얘기죠."

"참, 그렇군. 하지만 거느리던 여자들은 다 기억할 거 아냐. 특히나 리퍼가 건드리고 간 여자라면. 아닌가?"

그는 잠자코 있었다.

나는 다시 말했다. "리퍼한테 당했던 여자잖아?"

"사람들 말로는 그렇다더군요."

"당신은? 당신 생각은 어떤데?"

"잠자는 호랑이는 건드리지 않는 게 좋죠."

나는 시동을 켜고 침묵 속에서 길을 되짚어 빠르게 달려갔다.

더 조지 앞에서 차를 세웠다.

그가 문을 열고 내렸다.

"뒈져버려." 나는 중얼거렸다.

"네?" 그가 차 안을 다시 들여다보며 물었다.

"문 닫으라고 했어, 에릭." 그러고는 페달을 밟았다.

그녀의 집에 전화를 걸었다.

받지 않았다.

전화를 끊었다가 다시 걸었다.

받지 않았다.

전화를 끊었다가 다시 걸었다.

받지 않았다.

전화를 끊었다.

브래드퍼드로 돌아갔다가, 그곳을 벗어나 리즈로 다시 가는 내내 힘껏 페달을 밟았다: 킬링홀 로드, 리즈 로드, 스태닝글리 우회로, 암리.

검은 아치들 아래서 지난번 오후 음주의 기억에 흔들려 스카버러호텔에서 굴복하고는 맥주잔에 재빨리 위스키를 더해 그리핀의 그림자 속에서 한 번에 쭉 들이켰다.

오후 막바지에 접어들어 산들바람이 시내를 가로지르며 비닐봉지와 낡은 신문을 정강이에 휘감는 동안 멀쩡한 전화기를 찾아 헤매다 딱 하나 발견했다.

"새뮤얼?"

"잭이군요."

"무슨 소식 있나?"

"프레이저가 풀려났어요."

"알아."

"그럼 괜한 시간 낭비 말고 전화 끊죠."

"미안해."

"어디 있는지는 모르죠?"

"뭐?"

420

"오늘 아침 우드 거리의 경찰청에 나타났어야 했는데 코빼기도 안 보였어요."

"그래?"

"네."

"또다른 건 없나?"

"깜둥이가 하나 죽었죠."

"리퍼 짓인가?"

"리퍼가 남자한테로 관심을 돌리지 않은 이상 아닐걸요."

"그렇군. 리퍼에 대한 건?"

"없어요."

"밥 크레이븐 있지?"

"정말요?"

"연결해줘, 새뮤얼."

딸깍 소리 두 번에 이어 한 번의 연결음.

"풍기단속반입니다."

"크레이븐 경위 부탁합니다."

"누구시죠?"

"잭 화이트헤드입니다."

"잠시만요."

송화구를 덮는 두 손가락과 맞은편을 향해 지르는 고함.

"잭?"

"오랜만이군, 밥."

"그러게요. 잘 지내죠?"

"잘 지내지. 어떻게 지내?"

"늘 바쁘죠, 뭐."

"술 한잔 할 시간은 있지?"

"술 마실 시간이야 늘 있죠, 색. 알면서."

"언제가 좋을까?"

"8시쯤?"

"좋아. 어디 물 좋은 데 있나?"

"덕 앤드 드레이크?"

"8시에 봐."

"그래요."

　산들바람과 비닐봉지 새와 신문지 뱀 사이로 지저분한 오후의 거리를 나아갔다.

　돌풍을 피해 자갈 깔린 골목길로 들어서서 단어가 적힌 벽을 찾았다.

　하지만 단어는 사라지고 없고, 골목길은 엉뚱한 곳이고, 있는 단어라고는 거짓말뿐이었다.

　파크 로를 걷다가 쿨리지 거리로 접어들어 세인트앤대성당에 이르렀다.

　교회 안은 텅 비어 있었다. 바람조차 없었다. 나는 가장자리를 따라 걸어가 피에타 상 앞에 무릎을 꿇고 천 개의 눈 앞에서 기도했다.

　고개를 드니 목이 마르고 호흡이 차분해졌다.

　노파의 손을 잡은 아이가 통로로 오다 내게 이르러 성경을 펼친 채로 내밀기에 받아들고는 멀어져가는 그들을 바라보았다.

　그리고 고개를 숙여 눈에 띄는 구절을 읽었다.

　그 기간에는 그 사람들이 죽으려고 애써도 죽지 못하고, 죽기를 원해도 죽음이 그들을 피해 달아날 것입니다.[*]

　성당을 지나 쌓여닫이문을 지나 오후를 지나 비닐봉지와 뱀을 지나 그 모든 것을 지나 걸었다.

모든 것이 사라졌고, 모든 것이 잘못되었고, 거짓말만 남았다.

신문사는 쥐죽은듯 고요했다.

나는 복도를 걸어가 기록실로 들어갔다.

1974년 속으로.

빛 맞은편 릴에 마이크로필름을 감았다.

1974년 12월 20일 금요일 속으로.

1면:

경의를 표하다.

사진—

세 개의 함박웃음:

앵거스 청장이 밥 크레이븐 경사와 밥 더글러스 순경의 공로를 치하하다.

"이 두 뛰어난 경찰에게 진심 어린 감사를 보내는 바입니다."

인쇄 버튼을 누른 뒤 세 개의 함박웃음과 뛰어난 경찰관이 출력되는 모습을 지켜보았다.

기자란을 보았다.

올해의 범죄 전문 기자 잭 화이트헤드.

편집장실 문을 노크하고 안으로 들어갔다.

해든은 여전히 리즈를 등지고 책상에 앉아 있었다.

나는 의자에 앉았다.

"잭."

---

* 요한계시록 9장 6절.

"빌." 나는 씩 웃었다.

"어떻게 됐어?"

"프레이저가 토꼈어요."

"어디 있는지는 알고?"

"아마도요."

"아마도?"

"확인해봐야 해요."

그가 코웃음 치더니 책상 위 펜을 정리했다.

나는 물었다. "뭐 새로운 것 있어요?"

"잭." 그가 고개도 들지 않고 말을 이었다. "지난번 왔을 때 폴라 갈런드에 대해 말했지."

"그래요."

그가 고개를 들었다. "그래서?"

"그래서라니요?"

"연결돼 있다고 하지 않았나?"

"네?"

"우라질, 잭. 뭘 알아냈나?"

"말했듯이 클레어 스트라찬이……"

"프레스턴의 리퍼 피해자 말이야?"

"네. 그 여자가 모리슨이라는 성도 썼는데, 그 성으로 폴라 갈런드 살인사건의 목격자 진술을 했더군요."

"그게 다인가?"

"네. 프레이저 말이, 러드킨과 다른 몇몇 경찰은 알고 있었지만 프레스턴 조서고 어디고 공식적으로 기록하지 않았답니다."

"다른 건 없고?"

"네."

"나한테 말 안 한 것 없나?"

"물론 없죠."

"프레이저 경사를 통해 그걸 알아냈고?"

"네. 왜요?"

"그냥 확실히 해두려고, 잭. 확실히 해야 할 것 아냐."

"그래, 이제 확실해졌어요?"

"그래." 그가 내 눈을 응시하며 말했다.

나는 일어났다.

"잠시 앉아, 잭."

나는 앉았다.

해든이 책상 서랍을 열어 커다란 서류봉투를 꺼냈다.

"오늘 아침 이게 왔네." 그가 봉투를 책상 너머로 던졌다. "직접 봐."

나는 잡지 한 권을 꺼냈다.

싸구려 포르노.

아마추어적인.

『스펑크』.

한 페이지의 모서리가 접혀 있었다.

"7페이지야." 빌 해든이 말했다.

표시된 페이지를 넘기자 그녀가 있었다.

하얗게 탈색한 머리와 늘어진 분홍색 살결과 짙푸른 눈의 그녀가 다리를 쩍 벌려 축축한 붉은 구멍들을 드러낸 채 음핵을 까닥거리고 있었다.

클레어 스트라찬.

나는 다시 단단해졌다.

"오늘 아침 왔다고요?" 나는 쉰 목소리로 물었다.

"그래. 프레스턴 소인이더군."

나는 봉투를 뒤집어보고 고개를 끄덕였다.

"또다른 건 없었어요?"

"그래, 그것뿐이야."

"이거 한 부요?"

"그래, 그랬어."

나는 손에 잡지를 쥔 채 고개를 들었다.

해든이 말했다. "그 여자가 이런 일을 한 걸 몰랐나?"

"몰랐어요."

"누가 이걸 보냈는지 모르겠어?"

"전혀요."

"프레이저 경사가 서쪽으로 가서 보낸 건 아닐까?"

"그건 아닐 거예요."

"알겠어." 해든이 혼자서 고개를 끄덕이며 대꾸했다.

나는 물었다. "이제 어쩌죠?"

"전화 돌려서 도대체 어떻게 돌아가는 판인지 좀 알아내."

나는 일어났다.

그가 수화기를 집어들며 말했다. "그리고 잭?"

"네." 나는 문손잡이를 쥔 채 대꾸했다.

"조심해. 알겠나?"

"나야 늘 조심하죠. 늘."

그녀의 집에 전화를 걸었다.

받지 않았다.

전화를 끊었다가 다시 걸었다.

받지 않았다.

전화를 끊었다가 다시 걸었다.

받지 않았다.

전화를 끊었다가 다시 걸었다.

받지 않았다.

전화를 끊었다.

손목시계를 확인했다.

막 6시가 지났다.

계획을 살짝 바꾸었다.

복도를 걸어가 기록실로 다시 들어갔다.

다시 1974년 속으로.

빛 맞은편 릴에 마이크로필름을 감았다.

1974년 12월 24일 화요일 속으로.

〈이브닝 포스트〉 1면:

웨이크필드 크리스마스 총격으로 세 명 사망.

부제:

경찰 영웅 술집 강도를 막다.

사진―

웨이크필드 불링의 스트래퍼드.

지난밤 야심한 시각 웨이크필드 시내에서 끔찍한 총격사건이 벌어져 세 명이 사망하고, 세 명이 중상을 입었다. 경찰은 "폭력으로 치달은 강도사건"이라 설명하고 있다.

경찰 대변인에 따르면, 지난밤 자정 무렵 웨이크필드 불링에 위치한 스트래퍼드 술집의 총격사건을 신고받고 경찰이 출동했다. 현장에 가장 먼저 도착한 경찰은 로버트 크레이븐 경사와 밥 더글러스 순경으로, 이들은 지난주 몰리의 여학생 클레어 켐플레이 살인사건의 용의자 체포에 혁혁한 공을 세운 바 있다.

총기로 무장한 신원 불명 강도들은 스트래퍼드에 들어선 두 경찰에게 총을 쏘고 구타한 뒤 달아났다.

몇 분 후 도착한 웨스트요크셔 메트로폴리탄 경찰청의 특수기동대 대원들은 경찰 영웅 두 명과 시민 한 명이 총상을 입고 세 명이 사망한 것을 발견했다.

M1과 M62 도로의 전 방향에 즉각 검문소가 세워졌고 모든 항구와 공항을 수색했지만 범인 체포는 이루어지지 않았다.

크레이븐 경사와 더글러스 순경은 웨이크필드 소재 핀더필즈병원으로 이송되어 "위중하지만 안정에 접어든 상태"로 알려졌다.

경찰은 사망자 가족에게 먼저 연락한 뒤 이름을 공개하기로 했다.

웨이크필드 우드 거리 경찰청에 수사본부가 만들어졌고, 기자회견에서 모리스 잡슨 경정은 긴급 상황인만큼 시민의 제보를 기다리고 있으며, 모든 제보자의 신원은 철저히 보장될 거라고 밝혔다. 수사본부의 직통전화는 웨이크필드 3838이다.

인쇄 버튼을 누른 뒤 커다란 거짓말, 걸출한 거짓말이 출력되는 모습을 지켜보았다.

기자란을 보았다.

올해의 범죄 전문 기자 잭 화이트헤드.

커크게이트 시장 배수로에 위치한 덕 앤드 드레이크.

밀가스 경찰서의 그림자 속 깁시 술집.

8시.

맥주잔과 위스키잔을 문가의 탁자로 가져가 기다렸다. 옆 의자에는 비닐봉지를 놔두었다.

나는 위스키를 맥주잔에 붓고는 쭉 들이켰다.

오랜만이었다. 너무 오랜만이지 싶으면서도, 충분히 오랜만은 아닌 듯했다.

"같은 걸로 더 할래요?"

고개를 드니 밥 크레이븐이었다.

밥 크레이븐 경위.

"밥." 나는 일어나 악수를 했다. "얼굴은 어쩌다 그리됐나?"

"이삼 주 전부터 망할 놈의 깜둥이들이 채플타운에서 난동을 부리고 있거든요."

"괜찮아?"

"한 잔 마시면 괜찮아지겠죠." 그가 씩 웃더니 바로 걸어갔다.

나는 비닐봉지를 무릎에 올려놓고 바에 서 있는 그를 바라보았다.

그가 맥주 두 잔을 가져오더니 다시 위스키잔을 가지러 갔다.

"오랜만이네요." 그가 앉으며 말했다.

"삼 년 만인가?"

"그것밖에 안 됐어요?"

"그래. 전생에나 만났던 것 같군."

"다 과거지사죠. 좆같게도."

"지난번 만난 게 스트래퍼드 사건 전이었지?"

"그랬을 거예요. 그 직후 퇴마의식 취재하지 않았어요?"

나는 고개를 끄덕였다.

그가 한숨을 쉬었다: "우라질 세상이에요. 안 그래요? 별의별 꼴을 다 본다니까."

"다른 밥은 잘 지내?"

"더기요?"

"그래."

"지금은 관두고 없죠."

"자네는 관두고 싶지 않았나?"

"옷을 벗으라고요?"

나는 고개를 끄덕였다.

"그럼 뭘로 먹고살겠어요? 잭도 마찬가지잖아요?"

나는 다시 고개를 끄덕였다. "그래, 밥은 뭐하고 지내?"

"잘 지내요. 보상금을 받아 신문 판매점을 열었죠. 그럭저럭 되나보던데요. 체질에 맞나봐요. 어떨 때는 총알을 먹은 게 나였으면 좋았을 텐데 싶다니까요. 무슨 말인지 알죠?"

나는 고개를 끄덕이고 맥주잔을 들었다.

"아담한 가게, 귀여운 마누라. 알죠?"

"아니." 나는 어깨를 으쓱하고 말을 이었다. "하지만 만나거든 내 안부 전해줘."

"아, 네. 아직도 잭이 쓴 기사를 벽에 붙여두고 있대요. 경의를 표하다라는 그 기사 있잖아요."

나는 한숨을 쉬었다. "겨우 삼 년 전이었지?"

"지금하고는 달랐죠, 안 그래요?" 그가 맥주잔을 집어들며 말을 이었다. "그 시절을 위해."

우리는 술잔을 부딪치고는 쭉 비웠다.

"내가 살 차례네." 나는 바로 갔다.

바에서 돌아보니 그가 자리에서 턱수염을 문지르고 바지의 먼지를 떨고 빈 맥주잔을 집어들었다가 도로 내려놓았다. 나는 가만히 지켜보았다.

술잔을 가지고 돌아가 자리에 앉았다.

"어쨌든 옛일은 그만 돌아보고 요즘 이야기나 하죠. 요새는 뭘 취재해요?"

"리퍼."

그가 멈칫하더니 말했다. "하긴 당연히 그렇겠죠."

우리는 말없이 술집의 소음에 귀기울였다. 유리잔, 의자, 음악, 수다, 금전등록기.

이윽고 나는 말했다. "사실은 그 때문에 전화했어."

"네?"

"리퍼 때문에."

"그 새끼가 왜요?"

나는 그에게 비닐봉지를 건넸다. "빌 해든이 아침 우편으로 이걸 받았어."

그가 봉지를 받아 안을 들여다보았다.

나는 잠자코 있었다.

그가 고개를 들었다.

나는 그를 보았다.

"나가서 좀 걷죠." 그가 말했다.

나는 그를 따라 가판대 그림자가 드리운 어두운 시장 안으로 들어섰다. 저녁 바람을 타고 쓰레기와 악취가 우리를 뒤쫓았다.

컴컴한 시장 깊숙한 곳 어느 가판대 옆에서 크레이븐이 멈추더니 잡지를 꺼내들었다.

"접힌 페이지를 봐." 나는 말했다.

그가 잡지를 펼쳤다.

나는 기다렸다—

심장이 쪼개지고, 갈빗대가 갈라졌다.

"이걸 또 누가 알죠?" 그가 내게 등을 보인 채 물었다.

"나와 빌 해든뿐이야."

"이게 누군지 알아요?"

나는 고개를 끄덕였다.

펼친 잡지를 손에서 늘어뜨린 채 그가 몸을 돌렸다. 그림자와 턱수염에 묻혀 얼굴은 시커멓게만 보였다.

"클레어 스트라찬." 나는 말했다.

"누가 이걸 보냈는지 알아요?"

"아니."

"편지는 없었어요?"

"그래. 잡지만 달랑 보냈더군."

"이 페이지가 접혀 있었고요?"

"그래."

"봉투는 가지고 있나요?"

"해든한테 있어."

"언제 어디서 보낸 건지 알아요?"

나는 침을 삼키고 말했다. "이틀 전 프레스턴에서."

"프레스턴?"

나는 고개를 끄덕이고 말했다. "그자지?"

그의 눈이 내 얼굴을 휙 훑었다. "누구 말이에요?"

"리퍼."

찰나지만 턱수염 뒤쪽, 저 깊은 곳에 웃음이 감돌았다.

이윽고 그가 나직이 물었다. "잭, 왜 나한테 전화했죠? 조지한테 바로 가지 않고?"

"자네는 풍기단속반이잖아? 자네 영역이니 자네한테 묻는 거지."

그가 가판대 그림자에서 벗어나 앞으로 나오더니 내 어깨에 손을 얹었다. "나한테 오길 잘했어요, 잭."

"나도 그렇게 생각해."

"기사로 낼 거예요?"

"자네가 원치 않으면 안 낼 거야."

"내지 마요."

"그럼 그러지."

"아직은 안 돼요."

"그래."

"고마워요, 잭."

나는 그의 손에서 벗어나며 묻는다. "이제 뭘 하지?"

"한잔 더 할까요?"

나는 손목시계를 확인하고 대꾸한다. "그건 좋은 생각 같지 않군."

"그럼 다음에 한잔해요."

"좋지."

시장 중심부를 벗어나 외곽으로 갔지만 똥 같은 악취는 여전했다. 그곳에서 밥 크레이븐 경위가 말했다. "전화해요, 잭."

나는 고개를 끄덕였다.

"신세 잊지 않을게요." 그가 말했다.

나는 다시 고개를 끄덕였다 ─끝이 없는, 씨팔 완전 끝이 없는 이 지옥이라니.

각주와 여백, 접선과 우회로, 더러운 필기판, 끝장난 기록.
1977년 요크셔 잭 화이트헤드

시신과 시체, 뒷골목과 황무지, 더러운 남자들, 끝장난 여자들.

1977년 요크셔 잭 더 리퍼.

거짓말과 반쪽짜리 진실, 진실과 반쪽짜리 거짓말, 더러운 손, 끝장
난 등.

1977년 하나의 요크셔에 두 명의 잭.

복도를 걸어가 기록실로 들어갔다.

1975년 속으로.

마지막으로 거짓말 맞은편 릴에 마이크로필름을 감았다.

1975년 1월 27일 월요일 속으로.

〈이브닝 포스트〉 1면:

퇴마의식 도중 아내 살해.

부제:

지역목사 체포.

하지만 읽을 수 없었다, 또다른—

그녀의 집에 전화를 걸었다.

받지 않았다.

전화를 끊었다가 다시 걸었다.

받지 않았다.

전화를 끊었다가 다시 걸었다.

받지 않았다.

전화를 끊었다가 다시 걸었다.

받지 않았다.

전화를 끊었다가 다시 걸었다.

받지 않았다.

전화를 끊었다.

레드벡 주차장으로 들어가 시커먼 화물트럭과 텅 빈 승용차들 사이에 차를 세우고 시동과 함께 라디오를 껐다.

어둠 속에 앉아 궁금해하고 걱정하며 기다렸다.

차에서 내려, 떠오르는 검은 달 아래 여기저기 움푹 팬 주차장을 가로질렀다.

27호실 앞에서 걸음을 멈추고 귀기울이다 문을 두드렸다.

무반응.

문을 두드리고 귀기울이며 기다렸다.

무반응.

문을 열었다.

프레이저 경사가 바닥에 몸을 공처럼 말고 있었다. 의자와 탁자가 박살나고, 벽은 모조리 뜯겨나갔는데, 한때 벽에 붙어 있던 그 모든 씨팔 것 아래 몸을 공처럼 말고 있었다. 부서진 목재 더미 가운데, 조각난 지옥 뭉치 가운데 몸을 공처럼 말고 있었다.

문가에 선 나의 어깨 위로 검은 달이 둥실 떠오르고 밤이 우리 둘을 가로질렀다.

그가 눈을 떴다.

"나예요. 잭."

그가 문 쪽으로 고개를 들었다.

"들어가도 될까요?"

그가 천천히 입을 열다가 도로 다물었다.

나는 그에게 다가가 몸을 숙였다.

그는 사진을 움켜쥐고 있었다―

여자와 아이.

선글라스를 쓴 여자와 파란색 잠옷을 입은 남자아이.

그가 눈을 뜨고 나를 올려다보았다.

"일어나 앉아요."

그가 내 손목을 움켜쥐었다.

"자, 어서요."

"찾을 수가 없어요." 그가 속삭였다.

"괜찮아요." 나는 고개를 끄덕였다.

"하지만 어디에도 없어요."

"두 사람 다 잘 있어요."

내 팔을 잡은 손에 힘이 들어가며 그가 몸을 일으켰다. "거짓말 마요. 죽었어요. 다 알아요."

"아니, 안 죽었어요."

"다른 사람들처럼 죽은 거예요."

"아니, 살아 있어요."

"거짓말."

"내가 직접 봤다니까."

"어디서요?"

"존 러드킨과 같이 있더군요."

"러드킨?"

"그래요. 지금도 같이 있을 거예요."

그가 일어나 나를 내려다보았다.

"유감이에요." 나는 말했다.

"그들은 죽었어요." 그가 말했다.

"아니에요."

"모두 죽었어요." 그가 탁자 다리를 집어들었다.

나는 일어나려고 했지만 충분히 빠르지 못했다.

너무 느렸다.

청취자: 그리고 빌어먹을 경찰 모두가 이제 야근은 아예 안 하겠다네요. 망할 범죄자들은 신나서 속으로 낄낄대고 있겠죠.

존 샤크: 경찰의 연봉이 인상돼야 한다고 생각하지 않아요, 밥?

청취자: 연봉 인상요? 웃기지 마요, 존. 그런 망할 새끼들한테는 단돈 1페니도 못 줘요. 나쁜 짓을 저지른 인간들이 잡히기는커녕 버젓이 나돌아다니는 판국에.

존 샤크: 아서 스카길이 또 체포됐더군요.

청취자: 그놈들이 하는 짓이 다 그렇죠. 안 그래요? 아서를 잡아 가두고 서로를 밀고자로 만들고.

1977년 6월 17일 금요일
리즈 라디오
존 샤크 쇼

22

모조리 죽여라.

차를 몰고 가는 길.

라디오가 떠든다:

"어제 헌슬릿 카에서 신원 미상의 흑인이 불에 탄 시신으로 발견되었습니다.

부검 결과, 피해자는 휘발유를 뒤집어쓰고 불타기 전 이미 칼에 찔려 사망했습니다.

이 같은 시신 손상은 명백히 피해자의 신원을 감추기 위한 의도로, 피해자에게 전과가 있을 것으로 판단된다고 경찰 대변인이 밝혔습니다.

피해자는 이십대 후반으로 추정되며, 키 182센티미터에 건장한 체격입니다.

경찰은 긴급 상황인만큼 피해자나 살인범의 신원에 대한 정보가 있으면 가까운 경찰서로 연락해달라고 당부했습니다. 모든 정보는 철저히 비밀이 보장될 것임을 강조했습니다."

라디오를 끈다.

차를 몰며, 비이이이이이이이이이이이이이이이이이이이이이이이이이

명을 지르며:

모조리 죽여라.

새벽이다.

듀르카 레인 끝에 차를 세운다.

진입로에 차가 한 대 서 있고, 현관에 우유가 놓여 있고, 내 가족이 저 안에 있다.

나는 거기 진입로 끝에서 총을 가져오지 않은 것을 후회하며 흐느낀다.

멈춘다.

1977년 새벽.

초인종을 누르고 기다린다.

무반응.

다시, 길게 누른다.

유리 뒤에서 분홍색 형체가 어른대고 목소리들이 들리더니 문이 열리고 그의 아내가 말한다. "밥? 밥이에요. 잠깐만 기다려요."

보비 소리가 들리자 나는 그녀를 밀치고 들어가 계단을 올라가서 문들을 걷어차며 열어본 끝에 뒤쪽 침실에서 그들을 찾아낸다. 그녀는 내 아들을 품에 안고서 침대에 앉아 있고, 러드킨은 재킷을 걸치며 내게 다가온다.

"여보, 이제 가자."

"아무도 못 가, 밥." 러드킨이 내게 손대는 순간 싸움이 시작된다. 내가 의자 다리를 들어 옆얼굴을 후려치자 그가 귀를 움켜잡으며 주먹을 휘두르지만 빗나가고, 나는 그의 머리채를 틀어쥐고 씨팔 얼굴을 내 무릎에 박고, 박고, 또 박는데 고함과 비명과 울음과 함께 러드킨의 아내가 나를 떼어내며 뺨을 할퀴고, 여전히 휘두르는 러드킨의 주먹에 결국 맞은 나는 문밖으로 넘어지면서 몸을 틀어 그의 아내를 갈겨 떼어내고, 러드킨에게 옆얼굴을 세게 맞는 통에 혀를 깨물고, 사방에 피가 튀지만 씨팔 누구 피인지 알 길이 없고, 그녀는 보비를 보호하듯 꼭 안고 더블 베드 거의 끝에 서 있다.

이윽고 일시적 소강상태에 빠져 흐느끼는 울음과 욱신거리는 통증뿐이다.

"그만해. 그만하라고!" 그녀가 울부짖는다.

내가 할 말은 하나뿐이다. "가자."

그때 러드킨의 주먹이 내 얼굴을 갈기고 다시 모든 것이 시작된다. 냅다 그의 얼굴에 박치기를 하자 사방에 별이 빙빙 돌고, 그가 비틀비틀 뒷걸음치고, 나도 폭발하는 별과 운석을 쫓아 방을 가로질러서 망할 존 러드킨의 얼굴에 주먹을 날리고 그를 씨팔 거대한 블랙홀 속으로 걷어찬 뒤 침대에 이르러 보비를 끌어안고 데려가려는데 러드킨이 내 뒤로 와 씨팔 목을 조르기 시작한다.

"그만해. 그만하라고!" 그녀가 울부짖는다.

하지만 그는 그만하지 않는다.

"그만해요, 존. 그러다 죽겠어요." 그녀가 울고 있다.

러드킨이 손을 풀자 나는 무릎이 꺾이며 풀썩 침대로 고꾸라져서 매트리스에 얼굴을 처박는다.

그가 물러서자 또다시 일시적 소강상태에 빠지고 흐느끼는 울음과 욱신대는 통증은 여전하지만 그 상태는 좀더 오래가고, 내가 가만히 엎드려 있는 한 그들은 더 빨리 긴장을 풀 것이다.

그래서 나는 침대에 얼굴을 처박고 가만히 엎드려 기다린다. 루이즈와 러드킨과 그의 아내 중 한 명이 나를 살펴볼 때를 노려 내 것을 되찾을 기회를 얻고자.

보비.

그렇게 축 늘어진 채 엎드려 기다리자니 러드킨이 말한다.

"이봐, 밥. 아래층으로 가자고."

그가 부축하려고 몸을 숙이는 동작에서 약해졌음을 감지한 나는 손을 뻗어 의자 다리를 집어들고 휘둘러 옆얼굴을 갈기고, 그는 울부짖으며 침실 창문으로 나가떨어져 유리가 쩍 갈라지고, 그녀는 멍하니 보고만 있고, 나는 손을 뻗어 보비를 그녀에게서 빼앗아 일어나서 문으로 나가며 러드킨의 아내를 밀치자 계단으로 굴러떨어지고, 나는 뒤이어 후다닥 내려가고, 루이즈가 비명과 고함과 울음을 터뜨리며 나를 쫓아오고, 계단 아래서 러드킨의 아내에게 발이 걸려 비틀대는 나를 루이즈가 덮치고, 러드킨이 얼굴에 흐르는 피 때문에 앞을 제대로 못 보는 채 비틀비틀 연쇄 충돌에 동참하고, 나는 고함치고 소리치고 울부짖는다.

"이애는 씨팔 내 아들이야!"

그녀가 고함치고 소리치고 흐느낀다.

"안 돼, 안 돼, 안 돼!"

내 품에 안긴 보비는 러드킨의 아내를 아래 깔고 다른 두 사람을 위에 얹은 채 충격으로 파리하게 질려 몸을 떨고, 나는 두 사람 밑에서 빠져나오려고 안간힘을 쓰다가 러드킨이 내 귀에 주먹인지 발길질인지 씨팔 뭔지를 날리는 통에 뒤로 나가떨어지며 보비를 놓치고, 그녀가 사람들을 떼어놓고, 러드킨이 나를 찍어누르고, 나는 고함치고 소리치고 울부짖는다.

"이럴 수는 없어. 이애는 씨팔 내 아들이야."

그녀가 아이의 머리를 한 손으로 감싸 머리카락에 파묻은 채 거실로 돌아가다 말한다.

"아니, 아니야."

침묵.

그저 침묵, 저 침묵, 그저 저 긴, 긴, 망할 침묵 후 그녀가 다시 말한다.

"아니, 아니라고."

나는 일어나 러드킨의 발을 밀어내려 한다. 일어나기만 하면 그녀가 하는 헛소리를 이해할 수 있으리라는 듯. 바로 동시에 러드킨의 아내가 말하고 또 말한다.

"뭐? 그게 무슨 말이야?"

그리고 머리부터 발끝까지 피범벅인 그가 두 손바닥을 들어올리며 말한다.

"그만둬. 하느님 맙소사, 그만두라고."

"저 인간도 진실을 알아야지."

"지금 말해서 뭐하려고."

"하지만 저 자식이 창녀랑 놀아났어. 씨팔 죽은 창녀랑 놀아나서 임신을 시켰다고."

"루이즈……"

"그 여자가 죽었다고 달라질 건 없어. 어쨌든 그년 뱃속에 든 건 저 인간 아이니까."

나는 무릎을 꿇고 그들을 향해, 보비를 향해, 나의 보비를 향해 두 손을 뻗는다.

"꺼져버려!"

러드킨이 외친다. "루이즈……"

이윽고 그의 아내가 다가가 뺨을 갈기더니 그를 가만히 응시하며, 그저 응시하며 서 있다 얼굴에 침을 뱉고 현관문으로 나간다.

"앤시어!" 그가 소리친다. "이렇게 가지 마."

나는 서 있지만, 그는 아내를 소리쳐 부르면서도 나를 붙잡고 있다.

"앤시어!"

나는 보비를 향해, 보비의 뒤통수를 향해, 나의 보비를 향해 두 손을 뻗는다.

"꺼져. 존, 저 인간 여기서 치워버려."

하지만 존 러드킨은 갈팡질팡한다. 아내를 이대로 떠나게 내버려두어야 할지, 나를 놔줘야 할지 갈팡질팡하는 사이 그는 약해지고, 나는 강해진다. 불과 60센티미터 앞에 보비가 있다. 나는 그에게서 벗어나 그리 가서 씨팔 거짓말쟁이의 옆얼굴을 주먹으로 갈기고 또 갈기자 그녀가 내 것을, 아이를 놓고 나는 나의 보비를 끌어안는다. 러드킨이 내 씨팔 팔꿈치 쪽으로 곧장 다가오자 나는 한 손으로는 보비를 안은 채 다른 손으로 러드킨의 머리채를 움켜쥐고 대리석 벽난로 선반에 박은 뒤 루이즈에게로 내던지고는 보비와 함께 거실을 나와 복도를 지나 현관을 나와 진입로를 내려간다. 보비가 울며 엄마를 찾고, 나는 아이에게 말한다, 다 괜찮을 거라고, 아무 문제 없을 거라고, 울지 말라고, 엄마 아빠는 그냥 장난치는 거라고. 그때 뒤에서 그들의 발소리가, 그녀의 말소리가 들린다.

"존, 안 돼! 아기! 보비가 다쳐!"

느닷없이 등이 느껴지지 않는다, 아예 없는 것 같다. 나는 진입로에 무릎을 꿇지만 보비를 놓치고 싶지 않고, 보비를 놓치고 싶지 않고, 보비를 놓치고 싶지 않고, 보비를 놓치고 싶지 않고, 보비를 놓치고 싶지 않고.

"안 돼! 이러다 죽겠어!"

나는 진입로에 얼굴을 처박으며 쓰러지고, 보비는 사라지고, 얼굴을 처박고 쓰러진 내 위로 다가온 그들은 차를 향해 달려가고, 그가 크리

켓 방망이를 내 머리 옆에 내던지고, 그녀가 말한다:

"서로 비긴 거야, 밥. 비긴 거라고."

그리고 그들은 사라지고, 모든 것이 하얘졌다가 잿빛이 되었다가 마침내 암흑이 된다.

청취자: 신문 봤으니 알겠네요?

존 샤크: 글쎄요, 밥. 말씀해보시죠.

청취자: 낭독 유아 학대로 일주일에 여섯 명이 사망하고, 수천 명이 부상당한다. 다음 페이지에서는 북부의 모든 아이가 여왕을 향해 손을 흔들고 있죠. 그리고 매달 일흔네 명의 경찰이 사직하고, 실업자가 십만 명으로 치솟는다. 강간, 살인, 리퍼……

존 샤크: 요점이 뭐죠, 밥?

청취자: 씨팔 캘러핸*이 말했죠? 통치하든 떠나든 하라고.

1977년 6월 17일 금요일

리즈 라디오

존 샤크 쇼

---

* 1976년에서 1979년까지 영국의 노동당 정부를 이끈 수상 제임스 캘러핸.

23

손목시계를 보니 7시 7분이다.

낡은 엘리베이터 안에서 층수가 올라가는 것을 지켜본다.

엘리베이터에서 내린다.

파란색 잠옷을 입은 남자아이가 거기 서서 기다리고 있다.

아이가 내 손을 잡고 복도로 이끈다. 지저분한 벽 아래 올이 다 드러난 카펫이 깔린, 냄새나는 복도로.

문에 이르러 걸음을 멈춘다.

나는 손잡이를 잡고 돌린다.

문이 열린다.

77호실.

바닥에서 눈을 뜨자 끔찍이도 고약하고 격심한 통증이 두개골을 관통했다.

옆머리에 손을 대니 말라서 굳은 핏덩이가 느껴졌다.

고개를 드니 방안에 환한 빛이 가득했다.

아침 햇살이, 공원에서 쏟아지는 아침 햇살이, 조랑말과 말의 등에서 김이 모락모락 솟는 공원에서 쏟아지는 아침 햇살이.

나는 그 아침 햇살 속에 일어나 앉았다. 뜯긴 종이와 박살난 가구의 바다 한가운데 앉아 사진과 서류를 한데 모았다.

에디, 에디, 에디—씨팔 어디에나 있었다.

하지만 여왕의 모든 말馬과 사람을 동원해도 에디를 되돌릴 수는 없었다.

잭 역시 되돌릴 수는 없지.

일어서려니 입안에 토사물이 고여 있어 세면대를 붙잡고 몸을 일으켜 뱉어냈다.

몸을 바로 한 뒤 수돗물을 틀어 차가운 잿빛 물을 얼굴에 끼얹었다.

거울 속에서 나는 그를, 나를 보았다.

밀짚 같은 팔다리와 고리버들 같은 의지가 발굽에, 말발굽에, 중국의 말발굽에 짓이겨 있었다.

손목시계를 보았다.

7시가 지났다.

7시 7분.

레드벡 주차장에 세워둔 차에 앉아 콧등을 쥐고 기침을 했다.

시동을 걸고 라디오를 끄고 차를 출발시켰다.

웨이크필드를 향해 히스공원의 조랑말들과 말들을 지나, 봉화가 있던 자리에 남겨진 검은 무더기들을 지나, 오시트와 듀즈베리를 지나, 원래 들판이었던 검은 슬래그 땅을 지나, RD 신문 판매점을 지나 배틀리를 빠져나와 브래드퍼드로 들어섰다.

그녀의 거리에 이르러 키 큰 참나무 바로 옆에 차를 세웠다. 참나무는 최고로 멋진 여름 잎들로 장식되어 있었나.

초록 잎들.

나는 다시 노크했다.

나뭇잎들이 창문을 다닥다닥 가려 볕이 들지 않는 계단이 서늘했다.

나는 손잡이를 잡고 돌렸다.

안으로 들어갔다.

집안은 조용하고 어두웠고 아무도 없었다.

나는 그녀의 집 복도에 서서 귀기울이면서 RD 신문 판매점 위층을, 이런 은둔처들을 생각했다.

우리가 만났던, 오렌지색 커튼이 쳐진 거실로 가서 내가 늘 앉는 의자에 앉아 그녀를 기다리기로 했다.

처음에는 크림색 블라우스와 그와 어울리는 바지 차림이었고, 마지막에는 지저분하고 멍든 무릎을 훤히 드러낸 모습이었다.

십 분 후 일어나 부엌으로 가서 주전자를 불에 올렸다.

물이 끓자 컵에 붓고 거실로 돌아갔다.

그리고 어둠 속에 앉아 카 수 펭을 기다리며, 어쩌다 여기까지 이르게 되었는지 의아해하며 그들의 이름을 쭉 나열했다.

매리 앤 니콜스, 1888년 8월, 벅스 로에서 살해.

애니 채프먼, 1888년 9월, 핸버리 거리에서 살해.

엘리자베스 스트라이드, 1888년 9월, 버너스 거리에서 살해

캐서린 에드도스, 1888년 9월, 마이터광장에서 살해.

메리 제인 켈리, 1888년 11월, 밀러스 코트에서 살해.

다섯 명의 여자.*

다섯 건의 살해.

물결이, 핏빛 물결이 밀려와 내 양말과 구두에서 찰랑대며 무릎을 향해 기어오르는 것이 느껴졌다:

"우리 이십오 주년 기념식은 어떻게 됐죠?"

물결이, 핏빛 물결이 밀려와 내 양말과 구두에서 찰랑대며 무릎을 향해 기어올랐다:

캐럴 윌리엄스, 1975년 1월, 오시트에서 살해.

한 명의 여자.

한 건의 살해.

물결이, 바빌론의 핏빛 물결이 점점 높아지며 한 여자의 시간에 흐르는 피의 강을, 펼쳐진 우산들을, 쏟아지는 핏빛 빗줄기를, 피웅덩이를, 붉고 하얗고 망할 푸르게 떨어지는 빗방울을 느꼈다.

조이스 잡슨, 1974년 7월, 핼리팩스에서 폭행.

애니타 버드, 1974년 8월, 클렉히턴에서 폭행.

테리사 캠벨, 1975년 6월, 리즈에서 살해.

클레어 스트라찬, 1975년 11월, 프레스턴에서 살해.

조앤 리처즈, 1976년 2월, 리즈에서 살해.

카 수 펭, 1976년 10월, 브래드퍼드에서 폭행.

마리 와츠, 1977년 5월, 리즈에서 살해.

린다 클라크, 1977년 6월, 브래드퍼드에서 폭행.

레이철 존슨, 1977년 6월, 리즈에서 살해.

재니스 라이언, 1977년 6월, 브래드퍼드에서 살해.

열 명의 여자.

---

* 모두 잭 더 리퍼의 희생자.

여섯 건의 살해.

네 건의 폭행.

핼리팩스, 클렉히턴, 리즈, 프레스턴, 브래드퍼드.

핏빛 물결, 핏빛 홍수.

나는 눈을 감았다. 손에 쥐고 있던 차가 차갑게 식었고, 방은 더 차가워졌다. 그녀가 앞으로 고개를 숙여 머리카락을 갈랐고, 나는 다시 그녀의 노래를, 우리의 노래를 들었다:

"감형과 용서, 결국 속죄되는?"

오줌이 마려웠다.

아, 캐럴.

문을 열고 불을 켜자 그곳에 그녀가 있었다:

붉은 물속에 하얀 살결과 푸른 머리의 그녀가 누워 있었다. 욕조 옆으로 늘어뜨린 오른팔, 바닥에 흘러내린 피, 손목을 물어뜯은 짙은 핏빛 뱀들.

나는 무릎을 꿇고:

그녀를 욕조에서, 물에서 들어올려 수건으로 몸을 감싸고 꼭 껴안아 생명을 불어넣으려 했다.

나는 무릎을 꿇고:

그녀의 차가운 몸을 앞뒤로 흔들지만 푸르게 변한 입술과 손의 검은 구멍들과 발의 검은 구멍들과 머리의 검은 구멍들은 여전했다.

나는 무릎을 꿇고:

그녀의 이름을 부르고 더이상 거짓 없는 진실을 털어놓고는 그저 그녀가 눈을 뜨기를, 이름을 듣기를, 진실을 듣기를 간청했다:

사랑해, 사랑해, 사랑해……

그리고 그녀가 말했다:

"나는 해, 잭. 난 그래야 해."

청취자: 성경을 읽겠습니다.

존 샤크: 그럴 줄 알았어요.

청취자: 낭독 이 재앙에서 죽지 않고 살아남은 사람이 자기 손으로 한 일들을 회개하지 않고 오히려 귀신들에게나, 또는 보거나 듣거나 걸어다니지 못하는, 금이나 은이나 구리나 돌이나 나무로 만든 우상들에게 절하기를 그치지 않았습니다.*

존 샤크: 무슨 말이 하고 싶은 거죠?

청취자: 살아남은 자들이 살인도, 마술도, 간음도, 도둑질도 전혀 회개하지 않았다는 겁니다.

1977년 6월 17일 금요일
리즈 라디오
존 샤크 쇼

---

* 요한계시록 9장 20절.

24

나는 흔히 **무덤**이라고 부르는 황야에 차를 세운다. 고통과 함께 하루가 사위어간다:

1977년 6월 17일 금요일.

볼펜을 꺼내고 조수석 사물함을 뒤진다.

지도책을 찾아내 뒷면이 빈 페이지들을 찢는다.

한 페이지 한 페이지 쓰다가 멈추고 와락 구긴다.

차에서 내려 트렁크의 테이프와 호스를 꺼내 해야 할 일을 한다.

그리고 자리에 앉아 마침내, 마침내 펜을 들고 다시 시작한다:

사랑하는 보비에게,

너 없는 삶은 원치 않아.

사람들이 네게 나에 대한 거짓말을 늘어놓을 거야.

내게도 거짓말을 늘어놓았지.

하지만 나는 널 사랑하고, 그곳에 가서

항상 지켜볼 거야.

사랑하는 아빠가

시동을 켜고 편지를 계기판에 올려놓고 앞유리창 너머 황야를 바라본다. 눈앞에는 황야뿐이지만 아이의 얼굴과, 아이의 머리카락과, 아이의 미소와, 파란색 잠옷 사이로 삐져나온 아이의 작은 배와, 손으로 망원경 모양을 만드는 모습이 떠오르다 눈물에 가려 아이가 보이지, 보이지 않는―

존 샤크: 여보세요?

청취자:

존 샤크: 여보세요?

청취자:

존 샤크: 아무도 없습니까? 젠장……

1977년 6월 18일 토요일

리즈 라디오

존 샤크 쇼

25

"감사합니다." 나는 말하고 로비를 가로질렀다.

7층 버튼을 누르자 그리핀의 낡은 엘리베이터가 올라가면서 층수가 하나씩 높아졌다.

엘리베이터에서 내렸다.

복도를 걸었다. 올이 다 드러난 카펫, 지저분한 벽, 악취.

문에 이르러 멈춰 섰다.

손잡이를 잡고 돌렸다.

열렸다.

77호실.

로스 목사가 창가 고리버들 의자에 앉아 있고, 굴뚝과 지붕 사이로 솟은 잿빛의 리즈 시티 역과 비둘기들과 새똥이 보였다.

모든 것이 침대 위 흰 수건에 놓여 있었다.

"앉아요, 잭." 그가 등을 돌린 채 말했다.

나는 그의 도구 곁 침대 가장자리에 앉았다.

"지금 몇시죠?"

나는 손목시계를 확인했다.

"거의 7시네요."

"잘됐군요." 그가 말하며 일어났다.

그러고는 커튼을 치고 고리버들 의자를 방 한가운데로 옮겼다.

"셔츠 벗고 여기 앉아요."

나는 시키는 대로 했다.

그가 침대에서 가위를 집어들었다.

나는 침을 삼켰다.

그가 내 뒤에 서서 싹둑싹둑 잘랐다.

"주말에 특별한 계획 있어요?"

"위쪽만 살짝 다듬어줘요." 나는 씩 웃었다.

그가 가위질을 마친 뒤 내 정수리에 대고 입바람을 불자 잘린 잿빛 머리카락이 날아갔다.

그가 침대로 돌아가 가위를 내려놓았다.

그리고 필립스 스크루드라이버와 망치를 집어들고 내 뒤에 서서 속삭였다.

"주의 길은 바다에도 있고, 주의 길은 큰 바다에도 있지만, 아무도 주의 발자취를 헤아릴 수 없습니다."*

나는 눈을 감았다.

그가 스크루드라이버 끝을 내 정수리에 갖다댔다.

그리고 나는 보았다―두 개의 7이 충돌해 다시, 다시, 또다시 일어나 코

---

* 시편 77장 19절.

트가 얼굴에 덮이고 허벅지 위에 부츠가 놓이고 팬티가 한쪽 다리에 걸려 있고 브래지어가 밀려올라가 있고 배의 기슴이 비어 있고 두개골이 함몰되고, 극도로 사무적인 방식, 암흑시대와 마녀재판, 영국의 고대도시들, 만 개의 검이 햇살에 번쩍이고, 삼만 명의 소녀가 춤추며 꽃을 뿌리고, 붉고 파랗고 흰 천을 덮어쓴 하얀 코끼리들을 위해 우리가 돈을 내고 우리가 빚을 짊어지고, 잭의 유혹에 빠져 싸구려 레인코트 아래 또다른 롤넥 스웨터와 납작한 흰 젖가슴 위로 밀려올라간 분홍색 브래지어와 배에서 쏟아진 창자와 한쪽 다리에 걸려 있는 흰 팬티와 허벅지에 놓인 샌들과 피, 끈적하고 걸쭉한 검은 피가 뼛조각과 잿빛 뇌 덩어리와 함께 머리카락을 뒤덮다 못해 뚝뚝 솔저스필드의 풀밭으로 떨어지고, 눈 뒤쪽에서 이는 불, 하얀 마크스앤드스펜서 잠옷이 그가 만든 구멍에서 흘러나온 피로 검게 젖어들고, 구멍투성이, 사람들마다 머리들마다 구멍투성이, 고대의 시간에 고대의 벽 앞에서 다니엘*이 내 눈 뒤쪽에서 성냥을 갖고 놀고 거기에는 지옥이라고 쓰여 있다: 하얀 포드 카프리, 암적색 코세어, 랜드로버, 시간을 때우는 다양한 방법, **증오한다**, 주어도, 목적어도 없이, 그저 **증오한다**: 요크셔 깡패들과 요크셔 경찰들, 블랙 팬서와 요크셔 리퍼, 저넷 갈런드와 수전 리드야드, 클레어 켐플레이와 마이클 미슈킨, 맨디 위머와 폴라 갈런드, 스트래퍼드 총격사건과 퇴마의식 살인사건: 마이클 윌리엄스와 캐럴 윌리엄스, 거리에서 그녀를 품에 안고 나의 손도, 그녀의 얼굴도, 나의 입술도, 그녀의 입도, 나의 눈도, 그녀의 머리카락도, 나의 눈물도, 그녀의 눈물도 피로 얼룩지고, **피와 불**, 나는 끝났다는 것을 알기에 울고, 문 맞은편 난로 위에 〈죽은 어부의 아내〉가 걸려 있고, 남자용 파일럿 코트가 창문을 커튼처럼 가리고, 필립스 스크루드라이버, 묵직한 웰링턴 부츠, 망치, 목매달린 음유시인, 진저비어, 오래된 빵, 난로 안의 재, 그저 방 하나, 흰

---

* 고대 유대의 예언자.

옷 차림에 손톱까지 까매지고 머리에 구멍이 난 여자는, 그저 한 여자는 바깥의 자갈길을 걷는 발소리를 듣고, 심장은 사라지고, 문은 안에서 잠겨 있고, 계속 달아나지만 멀리 가지 못하리란 걸 알고 있다: 행잉 히턴의 엽총, 스킵턴의 엽총, 동커스터의 엽총, 셸비의 엽총, 주벨라, 주벨로, 주벨룸, 그가 턱수염을 쓰다듬으며 고개를 젓고 한 번 윙크하더니 사라지고, 하나를 찾으면 둘이 있고, 둘을 찾으면 셋이 있고, 셋을 찾으면 넷이 있고, 넷을 찾으면 셋이 있고, 셋을 찾으면 둘이 있고, 둘을 찾으면 하나만 있고, 사라진 자들, 사라지지 못한 자들, 내가 사랑한 남자는 마지막날 위층 관람석에 있고, 이제 곧 너희의 아들들과 너희의 딸들은 예언을 하고 너희의 젊은이들은 환상을 보고 너희의 나이든 사람들은 꿈을 꾸고, 죽은 자에게는 놀랄 일도 아니고, 그저 꿈들이 어슴푸레한 어둠 속에서 고깃조각이 낀 이를 드러내고 씩 웃으며 살찐 배를 두드리고 트림하고 머리를 가다듬고 콧수염을 매만지다 빙긋 웃고 눈썹을 아치 모양으로 치켜세우다 눈살을 찌푸리며 고개를 젓고 한 번 윙크하더니 공포 후에 다시 사라졌다: 내일과 모레, 다시 달아나고, 젊은 시절부터 고통을 겪었고, 지금까지 죽음의 문턱에서 살아온 몸이기에 주님께로부터 오는 그 형벌이 무서워서, 내 기력이 다 쇠잔해지고 오직 어둠만이 내 친구고, 또다른 길이 있는 게 분명하고, 축축한 빨간색 페인트로 죽은 어부의 아내라고 적혀 있고, 셰리주병, 위스키병, 맥주병, 화학약품병은 전부 비어 있고, 방은 그저 지옥 속에 있고, 이십오 주년 기념 히트곡, 모퉁이마다 새벽마다 죽은 느릅나무마다 지옥이고, 수천 개의 지옥이 헐떡이는 어두운 거리, 조용한 돌에 둘러싸이고 검은 벽돌에 파묻힌 채 곁눈질하는 집 뒷벽들, 골목길과 마당 사이로 벽돌 위에 발을 얹고, 머리 위에 벽돌을 얹고, 잭이 만든 집들, 잭이 오고 있고, 빙글빙글 돌아라 장미들아, 주머니에 꽃을 가득 담고, 씨팔 그가 오고 있고, 당신이 당신에게 잠들고/키스하고 깨어나면 그가 여기 있고, 바로 이곳이야말로 지옥이고, 넷을 죽였다고들 하지만 총 다섯이니 75년 프레스턴에서도 한 건 한 것을 명심하고, 더러운 암소, 하느님은 리즈 사람들을 굽어살피고, 상처의 피는 길코 멎지 않고, 멍은 견코 치유되지 않고, 또 하고 싶은 마음이 슬금슬금 들어 멋지게 차려입고, 이 때문에 사람들이 죽고, 이 때문에 사람들이, 이 때문에, 이제 다섯 명이 죽었다고들 하지만 브래드퍼드에 깜짝 선물이 있고, 잘도 쏘다니고, 에디, 에디, 에디, 이 두 뛰어난 경찰에게 진심 어린 감사를 보내고, 죽음을 구해도 결코 얻을 수 없고 죽기를 갈망해도 죽음이 그들에게서 달아나고, 감형과 용서, 결국 속죄되고, 헌슬릿 카의 불타는 흑인들, 기차의 골룸들, 콜더강에 얼굴을 처박은 나이지리아인들, 빨갛고 하얗고 파랗고, 죽음의 계곡들, 지옥의 황야들, 고독한 지옥들, 끝도 없이: 설정과 뼈대, 함정과 비난, 속삭이는 끄나풀, 피눈물 흘리는 조각상, 이웃에 반反하는 이웃, 형제에 반하는 형제, 흑선黑船* 위에서 묶이고 살육당한 가족들, 브라이드호에서 딸이 강간당하는 모습을 묶인 채 지켜보는 어머니들, 앨비언에 가라앉은 화이트호**, 황야 꼭대기의 눈보라 속에서 오도 가도 못하는 기차에 탄 나, 죽은 자의 방에서, 죽은 자의 집에서, 죽은 자의 거리에서, 죽은 자의 도시에서, 죽은 자의 나라에서, 죽은 자의 세상에서, 우리는 길을 따라 함께 달려가고, 비 온 후에, 이십오 주년 기념식 후에, 불꽃놀이가 끝나고, 빨갛고 하얗고 파란 색들이 사라지고, 지난 며칠간 망할 고래 뱃속에서 익사하고, 엽총을 입에 물거나 가스를 마시는 사람들, 집에서 문에 등 돌린 채 〈송스 오브 프레이즈〉***를 시청하는 뚱뚱한 백인 경찰의 목을 긋는 흑인 깡패들, 죽은 자의 아들들은 복수를 맹세하고, 아이들은 남은 평생 끝도 없이 울부짖는다: 방에서 길을 잃고, 첨탑보다 높은 굴뚝, 굴뚝보다 높은 회교 탑들, 도시마다 이슬람

---

* 도쿠가와 막부 시절 일본 바다에 나타나 교역을 요구한 서양 함선들.
** 1120년 도버해협에 가라앉은 배로, 승선중이던 헨리 1세의 아들 윌리엄이 사망하면서 잉글랜드와 노르망디 간에 기나긴 왕위 찬탈 전쟁이 벌어졌다.
*** BBC방송의 종교 프로그램.

을 저주하고, 뒤뜰의 십자군, 죽은 자를 위한 십자군, 끝도 없는 십자군, 밤인 아침들, 갑작스러운 침묵 속에 앉아, 빨간 부스에서 전화를 걸고, 키 큰 금발의 경찰들은 머리부터 발끝까지 피를 뒤집어쓰고, 악이 악을 만나고, 초록 나무가 이런저런 것에 은빛으로 반짝이고, 잠에 굶주린 꿈들이 뼈를 쭉 뻗어 뒤틀고, 지옥에서 온 침통한 얼굴들이 저주받은 자들과 파멸한 자들의 노래를 부른다: 죽은 자들에게 시를, 산 자들에게 기도를, 많은 이에게 거짓말을, 텅 빈 열린 문을 휙 지나쳐 달려가며 비명을 지르는 버스들, 암세포를 품은 가래 덩어리가 싱크대 하수구로 미끄러져내려가 진실의 날개 그림자 속에 서서 잠으로 멍든 채 나를 돕고, 그녀의 허벅지 그림자 속에, 그녀의 검은 눈 속에, 씨팔, 그리고 당신은 당신에게 잠들고/키스하고 깨어나면 상점 위 방들, 진짜 삶들, 내 신발 속 돌멩이들, 망할 소파에 함께 앉아, 그날 밤 마이클 윌리엄스는 캐럴의 영혼을 구하기 위해 그녀의 머리에, **나의 캐럴의 머리에** 30센티미터짜리 못을 박고, 나의 캐럴은 뭔가 잊었다고 생각하고, 중국 말馬들이 아무도 태우지 않은 채 눈을 휘둥그레 뜨고 항복만 내뱉으며 날아갈 듯 달려가고, 과거로서 적힌 미래들, 사적이고 독립적인 고뇌와 지당하신 왕립 지옥 속에 남겨진 사람들은 거짓말을 하고, 구멍투성이 진실을 말하고, 어찌나 구멍투성이인지 사람들마다 머리들마다 구멍투성이이고, 이제 곧 바깥의 개들과 마법사들과 뚜쟁이들과 살인자들이 남부의 공동묘지에 웅크리고 앉아 둔탁한 가정용 기구로 스코틀랜드 걸레들의 머리를 내려치고 1977 주님께로부터 오는 그 형벌이 무서워서, 1977 내 기력이 다 쇠잔해지고, 1977 오직 어둠만이 내 친구고, 1977 젊은이들은 환상을 보고 나이든 사람들은 꿈을, 감형과 용서와 속죄의 꿈을 꾸고, 1977 두 개의 7이 충돌해 상처의 피는 결코 멎지 않고, 멍은 결코 치유되지 않고, 진술을 마친 목격자 두 명, 벌거벗은 그들의 몸뚱이는 도시의 거리에, 피바다 속에, 굴욕 속에 쓰러져 있고, 여자들은 피와 인내와 성인에 대한 믿음에 취하고, 나는 문 앞에 서서 노크하고 죽음과 지옥의, 이 때문에 사람들이 죽는다는 걸 아는 그 여자의 비밀의 열쇠를 돌리고, 이 때문에 사람들은, 1977년의 나는 미래를—

　그가 망치를 내리쳤다.

　—보지 않는다.

옮긴이 **김시현**

전문번역가. 코맥 매카시의 『카운슬러』『모두 다 예쁜 말들』『국경을 넘어』『평원의 도시들』『핏빛 자오선』을 비롯해, 『시스터스 브라더스』『힐 하우스의 유령』『우먼 인 블랙』『하우스 오브 카드』『리시 이야기』 등을 우리말로 옮겼다.

문학동네 블랙펜 클럽

1977

초판 인쇄 2020년 1월 17일 | 초판 발행 2020년 1월 31일

지은이 데이비드 피스 | 옮긴이 김시현 | 펴낸이 염현숙

책임편집 황문정 | 편집 양수현 홍지은
디자인 윤종윤 이원경 | 저작권 한문숙 김지영
마케팅 정민호 정진아 함유지 김혜연 김수현
홍보 김희숙 김상만 오혜림 지문희 우상희
제작 강신은 김동욱 임현식 | 제작처 영신사

펴낸곳 (주)문학동네
출판등록 1993년 10월 22일 제406-2003-000045호
주소 10881 경기도 파주시 회동길 210
전자우편 editor@munhak.com | 대표전화 031) 955-8888 | 팩스 031) 955-8855
문의전화 031) 955-8896(마케팅) 031) 955-2659(편집)
문학동네카페 http://cafe.naver.com/mhdn | 트위터 @munhakdongne
북클럽문학동네 http://bookclubmunhak.com

ISBN 978-89-546-7022-7 03840

www.munhak.com